# はるか摩周 上

後藤壮一郎
（稲田陽子／編）

記憶の中にだけ生き続けている
遥か遠くに過ぎ去った青春…

# 目次

## 第Ⅰ部　スイートＪＵＬＹ

## 第Ⅱ部　戦争、遥の光と影

# 第Ⅰ部　スイートＪＵＬＹ

# 第一章　郷愁の日々を訪ねて

ぼくの机の上に、黒褐色に塗られた小さな物入れが置いてある。これは、オンコの樹から切り出して創られたものだ。握りこぶしを二つ合わせたぐらいの大きさで、全体にはアイヌの小さな神様「コロポックル」が彫られている。頭部を持ち上げると、中には遥から贈られた小さなふくろうのペンダントが入っている。振り返ると、50年もの時が流れてしまっている。開けてみることに心の疼きを感じ、開けて見ることにためらいを持つ。遥か遠くに忘れ去られた青春の日々…。それらを思い出すがゆえにコロボックルの物入れを開けることに、ぼくは、胸にかすかな疼きを感じていた。
そのとき、何気なく聴いていた『ひまわり』を歌う夢慧の声にぼくは引き込まれていた。

小松原ルナ訳詩・歌
時は流れる　光の中に
溢れる悲しみを　胸に抱いて
探し続けた愛は空しく
めぐり合いいしいまは　はるかな人よ
二度と帰らぬ夢
あなたに愛を残して

去り行く悲しさ
遠い異国の　雪に埋もれて
はかなく燃え尽きた　愛のいのち
二度と帰らぬ夢
あなたに愛を残して
去り行く悲しさ
夏の輝く光の中で
静かにひまわりは風に揺れる
静かにひまわりは風に揺れる

夢慧の癒すような声、美しい歌声に引き込まれていた。それは、ひまわりの中に揺れている遥のみずみずしい姿を浮かびあがらせてくれた。そして50年前に過ぎた遥と過ごした時を思い出して、ぼくはもう一度あの地、弟子屈と川湯を訪ねたいと決心した。

平成20年7月17日、快晴の摩周の第一展望台は観光客でむせ返っていた。摩周湖は昔と変わりなかったが、ぼくは展望台の手すりに手を掛けて過ぎて行った年月を振り返り、五十年の歳月は瞬く間に過ぎてしまったことを実感していた。さまざまな記憶はあいまいとなり、美しかった青春の思い出は脳裡から、少しずつ薄らいで忘却の彼方に霞んでしまっている。今、たった一つのことを除いては…。それは忘れようとしても決して忘れられぬ遥かな青春の想い出である。暑い夏の日、摩周湖の周辺は緑に燃えていた。遥との出逢いは、不思議な偶然が折り重なりながら、物語の本質を流れるものだ。この偶然の接点をまず始めに話さなければならない。ぼくは失われそうな記憶を呼び起こしている。遥との濃密な接点の始まりのすべてとなるこの第一展望台から摩周岳への登山道の記憶を紐解いてゆかなければならない。

昭和35年7月1日の朝、ぼくは阿寒町立国保病院を辞して阿寒湖温泉行きのバスに乗り、阿寒湖畔にある阿寒バスセンターに向かっていた。夏の日は朝からぎらぎらと暑く輝いていた。田舎の定期バスには少数の乗客しかおらず、砂煙を巻き上げてバスは未舗装の道に揺られながら進み、間もなく雄阿寒岳が目の前に迫ってきた。阿寒湖が見えると、温泉町のバスセンターに到着した。そこから川湯温泉行きのバスに乗り換えた。バスは帯広から足寄経由で阿寒湖に着き観光客の大半を降ろした後、再び大勢の観光客を乗せ阿寒横断道路を越えて川湯温泉に向かう。ぼくは、一番、最後に乗車した。バスは満員で補助椅子を出し定員を座らせていた。小柄な丸顔のバスガイド兼車掌が乗り込むと、バスはゆっくりと動き出し、いまだ舗装されていない国道を黄色い砂煙を上げて、丸いずんぐりとした雄阿寒岳の裾を捲くように走り出した。

目の前ではバスガイドがうるさく観光案内を話し始めていた。バスは、坂道を駆け上がるようにエンジンの音を撒き散らして進んでいる。ぼくは初めて通る見慣れない景色に見とれながら、バスに揺られていた。夏の日は容赦なく輝いていて、緑濃い原生林に囲まれている茶褐色の国道をからからに乾燥させている。道はくねくねと弟子屈まで続いている。途中、小さなエメラルドに光る湖水を見下ろす高台の峠、双湖台で小休止した。この頃は、増えている摩周湖への観光客でバスはいつも満員に近い状態である。乗客はぞろぞろとバスを降りて峠の高台から遥か下方を見下ろし、緑のエゾマツ、トドマツの原生林に囲まれて、太陽に輝いている湖、パンケトーとペンケトーを堪能して眺めていた。後方には雄阿寒岳のずんぐりした姿が見えていた。

「パンケトーは上流の湖沼、ペンケトーは下方の湖沼の意味です。湖面の高さは450mで、深さは40mあります」と、ガイドが説明していた。つまり、阿寒湖の水面の標高は420mであるから、パンケトーの方が上流に当たる。ぼくはいつもの癖で小さなスケッチブックを取り出して、あたりの景色を描きとめていた。というのも、当時は白黒のフィルムは貴重なもので、多くは記念写真のみで終了する時代でもあったから、いつの間にかスケッチをするのは趣味と実益を兼ねたものとなっていた。現在は携帯カメラの進歩は目を見張るものがあり、景色をいくら撮ってもフィルムの心配はいらない。

ぼくは、一足早くバスに戻り、何気なくバスの後方の座席に目をやると、一人の女性が腰掛けていた。白い夏の帽子を被り、おさげの前髪がわずかに垂れ、長い後ろ髪は白いワンピースの上に掛かって、爽やかな、くりっとした印象の深い瞳を持っている。眉は穏やかに長く、瞳を飾っている。スラリとした横顔を、大きくも小さくもない鼻が引き立てていた。どこから見ても美しい女性である。赤い皮バンドでくっきりと締めて座席に腰を下ろしていた。後部座席は彼女が座っているだけでその場所は華やかに輝いているようであった。ぼくの目は一瞬、彼女に釘付けになっていた。どこかで見たようなな顔をしていた。その顔はぼくの恋人、亮子によく似ていた。やがて乗客はバスに戻ってきた。

バスは再び動き出し、次の停車場までゆっくりと走り出していた。ぼくは、阿寒町立国保病院での一月余りの勤務を終えて、忙しかった勤務を振り返りながら、次の勤務地の川湯温泉診療所はどのような所か想像してぼんやりと前方の景色の移り変わりを眺めていた。阿寒湖バスセンターで、川湯温泉行きのこのバスに乗り換えてからそんなに時間は経っていない。1台のバスにその女性と乗り合わせた偶然を、この夏空の阿寒横断道路を走る1台のバスの中で運命を共にしている不思議を思っていた。約70名余りの乗客がいる。多くは東京、関西方面からの乗客である。しかし、彼女は観光客ではないようである。観光客が降りる所では降りない。どのような女性なのか、ぼくは多分学生ではないかと思っていた。次の双岳台の停留所までは数分しかかからない。双岳台に着いて、再び乗客は見学のためにバスを降りて行ったが、彼女はバスに一人残っていた。ぼくも一番前の席に腰を下ろして、少し気になりながら彼女を一瞥した。

「お客さんは見学なさらないのですか？」と、ガイドが後ろの方に向かって声を掛けた。彼女は何も言わずに、横に首を軽く振っていた。バスガイドが、「お客さんは」と、ぼくに声を掛けた。

夏空のこのすばらしい大自然を満喫しないのは勿体ないと思った。ぼくは、最後に車を降りた。その女性は降りてくるだろうかと思い、バスの後方に目を遣ると、車の中で下を向いて何か物思いに耽っているようだ。

パンケトー湖は、阿寒湖に流れる川が雄阿寒岳の噴火の際にせき止められてしまったものだ。周囲は深い原生林に囲まれている。双岳台から約２００ｍ下に水滴のような格好の水面を夏の太陽に輝かせていた。雄阿寒岳は格好のアクセントになっている。ぼくはその女性が気になり、時々バスの方を振り向いてみたが、そのまま座っているようであった。記念写真を撮り、休息を終えた観光客はバスに戻り、女車掌は人数の確認を終えてバスを再び発車させた。ぼくは動き出したバスのなかで先程目にした女性のことを考えていた。バスは、曲がりくねった砂利道を走り、ものすごい砂埃を後ろに巻き上げている。道はやがて下りになり、直線になると、右側にある弟子屈飛行場の横をすり抜け、町の中に入り弟子屈駅前のバスセンターに着いた。

バスの乗客の大半は、ここで下車していく。すると、最後にその女性が黒の旅行鞄を提げてゆっくりと立ち上がり、すらりとしたウエストを、その鮮やかな赤いベルトできりっと締めた白いワンピースの裾をなびかせて下りていった。透き通るような素足をすべらせて、ぼくの横を通り過ぎていく時には爽やかなレモンの香りが漂ってきた。素敵な雰囲気の女性であったが、一方、彼女はやはり学生のような感じもする。父親らしい浅黒い角張った顔の一人の中年の男性が彼女を迎えに来ていた。鞄を持ち上げて、鬢に少し白髪のある男性は少し前かがみになり、何かを言って笑いながら、ねぎらうようにその女性の肩を抱き仲良く街の中に消えていった。それは一瞬の出来事で、美しい映画の一場面を見ているようだった。

午後の暑い日が輝いて、古めかしい町並みに濃い翳りを落としていた。弟子屈駅前のバス停のがらんとした広場には3台のバスが停車していた。こちらのバスに再び10人余りの観光客がぞろぞろとバスに乗り込んできた。暑いバスの中に一瞬の静寂が流れていた。車掌が乗り込んできて発車の合図をした。このバスの最終目的地は摩周湖経由の川湯温泉行きだという案内が流れてきて、ゆっくりと動き出した、バスは、街の中を過ぎて豊かに流れている釧路川の橋を渡り、釧網線の踏切を渡ると、道は直線のなだらかな登り坂になり摩周湖の外輪山へと延びていた。

50年過ぎた現在、道はきれいに舗装されて、バスは音もなく軽やかに走行しているが、当時は、舗装もされていない固い砂利道で、白い埃が猛然と立ち上がっていた。第一展望台に着く。ぼくも初めて見る摩周湖の姿を求めて展望台に立った。摩周湖の美しさは十分に認識していたが、快晴の夏の日に見る摩周湖は格別で、ぼくの心に深く焼きついた。たしかに天然の造形の美しさが見るものを圧倒してくる。やや右手の対岸には古城のような摩周岳があり、カムイヌプリ(神の山)と言われている。広がる濃紺色の水面の中央に断崖の小島が浮かぶ。これは、カムイシュユ島と言われている。案内のバスガイドが両手を広げながら、熱心に説明していた。

「摩周岳は858mあり、湖の方は面積が19．1km。周囲は19．8km、最大水深は211．5m、平均水深は135．7m、水面の標高は355mである」と言う。

「湖を取り囲む外輪山はどのくらいの高さなのかな？　カルデラ湖と言うことは知っているけれど、いつ頃この火山は形成されたのかお判りですか？」とぼくは思わずバスガイドに尋ねた。

「そうですね、摩周湖一帯の火山活動は約3万年前から始まったそうです。そして摩周湖のカルデラは約7000年前の大噴火で出来たそうです。その後約4000年前からカルデラの東部に噴火が始まり、カムイヌプリ火山が成長したそうです。同じ頃カルデラの中央に溶岩ドームが形成され、カムイシユ島になって、島の高さは231mで湖面に出ているのは上の31mだけです。それから、湖の透明度は現在30mあるそうです」と、すらすらと暗記をしている内容を伝えてくれた。

悲しいアイヌの古い言い伝えをガイドは遥かに遠い昔を思い浮かべるようにして話し出した。

「昔、宗谷のアイヌのコタン同士の熊祭りの夜に争いがあり、敗れたコタンの老婆が孫を連れてコタンを逃げ出さなければならなくなりました。老婆は、命からがら逃げ出し、その時離れ離れになった孫を探したが見つからず、摩周岳（カムイヌプリ）に一夜の休息を請いました。すると、許されて、湖畔の近くで来る日もくる日も孫を待ち続けたので、老婆はカムイシュ島になってしまった。そして、摩周湖に誰かが近づくと、老婆は孫が現れたかと喜び、うれし涙を流す。この涙が雨であり、霧であり、吹雪なのです」と、ガイドは、摩周湖がいつも霧や雨が多い訳を話してくれた。アイヌ民族の考え方には、自然のどんなものにも神が宿っている。そんな素朴な自然信仰が民族を支えてきたのだが、今、アイヌ民族は和人に同化してしまっている。医学部1年時の、児玉教授の解剖学の講義を思い出していた。「和人とアイヌの骨格的差異」の講義を…。

摩周湖は、50年後の現在の透明度はかなり低下しているという。流れ込む川もなく、流れ出す川もない摩周湖は周辺の影響を極めて受けにくい環境にある。周囲の汚染は考えずらく、湖水に影響を与えるものは、水系ではなく大気の汚染が最も大きい要因であると言われている。環境汚染、それも地球規模の大きな汚染が始まっている。いつまでも、この美しい自然を見続けていけるのだろうか。現在の透明度は凡そ19ｍくらいである。年々、透明度は低下しているのだ。

丸い目がくるりとしたバスガイドは、弟子屈のバスセンターで交代した化粧の無い若いガイドである。ぼくは、にわかにいろいろ聞いてみたいと思った。

「あの摩周岳には登山できるの？」と、その時はこの山に登れる可能性はまったく考えていなかった。何となくあの頂に上ってみたかったのだ。

「ええ!この第一展望台のそこのところに小道があるでしょう。それは外輪山の上を行く道ですが、あそこに小さく見える小さな建物がありますね。その手前の道を左にいきます。右に行くと西別岳に行きます。2時間もあれば登れると言われています」と、ぼくを興味ありげに眺めながら、答えてくれた。

このとき、ぼくは摩周岳に登ることになるなどとは少しも思っていなかった。カルデラの内壁は、急峻で水面までは約250m余りあり、簡単には降りて行けそうにない。ダケカンバやナナカマドの木々や竹薮や雑木林が密生している。外輪山の北東方向には斜里岳が幽かに背景を作っている。いくら見ても見飽きない自然の美しさを堪能していた。バスガイドが、勢いよく吹いてきた風に帽子を飛ばされそうになりながら、「次の第三展望台に行きます」と、声を上げて乗客をバスに集め、人数を確認してバスを発車させた。

バスは第三展望台に向かう。4～5分で到着するが、バスが停車するスペースがほとんどなく、湖水側にはコンクリートで舗装されたテラスの展望台がある。ここからの見晴らしは、むしろ第一展望台より摩周岳が真正面に見えて広がりを感じさせる。湖面は鏡のように滑らかで、空の青さを映して静寂そのものである。バスガイドは、「今日の摩周は本当に素晴らしくて、皆さんは幸運です。未婚の方は結婚運に恵まれますよ。夏場は霧がかかることが多いのです」と、説明して観光客を満足させていた。多くは中年の夫婦達であった。

バスは再びゆっくりと動き出し、すぐに外輪山を下り出すと、曲がりくねった急峻な坂道である。眼前のフロントグラスからは屈斜路湖の水面が午後の光に輝いており、その前にアトサヌプリの赤茶けた禿山の頂が見えている。下山道路の道は、エゾマツや椴松の原生林に囲まれ、ヤドリギが絡まって枝が下がっているのが見える。冬は相当に雪が多いことが想像できた。樹林に囲まれた道を抜けると、左右に畑の緑が広がり出し、その間もなく、バスは釧網線を横切って国道に出る。右に曲がれば、川湯駅である。駅前の広場をくるりと一回りし、再び国道に出る。高い蝦夷マツに迎えられながら、川湯温泉への道に入るのである。すると、両側には腰ぐらいの高さのツツジの原生樹が群生して密生している。彼方にはアトサヌプリから硫黄の臭いのする白煙が舞い上がっていた。

町並みが現れ、ぐらりと横揺れしながら曲がると、もう阿寒バスの終着駅到着である。バスセンターは高いミズナラの木に囲まれた広場にあり、温泉場の終着駅に相応しいその赤い三角屋根の待合所には、多くの観光客が待っていた。

# 第二章　川湯温泉の診療所で

阿寒町を出てからすでに5時間もかかっていた。午後4時半で時間的にはちょうど良い時間であると考えながら、バスを降りたぼくは鞄とリュックを持ち、ゆっくりと歩いて川湯温泉町の中心部にある川湯ホテルプラザのほうに歩いていった。このホテルには卓球台があり、時間の空いているときに練習をさせてもらえるということを聞いていた。すぐ左手に拓銀の保養所があり、わずかな水の流れている土橋を渡ると、左側に平屋の川湯診療所があった。それは、緑色の鉄板葺の屋根の持つ、細長い平屋の家で、その前は広場になっていた。家の後ろには広葉樹林が生い茂っていて半分は家の屋根を覆っている、真ん中に診療所の玄関があり右手には、もう一つの玄関が見えていた。この時間帯には患者は誰も来ていないようである。すでに、ぼくが今日この時間に診療所につくことを考えて先任の医師は、もう札幌に帰っているはずである。

玄関に入り声を掛けた。一人の痩せ型の事務長が出て来て、後ろにもう一人事務の女性が出てきた。ぼくは今のバスで到着したこと、すぐにここに来たことを告げた。事務長も女性も弟子屈町の職員であり、午後5時を過ぎると帰宅してしまうところであった。ここは町立診療所なのである。ばたばたと廊下を小走りに出てきた中年の女性は、小太りなおばさんタイプで、眼鏡を掛け赤ら顔をしている。すごく張り切った印象の看護婦である。

「名前は奈良と言います。助産婦もしています」と、挨拶した。診療所を手助けをしているとのことである。

「夜には看護婦は一人もいないので、夜の往診は先生が一人で、自転車でお願いします」と、さっそく言われた。

玄関を入るとすぐ前には待合室があり、左に曲がると事務室、廊下を挟んで右側には歯科診療室がある。２台の診療台があり歯科の先生が弟子屈から毎週火曜日、木曜日に診察に来てくれる。向かいの一室は川湯温泉研究室と名札の付いている実験室様である。古臭い書庫が立ち、反対の壁には摩周湖の古い白黒の写真と屈斜路湖の写真が貼られている。窓際の机の上には試験管、薬品壜や幾つかの古い計測装置が置かれてあり、机の片隅には乱雑に温泉研究関連の書籍が置かれて埃を被っている。診療所を建設した先代の院長が温泉に興味があり、いろいろと温泉と人間との掛かり合いを研究していたと事務長が教えてくれた。先代の先生が亡くなられて、もう10年以上も経過していた。その後、町がこの診療所を引き受けて運営しているということであった。

ぼくは、古くなっている部屋の印象に興味を感じながら、人間に対する温泉の効用を科学的に研究していた先代の医師の姿を思い浮かべ、色あせた研究室をあらためて見直した。診療室は玄関を入った右側にあり、隣は処置室になっていた。待合室の隣は薬局があったが、薬剤師はいなかった。

その隣に薬品庫、レントゲン室が並ぶ。真ん中の廊下はドアで仕切られて隣の家に通じていた。ドアを開けると、廊下はガラス戸が４枚引かれてあり、障子を開けると、８畳の和室があってそこがぼくの居所となるということであった。その先にあるドアを開けると、この診療所の医師のために賄いをする老夫婦が住み込みでいた。事務長に案内されて老夫婦の居間に入る。

「後藤先生がお着きになりましたよ！これからよろしく」と、事務長が紹介してくれた。老婆は、70

歳くらいのしっかりした顔立ちで、額には多くの皺がある。鷲鼻が印象的で白髪の混じった髪に手をやっている。少し背骨が曲がり出しているようだった。その夫は、短い髪の職人風の人で、泰然とタバコをふかしていた。ぼくは、丁寧にお辞儀をして挨拶をした。

「飯塚さん夫妻で、退職後にここで仕事をしてもらっている」という。持参した荷物を和室に運んでもらった。老婆がお茶を出してくれた。8畳の居間は広くくすんだ白熱電燈がついている。

「そうですか。先生も札幌からですか？遠い所、ご苦労さんでございます。先生はどのくらいここにいることになるのですか」

「2ヶ月です」と、ぼくは答えた。

「先生方はいろいろ代わりなさるから、名前を覚えきれないですよ」

「大学から派遣されてくるものだから、長くいられないのですよ」と、ぼくは弁解気味に言う。

「お名前は何と言いましたっけ？食べるものは何が好きですか。好きなものを言ってください」と、老妻が言う。

ぼくは改めて自分の名前をゆっくりと名乗り、「ソバが好きです」とだけ、伝えた。

診療所の前庭に出る玄関があり障子で仕切られている。出窓には白いゆりの花が花瓶に挿されていた。窓の外は木立にさえぎられている。6畳ほどの台所は奥にあった。事務長に言わせるとこの二人は非常な変わり者だと言う。

「おいおい、分かりますよ」と、言って事務長はにやりと笑っていた。看護婦が入ってきて、患者が「5人も来ているので、お願いします」と言う。

「この時間帯になると、観光客が旅の疲れで診てもらいに診療所に来るのですよ。それから往診の依頼が温泉旅館から来るかもしれませんのでよろしく」と、事務長は立ち上がった。ぼくも続いて立ち上がり、診療室に入って行った。

患者は関西や九州の方から時間を掛けて来ていた。多くは帯広や層雲峡を経由して、川湯を最後の宿泊場所にする人が多いようであった。一休みをしているうちに具合が悪くなる人が結構いるのだ。夜半には3~4人の往診依頼があるのはいつものことであるらしい。患者は、面倒なことは無く、血圧が心配だとか、お腹を壊したとか、夏の風邪を引いたとかで、重大な疾病を考えることなく診察は無事終えた。

窓の外を見ると、夏の日暮れも近く、東の空には夕暮れの桃色の雲が浮かんでいる。診療所広場の両側には背の高い柳の木立が生えていて、少しずつ暗くなっていた。診療所の前の道路を観光客が歩いている。時々診療所に入ってきて相撲取りの大鵬の実家はどちらにあるのか訊ねに来る。大鵬は、この年の春場所で大関に昇進し、7月に始まる夏場所で優勝し、秋場所で連続優勝すれば横綱に昇進するともっぱらの噂だった。しかも、ぼくは初めて、大鵬の実家が川湯温泉にあることを知った。確かに大鵬は有名になっていた。テレビは白黒の時代でも、十分に迫力のある画像が堪能できた。診療所にはまだテレビは付いていていなかった。

玄関を出た。川湯の町は屈斜路湖と摩周湖に挟まれていて、屈斜路湖の東側にあるカルデラ火山(アトサヌプリ)、硫黄山に囲まれた盆地にあり、白樺、エゾマツ、椴の原生林に囲まれた低い山(ポンポン山)がすぐ目の前に横たわっている。四方が山に囲まれた盆地にある温泉である。名のある温泉旅館が4~5軒あり、インターン時代の旧友が皮膚の湿疹を一月で治癒させた御園温泉も近くにあった。硫黄の強い温泉があると聞いていた。

道路上に出てみると、大鵬の実家のある方には道路沿いに民家が立ち並んでいて、近くの十字路には映画館、その先には駐在所がある。左には消防署があり、そこを左に曲がっていくと、細い川が流れている。そこに架かる橋を渡り少し行くと、大鵬の住んでいた家がある。ぼくはそこまで歩く気になれず、振り返ってサワンチサップ山の方を見た。すると、バスセンターの方向に二階建ての川湯プラザホテルが思わぬ大きさに見えた。夕暮れが赤く輝いて町の中には紫がかった暗闇が静かに下りてきていた。風は意外と涼しく、暑い昼間から考えると、気持ちのよい涼しさを感じさせた。

それから少しして部屋に戻り「飯塚婆さん」の用意してくれた夕食を食べ終わり、ラジオを聴いて自分の部屋に戻る。そして、座り机に腰を下ろし、スケッチブックを取り出して眺めてみた。雄阿寒岳やパンケトーとペンケトー、摩周湖の景色はぼくに初めてのものである。景色の大きさのために思うように描ききれていないことを実感していた。それでも水彩絵の具で一枚の摩周のスケッチに色付けして、簡単な便りを書いた。

既にぼくは一人の女性に恋をしていた。時々デートにも誘い出し、喫茶店にも何回か行ったりした。登山に誘って、大雪、芦別、恵庭などの山を一緒に登山をしていた。彼女はミッションスクールである藤学園の教師をしている。生徒達を連れて大雪にも行った時には同伴をさせてもらっていた。その交際を通じてお互いの愛を深めていると考えていた。彼女はカトリックに深い信仰を持っている人であった。彼女と知り合ってから、この7月で6年目になる。ぼくは、彼女は永遠の女性と考えている。しかし、この永遠の信頼がこの川湯温泉に来てもろくも崩れそうになってしまう事件が起きるなどとは少しも考えられなかった。

ぼくは、いつの間にかその渦の中に巻き込まれていたのだが、何も知る兆候はなかった。それはふいに生じるものなのか。ぼく自身も学部の4年生の時、クリスマスに洗礼を受けて、唯一の神、イエス・キリストを信仰している。彼女の歩く道とぼくは同じ道を歩き出していたのだ。ぼくは小さなスケッチにすべての愛を込めて、札幌を出てからの経過を簡単に書き記した。再び逢えることを期待して…。

ぼくの本当の身分は医師であるけれど、北大大学院の病理学研究の教室に所属していて、教室の教授の命令で3ヶ月間、アルバイトで、この川湯に来ているのだった。病気の成り立ちと癌の研究に興味があり、武田教授の第一病理教室に入ったのである。研究のノウハウを何も知らずにいることに少しあせりみたいな気持ちが湧いてきたとはいえ、3ヶ月は我慢しなければならないと考えていた。この日は月曜日で、比較的患者は少なく、静かな夜である。特に金曜日から日曜日の夜は観光客の患者が押し寄せてくるという。普段の午前中は地元の患者が大半であると聞いていた。一日50~60人は来ると、事務長は言っていた。あれこれ考えている内にぼくは眠りに落ちていった。

翌日、縁側の引き戸のカーテンが引かれる音で目が覚めた。障子には明るい夏の日があり、飯塚婆さんが朝の食事を用意する音が聞こえてきた。やがて味噌汁の匂いが流れてきてぼくは洗面をするために台所に行き、朝の挨拶をした。婆さんは洗面器の中に熱い湯を入れてくれた。夏なのに湯とは、とびっくりしたので、「ポンプからの水でよいですから」と、言わざるを得なかった。婆さんは、「いつもそうしているのだから」と、平然として言うのにぼくは恐縮してしまった。

爺さんも起きてきて、3人で朝食をする。朝食は典型的な日本食で、卵、納豆、ほうれん草のおひたしといわしの焼き魚である。味噌汁の中身は、茸のボリボリである。山のあちこちで採れるとのこと。突然、婆さんが、

「先生！朝の用事は早めに済ましてしまった方が良いですよ。何せ家の爺さんが用事に入ったら、2時間は出てこないから、爺さんは朝刊を携えてトイレに入ったらまず出てこない」と、言う。用事で座る木製の座り台は、爺さんの自作の洋式便所であると、言って、婆さんはニヤニヤと笑っていた。真正面から見る婆さんの顔は、額の皺とギョロリとした窪んだ目、四角ばった鷲鼻が目に付く人である。爺さんは特に何も言わずにとぼけたようにキセルのタバコをふかしていた。

午前の診療が始まると、患者は村の人たちがほとんどであった。患者の訴えを聞いたり、血圧を測定したり、継続の治療の注射の確認をしたりして時間は過ぎて行った。昨日の看護婦は慣れたもので、患者と色々話をしながら、

「今度の先生は今まで来たうちでいちばん若い先生だよ。しかし、落ち着いた診察ぶりは安心できるよ」と、陰口をたたいていた。

診察の合間に事務長が現れて、

「歯科の先生が来ているので、紹介します」と、言う。そこで、歯科診療室に足を運び、歯科の先生の顔を見た時、ぼくは一瞬驚いてしまった。どこかで見たような顔であり、マスクをはずした顔は間違いなく昨日弟子屈のバスセンターで見た人であると確信した。眉の濃いやや落ち窪んだ目には優しそうな輝きがあり、口元は少し厚い唇に笑みがこぼれていた。ぼくは、「初めてお目にかかります。後藤と言います。2ヶ月余りここにおりますので、どうぞよろしく」と、挨拶をして再び顔を見た。一昨日見かけたあの美しい女性の父親には似ていないと思った。歯科医は全体に色の浅黒い感じの人であり、少し前かがみに立っていた。ぼくは職業がそうさせているのかなと思った。

「先生は何が趣味ですか」とふいに尋ねられた。

「少し絵を描くことが好きで時々書いているのですが」

「ああ、それは良い趣味ですね。わたしも絵を描くことが大好きなのです。ここにある絵はわたしが描いたものです」と、診察台のある窓の両側の空いているスペースに20号くらいの絵が飾られ、夕暮れの屈斜路湖と川の流れている街が描かれていた。色彩は豊かな風景画でかなりの腕前であると見受けられた。

「どうですか、先生は日曜日、暇なのでしょう。機会があるなら一緒にスケッチに行きませんか」

ぼくは、歯科の先生の誘いを受けることにした。

「その後ビールでも飲みませんか。酒はいけるのでしょう？」と、言うと、後は何か独り言のように話した。診察室を出てから事務長は、「歯科の先生は暇を持て余しているのでしょう」と、これも独り言のように言った。そして、

「自宅にはお一人で生活していられるから寂しいのですよ」と、付け加えた。ぼくはすかさず

「子供さんはいないのですか」と聞いていた。事務長は、「一人女の子がいて、今は東京の大学に行っているそうです」と教えてくれた。ぼくはしつこくない程度に、

「どこで歯科医院を開いているのですか」と、聞いて事務長の反応を見た。

「ああ、それは弟子屈の駅前です。この診療所にはもう10年以上になります。真面目な先生ですよ」と教えてくれた。もう少し聞かなければならないことがあるように思ったが、そこで止めた。あの歯科の先生の娘があの美しい女性なのかと考えて、しばらくは、今回の偶然性は驚くべきことであり、ぼくは誰かに試されているかのような感覚を覚え続けていた。その女性と今度のことは何にも関係がないはずである。それよりも、今度の日曜日のスケッチ旅行はどこに行くのか聞いてこなかったのを

残念に思っていたはずだ。とりあえず木曜日にでも改めて聞くのが確実だと、考え直していた。

昼食になり、「婆さん」の居る部屋に戻ると、「爺さん」はおらず、昼食に冷ソバが用意されていた。「婆さん」爺さんはいつもの日課でパチンコに出掛けたまま夕方までは帰宅しないとのことであった。「婆さん」の冷ソバは冷たく、氷も用意してくれていたが、味は薄くその旨の話しをすると、「前の先生も同じことを言いましたが、その先生から塩分の強いのは体に悪いと教えられたから薄くしているのです」と、すまして言われ、一本取られてしまった。

午後はしばらくの間は患者がほとんど来なくなったので、周囲の街の中を散歩した。昨夕見た十字路の方に行くと、道を曲がった奥に古びた平屋の川湯映画館があり、上映される映画の看板が並べられ、西部劇が上映されていた。観たいと思うようなものはなかった。そこは午後から上映しているようであった。引き返して川湯の十字路の方に戻ると、診療所のすぐ横に小川が流れており、その隣に丸太づくりの山小屋風の拓銀の寮が見えた。入浴の際はそこに風呂を貰いに行かねばならなかった。

町のすぐ近くまでサワンチサップ山の裾野が迫り、改めてよく見ると、赤エゾマツ、白樺、ミズナラ、シナノキなどの針広葉樹の混合樹林が覆っている。深い森に囲まれ、この街に静かな落ち着きを与えていた。十字路から屈斜路湖方面に国道がゆるく弧を描いている。近くに、川湯では古くからある御園ホテルが見えた。その並びには土産店があり、観光客がまばらに品定めをしていた。その土産店の一つにぼくは引き寄せられるように入った。熊が鮭を捕らえる姿を櫟の木に彫刻をしている。似たような壁掛けなどもあった。店の片隅で材料に彫刻をしている40歳前後の男性がいた。顔を見ると、アイヌの混血の人である。濃い眉と深い目のくぼみ。口髭とあご鬚を伸ばしていて、少し浅黒い皮膚である。右手は巧妙にノミを動かしていた。店を一回りして、ぼくはある一つの彫刻が目に付いた。オンコの木を20ｃｍくらいに切り、丸い頭部に人の顔を彫刻してあるものに興味が湧いた。頭部を持ち上げると、中が空洞になっていて煙草入れか小間物入れになっていた。これは何を考えて彫り付けたのですかと、ぼくは思わずその男に聞いた。

「それはコロポックルの神を想像してこしらえたものですよ」と、ぶっきらぼうな返事が返ってきた。

それは、小学生の頃の国語の教科書にあった「蕗の下に住む小人の話」を思い起こさせてくれた。コロポックルはアイヌ民族より古くから北海道に住んでいたのだろう。アイヌより小柄な人であるに相違ない。しかしコロポックルはどこに行ってしまったのだろう。今は、アイヌの守り神か、幸運を呼ぶ精霊に扱われているのだろう。この頃はまだコロポックルが観光客の話題になるような時代ではなかった。しかし、ぼくは、どことなく懐かしく、寂しげに彫刻された顔を見て、黒光りする小さなコロポックルの頭をなぜていた。

「お客さん!それ気に入ったかい、まだ買う人がいないんーでね、安くしときますから」と声を掛けてきた。

「なんとなく欲しい気がするけど、今はだめ。財布がないし」と、ぼっそりとぼくは言い訳をした。

「お客さんはどっちから来たんだね?」

「ぼくかい、札幌。いや、ぼくはそこの診療所からさ」

「診療所?あれ!また診療所の医者が変わったのか!わしも時々診療所に行くから今度相談したいことがあるから、頼みますよ!」と、ノミを動かすのを休めて、ぼくの医者としての品定めをするように見つめていた。観光客が3〜4人店に入ってきたので、会話はそれで終わりになった。

「また来るね」と、言って土産物店を出た。暑い夏の昼下がりは観光客もまばらで、時折、バスがほこりを巻き上げて通り過ぎていくぐらいが変化である。住んでみると数日前までいた阿寒町と変わりのない田舎町であった。

午後4時を過ぎると、ぼちぼちと患者が来る。ほとんどが観光客である。関西から来たある70歳の男性が唸りながら診療所に入って来た。受付で早く見てもらいたいと叫んでいた。看護婦が案内して診察室に連れて来た。ぼくを見るなり彼は叫んでいた。

「先生!何とかしてくれ、助けてくれ、俺は今日の昼からまったく小便が出ていないんだよ」

ぼくは、患者を診察台に休ませて診察をする。下腹部が膨張して張っている。前立腺肥大による尿閉である。長い間バスの座席に座っているために下腹部の充血が生じたのだろう。看護婦にネラートン・カテーテルを出してもらい導尿を試みるも尿道が狭窄していて導入は不可能であった。導尿が管では出来ないので腹部を穿刺して尿を採る以外には方法はないと考えられた。ぼくはその事を説明すると、患者は何でもいいからこの苦しみを早く取ってくれと懇願している。血圧も上がり冷や汗もかいている。

「俺は大阪で質屋を経営している。金はいくらかかってもいいから早く楽にしてくれ」と、大声で怒鳴り出していた。

ぼくは看護婦に一番太い針と注射筒を出してもらい、恥骨の上部を消毒し、局所麻酔を行ってから穿刺を行い約600ml余りの尿を取り出した。すぐに患者は気分が楽になってきた。

「今夜のホテルはプラザです。尿がたまったらまた来てもいいですか」と、質問する。ぼくはそこのプラザであれば夜に来るのも仕方がないと思いながら、

「溜まって辛くなってきたら、来てください」と、返事をしていた。

その夜は、患者からの電話が来るかと思いながら、午前1時くらいまで起きてヘッセを読んでいた。デミアンは日本人のぼくにとって、わかりにくい小説である。第一次世界大戦後のドイツの若者たちに歓迎され、アメリカでも支持されたと言われている、それに引きかえヘッセの初期の作品はわかりやすい。『青春うるわし』『郷愁』『車輪の下』などは、みずみずしい少年から青年への移行する時の、不確かな人生の憧れやあきらめが、故郷に対する郷愁とともに美しく書かれている。小説デミアンの主人公はエミリ・シンクレアである。彼は暗い、内向的な少年である。仲間の中で強がりを言ったために、脅しを受ける羽目になる。

ぼくも少年時代の一時期、中学2年生のときに悪への道に誘われるような苦い経験があった。街のチンピラの脅しで何度も金銭を出さなければならない弱みを見せてしまっていたためである。シンクレアはデミアンに救われていくのだが、シンクレアが直面しているこの世の中の二面性のうちのネガティブなものからの脱却を最後にすることで自分自身に帰る。自己の新しい確立をすることができるという内容なのだと思う。ぼくも受験勉強に追い立てられている最中、高校生から女性に対する憧れを密かに抱いていた。それは、成長する性欲的な欲望ではあるけれども、本質的には女性に対する男性の持っている高い境地への憧れを実現させるものと捉えてきたつもりだ。「人を愛すること」の茨の道とぼくは考えていた。決して甘いものではない道であった。肉欲的なものではなく精神的なものであった。

何回かの失恋の後、ぼくは亮子に支笏湖の湖畔で会った。それ以来ぼくは亮子に魅せられてしまった。精神的にも肉体的にもすべてが捕えるえられてしまった。亮子はぼくのただ一人の女性だと思っている。ぼくは恋人の亮子とは話をすることはあっても、手を握ることとさえなく、5年は過ぎようとしている。ある意味では一方的なプラトニックな状態で過ごしてきた。

一昨年、二人で恵庭岳を登山した時でも、同じ部屋に宿泊したのに何も起こらなかった。秋空のすばらしい10月10日の一日だった。亮子は誰が見てもすばらしい美人である。友人はぼくに、「何年も付き合っていながら何もないなんておかしい。そんなことなんてあるのかな」とも言っていた。ぼくは亮子を知ることで自己の確立ができることを喜んでいた。亮子を知ることは、イエス・キリストを知ることでもあったのだ。大雪山に行ったときの彼女の話はその大きなきっかけになっていると思う。中学時代に聖書の話を聞かされてから、聖書への誘いは時々あったが、多くは理解しないままに打ち捨てられてしまっていた。だからぼくは密かに聖書の勉強を始めようと決心した。聖書を理解するためには聖書の背景を理解していかなければ聖書を理解してはいけないことも解った。聖書から得られる多くのすばらしいことは、今のぼくの実在を確かなものにするはずだった。神を信じて、平安な心を持って一日を過ごすことができるはずであった。

それらの思いを打ち消すようなことがあの時起こっていたのだ。あの阿寒バスの中で見かけた女性に気が取られるとはどうしたことだろう。ぼくはその姿を打ち消そうと努力していたのに。しかし、その姿、雰囲気は亮子にも似ていると思った。亮子の顔立ちは瓜実顔であり、彼女は丸顔である違いがあるだけであった。背丈は同じくらいで、立ち居振る舞い、バスから降りていく後姿も亮子に似ていると思った。それが歯科の先生の娘であるとは。間違いなく歯科医の娘であると確信が持てた。暗い天井を見つめているうちに、ぼくの胸は亮子に対する思慕で高鳴っていた。亮子の姿を求めていた。すると、歯科医の「お嬢さん」の姿が現れてきて、ますますぼくの頭は混乱に陥いていた。何かが起こりそうな予感があり、堂々巡りをしているうちにぼくはいつの間にか眠りに入っていた。

翌日、６時半には婆さんが起きて朝食の準備を始める音が聞こえてくる。ぼくも昨夜の悪夢で重い頭を抱えながら起きて、障子を開けると外は曇りである。よく見ると、深い霧に包まれていた。緩やかに霧が診療所の前庭から柳の梢に絡まるように流れていた。この天気は、おそらく晴れていくのだろうと思って起きた。静かな朝が始まろうとしていた。３人で朝食を取り終えると、いつものように飯塚爺さんは新聞を抱えて便所に入り、そう簡単には出てこないはずだ。ぼくは新聞も読めずラジオを聴いていた。朝の診療が始まる前に昨日の患者が来ていると連絡があり、診察室に行ってみると昨日の患者がにこにこして座っていた。

「おはようございます。尿は出るようになったのですか」と、ぼくは尋ねると、

「先生、昨日のあの注射はずいぶんと効いたようですわ。12時過ぎには尿が少しずつ出始めて、今朝はばっちりと出て気分は爽快です」と、患者は赤ら顔をほてらせて勢い込んで話をした。

「それは良かった。あの薬は、昨日も話しをしたように女性ホルモンの一種で前立腺肥大に効果があるので、尿が出るようになったのです。少し高価な注射であったのですが、それをする以外には方法は無かったでしょう。大阪に帰っても治療は続けなければ駄目ですよ。」と、ぼくは念を押した。その患者が診察室を出てしばらくしてから事務室の受付で大きな声で怒鳴る声がした。看護婦が診察室に戻ってきて、

「あの大阪の質屋はとんでもない人ですよ！薬代が高いと言って、事務の相木さんに文句をつけているのですから！」と、慌てている様子だった。

患者に渡した請求書を見ると、患者は保険を使用していないことが判り、それで薬代としてはやや高価になっているのであった。

「患者さん、ぼくは高価な治療をしたつもりはありませんけれど、決められた最低のことはしたつもりです。保険を使用していないことで、全額あなたが、個人が支払いをしなければならないからなんです」と、ぼくは付いてきた妻を見ながら言った。妻は眼鏡を掛けたふくよかな中年の女性だったが、昨日あんなに夫が苦しんだことはぜんぜん知らないようであった。

「先生の言うことは判るが、一回分の薬代としては高い！」と、まだ矛先を収めようとはしないでいた。横の威勢の良い看護婦がついにたまりかねたように、

「お父さん、昨日、苦しんでいたときに何て言ったか覚えておいでですか。いくら金を出してもいいと叫んでいたのではないですか。だからと言って、いくらでも金を頂くつもりはなく、治療した分だけ支払うのが道理と言うものでしょう！」と、言う。半分は怒りに燃えているようであった。山本事務長も来て、いったい何事があったのかと怪訝そうに患者とぼくたちを見つめていた。しばらくの沈黙のうちに患者は財布を取り出し、治療代の９５０円を支払いした。そして、何の礼も言わずに出て行った。朝から気分の悪い話であった。

「時々ここではそんなことがあるのですよ。気になさらないでください」と、事務長は話をしてくれた。あの患者は、北海道の川湯でまさか尿閉などを起こし楽しい旅行を台無しにするとは思っていなかったと思うが、時には生死にかかわることがふいに起こるなどと、少しも考えていないのだと思うと空しく、寂しい気がした。せっかくの楽しい旅行は、このことですべてが悪い想い出になることだろう。

診療所の玄関前を見ると、自転車が数台並んでいて患者が来ていることが判った。空は朝早くより明るくなり、霧が晴れていっているようだった。事務長はまずお茶を飲んでから仕事を始めましょう

と言って、熱い緑茶を入れてぼくの顔を見ながら、

「歯科の先生は、絵が上手いから一人であちらこちらにスケッチをされに行くのですよ。仲間ができるのは楽しいのでしょう。先生は絵をおやりなるのですか」と、探るように聞いてきた。

「絵は本格的にしているわけではなく、スケッチ程度なのですよ」と、ぼくは慌てて、言葉を濁して言った。ぼくは油絵をしたいと考えていたが、問題はお金の問題だった。油絵の具を買うお金などはほとんどない貧乏医学生だった。医学の教科書を買うだけで一杯だったのだ。

午前の診療が始まった。何人かの患者を診察し終えてから、土屋と言う名の患者が診察室に入って来た。カルテを見ると再来の患者である。土屋さんは、昨日近くの土産店で木彫りをしていたアイヌの人である。頭の鉢巻をはずしてきたので、すぐには昨日のノミを振るっていた人とは気がつかなかった。

「先生、相談に来ました。以前から色々な先生に見てもらっているのだが、一向に良くならないのですよ！いったいどうしたものか。新しい先生が来たと言うので、改めて診てもらおうと思い来たのさ」と、言いながら診察椅子に腰を掛けた。ぼくは、カルテを見ながら随分と先輩の先生が色々な薬を出していることが判った。それは、慢性の鼻の炎症であるらしく、鼻炎、蓄膿症といった診断名が付いていた。腰掛けた土屋さんの鼻を見せて貰うと、鼻腔が全体に赤くはれて出血があり、鼻中隔は穿孔していて糜爛状態と言える。絶えず鼻水が流れて止まらないと言う。ぼくはこの症状を診て、その特異な炎症に驚いた。

「土屋さんは42歳ですか。治療を始めて10年くらいになるようだけど、今までどの薬も効果はないようですね。ところで、いつから彫刻を始めたのですか」と、聞くと、病気と関係のないことを聞くと

はと、不審そうな顔をして、

「中学を卒業してからだよ」と、土屋さんはぶっきら棒に答えた。ぼくは、この症状は木彫をしていることと何か関係があるのではと疑っていた。公衆衛生学の教科書にある画像を思い出していた。重クロム酸ナトリウムがメッキ、皮なめし、陶磁器、塗装などに使われていて、その長期使用により体内に吸収されると、中毒を生じて皮膚に難治性無痛性潰瘍を形成したり、鼻中隔穿孔を出現させるという。そうした症状の画像を思い出したのだ。

「木彫に色を付けていますよね。あれは何で付けているのですか」と、聞くと、土屋さんはさらに自分の鼻の病気と何が関係あるのだと疑うように、不審そうに顔をゆがめた。

「どうしてそんなことを聞く必要があるのさ！重クロム酸だよ。昔から使っているのさ。もう30年近くなるよ」と、言うので、ぼくは驚きながら、

「この鼻の病気はその重クロム酸と関係があるのだよ。長く使うことで次第に皮膚からクロムが吸収されて、そのために中毒を起こしているからなのです。その症状をなくすためにはクロムの使用をすぐ止めなければならないですよ。もしこのまま続けていけば、癌もできてくる可能性がある」と、自信を持って告げた。しばらくの間、土屋さんは無言になり、こんな話は聞いたことはないと、怪訝な様子だった。いずれにしても、木彫の色付けには重クロム酸を使用しては駄目であることを強調した。

「薬はあるのですか」

「残念ながら、薬はないのです。とにかく重クロム酸を使うことを止めないと」と、重ねて話をした。

確かにそれは、当時としては、防腐作用があり、暗褐色の独特な色合いを作るというので、木彫の色調を出すのに最適のものだったに違いなかった。そのため多くの木彫に使われていた。今ほど公害が

問題にならない頃のことである。土屋さんは、半分納得して帰っていった。それから、いく人かの患者を診察した。窓から見えていた曇り空は、いつの間にか晴天になっていた。夏の穏やかな風が吹いていた。ぼくは、川湯の空気はマイナスイオンが多く、すがすがしく感じていた。すると奈良看護婦が一枚の紙片を持って来た。受け取って広げてみると、

「後藤先生、この日曜日、和琴半島に行きましょう。和琴半島のバス停から降りた所の近くに一軒の休憩土産店があるので、そこで午前8時に待ち合わせいたしましょう。天候の良し悪しにかかわらず実行いたします。加藤巧より」と、書かれてあった。

「加藤先生は忙しそうにしているのですか？」と、ぼくは奈良看護婦に聞いた。

「患者が7～8人はいるようだから、午前中にはまだ終わらないと思いますよ。先生！加藤先生から何の言付けをよこしたの」と、奈良看護婦が興味津々で紙片を覗き込む。間髪を入れず、ぼくは、「デートの約束さ！」とわざと自慢気に紙切れを見せたが、ぼくが加藤先生に出会ってまだ3日しか経っていないのだから、もう少し説明が必要のようだった。

「実はね、ぼくたち絵を描きに行くことにしているのですよ」と、説明すると、看護婦の不思議そうな顔つきは消えた。

昼食の時間になり部屋に戻ると、鷲鼻婆さんの作る昼食は今日も冷やしソバであった。ぼくはソバが好きだから黙っていただいたが、昨日の味とは少し異なると思っていた。

「ちょっと味が異なりますね」と、言うと、婆さんはニヤニヤ笑いながら、

「昨日のタレが残っていたので、たしまいしたのさ。少し味が濃いけど、我慢してや」と、悪びれずに言った。これで3日間のソバ昼食である。ぼくは飽きたという感じを持たなかったけれど、いった

いこれから先どうなるのかいささか心配ではあった。

「爺さんは戻っていないの」と聞くと、

「あのやつは朝からパチンコさ。一度も景品を持って帰ったためしがないさ。ごおつく爺だから、いつ帰るかわかんないんだよ」と、投げやりに言い返してきた。食事を終わり「婆さん」の顔を見ているのも大変なので、事務室に行ってみた。まだ歯科の診療は終了していない。歯科は午後1時頃までかかるらしい。事務の二人は昼食を食べながら、会計と投薬の仕事をしていた。奈良看護婦は昼食に自宅に帰っていた。山本事務長は緑茶を入れながら、

「もう慣れましたか。午前中の土屋さんの件はわたしも聞いて驚いています。あんなことってあるのですか？ここらは昔からあの薬は木彫りのときの仕上げの色付けに使われているのですよ」と、教えてくれた。ぼくは土産店に並べられて黒光りするコロポックルの木筒を思い浮かべていた。

「事務長、あの薬は大変な毒性を持っているのだよ。ぼくも中学生の頃、重クロム酸ナトリュウム液を素手で触って、やけどをしたことがあるのですよ。皮膚がむけて、2～3週間は茶褐色の色が取れないでいました」と、ぼくは解説した。慢性的に使い続けると、皮膚からクロムが吸収されて主に皮膚の組織を破壊してしまうらしい。

「土屋さんは相当に驚いて帰って行ったけれど、如何するのかな」と、事務局長は心配そうにお茶をごくりと飲み干した。そばにいた色白な丸顔の事務の女性はぼくたち二人を見ながら、

「色を付けるだけならば、他にも方法はあるみたいよ。親戚に木彫りをしている人がいて、草汁、木汁、墨汁、などは結構いい色が出るようだと言っていました」と、横から言い添えた。

「今日は快晴の気分のいい日なので、診察が終わったら、バトミントンをしませんか」と、弁当箱を

包みながら、どことなくコケテシュな感じの女性事務員の相木和子が話かけてきた。それから1時間ほどして診療は終了になり、歯科の先生が事務室に顔を出した。

「やあ！後藤先生、こんにちは！先ほどの、見ましたか。診療が終われば、すぐ自宅に帰るものですから、もしやお会いできないかと思い、連絡しました」と、やや疲れ気味の顔をほころばせながら告げた。ぼくは挨拶を返しながら、

「和琴半島は初めてなのです。ぜひ行きたいです。よろしくお願いします」

「多分、川湯からのバスの時間がちょうどいいのがあるはずですから、遅れないように来てください。わたしはこれから自宅に戻ります。娘の友人が来るというので」と、言いながら出て行った。事務長はその後ろ姿を追いながら、

「先生には奥さんがいないのですよ。弟子屈には、終戦後間もなく、確か15～16年前に来て、歯科医院を駅前で開業しているのですよ。はじめ奥さんがいたようなのですが、結核で療養所に入院しているうちに亡くなったのですよ。娘さんを一人残して。それ以来、独身で娘さんを育て大学に入れたのですね」と、言う。

ぼくは、あの時バスから降りて行ったあの娘は、先生の一人娘であることに確信が持てた。確かにあの女性は歯科の先生と一緒に歩いていったはずだ。それはぼくにはどうでも良いことであるはずなのに、内心気持ちが動揺していた。すると、事務員の和子は、

「わたしは小学校の頃、あの子を知っていますよ。可愛いく、色白の美人ですよ。中学生になり、札幌の学校に転校したのです。それから、東京の青山学院大学に行っているそうです。わたしより2年先輩かな」と、さらに彼女の周辺の事を話してくれた。ぼくには彼女のことはどうでも良いことのは

ずだ。むしろ、先生とスケッチに行くことは楽しいことのように思っていた。

「先生！バトミントンをやりましょう」と、後ろで事務の相木和子が声を掛けて道具を持ち出した。外に出てみると、夏の日差しは明るく、蝉の鳴き声がうるさいくらいに聞こえていた。玄関前の広場には両側に背の高い柳が植えられてあり、ちょうど手ごろな広場になっていた。ネットもないので、羽の打ち合いをしばらく行っていた。山本事務長は、

「和子ちゃんは、学生の時はバトミントンの選手だったのですよ」と、言うのを聞いて、ぼくは彼女の羽の打ち込みの鋭さに圧倒されているのに気がついた。また彼女の呼び名が和子（わこ）ちゃんであることに気が付いた。若い女性が汗ばんで溌剌と躍動しながら運動する姿は、最近は目にしたことが無かった。医師になるまでの5年間、運動は登山だけだった。考えてみると、いつの間にか登山以外の運動には無関心になっていた。

「山本事務長さんは、野球はしないのですか」と、聞いてみた。年のころ40歳前後の山本さんの体つきは痩せていて、筋肉質で運動は出来そうであった。

「わたしですか。わたしはあまり野球しないですよ。卓球を少しします」と、言う。

「それならば、わたしも卓球は好きですから、時間があったらやりましょうと」と、ぼくは汗を流しながら答えた。躍動する若い女性の姿態を見ながら、ぼくはバトミントンに熱中していた。午後の暑い夏の日差しは、街を包む深い森の緑をいっそう濃くしていた。2時半頃になって、奈良看護婦が自転車に乗ってふうふうと汗を掻きながら戻って来た。

# 第三章　ひまわり、揺れる

道東の弟子屈の街は、摩周湖と屈斜路湖に挟まれた間にあり、釧網線が北から南に貫いて走っている。３万年以上前に活動した火山の名残であるカルデラの底部と考えられる地域ではないかと考えられる。屈斜路湖からは湖水が源流となって釧路川が流れ出し、清明な流れのままに北西から弟子屈の街の中を潤し、街で釧網線に合流するように南下している。道路は東西南北から街をめがけて集中している。北は網走から野上峠を超え、西は北見から美幌峠を通る。もう一本は阿寒横断道路である。東は羅臼・中標津から、南は釧路から道路が集まる。小さい町ながら交通の要所である。そして、もっと大切な摩周湖周回道路に繋がっている。北海道の名付け親、松浦武四郎の著書『久摺日誌』には約１００年前の弟子屈の様子が記されている。当時の弟子屈は深い原生林に覆われ、住む人は無く、屈斜路湖畔にわずかに17戸ほどのアイヌの人々が住むコタンがあるのみであったという。

弟子屈の周辺には今でも原生林の名残が点在していて、癒しの空間を提供している。アトサヌプリ（裸の山）は、３万年前からの火山活動を今に伝えている。明治10年頃から硫黄の採掘が始まり、馬と船で硫黄山から釧路まで硫黄を輸送したという。明治21年にはアトサヌプリと標茶の間に硫黄山鉄道が敷設された。この鉄道は弟子屈の繁栄をもたらした。しかし、硫黄の枯渇に伴い、急速に汽笛の音は９年間で幻の如く消え去ったという。そんな弟子屈に明治19年に初めて温泉旅館が開設された。それが弟子屈の温泉の始まりと言われている。川湯にも同じ頃、料理店兼温泉宿ができたが、間もなく廃業したらしい。

　その後の川湯の本格的な開湯は、明治37年に本格的な温泉宿を開くのを待たなければならなかった。明治23年から25年にかけて、多くの囚人たちの苦役により開通した野上峠を通って網走方面からも人々が来るようになった。釧網線が開通したのは昭和6年である。そして、昭和9年に阿寒、摩周、川湯、弟子屈を含めた国立公園に指定された。広大な土地に国立公園が占めている。阿寒と弟子屈を結ぶ横断道路は、摩周湖さらに屈斜路湖とを結ぶ構想のもとに考え出された。東大出の永山在兼なる土木出身のエリートが釧路土木派出所長に赴任したときに計画されたものだったという。昭和3年に着工、昭和5年に開通した。原生林の生い茂る山峡に新たに道を作る難工事を想像することができる。いまだに舗装されていないけれど、中学生の時にはその道路のことを大変な悪路と聞いていた記憶がある。今は、その砂利道を原生林に粉塵を浴びせながら、定期的にバスが走っている。弟子屈の町には各方面からバスに揺られ、人々が集まってくる。それにしても、町は艶やかな温泉街で、商店街はなく落ち着いた雰囲気を持っている。

　しかも、弟子屈の街は、全体にくすぶったような平屋の民家が多く、明治時代の名残を残す。そんな雰囲気の中、駅前の晩翠橋にほど近い川沿いに加藤先生の新しい洋風の家がある。


　遥は、久しぶりに戻った自宅2階の自分の部屋でくつろいでいた。10畳の広い部屋である。窓を開けると、夏の爽やかな風が気持ちよく吹き込んできた。机に向かい腰掛けていたが、読んでいた本を置くと、風でページが音もなくめくれていった。手で本を抑えながら窓から身を乗り出すと、すぐ近くには曲がりながら流れている釧路川の清流が見えた。水面はきらきらと輝いている。遥はこの景色を見ると、気持ちが落ち着いてくるのを感じるのだった。対岸の家並みは最近少し増えているようだ。その向こうに釧網線の軌道の路肩がよぎっている。定刻になると、4両編成の機関車が走り込んでくる。黒煙の霞んでいく向こうに緑の丘をかたどっている。街は、駅を中心にその緑の丘陵に囲まれている。快晴の日には弟子屈飛行場を飛び立つセスナの爆音が低く聞こえてきた。水面をじっと見つめていると、さまざまなことが頭の中をよぎっていた。

一昨日、東京から夏休みで帰宅したばかりの遥は何もしたくなかった。義父との会話も未だ十分にしていなかった。今夜はゆっくりと東京の学校の話でもしてみようと思っていた。幸い友人たちが訪ねてくれる。遥は、部屋の中を見渡し自分の部屋の殺風景な様子に少し苦笑したが、これも仕方がないかなと思っていた。部屋には母の使っていたオンコの木で出来ている化粧台と5段の箪笥があり、自分の持ち物のほとんどが納まっていた。上には黒髪の長い日本人形が変わらぬ姿でまっすぐに前を見詰めていた。すぐ横には亡くなった母の若いときの姿を写した写真が枠にはめられて飾ってあった。白いブラウスに黒い長いスカート姿である。学生時代のものだった。その写真の下には、古く変色しかかった航空帽子をかぶり戦闘機の前に立つ一人の男性の小さな写真が挟まっていた。残された遥の父の写真である。遥の誕生日のときの写真も置かれ、両親と一緒に写る。

遥は子供の頃は随分と大きいと思っていたガラス戸付きの黒檀の本棚には中学生の頃から読んできたさまざまな本が並んでいた。世界文学全集、日本文学全集、源氏物語などたくさんの本が並んでいた。受験の参考書の方はそろそろ整理しなくてはと考えていた。大学も3年生となっている自分には必要のないものであった。壁には、義父が描いてくれたバラの絵と屈斜路湖と藻琴山が描かれた油絵がもうずっと以前から同じ位置を占めていた。

押入れの前の服掛には、白地に大柄なバラの花が描かれている夏の浴衣が掛けてある。盆踊りまではもう少し時間がある。夏の夜、大柄な花模様の帯をしめ、浴衣を着て川べりを散策するのも悪くないと考えていた。

遥は大学生になってからも真面目に勉強をしていた。札幌の藤学園を卒業して青山学院大学を受験するといったら、友達もシスターも驚いていた。青山はプロテスタントの大学だから、遥の行く大学ではないと友達には随分と言われた。しかし、このプロテスタントの大学はのびのびと開放的な自由があり、おおらかな気分が遥には合っているようだった。東京の下宿は義父の紹介で入ったので、何の不安もなく3年間は几帳面に夜の門限を守ってきた。昨年あたりから学生の学内騒動が東京のあちこちの大学で持ち上がっていたが、青山は静かだった。

ここは、米国メソジスト教会の宣教師により創立された大学で、女性の生徒も多かった。山の手線渋谷駅からそう遠くなく行ける。静かなキャンパスは緑溢れ都心にあるとは思えない。マタイ福音書5章13～16にある「地の塩、世の光」がスクールモットーであった。遥は、カソリックの藤学園を出たからキリスト教には十分な理解があった。まだ信者になり、神を受け入れるようにはなっていなかったが、そのような気持ちはあった。藤学園と同じ朝の礼拝はパイプオルガンの響きとともに始まり、キリスト教信仰を建学の精神に生かす原動力になっていた。遥は卒業論文のことを考えていた。英文学の何を選んだらよいかまだ迷いがある。

最近話題になっているクローニンの小説を取り上げてみようと思っていた。クローニンの小説には医師が活躍するものが多いけれど、『城砦』や『天国の鍵』を取り上げたいと思うのはキリストの福音とも関係があると考えていたからである。

窓から見ていると、小学生が川べりに来て賑やかに遊んでいる。自分も以前はあのように無邪気に小石を投げて遊んだことを思い出していた。川の流れは意外と速く流れている。川の中に入り、足をとられて流された時、義父が青い顔をして飛んできたことが思い出され、遥は苦笑いをした。そのころは、母は生きていた。出来て間もない新しい弟子屈国立療養所に入所していたが、母の病気はかなり重く、家に帰ってくることも、また、見舞いに行くこともなかなかできなかった。

昭和21年の夏、遥の母は重い結核に罹っていることが判った。近所の医師が診察して、胸部写真を撮らずに聴診器だけで肺結核であることを指摘した。遥の本当の父は戦死したので、母は幼児の遥を連れて東京から昭和20年3月に札幌に疎開してきていた。母の両親は札幌に住んでいた。終戦後、母は小学校の教師になる予定だったが、病気のために叶うことがなかった。祖父祖母も昭和20年と21年と続いて他界してしまって身寄りが誰もいない状態になっていた。困り果てた母、美紗子は昔、東京の学生時代に知っていた加藤巧歯科医師が弟子屈に住んでいることを頼って、22年の春に両親の菩提ほか一切すべてを整理し、丸一日以上の汽車の旅をして、遥を連れて訊ねてきたのだった。道東の山深い弟子屈の駅に降りた日を遥は思い出していた。加藤医師は親子を心から歓迎して喜んでくれた。遥は、巧医師が眉の濃い顔をほころばせて遥を抱き、頭を優しくなでてくれたことを覚えている。

「大きくなったね。おじさんの家に来たのは本当に良かったよ。家にはお手伝いの人がいるだけで後は誰もいないからね。気兼ねなく過ごしてくださいね」

遥の母は、巧医師に深々と頭を下げて、

「どうか、よろしくお願いいたします、わたしは病気で仕事をしていけないのです。何とかこの子を育てなければ戦死した望さんに申し訳なくてならないのです」と、優しい色白の面立ちの黒い瞳に必死な思いをこめ涙を浮かべながら、巧医師にお願いをしていた。

「美紗子さん！安心してください。ぼくは一人者ですし、結婚をする気は当分ないのですから」と、巧医師は、母の痩せた両肩を抱きしめた。そして、励ますように
「この家はあなたの家ですから、心配しないで過ごしてください」と、重ねて言った。

「少しでも巧さんのお手伝いができればいいのですけれど」

「そんな心配は要りませんよ、お手伝いが全部やってくれますから、美紗子さんの病気を治すことが一番大切です。それに弟子屈に療養所が完成したので、ますます安心ですよ」

「本当に有難うございます。よろしくお願いします」と、母は何度も何度も頭を下げていた。

遥の隣の部屋が母といつも一緒にいる部屋になっていた。母は昭和22年春、出来立ての療養所に入所した後は一度もこの部屋には戻らずに亡くなってしまった。遥は父（望）の顔はまったく覚えていない。戦争中に結婚した父は、戦争に行き沖縄の空中戦で戦死したと聞いた。古くなった白黒の写真が一枚手元に残されていた。その面影は、遥のおでこや水平に濃い眉に残され、一方、丸い頬、柔らかな唇、瞳は母親似である。遥は、母が早く結婚をしたのも戦争のせいなのか？と思った。母と巧おじさんとの関係はどんな関係なのだろうか？遥は、余り詳しいことは聞いていなかった。父と巧叔父さんは学生時代には大の親友だったということは教えられていた。

遥は、遠く摩周湖の空の色が変わったように思った。風が強く吹いている。確かに暑い午後の日差しは樹林の緑を白く輝かせて波打っているようだった。東の空は雲に覆われ始めていた。こんな時は

摩周湖には霧が生じているはずだった。しばらく摩周湖には行っていないと思いながら、今年の夏は足を運んでみようと思っていた。遥の想いも白く錯綜するようであった。

階下から義父の呼ぶ声が聞えてきた。

「遥、降りておいで！お茶を飲まないか？」と、機嫌の良い声であった。義父は今日、川湯診療所に行ったはずだ。もう帰宅したのだ。時計は午後4時10分を示していた。コーヒーブレイクには少し遅いと思いながら、遥は立ち上がってゆっくりと階段を下りた。コーヒーの懐かしい香りが漂ってきていた。コーヒーポットの沸き立つのを見ながら、義父の巧は腕組みしてソファーに腰を下ろしていた。はるかの部屋がそっくり階下のリビングになっていて、ベランダは釧路川に向いていた。部屋の真ん中には黒光りする樫の木で出来ている丸いテーブルが置かれてあり、囲むようにソファが置いてあった。奥の片隅には黒のアップライトのピアノがあり、ときどき遥は無心に弾き出した。いつも食事はそこでするのが習慣になっていた。

「お義父さん、何の用事ですか？」と、遥は、義父の腕組みを見て相談があることを察知していた。腕組みは、そんなときの義父の癖であった。顔を遥の方に向けながら、機嫌よく、

「今度の日曜日は空いているかい？空いていたら、遥を連れてハイキングと行きたいのだが、どうだろうか？実は絵を描きに行きたいのだよ。和琴半島にね。屈斜路湖には遥と長い間一緒に行っていないのではない？」

「そうですね。お友達が今日の夜か明日の朝来て、土曜日には層雲峡に行き、旭川に行くので、空いているはずです」と、遥は答えた。

「そうか、それでは日曜日は少し早いけど、オッケーだね。弁当はいらないよ！食べる所はあるから」

と、立ち上がり、義父は、コーヒー茶碗の準備をし始めた。

「友達はどこから？」

「東京よ、昨日も聞いていたくせに」と、遥は笑いながら答えた。上手いコーヒーがゆっくりと茶碗に注がれた。義父の淹れるコーヒーは本当に上手いと遥は思った。

「どうかな？コーヒーの味はブルーマンとモカのブレンドさ」

遥は、砂糖を匙一杯だけ入れてかき混ぜてから、ゆっくりと啜った。まろやかな軽い苦味が口に広がり、久しぶりに義父の入れてくれたコーヒーの味を楽しんだ。

「うん、とても美味しいわ。お義父さんの腕は落ちていないわ。今日は、患者さんはもういないのですか？」

この弟子屈の街に人が増えてきたのに、近隣には歯科医がいないため患者の数は減るより増えていることが義父の悩みだった。

「患者はあと5～6人残っているけれど、夕方6時過ぎには終わるよ」

「夕方の列車で友人が着いたら食事を一緒にしたいのだけれど、よろしいかしら」

「ああ、遥の友人ね、何人来るの」

「二人です。二人ならばお母さんの使っていた部屋に泊めてあげることができるし、わたしの部屋にも余裕はありますし」と、来る友人のことを考えながら、遥は夕方の汽車が着くころ迎えに行くつもりでいた。義父の歯科医院は、駅前にあり、歩いて5分もかからない所にあった。

「それでは、今夜はすき焼きにしようか？遥にすき焼き用の牛肉を買って来てもらって、野菜、うどんなども用意して貰わないといけないね」と、義父は張り切って言った。手伝いのおばさんは夜には来ないから、自分たちで用意しなければならない。それから医院に再び出かけていった。

遥は、2階に上がり、化粧台に向かって髪を後ろに束ね直して自分の顔を確かめ、切れ長の目を2～3回瞬かせた。遥は、普段から化粧をしたことはなく、化粧台は自分の顔を確かめるためのものであった。それから、手さげ籠を持って買い物に出かけた。街の中を歩くのは、帰ってきてから初めてであった。高校生以来弟子屈を離れてから知りあいの人たちも見掛けなくなっていた。肉屋のおばさんは彼女のことを覚えてくれていた。久しぶりに見る遥を上から下まで見て、

「遥さん！見ないうちに随分と大きくなったね。それにきれいになったこと」と、元気よく声を掛けた。白の半袖の夏のブラウスにやや短めのスカートの遥の姿態が成熟していて、女らしさがみなぎっていた。透き通るような白い素足に下駄を履いた姿は質素で、後ろに丸めた黒髪は若さを引き立てていた。

「すき焼き用の牛肉を1kgください」

「あら、いったいそんなにたくさん食べるのかい。二人だけなら500もあればいいのに」

「あのー、今日はお客が来るものですから」と、遥は念を押して言った。おばさんは、遥の両肩から前胸の乳房に掛けて流れるような女性らしさにまぶしさを感じながら、

「はい。すき焼き用1kgです。まけときましたからね」

「あら、おばさん、すみません」

少し傾むきかけた日差しの中に夕昏の匂いがどこからもなく漂っていた。さらに2軒ほどの店をまわり夕食の材料を買い求めて帰宅した。たまねぎ、白玉、卵、うどんなどの材料を食べるばかりに調整し、すべての準備が終了して時計を見ると、午後6時を過ぎていた。

午後6時35分の列車で来るに違いないと考えて、遥は駅に友人を迎えに行った。駅舎の待合室には数人の乗客がいるだけで閑散としていた。夕暮れの街には電燈があちこちにつき始め、西の空は茜色に輝いて森のはずれに日は落ちようとしていた。やがて網走行きの機関車が前灯を点けてホームに入って来た。列車の窓は茜色に反射をしている。乗降口が開くと、数人の乗客の後に二人の女子学生が勢いよく降りて来た。

「やあー!遥、今着いたよ。元気?」と、手を振りながら改札口に近づいてきた。ハイキング帽子をかぶり、白のブラウスの上にはベストを着込んで、ズボンをはいている。そんなハイキングに行くようないでたちにカニ族といわれるスタイルの横長のリュックを背負っていた。二人はまったく同じ格好をしていた。代わるがわる遥に声を掛けた。

「ユリ、マリ、途中無事だった?東京からは丸一日がかりだからね。疲れたでしょう?」と、遥は二人を抱きしめた。

弟子屈の街は、夕暮れが増していた。どこからともなく湯の香りが流れてきて、薄い闇を包んでいる。遥は二人に、

「あの角にある2階建てのくすんだ一階で義父は歯科医院をやっているの」と、指をさした。医院に電燈はついておらず、もう帰宅したらしい。

「弟子屈は温泉の町なのよ。今渡っている橋は晩翠橋、川は釧路川で、屈斜路湖から流れてきているの。きれいな流れでしょう」と、さらに説明していき、

「川沿いを右折して少し行くと自宅よ。あそこにひまわりが咲いている庭があるでしょう」と、追加した。夕暮れにひまわりの花が咲いているのが見えた。ひまわりの花が好きな遥が、自分で春先に植

えたものだった。自宅の居間には電燈がついて義父が先に帰っていた。食卓には4人分の皿が並べられ、ガスレンジが置かれていた。二人の同級生は勢いよく玄関に入り、居間に来て加藤医師に挨拶をしてから、はるかの部屋で荷物を降ろし、旅の煙で煤けた顔を見直していた。

「二人は最初にお風呂に入ってください。家は温泉を引いてあるので、いつでも入れるけれどね」と、遥はマリとユリを促した。

「温泉つきのお風呂なんて素敵ですね」と、二人は旅の汗を流すことにして先に入浴をした。

「二人分の浴衣を用意してありますからね。好きなほうを使ってくださいね」と、はるかは声を掛けた。若い二人が風呂を終えて髪をとかし居間にはるかとともに席に着くと、華やいだ空気が広間を占有した。加藤医師はいつもと異なる雰囲気のために気持ちが高揚していた。3人を見渡しながら、巧はこんなことは一度もなかったことを思い出し、感激して涙が溢れてくるようだった。声を詰まらせながら、

「はるばる遠い所をご苦労さん。遥を尋ねてくれてありがとう。弟子屈と摩周の景色を堪能していってください。日本一の景色ですから」と、乾杯のビールコップを持ち上げた。彼女らも少しはビールが飲めるようであった。すき焼きの鍋が温まり、肉が煮えてくるにつれ、三人のおしゃべりが元気よく始まっていた。

「北海道の様子はどうですか、汽車から見た風景の感想は」と、巧は促してみた。

「そうですね、急行が函館を出て大沼沿いに走っている時の駒ケ岳はすばらしいです。羊蹄山も北海道らしい景色ね。それに、広々とした空知平野と石狩川の流れ、滝川からの空知川、富良野から見た

十勝連峰の山並み、それから狩勝峠から見た十勝平野の広大な広さ、新得を過ぎた頃から見える日高山脈もすごいわ。帰りには札幌に寄る心算だけれどね。今日は一日汽車の窓から外を眺めていたの。おかげですっかり日に焼けてしまったわ」と、マリが北海道の印象を語り出した。彼女は山登りを趣味にしていた。巧はマリの自然の描写はすばらしいと思った。巧は、絵を描くこともあり、自然を見る目はしっかりしていると思っている。マリが続けて語った。

「列車が帯広を過ぎる頃は本州にはない風景があると思います。畑はどこまでも広く耕されていて豊かな感じがするのね。それが釧路に近くなると、低い雑木林が多くなり、草原が広がっている。釧路で乗り換えて釧網線に入ると、根釧平野が果てしなく広がっているようで、別世界に来たようです」

話を聞いて、巧は、彼女達がよく北海道の景色を見ていることに感心していた。

「あのね、帯広からバスで阿寒、弟子屈経由川湯行きに乗ると、3時間くらいで来れる方法もあるのよ。別な景色を楽しめるけれど、途中阿寒湖を見ることができるのです。道路は舗装されていないために、少し乗ると大変ですけれどね」と、言うと、遥は道東の地図を出してきて広げた。

「明日はね、ここ弟子屈から摩周湖に行き、摩周湖を見学してから川湯温泉、それから屈斜路湖を見て美幌峠に出て、それから戻るコースを予定しているのよ。見学する所はたくさんありますから、退屈しませんよ」と、遥は二人に説明した。

「砂湯は、屈斜路湖の湖畔に温泉が湧いている所があるの。そこで温泉に入れるわ。昔、屈斜路湖の湖底噴火が起きてから魚はいなくなってしまったのだけれど」

「露天風呂ね、湖畔のそばにあるの？」

「そうなの、入る気になれば入れるよ」

「それは面白そうね、裸では駄目ね」

遥は、ビールを少し飲んで頬を赤らめ長いまつげをぱちぱちすると、微笑みながら行く先のポイントを二人に示した。巧は、東京で３人の大学生活はどうなのかを聞いてみたかった。

「３人は、来年は4年生でしょう。卒業の準備は立てているのですか」と、野暮ったいことを聞いてみたかった。遥は、

「卒論のことはあるけれど、大体決めてあるの。英文学の中のある小説家を取り上げようと思っているの」と、真面目になって答えていた。

マリが、

「わたしはまだですよ。来年初めに計画を立てようと思っているの。間に合うよ」と、鷹揚に答えると、

「わたしもまだ何にも考えていません」と、ユリもけろりとして言った。それでも、彼女達それぞれにちゃんと思惑があるのだろうと、巧みは思った。

がやがやとおしゃべりが続いていたが、ふいにマリが巧に、

「遥のお母さんはどうしたのですか。遥からは戦後間もなく亡くなったと聞いていますが？」と、尋ねた。遥は、義父の養子であることについて詳しいことは級友には話してはいなかった。巧は、頭を下げ眉間には緊張した皺を寄せて、遥の方を見ながら話し出した。

「実は、遥の母は戦後、昭和25年にここ弟子屈の国立弟子屈療養所で亡くなったのです。遥のお父さんは、わたしの親友の小松望と言います。戦死したのです。だから、遥の氏名は小松です。東京の大学を予定より早く中退して、望は土浦航空隊に入隊し、わたしは望より2年遅れて航空隊に入ったのですが、遥の父はそのとき戦闘機乗りとして練習していました。その後、特攻隊に組み入れられ、多

分鹿児島近くの鹿屋に転属になりました。そこで、望に昭和20年3月20日特攻出撃命令が出て、そのまま帰らぬ人になってしまったのです。わたしが航空隊で訓練中に戦争は終結したのです。戦争へ出撃の命令が出ずに終戦を迎えてしまったのです。遥の父、望は戦闘機の操縦はすごく優秀だったそうです。だから、早く戦闘機に乗れたのかもしれません。

戦友、望の妻が遥の母なのです。木村美紗子が名前です。鹿屋に転属するときに望ははるかの母、美紗子と結婚式を挙げたのです。昭和18年11月3日でした。わたしとたった3人でした結婚式だった。望はわたしの大の親友でしたから、特攻に出る時に『もし自分が帰還しなければ後を頼む』と、言い残して行ったのです。わたしは親友との約束は守らなければと考えておりました。戦後、わたしは大学に戻り一年余り歯学の勉強をやり直してから、北海道の静かな町を求めて弟子屈にたどり着いて開院したのです。遥の母は終戦前に札幌に戻ったのですが、両親をなくし、自分も結核になり、遥を連れてここ弟子屈に昭和22年に来たのです。弟子屈に結核のための療養所が出来たので、入院して治療をしていたのですが、結核には勝てなかったのです。今は肺結核もいい薬が出来て治癒させることができるようになっていますが、当時は安静しかいい薬はなかったのでね」と、巧は、寂しそうに目をしばたたかせて二人を見ていた。遥は、そばで静かに目を伏せていた。

「それは悲しいお話ですね。戦争は嫌いです。結核も。遥、そうだったのですか…。あなたは余り自分のことを話さないものね」二人は涙を浮かべていた。

「あなた方お二人も確か5歳くらいの時に戦争が終了したのだから、何も記憶にはないでしょうが、二人はどこの生まれなの？」と、巧は二人に尋ねた。

「わたしは長野の松本です」と、マリは答えた。

「ユリさんは？」

「わたしは岡山の田舎です」

「そうですか。二人とも戦争の惨めさや残忍さを余り見てはいないのだね。岡山は広島に近いから噂は聞いていると思うけれど」と、巧は独り言のように呟いた。

巧の心の中には言い表せられない寂寞とした青春の苦しみが湧いてきていた。ビールを飲み干した。もう一杯遥は義父のコップに静かに注いだ。それを一気に飲み干して、巧は急に意を決したようにかしこまりながら口を開いた。

「実はね、うーんと、わたしの青春時代の経緯をまとめて書いたのを本にして出したのだよ。これははるかに断わっておく方が良いのではないかと思っているのだが。遥のお母さんのこと、戦死したお父さんの望のこと、遥のことが書いてあるのでね」と、3人の前で巧は立ち上がり、机の上に重ねられている書籍の上から3冊の本を取り上げた。

緑色の表紙に摩周の絵が描かれ空の余白部分に『はるかな摩周』とタイトルが書かれていた。しばらくの間、四人は声もなく沈黙していた。外は静かな暗闇で蛙の鳴き声がかすかに響いていた。巧は、立ち上がり窓辺に行きテラスの戸を開けると、釧路川のせせらぎが聞こえてきた。遥の植えたひまわりの花が静かに揺れていた。その時が来たのだ。わたしと遥の母と望のことを記録した青春の貴重な記録を、遥に知らせる時が来たのだと思った。気を取り戻した巧は、一つ質問があるのだけれどと、3人を見渡した。

「みんな、彼氏はいるのかい」と、明るい声で聞いてみた。すると、3人ともに口をそろえて、

「そんなものは、おりませんわ」と、陽気に答えた。

食事が終わり用意してあるケーキを出し、コーヒーを入れる。４人思い思いのペースでコーヒーを啜りながら、満ち足りた気持ちに浸っていた。壁には巧の描いた１００号の摩周湖の絵がある。紺碧の水面と蒼空の青が深い悲しみをたたえていた。遥は、いつの間にかピアノに向かい、ショパンの夜想曲を弾き出していた。憂いが込められたこの曲を久し振りに聞いた。

その時急に、玄関に置かれた電話のベルが響き渡った。

# 第四章　ショパンが聴こえる

午後4時頃を過ぎると、川湯には観光客が集まってくる。夏の暑さも周囲に森林の多い川湯ではしのぎやすい。診療所前を観光客がそぞろ歩いて通り過ぎる。そのうちの何人かが決まって診療所に立ち寄って、大鵬の家はどこですかと聞きに入ってくる。ぼくは事務長に、

「大きな紙に地図を書いて入り口に貼ってはどうですか」と、言ったけれども、

「来てもらった方が良いのです。いろいろな人と話ができるから」と、あまり迷惑がらずに言っていた。

「それもそうかな」と、ぼくは思った。4～5人の患者が来て、診察をする。旅行の途中食べ過ぎた、バス酔いが治らないから薬を出してほしい、風邪を引いたので熱冷ましが欲しい…そんな患者を診てその日が過ぎて行く。


夕食が終わると、自分の部屋で休む。蒸し暑い夜になってきた。雨が降っていない日が続いていた。鷲鼻の婆さんに隣の拓銀の療養所に風呂を貰いに行くことを告げて外に出た。すぐ隣の山小屋風の寮は、簡素な感じの宿泊施設で社員の家族連れが宿泊していた。迷惑ではないかを聞いてから風呂に入った。脱衣所には誰もおらず、湯壷は一つで家族風呂になっている。杉の木造りでほのかな香りが立ち昇っていた。気持ちが休まるものであった。天井には大きな丸い電燈がつるされていて、全体にバランスが取れている造りになっていた。30分ほどで入浴を終えて部屋に戻ると、電話が入った。御園旅館からの往診依頼だった。宿泊客の一人が腹痛を訴えているから来て欲しいとのことだ。ぼく

は、往診鞄を用意して自転車の後ろに載せ出かけた。

旅館の中に案内されてみると、４人部屋に４人の女学生が休んでいた。そのうちの一人が患者であった。年齢は19歳、東京都出身で保険証を預かり、カルテに名前を記入してから診察に入った。今日の昼頃から胃部がむかむかして徐々に腹痛が始まり下痢もあると言う。昨夜は層雲峡に宿泊していた。発熱もあり、37．６℃である。寝かせて内診をすると、他の３人の女の子達は興味ありげに頭を突っ込んで見ている。血圧はやや低めだが、正常。脈拍は98あり、少し緊張しているようだ。腹部は季肋下左に圧痛があり、下腹部に伸びていた。聴音するとかなり強い蠕動運動があり、まだ下痢が続きそうな感じである。右の上下腹部には痛みはなく、問題なしであった。急性大腸炎と診断した。舌の乾燥した苔は脱水を物語っていた。

彼女達は、北海道に入ってから今日で4日目。明日は摩周湖を見て網走に行き、釧路から帰る予定であるという。北海道の食事は美味しく、彼女たちは何でも旺盛に食べ尽くしているようだった。患者K子は、ついにダウンしたと言うことらしい。ぼくはK子に心配ないことを告げて、これからリンゲルとサルファ剤そして痛みの注射をすることを告げた。ぼくは、それまであまり余計な口を利かないで黙々と仕事をこなしていた。すると一人の女子学生が、

「先生はインターンですか」と、聞いてきた。ぼくの様子を見てそのように聞いてきたのだろうか、それとも若すぎたとでも思ったのだろうか。

「わたしですか？どうしてそのように感じたのですか」と、聞いた。

「だって温泉診療所の院長としては、余りにも若いのですもの」と、言う。

「若くないですよ、これでも内科医になって3年は経っているのですからね」と、少しサバを読んで

返事した。

「とにかく患者はこの注射でよくなりますから。内服薬も３日分ぐらい出します。明日の最後の観光旅行が中止にならないようにしましたよ」と、ぼくは汗を掻きながら部屋を出た。

　夜の川湯の町は、９時を過ぎても人々がお土産店を覗き回っていた。何となく蒸し暑さがあった。明日は雨になると感じながら、診療所に戻り鞄の中を整理して、カルテの記載と内服薬の処方箋を書いて机の上に置いた。すると、電話が鳴った。駐在所からだった。女子学生の一人が街のチンピラに追われて転倒したために、顔面に傷を負っているので見てもらえないかという依頼だった。ぼくは川湯にもチンピラがいるのかと思っていると、４人の女子学生が入って来た。二人に抱き抱えられるようにして、その一人の鼻と口は強い擦過傷で軽く出血し腫脹していた。強く打ったため上顎の門歯が折れて白い神経がぶら下がっているではないか。これは一体どうしたことだ。中年の警察官が続いて入って来た。

「先生！彼女が、チンピラに追われて逃げようと走っていたら、石に下駄が引っかかって転倒したのです」

「そんなチンピラがいるのですか？」

「温泉にはいませんが、よそから入って来た奴らです。大体見当はついていますがね」と、言って、巡査は、先生がいるから安心しなさいと優しく諭していた。女の子は川湯観光ホテルの浴衣を着ていた。歯の状況をみて、これは歯科的な処置をする必要性があると思い、加藤先生に電話で相談をすることにした。電話をかけると、受話器の外す音が聞こえ、と同時にピアノの音が流れてきた。微かに聞こえる音はショパンの曲らしかった。あの女性が弾いているのだろうか？

「もしもし、加藤です」と、返事があった
「加藤先生、夜分に大変失礼します。川湯診療所の後藤です。今、急患で、転倒して口を強く打撲し、門歯を折ってきた患者がいます。神経が垂れ下がっているのですが、どうしたらよいですか」

と、助けを求めた。

「折れた先の方はどうしたのですか」

「どこにもないんです。多分転倒した所にあるかもしれませんが、この夜中じゃ見つからないと思います。患者はかなり痛がっていますが、先生に、来て治療していただくにしても、もう車はないでしょうし」

加藤先生は、

「それならあなたが臨時に処置を行ってください」と、処置の方法を教えてくれた。受話器からはピアノ曲も流れている。確かにショパンの夜想曲の一つだった…。ほどなく電話は切れた。誰が演奏しているのだろうかと思いながらも、我に返り、患者を歯科の診療室に連れて行き診察台に座らせる。ライトをつけてみると、右門歯が完全に真ん中で折れていた。白い神経が露出して見えた。ぼくは歯科の細い穿刺針を取り出し、神経を巻きつけて引いてみた。すると、神経は簡単に断裂して切れた。神経の抜けた小さい穴に歯科用の消毒剤を充填し、ゴムを熱して折れた歯の全体を包んだ。擦過傷で汚れた鼻、唇、頬を消毒して化膿を止める軟膏を塗り、ガーゼを当て包帯を巻いた。女の子は泣き止んでいた。よく見ると、可愛らしい顔をしていた。もう心配は要らないこと、残念ながらなくなった門歯は入れ歯で修復ができることなどを説明した。４人は礼を述べて帰ろうとしていた。そこで、明日の朝出発の前に必ず来てくださいと告げた。カルテを整理し警察に提出する診断書などを書き終えて部屋に戻ったのは、夜の11時を過ぎていた。

遅くになって霧雨が本格的な雨になり、トタン屋根に一定のリズム音を刻んでいた。先ほどのピアノは誰が弾いていたのだろうか。しばらく歯科の部屋の椅子に座っていた。雨の音を聞いていると、ぼくの心には亮子の姿が浮かんでくる。どうしているのだろうかと思慕の思いが募ってくる。恋人の亮子は、内面的な女性だ。冷静な女性であるあまり、自分を表に出さない所がある。愛情の表現についてみても控えめである。信仰の話になると、真剣な瞳で話が弾み出すのだ。ぼくはそれを聞くのが好きだ。亮子の藤学園はぼく達が生まれる前の１９２５年に、ドイツのフランシスコ修道会により5年制の札幌藤高等学校が設立された。亮子は自宅が近いこともあって、中学生から藤に入学し、常に優秀な成績を収めて卒業していた。謙虚な所が常にあり、ぼくには理想の女性として感じられた。藤の名の由来を聞いたことがあった。亮子は、

「昔から札幌には藤の野生がたくさんあり、それを図案化したもので、真ん中に3本の縦の線は謙遜、忠実、潔白を表しているのです」と、聞かせてくれた。目を閉じながら、ぼくは清純な亮子を心の中で抱きしめていた。

翌朝は雨が止んでいたが、空は曇っていた。いつものように顔を洗い、朝食を食べラジオを聴いていると、もう患者が来ていると事務の和子ちゃんから連絡があった。昨夜の女学生達が待っていた。4人はカニ族のスタイルで横長のリュックを背負い、朝一番の列車で旅立とうとしていた。軽装のハイキングスタイルが新鮮だった。ガーゼを交換して醜くないように包帯を巻いてあげた。

「今朝の食事はどうしたの」と聞くと、

「食事の時、門歯は直接に門歯同士がぶつかり合わないから食べられた」と言う。歯は消毒し、ゴムの充填の入れ替えをした。彼女は手鏡を取り出して顔を十分に確かめて、笑顔で出て行った。

事務室に入ると、和子ちゃんが、

「お茶を入れますから。昨夜は大変でしたね。先生がカルテに処置をきちんと書いてあるので、計算するのが楽です」と、言いながら立ち上がり、お湯を沸かす準備をする。丸顔のキュートな感じの女の子だと改めて気づいて、彼女の動きを見る。緑茶を飲みながら、ぼくは、

「診療所で対応できないような患者が来たらどうしたらいいのかな」と、彼女に尋ねていた。これは看護婦か事務長に聞くことであったが、なんとなく彼女に聞いてみたくなっていたのだ。

「その時は、先生、国立弟子屈に送ったほうがいいかもしれませんよ。わたしがいるときにそんな患者が来たら、わたしの知っている先生に連絡を取ってみるから」と、実に明快な答えが返ってきた。ぼくは、それは当然だと思った。それ以上は釧路に送ることになるのだ。

「その先生の名前は何て言うのですか。教えておいてください」と、ぼくは和子ちゃんに要請した。実はこの先生は彼女と婚約していることを後で事務長から教えられた。

山本事務長は、9時を過ぎてもまだ来ていなかった。バスに乗り遅れたらしい。9時半頃あたふたと現れた。患者はもう10人以上も来ていた。中年の女性が、リヤカーでいかにも農家のおじさん風の男性を連れて来ていた。早速、診察を開始した。その男性は56歳で、昨日から何も言わないし、何も食べないで寝てばかりいるということである。農家を経営している人であった。話かけてもぼんやりして何も言わずに反応もない。瞳孔の不同があり、左が大きく対光反射が弱い。右の顔の麻痺が見られる。上肢を上げてみると、明らかに右は弱く麻痺があった。看護婦は血圧が高いと報せてくれた。

190／104mmHgで、脈は40台と報告してくれた。これは明らかに脳卒中である。脳内出血か脳梗塞か鑑別は難しいけれど、診療所での治療には限界があると考えた。奈良看護婦に弟子屈に送ることを伝えた。

「それなら和子ちゃんの彼氏に連絡したら、引き受けてくれるよ」と、言う。ぼくは先ほど彼女が伝えてくれたことが現実になり、驚きながら国立弟子屈病院に電話をした。内科の布施医師が電話に出た。意外と気さくな対応をしてくれたので、ぼくは少し緊張が取れて、今いる患者の状態を説明し患者を引き取って貰うことにした。この頃は救急車などもなく、どこかの空いているトラックを探さねばならなかった。山本事務長があちこちに電話をしてついに車を一台調達した。和子ちゃんは、

「わたしが患者について行ってあげる」と、言って車に乗り、出掛けて行った。1時間もあれば戻ってくる。色々なことが起こりそうな予感がぼくにはしていた。いずれも臨機応変に対応しなければならないと腹を据えていた。奈良看護婦は、

「和子ちゃんは彼氏に会えるから、張り切って行ったのだよ」と、独り言を言っていた。それから、おもむろに看護婦が、

「先生にお礼をしたいと言う美人4人が来ていますよ」と、教えてくれた。玄関に出てみると、昨日の4人の女性たちが微笑みながら立っていた。患者は、どなたなのかぼくは記憶になかった。一人の面長の容貌の女性が名乗りを上げた。ぼくは健康になったその女性に丁寧に挨拶されて、少し気分が良くなった。

「そうですか。下痢、腹痛は取れたのですね。内服薬は続けた方がいいですよ。あんまり食べ過ぎないように。どうか良い旅を」と、ぼくはすがすがしい気分で話した。

その後は、地元の患者が続いていた。お昼少し前、患者が途切れた頃に和子ちゃんが戻ってきた。するると、先日来院したあの旅館の女性が結果を聞きに来た。診察室で不安な顔をし、神経質な様子で落ち着かないでいた。ぼくは釧路のラボに出した尿中の妊娠反応の結果が来ているかどうか看護婦に聞いてみた。慌てて奈良看護婦が事務に行き手紙類を調べた。一枚の紙を持って、にこにこしながら戻ってきた。ぼくは患者に、

「下剤は止めたのですか？」と、聞きながら、その紙を見ると妊娠は陰性であった。それを彼女に見せてあげた。肩から息が抜けるように安心した顔が印象的であった。妊娠すると、尿中に体内ホルモンの代謝したものが出て来るが、これからはそれをすぐに見分けられるようになる可能性があり、世の中は少しずつ便利になっていることを感じていた。

この頃の外来患者の中で、2～3人が普段は健康なのに下痢をしてから手足がしびれることを訴える人がいることに気がついた。今日も35歳の男性の患者が両上肢、下肢の痺れを訴えてきた。診察すると、握力が低下して、下肢深部健反射が亢進し、何とも言えないようにしびれると言うので触覚、痛覚などを調べるとやはり低下している。触覚は臍部までが低下していた。多発性神経炎なのか他の神経病なのかぼくには理解できなかった。カルテをよく見ると、以前に急性腸炎で下痢がありその後も時々薬を貰いに来ていた。相変わらず下痢があり腹痛もあると言う。最近は2週間余りキノフォルムを服用していた。ぼくは、この下剤は中止にしたほうが良いのではないかと思い、一般的なビオフェルミンを出し様子を見ることにした。

この件に関して、ぼくが大学に戻ってしばらく経った昭和37～38年以降に奇病のことが新聞で取り沙汰され、キノフォルムが原因であるとかウイルスが原因ではないかと話題になり出していた。昭和

40年以後になりキノフォルムが亜急性脊髄炎の引き金になることが報告された。視神経まで犯されることでSMON（subacute myelo optic neropathy）の由来であった。

当時、ぼくはこの種の患者を診て何なのかを全く理解できなかったのが事実であった。多少幸運だったのは、キノフォルムの投薬を中止したことである。しばらく受診してくれていたその患者は、神経の症状はあまり良くなかったが、視力の変化はなく、胃腸症状は取れてきていた。ぼくはカルテを出して貰い、キノフォルムを常習的に服用している患者を探してみると、7人の方が服用していた。できるだけこの薬は出さないほうがよいのではないかと思い、来院した時に他の薬に変更をすることにした。時代が過ぎるとともに、薬害公害が問題になるようになっていた。この後もすぐ睡眠剤サリドマイドを服用した妊婦が奇形の赤ちゃんを産むことが話題になりだした。サリドマイドの催奇形性が明らかになり、医師側の薬の処方も慎重にしなければならなくなっていた。どのような危険が潜んでいるのか慎重になる必要があった。

ようやくお昼になり、部屋に戻り昼食を取ろうとしたら、早くも鷲鼻婆さんはにこにこしながら、「食事の用意ができていますよ。今日もお蕎麦にいたしましたから、たくさん食べてくださいね」と、声を掛けてきた。居間の折りたたみ式丸テーブルには昨日と同じように蕎麦が用意されていた。ぼくは覚悟を決めて、再びソバを無言で食べ始めた。よく見ると、昨日のとは違うソバのようであった。味も確かに異なると思った。婆さんの顔を見ると、真面目な顔をして、

「どう、美味しいですか？今日は、信州ソバを手に入れたからね」と、言う。ぼくはありがたかったけれど、これで4日間もソバじゃやり切れないと思いながらお年寄りの努力に涙が出そうになった。

それで、

「ソバは毎日出るのですか？ 美味しいのですが、飽きることもあるのです」と、正直に答えた。「あと3日分はありますからね。十分食べてくださいよ」と、涼しい顔をしている。ぼくはたまらなくなり、

「あの、てんぷら蕎麦などにしていただけますか」と、聞いた。

「てんぷら？ それは簡単ですよ。この次から、そうしますか」と、面倒でないような感じであった。ぼくは、あと3日間天ぷらそばならば、耐えられると思っていた。食事を終えて、自分の部屋に戻りぼんやりしていると、和子ちゃんが慌てて部屋に来た。

「先生！急患ですよ。リヤカーで男の方が来ました。何か火傷をしているみたいですよ」と、言う。ぼくは、急ぎ白衣を着て診察室に行くと、50歳くらいで髪をぼさぼさと伸ばした浅黒い痩せた男性が横になっていた。そばには付き添いの妻が心配そうに立っていた。

「これはどうしたのです？」と、聞いてみると、その妻はおろおろしながら答えた。

「だんなが薪ストーブの横で寝ていたところ、わたしが薬缶を持ち上げて、取手が熱いもので落としてしまったのです」

「え！旦那さんの背中にですか？」と、ぼくは思わず聞き返していた。

今朝は雨模様であり、夏とはいえ少し寒い感じがしていたからストーブに火を燃やしたのか。患者は痛がり呻いていた。急いで上着を切り取り、背部を露出した。腰部にも熱傷の広がりが確認された。握りこぶし大のぶよぶよとした水泡が形成されて融合していた。あるものは破裂してリンパ液が流れ落ちていた。両上腕の上にもすでに大きな水泡が形成されている、一部は3度にも達しているように見えた。2度なら何とか治療が可能だ。ぼくは頭の中で感染を防ぐことと、皮膚の保護をしなけ

ればと思っていた。熱傷の治療は今の医学では決定的なものはあるようでなかった。皮膚の水泡を注射器で吸い取り、破れた皮膚を切り取りながら奈良看護婦を呼んだが、昼食に帰宅していなかった。彼女が来てくれなければ、仕事が始まらないと山本事務長に伝えて、ぼくは経験的に熱傷に相応しい治療方法を考えていた。呼び出された奈良看護婦が汗を拭きながら診察室に入って来た。おおよその水泡形成した皮膚は切り取られて、患者の赤い糜爛面からリンパ液が流れ落ちてきた。ぼくはマーキュロ液、亜鉛化軟膏、サルファ剤を混合して軟膏を作り、それを背中一面の皮膚を保護するために塗布した。それから、ガーゼを当てて保護した。亜鉛化軟膏は水分を吸収する作用がある。

さらにキャベツを買いにやらせた。キャベツを一枚ずつ清水で洗いその上からあてた。キャベツは熱傷部分の発熱を除去する作用がある、痛みがそれで取れるはずである。患者は39度にも発熱していた。それは十分な補液が必要であることを示していた。血圧は140／90mmHgでショック状態ではなかったが、いずれショックが生じてくるかもしれない、体の10％以上の熱傷ではショックが生じると言われていた。ビタミン剤とサルファ剤の混合注射をする必要があった。患者を空いている別室に移してから、ぼくはその妻に、

「この背中に貼り付けたキャベツが柔らかくなったら、清水で冷やしてあるキャベツを張り替えるように」と言った。妻は理解したと見えて何も言わずに頷いていた。昭和35年頃はまだ冷蔵庫などはない時代であった。熱くなっている体を冷やすことなどは不可能であった。患者はキャベツを使って痛みが取れ楽になってきたようで、睡眠に入っていた。しかし、ぼくが心配していたのは尿の排泄がなくなることであった。尿が出なくなることは、熱傷が組織を破壊し特に深部の筋肉層に至れば腎機能の低下が起こる。そうなれば、ぼくの手に負えなくなることを自覚していた。水分の供給も十二分に

しなければならないことを看護婦とその妻に指示して様子を見ることにした。

今であれば、救急車で二次救急病院に搬送しなければならない患者である。川湯から釧路まで搬送することは当時としては考えられなかった。キャベツを貼り付けて1時間もしないうちに、キャベツは溶けたように柔らかくなる。それを取り替えねばならないので、患者は別室に移動させた。キャベツを10個余り買って来て用意をした。奈良看護婦はこんな治療法は初めてですと、言っていたが、患者の痛みが軽くなるのを見て納得していた。ぼくのこの応用は、子供の頃の記憶があるからだった。湯たんぽで熱傷になり、水疱を作り、痛みが激しい時にキャベツで冷やすと、不思議に痛みが薄らいでいくのを知っていた。さらに出来合いの氷を探した。温泉診療所は何かと忙しいと聞いていたが、昨夜来の患者の内容からすると、間違いなく忙しかった。今夜は、臨時の患者の監視で休めないと覚悟した。

金曜日の午後、雨は上がり涼しい風が吹いてきていたが、庭の柳の緑が濃く、暑さが戻ってくるのを感じていた。午後の4時を過ぎると、観光客はいつもより多く、それに伴い患者も増えていた。上気道の感染や風邪の患者、お腹を壊した急性の腸炎の患者、バス酔いが殆どであった。6時過ぎには患者は来院しなくなった。別室の熱傷の患者は懸命の冷却治療で痛みは薄らいでいた。食事も少しでき、排泄もあった。

「明日まで様子を見れば、心配しなくても良くなるので安心して下さい」と、やつれた妻に伝えた。ぼくは、久しぶりに疲れたと思った。部屋に戻ると、机の前に座り一日の経過を思い出していた。医師としての仕事は始まってからわずかに2ケ月しか経っていないが、日常の中にあって、患者との人間関係から出でくるさまざまなことに関わり合いを持ち、その流れていく方向に沿って少しでも手助けして上げるのが医師の使命であることを痛感していた。自分は未熟であるし、さらなる医学の勉強をしなければならないと思っていた。大学に早く戻りたい気持ちになってきていた。隣の居間から鷲鼻の婆さんが声を掛けてきた。

「先生、お茶が入ったから来ませんか」

「分かりました」と、居間に行くと、珍しく爺さんも同席していた。爺さんは顔を赤くし、晩酌をしていたらしい。皺だらけの顔をほころばせている。

「先生！珍しくパチンコに勝ってね。商品を頂いてしまってさ。婆さんを喜ばせているところさ」と、机の上に石鹸や歯磨き、砂糖、醤油などを並べていた。

「たまにこんなガラクタを持って来ていい気なものさ」と、気丈夫な婆さんは口を歪めている。しかし、あまり悪い気はしていないようであった。婆さんは、いつも爺さんの悪口を言っているけれど、それが癖なのだ。爺さんは無口なほうで、ほとんどにやにやしているだけである。爺さんは釧路の太平洋炭鉱で長年働いて、退職後は美留和の田舎に転居して農業を夫婦でしていたところ、頼まれて夫婦で診療所のご飯焚きをしているということであった。畑は少しあるので、自分の食べる野菜類だけを植えている。二人には子供はなくゆっくりとした老後を楽しんでいるように見えた。

「お二人はどこか旅行、札幌などに行かれたことがあるのですか」と、訊ねてみた。婆さんは、

「結婚する前に札幌に行ったことがあるが、爺さんは戦争にも行かず、釧路より遠い所には出たことがない」と、少し優しそうな瞳を爺さんに向けていた。

「二人は幸福なのですか」と、ぼくは聞いてみた。

「わたしはここにこうして何年も同じ生活をして何の欲もないし、爺さんと口げんかをするけれど、

これでも結構仲良くやってきたものさ。これからも変わりないさ」と、言うのを聞くと、ぼくは婆さんの厳しすぎるように聞こえる言葉には夫に対するねぎらいの意味がいつもあるように思えた。この診療所を終の住家にしてのんびり老後を送る二人には、人生の苦難を乗越えた平安がある。ぼくは、二人がゆうゆう自適の生活をしているところが、他人には変わり者と見られているのだと思えた。

「おばあさん、明日のソバは間違いなくてんぷらを入れた物にしてくださいね」と、ぼくは呟いていた。

10時過ぎに熱傷の患者を診察に行った。患者は痛みが出ていて、うつ伏せにして休むのが辛そうであった。背中の熱傷は、滲出してきたリンパ液でガーゼはぐちゃぐちゃになっていて、もう一度、マーキュロ入り亜鉛化軟膏を厚く塗りなおした。それから、キャベツの皮を当て、その上から氷嚢で冷やすことしかできなかった。補液を取り替えた。熱は38度、血圧は変わらなかった。このままショック状態にならなければ、助かるだろう。その夜は、2時頃にも患者を診察に行き、同じ処置を繰り返した。

眠れない夜が明けた。重い頭を抑えながらすぐに患者を診察に行く。患者は熱も下がり痛みもなくなったようで、眠っていた。声を掛けると、昨日よりは楽そうな様子だった。

段々と診療所の雰囲気に慣れてくると患者が増えてくるようで、土曜の午後からは休診、日曜日は完全な休診になっているのも、状況から不可能な感じがしてくる。

今日も午前の診察が始まって間もなく、K温泉旅館から往診依頼の電話があった。聞いてみると観光客の女子学生が硫黄山に行きガスに巻き込まれて中毒になったらしいと言う。奈良看護婦に酸素ボンベを用意してもらい、二人は自転車で出掛けた。川湯温泉の町に入った所にあるK旅館の6畳の部屋には二人の女子短大生が青白い顔をして休んでいた。聞くと、硫黄山の水蒸気ガスの出ている所で持参した生卵を茹でているうちに気分が悪くなってきたらしい。気分が悪くなると同時に嘔気と嘔吐が始まり、くらくらしてめまいが生じ、頭が痛くなってきたと言う。二人は、周囲にいた観光客に助けられた。まずA女学生を診察してみると意識は清明であり、四肢の麻痺はなく、血圧が98／60、脈は88、球結膜に貧血が見られた。急に苦しくなってきたことで不安な気持ちに駆られて上肢を緊張させていた。安心の意味もあり、酸素を吸入させることにした。もう一人のB子はほとんど似たような訴えを持っていたが、緊張感はなく頭痛もない。少し頭がぼんやりしていると言う。診療所に電話をして酸素ボンベをもう一本取り寄せて、頭痛が無くなるまで酸素を吸うようにし、楽になるまで安静にすることを指示して往診を終えた。帰る途中にぼくは、

「日曜日朝から診療所を留守にして大丈夫かな。この4～5日の様子を見たら何かかにかあり、それなりに急患が来るので」と、言うと、奈良看護婦は、

「先生、いなければいないで何とかなるんでない？　いれば、いたで、使われてしまうからね」と、すずしい顔をして答えた。

「土曜の午後、夜は奈良さんがいないので、何かあったら大変ですよ。手助けしてくれる人がいればよいのだけど」と、ぼくは不安を感じて言った。

その日の夜はその予感が的中した。いつものように観光客は何人か診察を求めてきたが、無難に過ぎていた。午後8時頃になり診療所の玄関をけたたましく叩く男性が来た。出てみると、酒に酔った男性が左手に包帯を巻きつけて何とかしてくれと、ふらふら不安定な歩き方で入って来た。年齢は50歳くらいの地元の人間だった。仕事は「写真屋」であった。

「俺のことは、誰も知らないやつはいねーよ。摩周の第一展望台で写真を撮っている」

「お名前は何と言うのですか」と、聞いたら、

「沼倉だ！」

「沼倉さん、一体どうなさったのですか」と、ぼくが尋ねると、沼倉氏は威勢よく、

「ここのあるバーで飲んでいたら、喧嘩になっちゃってさ。ビール瓶を手で受け止めたら手が血だらけになっちゃたのさ」

ぼくは急いで診察室に連れて来て、手ぬぐいを解くと、無残に切れた掌が出てきた。血液が勢いよく吹き出てくる。左手を頭より高く上げさせて縫合手術の用意をした。鷲鼻の婆さんに頼んで、奈良さんに電話してもらったが、不在とのことであった。誰にも手伝いをしてもらわずにこの処置をやり遂げなければならなかった。傷は思いのほか複雑で、縦に走っており、腱も一部断裂をしているようであった。ぼくは覚悟を決めて、まず手首の所をきつめに止血を目的に縛り、それから患者をベットに寝かせた。アルコールで洗面器を消毒し、きれいな生理食塩水を入れて、まず汚れた傷を洗いどのように切れているのかを確かめた。示指、中指の屈曲する腱も断裂があり周辺から出血が見られ、縫合するのにはかなりの困難が予想された。創傷部位を洗いながら局所麻酔を行い、出血部位の止血縫合を行った。幸い患者は酒に酔い潰れて痛みを訴えないでくれた。

扇風機もないので、夜気の涼しさを感じながらと思い、窓を開け手術灯をつけると、その下に蛾が光を求めて増え出した。瞬く間に数10匹の虫達が集まり出した。やむなく窓を閉め切って縫合をすることにした。手術灯の下にいると、次第にむんむんとした暑さが顔から汗を噴出させる。切れた筋肉と腱の縫合を慎重に行い、洗面器の中で創傷部位を洗い断裂部分を一つずつ縫い合わせた。ようやく終了したのは11時半頃であった。幸いに他の患者は来る様子はなかった。ベットの上で気持ちよく眠

っていた沼倉氏の肩をゆすり、揺り起こして指の動きを確かめた。ゆっくりと2本の指が動くのを確かめて、ぼくはこの手の手術が成功したことを確信していた。汗をぬぐいながら沼倉氏に聞いた。

「なぜ喧嘩をしたのですか？」

「やあそれは、相手が悪かったのだよ。へたくそ写真屋といって馬鹿にしたからさ」

沼倉氏は少し酔いが覚めてきたようだった。喧嘩の理由は意外と単純なものなのだ。

「痛みがなければ、指先の方は少しずつ動かしてもいいよ」

ぼくは肩に上腕をつるようにし、化膿止めの薬を渡した。

「俺は第一展望台で写真屋をやっているからさ、先生が来たらただで写真を撮ってあげるよ。ぜひ来たときには声を掛けてくれ」

沼倉氏が名刺をくれた。

ぼくは、汗ばんだ体を冷気に触れさせたくなり、玄関の外の広場に出た。暗い夜空には無数の星が煌めいていた。昼間の観光客のざわめきもなく、川湯温泉の街は深い眠りに入って静寂が支配していた。今週の忙しさは、阿寒町国保病院と比べると格別である。温泉町の診療所は多種多様な患者を受け入れ、あらゆる事に対応できるようでなければならないと思った。大きく息を吸い込みながら、ぼくは再び亮子のことを思い出していた。明日の朝も晴天に恵まれそうな夜空を仰ぎ見た。

# 第五章　和琴半島へ

　朝、6時には目覚めた。障子を開くと、すでに明るい夏の日差しが輝いていた。ゆっくりと起き上がり、顔を洗い居間のラジオを聴く。天気予報は今日一日は快晴であると報じていた。朝食時、鷲鼻婆さんに、

「今日の昼食はいりませんよ。和琴半島に出かけるから、おそらく午後5時頃には帰宅します。熱傷の患者と昨夜の怪我の患者が来ていると思いますから、待たせておいてください」と、告げた。婆さんは、

「先生は何をしに和琴に行きなさるのですか？」

「スケッチをしにいくのですよ」

「そんな所にスケッチに行くなんて、美人モデルでもいなさるのですか？」と、びっくりするようなことを聞いてきた。

「いやいや、そんな美人を描くのではなくて、自然の風景を描きに行ってくるのですよ」と、真面目に答えた。

「へえー、風景を、ですか？　風景を描いて面白いのですか」と、呟きながら、お茶を勧めてくれた。

ぼくは、そのお茶を飲み干すと、白いワイシャツに黒のズボンを履き、グレイの登山帽子を被って、大型のスケッチブックを持った。時計を見つつ川湯バスセンターに出向いた。バスセンターには、す

でに大勢の観光客が思い思いの方向に向かうバスに乗るために集まって来ていた。日曜日の朝は一番込み合うらしい。夏休みの季節に特に増えるカニ族の学生達があちこちに腰を下ろしていた。

午前7時30分の美幌行きのバスが待機していた。切符を買い、定期バスに乗り込むと早くも、大半の窓側の座席は占められていた。和琴までは20分位で着くはずだと思いながら、前方の席に腰を下ろした。蝉の声が急に森の方から聞こえ、暑くなる予感がした。やがて運転手と車掌が乗り込み、バスはゆるりと動き出して、屈斜路湖への道を目指し町角を勢いよくぐらりと回る。御園ホテル前を過ぎると、舗装のしていない国道が深い森の中を貫いていた。

「次の停車はニプシです。降りる方はいませんか？」と、車内を見渡している。心地良い砂利道の振動が続いている。左右の窓からは深い原生林が周囲の景色を遮っていた。間もなく藻琴山の頂が見えて、眼前が開け、木々の間から銀色に輝いている屈斜路の湖面が見えてきた。夏の空は青く、ほとんど雲は見えない。ぼくは、初めて見る湖面と緑の森林に覆われた藻琴山のコントラストに絵心を掻き立てられていた。道は、湖畔に沿うように左に迂回して間もなくニプシに着いた。湖畔の方に向かって緩やかな坂道になっていた。目の前には古色蒼然とした二階建ての建物が立っている。営林署の保養所である。その上に藻琴山が見えていた。直接湖畔は見えなかった。周囲は白樺の木に囲まれた温泉保養所であるらしい。ぼくは、後にこの温泉宿が忘れられない思い出を作る場所になることをこの時はまったく予想もできなかった。

バスは次の停車所に向かい発車した。湖面に迫り出している小さな半島を過ぎると、湖面に浮かぶ中島が大きく現れてきた。ぼくは、洞爺湖の中島と比較して湖面を彩る景観としては少し劣るように思ったが、広がる湖面の奥行きを外輪山がかたどり、遥か美幌峠と連なる藻琴山が湖面の背景を引き立てている。洞爺湖は10万年前の火山活動から始まったと言われている。一方、屈斜路湖はそれよりも古く、１００万年以上前から火山活動が始まっている。その名残が１０００ｍの藻琴山であり、約34万年前から激しい火山活動による大量の噴出物が放出され、約12万年前に最大級の噴火が北海道の西半分を覆いつくした。そうして出来たカルデラ湖が屈斜路湖である。湖の中央には中島があり、それ自体、二重式火山の熔岩円頂丘で３３５ｍの高さがある。そのころは円形のカルデラ湖であった。その後３万年前に後カルデラ火山が活動して、現在のアトサヌプリを初めとする溶岩円頂丘群が噴出した後、湖面の南東の半分が失われ、ソラマメ形の湖水になったという。火山活動の雄大な歴史を振り返り、巧妙な自然の造詣の妙に気持ちが奪われてしまう。そして、昭和13年には屈斜路湖湖底地震が起きた時、湖底から硫黄が大量に噴出したために湖水が酸性化し、白く濁り魚群が死滅してしまった。そのためか湖面は空の青を映しているのに鈍い銀色に照り映えている。支笏湖の紺清な水面とは異なるのに気が付いていていた。

バスは、湖畔に沿い南西に向かって走り、間もなく停車した。砂湯であった湖畔の砂浜に温泉が出ており、砂を掘り起こし、水を入れると暖かい即席の温泉を楽しめる。すでに水泳のために人々が集まっていた。中島は真正面に見えていた。次の停車は池の湯で4~5軒の温泉旅館が立ち並んでいた。ここを過ぎると、目の前に和琴半島の低い森に包まれた短い半島が現れてきた。ぼくの今日の目的地である。和琴半島は南の外輪山のほうから流れ落ちる尾札部川の土砂の蓄積により形成された半島である。丸い小さな突き出しであった。アイヌの人たちが多く住むのであろうか。集落がある。コタンに停車してから少し行くと、バスは屈斜路湖から流れ出る釧路川に架かる短い橋を渡った。そこから道は弟子屈方面に向かう。湖面に沿うように右に回ると、美幌峠を経由し北見に至る道に入り、和琴半島の入り口に停車をした。何人かの乗客もぼくとともに下車した。外輪山より低い所に三角のお結びのような山が二つあり、周辺は畑が耕されてトウキビ、ジャガイモ、ビートが植えられていた。寂しそうな農家が点在している。停車所から白い道が真っすぐに和琴半島の森の中に伸びていた。両側はひまわりの畑で、黄色い丸いひまわりが咲き誇っていた。その先に小さな平屋のお土産店が旗をひらめかせていた。時間は丁度午前8時10分で加藤先生が来るまでにはまだ時間に余裕があるので、先に茶店あたりまで歩いていくことにした。夏の日差しは間違いなく強くなりつつあったが、湖畔からの清涼な空気が周囲を清々しく包んでいる。ぼくは、ぶらぶらと歩いて先生が来るのを待つことにした。

饅頭のような和琴半島にあるドーム型の頂は湖面から95mあり、かつて火山の溶岩塔であった。今では深い原生林となり、ホオノキ、カエデ、カツラの木などに囲まれている。森に近づけば、俄に蝉の鳴き声が一段と激しく鳴り響いてきた。和琴ミンミンゼミが迎えてくれていた。手ごろな路傍の石を見つけて腰を下ろし、風景のスケッチを始めた。やがて午前8時30分過ぎになると、弟子屈方面からの阿寒バスが土煙を上げて停車した。二人の男女がバスを降りこちらの方にゆっくりと歩いて来るのが見えた。ぼくは、その二人が加藤先生たちだとは思えなかった。二人は白い真っすぐな一本道に肩を並べて恋人同士のように歩いて来ていた。女性は男性の左に立ち、軽く腕に手を添えていた。男性は左手に小さな黒の手提げ鞄をぶら下げていた。背景の緑の山に浮き上がるような白い半袖のワイシャツと黒のズボンをはき、前かがみに歩いている。なぜかその女性の姿がひまわりの花と重なる。

女性は半袖の白いワンピース姿で、腰には真紅のベルトを締めていた。鮮やかなシルエットを落としながらこちらに向かって来る。やがて二人は加藤先生とそのお嬢さんであることが分かった。ぼくは弟子屈に来る途中のバスの中の彼女の姿とバスを降りて行った時の彼女の姿を一瞬頭に浮かべた。なぜ加藤先生はお嬢さんを連れてきたのだろうか。ぼくも思わず立ち上がり、先生が近づくのを待っていた。

「おはようございます!天気が良くて」と、ぼくは帽子を取り、挨拶をした。

「やあ、先に着いていたのですね。おはようございます。ところで、今日は娘が一緒に行きたいと言うので、連れてきました。名前は遥と言います。どうかよろしく。後藤先生ですよ」と、先生は、にこにこして紹介してくれた。遥は少しはにかむようにその美しい顔を下向きにしながら、

「遥です。よろしくお願いいたします」と、緊張した瞳で言うと、ぼくの顔をじいっと見詰めている。

「どこかでぼくたち、お会いしたことがありますね」と、ぼくは少し紅潮しながら尋ねた。すると、先生は、二人を交互に見ながら、

「ええっ!二人はどこかでもう会ってしまったわけですか」と、驚いて訊ねた。

「はい、お父様。実は先日の帰りのバスの中で先生をお見かけしたのです」と、少し笑うように答えた。

「そうか、君たちは、もうすでに会ってしまったのか」と、感心するかのように呟いていた。ぼくが遥に正式に会ったのはこの時であり、それは偶然の出来事であった。改めて遥の姿を真正面から見て、ぼくはその美しさに見とれてしまっていた。確かに亮子に似ていた。色白なところは先生にはまったく似ていない。美しい黒髪は、黒い眉に掛かるくらいに延ばし、後髪はポニーテールに束ねていた。項の白さが初々しかった。ふくよかな頬にはえくぼがあった。優しそうな口元に白い美しい歯並びが幽かに見える。薄い夏の服装からはたおやかな胸の高まりが感じられた。赤い腰ベルトは確か先日も付けていたと思う。すらりとした姿態はどこか都会のセンスに溢れていた。ストッキングなしの

素肌の下肢は、惜しげもなくすらりとしなやかに伸びていた。ぼくは驚きながら、改めて札幌の恋人、亮子の姿にどこか似ているのではないかとふいに思い出し凝視した。そして、その思いは日が経つにつれて強くなっていった。

「さてと、これから和琴半島の付近で写生にかかろうか。遥は横で絵を描くのを見学したいのだろう？ 適当に時間をつぶしてくれ」と、先生はぶっきらぼうに言うと、和琴半島の方に歩き出した。

「先生！遥さんは学生さんですか？ どちらの大学に行かれているのですか」と、ぼくは訊ねた。

「遥は東京の青山学院大学に行っているのです。3年生の夏休みなのですよ」

ぼくは、ちらりと遥を見ると、少し後になり歩いていた。

「ぼくは、遥さんがあまりにもきれいな方なので、驚きました」と、正直に言うと、先生は、

「ええ、そうですか。実はあの子の父はわたしではないのですよ。あの子の実父は、戦争で戦死したのです。またあの子の母親は、遥が5歳の時に亡くなったのです。わたしは養子としてあの子を育ててきたのです」と、やや早口で静かに話をした。ぼくは、急に何を聞いたらよいのか混乱していた。

「それでは、先生の子供さんたちは」

「子供はいません」

きっぱりとした答えは、何か突き放すように聞こえた。

「奥さんは？」と、ぼくはあえて勇気を持って聞き返した。

「わたしは結婚をしていません。若いときから独身でした」と、答えた。ぼくは先生の秘密を聞いてしまったのだ。先生は、どこか寂しげに見える横顔を見せていた。ぼくは、遥が気になり後ろを振り向くと、4～5歩遅れて歩いていた。人の秘密を無理して聞き出すのはぼくの本意ではないと思いな

がら、ぼくは一瞬言葉をなくして無口になってしまった。若い美人の女性と少し浅黒く無骨な感じの先生の間に挟まれて気持ちが落ち着かなくなっていた。すると、先生は前方の方を指で指しながら、

「和琴半島の付け根の所でスケッチをしましょう」と、急に足を速めて、湖の水面が静かに波打つ湖畔の砂浜に腰を下ろした。やや透明な砂浜には白黒の玉砂利が敷き詰められて、水面の下に広がっていた。

「ここの石は碁石の材料になるのですよ」

先生はスケッチブックを出しながら、水を透かすように見た。遥は先生の右横に腰を下ろしたかと思うと、靴を脱いで両下肢を膝まで水の中に入れ、玉砂利の上を歩き始めた。

「わあー、気持ちがいいわ。今日は暖かいし、泳ぎたいくらい」

遥は、スカートを手で押さえて岸に沿い歩いていた。快晴の空の下の湖面には彼女を中心に水の輪が幾重にも広がっていった。あたかも無心に遊ぶ幼子のように振舞っている。和琴から見える対岸の緑の森林に遥は鮮やかなアクセントを付けていた。

「あれで、遥は結構茶目気があるのですよ。普段、話はあまりしない方なんですが。今日のように気持ちの良い自然の中にいると、気分がほぐれるのでしょうね」と、言うので、ぼくは頷いた。

「和琴半島の先端の方に行くと、オヤコツ地獄というところがあり、湖畔の所で温泉が湧いているのです。オヤコツという言葉は、アイヌ語で尻が陸地に付いているという意味らしいのですがね。後で行ってみましょう」

ぼくは、水の中で一人戯れている遥の姿が快く目に入るままに、半島の姿と原生林が湖面に影を映す風景をものにしようと鉛筆を走らせていた。ふいに、

「先生は独身ですか。それとも恋人はいるのですか」と、訊ねられた。加藤先生は静かな厳粛な面持ちで、ぼくの横顔を見据えるようにしていた。

「ぼくですか。ええ！ぼくには恋人と考える人はいますが、将来的にどのようになるのかはいまのところまったく分からないのです。正直なところ」

ぼくは、亮子の姿を心に思い浮かべていた。現実の遥の姿がその上を覆いかぶさるように揺らめいていた。

「それはどうしたのですか？」と、聞かれて、ぼくは5年間も交際してきた経過の中で、まだ亮子の本当の姿は理解していないのではないかと危ぶんでいた。

「ぼくは、いま交際している方は支笏湖の湖畔で初めてお会いしたのですが、それから5年は経っても、何も、突っこんだ話は一度もしたことはないのです」と、鉛筆を止めて、遥に目を遣ると、岸の砂浜に腰を下ろして小石を水面に投げている。

原生林の方から一段と激しい蝉の鳴き声が聞こえてきた。太陽は大分高くなってきていた。水面は銀色に輝き日差しをきらきらと反射して眩しい。あの時の支笏湖の湖畔の亮子は、静かに砂浜に腰掛けていた。遥の明るい活発さとどこか違う寂しげな様子を秘めているようであった。それ以来すでに5年の夏が過ぎようとしている。

「それは長過ぎますね。先生も苦しいのではないですか」と、ぼくの心を探るように呟いた。

「そうですね。それは、まだ時が来ていないということかもしれませんし、これからもずうっと来ないのかもしれないと思うことが何度もあります」と、ぼくは答えていた。先生は、頃合いと考えたのか、遥に声を掛けて、

「ここのスケッチは切り上げて、木陰のあるところに行きましょう」と、スケッチブックをたたんだ。

ぼくは、素直に従い腰を上げた。

「ところで、和琴半島とどうして名付けたのですか。あまりにも和風的な名前で北海道の湖水の名称にしては野暮ったい名前ですよね」と、聞くと、遥が答えた。

「お父様、知っている？」と、覗き込みながら笑う。先生は、

「アイヌ語から来ているのではないかな、えーと」と口ごもると、遥は、

「和琴とは『ワコッチ』というアイヌ語から来ているのです。意味は魚の尾のくびれたところと言う意味です」と、先生の肩に触りながら、遥が教えてくれた。

「魚の尾のくびれた所とは上手く表現してありますね。確か屈斜路もアイヌ語ですよね？」と聞くと、

「そうです。クチャロと言って、喉・口と湖の流れ出る所を意味します」

「そうですか。遥さんは、アイヌ語をたくさんご存知なのですね？」と、聞くと、

「いいえ、わたし、中学校は弟子屈でしたから、地元のアイヌ語を少し先生から教えられたの」と、遥は微笑んで答えた。

和琴半島の原生林の中には細道が半島を一周するように続いている。加藤先生もぼくも、半島の近くの入り江が絵の題材に相応しいと思うや、立ったまま何も言わずにスケッチを始めた。すると、遥が急にぼくの方に来てじいっと覗き込み、ぼくの顔を見ながら、

「先生は、何年も絵を描いているのですか」と、聞くので、ぼくは少し顔を赤くして、

「どうしてですか。中学生のころからです」と、答えると、
ほどなく、「わたしは、先生の構図の取り方は大変いいと思います」と、お褒めの言葉を聴いた。

「遥さんは絵を描かないのですか？」

「わたしは見るのが大好きなの。お父様と子供のころから一緒にあちこちスケッチ旅行に行きました」と、遥は言って、先生の方を振り返っていた。

爽やかなそよ風が吹いてきた時、ぼくは微かにはるかの身体から漂ってくる清々しい香りを感じた。しばらくして絵を描き上げてから、さらに先端の方に行くことにした。相変わらず蝉の鳴き声が原生林を震わしていた。ところどころに背の高いカツラの巨木が空を覆っていた。ホオノキは透明な緑色の葉を広げている。緑に包まれているけれど、秋にはそれぞれの紅葉が美しく彩るのが想像できた。特にウルシやカエデの木は秋には独特の深紅から濃い黄色になり、半島に彩を与える。

「先生、秋の色調はすばらしい変化を見せるのでしょうね」と、聞くと、

「それは秋の方が断然きれいですよ。湖面の色調、コバルトの空と雲、森の色彩が織りなすハーモニーは独特なものですね。先生はいつまで川湯にいるのです？」

「残念ですが、8月いっぱいです。カツラは秋にはどんな色になるのでしょうね？」

「それは確か黄色だと思います。それから何とも言えない木の良い香りがするのですよ」

「それでは、秋の紅葉は見られませんね」と、ぼくを振り返りながら言った。ぼくの後ろに、遥が従っていた。

「それならば、9月の末に、もう一度川湯に来るとよろしいのに」と、遥が後ろから呟いた。

「そうですね、できればそうしたいですね」と、ぼくも呟いた。その時には遥はいないはずだと、ぼくは思っていた。短い夏休暇を終えて東京に帰っている――。

「秋と言えば、今鳴いている蝉はここ和琴のワコトミンミンゼミと言って、夏の和琴半島に独特の昆

虫ですが、もう一つはマダラコオロギです。秋にはコオロギの鳴き声を楽しめますよ」と、遥が教えてくれた。蝉は、普通7年間を幼虫として樹液を吸いながら土中で生活するというのを知っていたが、ここの蝉はどこが違うのかと思っていたら、

「昭和26年に天然記念物に指定されたのですよ。体長が3～4ｃｍくらいで、黒色に緑色の斑紋の体に、透明なやや褐色の羽を持っています。なぜ和琴半島にいるのかは氷河期と関係があると言われています。氷河期の後の温暖な気候が到来した時に広く生息してきて、その後気温が低下した時に火山活動の激しい火口や温泉の湧出口の近くの地温の高い所に生き残ったと言われています。ミンミンゼミの北限の地なのです。道内では渡島半島の一部と定山渓付近にいるそうです」と、遥が言葉を続けた。ぼくたちが札幌で聞くのは、ミンミンゼミではなくアブラゼミの声なのだ。しかし、聞き慣れた夏の蝉の声だった。

「放送などに使われる擬音はミンミンゼミの声なんです」

なるほど、それで聞き慣れているように思っているのだと、ぼくは気が付いた。

「ミンミンゼミは、気候変動の大切な資料になると言われています」

ぼくは、言いながら、１００万年以上前から3万年前の間の火山活動の後に動植物の生態が回復したなかで、この地に特異な昆虫が残された自然の不思議さ、自然現象の神秘を思った。高校生の時に生物班で行った昭和新山の植物の回生の研究を思い出していた。ごくありふれた路傍の雑草が火山の溶岩塔に向かってどのように回復しているのかを研究したのだった。

和琴半島の原生林から吹き寄せてくる香りのせいなのか、ぼくを取り巻いている雰囲気は何か夢の中にいるようでもあった。先生はぼくに初めて会ったばかりなのにスケッチに誘い出したその本当の

理由は、別にあるのではないかと頭の隅をよぎっていた。先生が自分の娘を連れてスケッチに来たのには何か理由があるのではないだろうかとぼくは考えていた。ぼくに亮子という恋人がいなければ、こんなお見合いはすばらしいものである。ぼくは半分、重い気持ちになっていた。

やがて半島の先端近くにあるオヤコツ地獄に着いた。

「遥さん！オヤコツとは何て言う意味ですか」と、ぼくは振り返り、立ち止まって聞いた。

「その意味はお尻が陸地にくっついている所という意味です」と、笑いながら答えが返ってきた。和琴半島の湖面に接した黄褐色に露出した陸地のこの部分がお尻と考えたアイヌのユーモアを思うと、笑いが込み上がって来た。湖水を体にたとえたのだろうか。地面から白い湯気が立ち、岩の小さな隙間からは激しい熱風が立ち上がっていた。岩石で囲い湯壷が作られていて露天風呂を楽しめるようになっていた。囲いの水の中に手を入れてみると、確かに入浴する適温の温度を示していた。北の方に中島２３４ｍが静かに浮いていた。

「半島を半分来ました。ここから少し内側を歩くことになるので、中島と藻琴山をモデルに一枚描きましょう」と、草わらに腰を下ろした。遥は真ん中に腰を下ろして、すらりとした両下肢を投げ出している。遥のえくぼが遥の愛嬌のある行動を示す象徴のようであった。ぼくは、藻琴と中島の姿を描くよりそんな遥の横顔を描くことに興味を覚えていた。草わらの中に佇む一人の女性の姿は、この付近の景色など目に入らないようにしてしまいそうだ。ぼくは、少し距離を取り、気付かれないようにすばやく1枚のクロッキーを仕上げていた。さりげなくエゾマツやカエデの木立を背景にして草わらに佇む美しい女性の横顔を記念としてぼくは手に入れていた。今彼女は何を考えているのだろうか。青春の只中にあり、東京の男性の友達のことを考えているのかもしれない。それとも、久しぶりに故郷の野山に帰省した喜びに浸っているのだろうか。ぼくは、何気ない気持ちで遥に質問をしていた。

「遥さんはこんなにすばらしい自然豊かな故郷に住んでいるから、東京のお友だちはうらやましがるのではないですか」

　すると、遥は言う。

「東京にはあまり友達はいないんです。アメリカ系のミッションスクールですから、安保闘争で騒ぐこともなく、そちらに顔を出すこともないのです。先日、大学の同級生で大の仲良しの女友達が二人来ました。わたしの家に泊まって、一昨日、摩周湖と屈斜路湖を見てから知床の方に行っています」

「一緒に行かれなかったのですか」

「ええ、わたしはお父様とこうして遊びながら、スケッチのお供をするのが大好きなんです」

「はあ、そうなんですか。ぼくみたい男性が来るとお父さんに言われたのですか」

「ええ、今朝になり、お父様から実は川湯の先生がお供することになっていると、聞きました」

　遥は、先生の方を振り向いた。先生は苦笑いしながら黙っていた。おそらく遥は、先生からどのような男性かを聞いているに違いなかった。ぼくは、一次選考を通過して、今、二次選考の最中であると思った。ふいに遥は次の質問を避けるように笹薮の中に入って行った。ブナの木の幹に付いているミンミンゼミの抜け殻を見つけたのだった。そっと木の幹から抜け殻を取りはずして来ると、手の平に優しく握っていた4ｃｍぐらいの褐色の蝉の抜け殻を見せてくれた。小学生の時に、たくさんのアブラゼミを取りに行った伊達の山下川の森の中をふいに思い出した。と同時に、ぼくは、蝉の殻と一緒に、抜けるように白いしなやかなほっそりした遥の手指に見とれていた。遥は、蝉の抜け殻を丁寧にハンカチーフに包んで小さな手提鞄に入れた。

「記念の宝ものですね」と、言うぼくの言葉に、遥は、にっこりとえくぼを作った。

「ええ、そうですわ。後藤先生にお会いした記念です」

「それは大変に良かったですね」と、ぼくは少しおどけた。遥は、声を立てて笑った。

いつの間にか12時を過ぎていた。

「お昼はどちらでする？ お義父様。和琴半島の入り口のお店しかないので、そこにしましょうよ」

3人は、半島の残りの道をゆったりした気持ちで目指す店まで歩いた。店はそれほど遠くなく、すぐに着いた。大きくもない土産物店を兼ね、アイヌの木彫りや小さな飾り物、バッチ類が置かれていた。片方にはテーブルが10脚あり食事も取れるようになっていた。明るい日差しの中から暗い店内に入るとお客は誰もおらず、3人は水面の見える窓側の席を取り、腰を下ろした。皆、少し日に焼けて顔を紅潮させていた。先生はもともと浅黒く日焼けをあまり感じさせない顔をしていたが、ぼくは、鼻と頬がひりひりしていた。遥は化粧のない顔を盛んに冷たい手ぬぐいで冷やしていた。急に先生が、

「今日のスケッチはいかがでした。上手く描けましたか。もしよろしかったら、品評会でもしましょうか」と、話し出した。ぼくは困ったことになると思い返事をしようとしたら、店の係の女性が注文を取りに来た。メニューはそれほど多くはなかった。ビール3本とつまみを頼み、カレーライスは、3人とも同意して注文した。

「先生！ それでは先生からお見せください」と、加藤先生は命令した。ぼくは内心どきどきしていた。断りもなく描いた彼女の絵を見せるべきかどうかと思案しながら、和琴に着いたときに描いた一枚の絵を差し出した。先生と遥は真剣な様子で絵の中に入って来た。黒鉛筆で描かれた風景画はある意味で未完成であるが、色彩が付くと、描く人間の確実な人間性が出てくる。白黒の濃淡だけで無限の可

能性があるのかもしれないとぼくは考えていた。二人は何も言わずに肯いていた。次の1枚、次の1枚と画帳をぼくはゆっくりとめくっていった。和琴半島の入り江の絵に来ると、遥は、

「この構図は大変いいと思いますわ。絵の上の方から覆うような木の枝があり、暗い森の奥から明るい水面を見ている高い笹が風に揺らめいているのを感じますわ」

「うん、これは自然の中に人為的な構図を組み入れた近代の西洋的な手法ですね」と、先生も感心したように顎に手を当てていた。ぼくは絵の勉強をしたことはないけれど、自然にどこかで身に付けていたのだ。

「絵は本格的に勉強をしたことはないのです。いつの間にか山登りに行く時にスケッチをするようになって、それに水彩で色付けをするだけなのです」と、ぼくは弁解した。そして、最後の1枚を見せるかどうか戸惑った。ついに決心するように最後の1枚をゆっくりと開いた。

「ぼくは、自然の美しさよりも、美しい人がそばにいることに気が付いたのです。自然の野山を描くより遥さんの姿をスケッチさせてもらいました。断りもなく描かせてもらってすみません」と、謝った。先生はじっと見入っていた。遥も驚いたように絵を見ていた。すると、二人とも同時に、

「すばらしい！」

「すばらしわ！」と声を上げて、

「先生は素質があるよ。遥の顔の表情を的確に捉えているしね」と、加藤先生は、ぼくに握手を求めてきた。

「わたしもね、遥を絵にしたいと思っているのだけども、まだ実現していないのだよ。遥は年頃になり、女らしくなってきたから、モデルとしては最適なのですよ」と、加藤先生が言うと、遥は恥ずか

しそうに下を向いていた。そうこうするうちに、ビールが届く。コップ三つにビールを注ぎ、皆で乾杯をした。遥は少し飲めるようであった。

「わたしは長年油絵をやってきたけれど、人を描いたことはほとんどありません。いや、まったくないかな。時々描きたいと思うことがあるのですが、いつも自然の景色が相手になってしまうのです。人物像はある意味で大変に難しいです。先生は素質がありますよ」と、加藤先生が褒めてくださった。

「それでは、先生の描いた風景を見せていただけませんか」と、ぼくが期待して言うと、先生はぼくのスケッチブックより一回り大きいのを取り出した。遥は席を移してぼくの横に座った。1枚目は和琴半島の原生林の森と入り江が描かれていた。静かな碁石浜のなだらかな線は美しかった。先生も湖と森だけでは絵になりにくいことを意識しているようであった。カツラの巨木を中心に、まつわりつくようなその他の木々を画帳に鮮やかに繰り広げていた。

「緑一色の自然はなかなか絵にするのは難しいと思います。どこにアクセントを置くかにより絵の構成が生まれますよ」と、先生は説明しながら、最後の1枚を見せた。中島と藻琴山の絵である。藻琴山遠景と中景の中島の影が手前に長く伸びている。その影が湖面に静かに揺れている。空は晴れているが、白い雲が横に流れていた。ぼくは、

「ありがとうございました。先生の技法は大変に参考になりました」と、言うと、

「いやいや、先生の描いた遥の絵は短時間によく描いています。人の表情は、難かしいのですよ」

「出来れば水彩で色を付けてみます」と、ぼくは恐縮して頭を掻いていた。すると、遥が、

「先生に改めて絵を描いてもらいたいわ。お義父様、よろしいですか？」と、遥は改めて何かを言う時に「お義父様」という言葉を使う癖があることにぼくは気が付いた。

「それはかまわないよ。後藤先生が承知してくれるかな？　先生は日ごろ多忙だし」

「後藤先生！よろしいですか」と、ふいに遥はぼくを真剣な瞳で見詰めて言った。

「ぼくには依存ありませんので、後日時間を決めてよろしいですか」

　ぼくの言葉に先生も頷いてくれた。ビールを飲み干してカレーの皿も来たので、３人は静かになり、スプーンを取りカレーライスを口に運んだ。それにしても、静かな食堂である。観光客は日曜日なのに一人もいない。外は午後の日差しがいっそう増したようであり、ミンミンゼミの鳴き声だけが辺りを支配していた。

　先生は、一段落すると、ポケットから折りたたんだバスの時刻表を取り出して見ていたが、

「先生！これから美幌峠まで行きましょう。遥は一緒に行きますか？　1時30分のバスに乗れば30分くらいで峠につきます」と、告げた。ぼくは5時過ぎに診療所に戻ればよいことを知らせて、美幌峠行きに賛成した。遥は、

「わたしも行きますわ。お義父様と歩き回れるのは久しぶりなのですから」と、笑顔を見せた。

　ぼくは、今日のような穏やかな日曜日を何年も経験したことはなかった。医学生時代の日曜日は、ほとんど勉強に明け暮れていた。亮子と知り合っても手をつないでどこかに行くようなこともなかった。暇があるとすれば、夏は登山に行くくらいだった。３年前の恵庭岳登山の時は二人だけであったが、亮子との登山は、多くの人と一緒で、二人だけで話をするような雰囲気はなかった。そのような男女の付き合いが普通であると思いながら、今まで来ていたのだった。目の前の遥の様子を見ていると、やはりそこにいるのは、そんな亮子とは異なる別な女性だと感じざるを得ない。

「木曜日の夜の急患の女性はどうなりましたか」と、加藤先生がふいに尋ねた。ぼくは今朝、先生に

いち早くそのことを知らせるのをすっかり忘れていた。

「すみません、すっかりお礼をするのを忘れていました。上顎部左門歯が真ん中から完全に折れて真ん中に神経がぶら下がっていたものですから、どの様に処理をしたらよいのかを先生にお尋ねしたのでした。先生の言われるようにキシロカインで麻酔を4方向からして神経鈎で巻き取り、引き抜きました。患者は泣いていたので、痛みを感じないでいたのかもしれませんけれど…」と、ぼくは、遥にも理解できるように話をした。

「ああ、そうですか。それで良かったのですね」と、先生は納得されていた。

「なぜその女性は怪我をされたのですか」と、遥が興味を示してきた。ぼくは、

「川湯に来たチンピラに追いかけられて、転倒した時に怪我をしたためなのです」と、説明すると、

「可哀想そうなことですね」と、遥は美しい顔を曇らせた。そして、

「先生、夜は忙しいのでしょう」と、聞くので、

「ええ、往診は自転車で行かねばなりませんし、昨夜も川湯のある写真屋さんが酔っ払って喧嘩して、割れたビール瓶を手で受け止めたために大怪我をして、縫合に12時頃までかかりました」と、話をすると、
遥は、だんだん悲しそうにしていくので、ぼくは次第に声が小さくなってしまった。

先日の夜、先生の家に電話をした時、聞こえてきたピアノ曲はショパンだったが、この一件で、遥が弾いていたのかどうか、聞きそびれてしまった。いつの間にか先生が支払いを済ませていた。ぼくは丁重にお礼を述べた。

和琴半島から帰る道すがら、道の両側は、無数のひまわりで溢れ、黄金の花びらを太陽に向けて開

いていた。先に駆けて行った遥は、そのひまわりの林の中に立ち、顔を出して微笑んでいた。あどけない遥の振る舞いは、ぼくの心を捉えた。

「こんな絵はどうですか？」と、遥はいたずらっ子のように振舞って見せた。

空はあくまでも晴れていて、適度なそよ風が渡り、薄い雲が流れているだけであった。湖面は朝よりも銀色に輝いて太陽を反射していた。遠くに見える美幌峠の外輪山は、緑に包まれて暑さの中で燃えていた。和琴半島から伸びている真っすぐな白い道路は、向かいのお結びのような三角形の山の間に消えているようであった。

遥は先生の腕に軽く手を絡ませながら歩き、一行は間もなくバス停に着いた。時計を見ると1時20分であった。やがてバスが来て、ぼくたちは乗り込んだ。バスは空いていた。前の座席に先生が先に腰を下ろす。その隣に遥が座るかと思っていたら、その後の座席に腰を下ろして、

「後藤先生！こちらにどうぞ」と、遥の隣の席を勧めてくれた。ぼくは躊躇したが、隣に腰を下ろした。バスは、がたがたと震えながら走り出していた。すぐに湖面が見えて、木立のトンネルの中を進み出した。右手の車窓からは中島が大きく迫るように見えてきた。遠くには藻琴山の小さな頂上が見え隠れしていた。ぼくは、遥の横顔を盗み見ては亮子の横顔を思い出していた。二人はどこか似ているのだ。どこが似ているのかすぐには思い出せなかった。世の中には似たような人が必ずいると言われているが、どこかが似ているのをぼくは感じていた。性格だろうか。振る舞いだろうか。容貌だろうか。二人の年齢はそれほど違いはないと思う。ぼくはスケッチブックを抱えながら、かしこまって前方を見た。バスは、急に右にカーブをすると、坂道にかかりエンジンの音が一段とうるさく鳴り出してきた。ジグザグに道は上りになり、少しずつ屈斜路湖の全容が見え始めてきた。手前には緑のド

ーナツの中島が銀色の水面に浮いている。バスは何回かの方向転換をしながら、高度を上げて最後のなだらかな直線を駆け上がって左折すると、美幌峠に着いた。４９３ｍの峠は、さすがに気持ちの良いそよ風が吹き渡っていた。

ぼく達は屈斜路湖を見下ろし、中島を見て遠く８５７ｍの摩周岳に目を遣ると、摩周の外輪山右手に荒々しい崖となったカムイヌプリの火山壁が見えた。すぐ横には７９９，８ｍの丸い西別岳が根釧原野に短い裾野を下ろしている。全体が暖かい空気にくすんでいるようであった。手前の対岸にはポンポン山とマクワンチサプ、アトサヌプリが見えて、白くくすんでいる川湯の街はポンポン山の影で見えない。遥か左側には斜里岳の姿が見えていた。摩周の水面標高は３５５ｍであり、屈斜路湖の水面の標高は１２１ｍで、その落差は約３３４ｍある。摩周の外輪山が破れれば、その水のほとんどは屈斜路湖に流れてくるのだ。１００万年前の屈斜路湖は円形で、摩周の外輪山の麓にまで湖面が続いていたのだろうか。今はその基部に釧網線が走っている。ぼくは、そんな考えを抱きながらいると、「先生！あまり景色に見とれていないで、こちらに来て休みませんか」と、遥が声を掛けてきた。初めて見る屈斜路湖を前にして、ぼくは頭の中に考えていた空想を遥にも話したくなっていた。この雄大なパノラマの火山の歴史、それは天地創造の地球の歴史でもあるのだと思った。神の意思が働いているのであろうと、ぼくは思っていた。先生は、展望台のそばのベンチに腰を下ろして鉛筆を走らしていた。その横に二人して座った。１００万年以上前の屈斜路湖周辺の火山活動のことを遥に聞かせた。何気なく見ている自然の長い歴史は表面からは知ることができない。

「すべて美しさの中に秘密が隠されてしまっているのですね」と、ぼくは遥の横顔を確かめた。遥は感心したように頷いていた。涼しい風が時々吹いて、遥のスカートを押し上げている。

「お義父様！展望台の中のレストランでコーヒーを飲みませんか？ 先生も賛成していますよ」と、遥は軽い嘘を言いながら、父を急かせて立ち上がった。その弾む気持に押されるように、ぼくも先生も観光客が思い思いに食事をしているレストランに入った。

席について、ぼくたちはコーヒーとアイスクリームを注文した。ぼくは、先生が時々無口になるのに気が付いていた。疲れてしまったのだろうかと思いながら、加藤先生が東京の歯科大学を卒業されたのは何時ごろであったのだろうと聞いてみた。先生は、遠くを見詰めるように少し頭を後ろに傾け目を閉じて、しばし昔を偲んでいるようであった。

「わたしが大学を卒業しようとしていたころは、戦争が負け戦になってきた昭和18年の8月ごろだったのです。卒業を来年に控えていたのですが、急に学徒動員がかかり、わたしは海軍航空兵の一員として土浦海軍飛行隊に入隊したのです。そこは遥の父も入ったところです。何もかも捨てて毎日飛行訓練に明け暮れていました。ゼロ戦に乗る前は、複葉機で練習をしていました。基地の部隊の半分はその年、硫黄島に転属して行きました」

それを聞いた時にぼくの背中になぜか寒気が走った。

ぼくの父も昭和19年ごろ、同じ海軍航空隊にいたのだった。幸いにも父は硫黄島には振り向けられないで、大湊の海軍基地に国内転勤になり終戦を迎えた。部隊の戦友の半分は硫黄島にそのころ派遣されて行った。

「詳しいことは省略して、いつかお話をすることがあるかもしれませんがね…。遥の父は、昭和20年1月には鹿児島の鹿屋に転属し、3ヵ月後の3月16日に特攻出撃で帰らぬ人になってしまったのです」

加藤先生は、遥の手を握り締めて、優しく肩を抱きしめていた。

先生の瞳には涙が浮かんでいた。ぼくは父のことを話したかったが、喉元で押さえてしまった。戦争の大きな悲劇を体験した先生の話をそれ以上聞くことはぼくには耐えられなかった。ぼくも小学生のころ、昭和19年ごろのことはよく記憶に呼び覚ますことができた。少年航空隊に憧れていたのだから。先生は、珍しくタバコを取り出して火を点け、深く吸い込んでいた。ぼくにも勧めてくれたが、ぼくはタバコを吸うことは嫌いなので、丁重に断った。観光客がどやどやと入ってきて、賑やかな声に満たされ始めていた。

「お義父様！アイスが溶けてしまいますよ」と、驚いたように遥が声を上げた。皿には白いアイスの塊が平たい崩れた塊になり、時間の経過を示していた。ぼくは加藤先生のもう一つの謎について聞きたいと思ったが、失礼に当たることだと思い、黙っていた。しばらく沈黙が流れていた。時計の針は、3時45分を過ぎていた。ぼくは、

「先生！遥さん！今日は天気に恵まれて、すばらしいスケッチ旅行を体験させてもらいました。この弟子屈や川湯、屈斜路の辺りに住むのは心が洗われますね。空気はきれいだし、豊かな森もあり、湖が二つもあるなんて、本当に贅沢ですね」

ぼくは、山紫水明という言葉を思い出していた。遥は、

「ですから、わたしは、東京には住みたくないのです。あんなごみごみした所はたくさんなのです。勉強がなかったら、すぐにでも帰りたいわ！」と、言って髪を掻き揚げるように、後ろに何回も撫でるようにした。そして、

「後藤先生は、この故郷の素晴らしさをご理解なさっているわ。わたしは大学を卒業したら、地元に戻りたいの」と、少し興奮したように呟いていた。

「わたしは、遥の考えを尊重しますよ。そろそろ時間ですか」

加藤先生が時計を確かめて立ち上がった。ぼくは急いで会計を済ませてから、続いて外に出た。もう一度美幌峠からの景色を確かめた。夕暮れ前の斜めの光を受けて、屈斜路湖には外輪山の影が伸び、遠く斜里岳から知床の山並みが霞んでいた。停車場には4時丁度のバスが停車していた。この一日が濃厚に過ぎたことをぼくは感じていた。別れがたく、二人にそれぞれ握手をして別れを告げた。

遥の柔らかな暖かい手と先生の力強い手の感触を感じながら、ぼくはバスに乗る二人を見送った。遠ざかるバスの窓からは、二人が手を振るのが見えた。10分後には川湯行きのバスが来て、ぼくは乗り込んだ。夕暮れに近い西日が湖面を照らしていた。すぐに摩周の外輪山は、手前の山の後ろに消えて行き、バスは来た道を戻ってゆく。湖畔に沿って、暗くなった木立のトンネルを潜り抜け、和琴の入り口の懐かしい停車所を過ぎた。ぼくは今日の偶然を不思議な感覚で思い返していた。先日初めて遥を見たのも偶然で、さらに、先生が遥の親で、それも遥を養女にしているとは、先生がその遥を連れてくるとは何という偶然の連続なのだろう。もう一度、遥に会えることがあるのだろうか。遥を描くことができる可能性はあるのだろうか。亮子に似ている面差しはぼくの心を捉えていた。この時、まだぼくは知らなかった。さらなる偶然が積み重なることを。

バスは湖畔沿いに左に曲がり、コタンを過ぎていつの間にか砂湯まで来ていた。停車したところ、砂浜の方で人々が集まり、何か騒いでいるようであった。窓から見ていると、子供が溺れていたと騒いでいるのが聞こえてきた。ぼくは、その声につられるように立ち上がり、バスの運転手に少し待ってているように要請してから、バスを降りて子供のそばに駆け寄った。子供はぐったりとして、顔は青く呼吸をしていなかった。ぼくのすることは急いで人口呼吸とマサージをすることだけであった。口の中に手を入れて咽頭を刺激して、うつ伏せにして飲み込んだ大量の水を吐き出すことに成功した。すぐに寝かせて鼻を抓み、心マッサージを行いながらマウス・トウ・マウスで空気を送り込んでいた。しばらくすると、子供の心臓の鼓動が確認できて、呼吸も吹き返してきた。全身が冷たかったので、覗き込んでいる人に毛布を調達してもらいながら、診療所に運ぶことを考えた。付近の人たちに診療所の医者であることを告げて、動こうとしているバスにその子を運び込んだ。湖畔の西に夕日がやけに赤くなるのを見て、再び偶然の事件に巻き込まれたのに気が付いていた。

バスに乗せた子供は10歳くらいの男の子で、地元に住んでいるようだったが、親は一緒ではなかった。子供たちで遊びに来ていたのだ。バスは仁伏に止まらず川湯診療所の前まで来てくれた。子供を降ろし、診療室に運び入れて、急いで血圧の測定を行った。幸いにも血圧は90ｍｍＨｇであり、ショックから立ち直ろうとしていた。酸素ボンベを用意し、酸素吸入させた。次にぼくは急いで点滴を用意して静脈を確保してから吸引機を探したが、壊れた足踏み式吸引機が診察台の下から見つかっただけで、使い物にならなかった。

大きな注射器を出してきて、ネラートンのチューブを付け即席の吸引機にして咽頭部に溢れてくる唾液と水を吸い取った。ついでショック対策と血圧の上昇を考えて対策を採った。そこへ鷲鼻婆さんが顔を見せて、奈良さんを呼びますかと言ってくれたが、興奮していたぼくは自分で全部するから呼ばなくていいと答えていた。子供に付き添ってきた見知らぬ若い人に口の水分を吸引してもらい、準備した部屋に子供を運び入れた。すると、子供が声を出したようであった。子供のお尻をつねると痛がり、意識は確実に回復してきていた。足を枕の上に上げて高くした。間もなく、子供は、自分で足を動かし始めていた。ぼくは汗だくになりながら、この子供は偶然に命拾いしたことを確信していた。時計を見ると、午後7時を過ぎていた。外は暗闇になっていた。玄関前にはリヤカーに乗せた熱傷の患者も来ていた。昨日の沼倉氏も神妙にして待合室にいた。遅くなってから、子供の母親が来た。子供の無事な様子を見ると、涙を流しながら何度も頭を下げていた。ぼくは母親の肩に手を置いて、安心するようにと言うのが精一杯だった。ぼくも涙が出てきて、押さえられなかったのだった。子供を見ると、顔の色は回復していた。血圧は116／80で、不安な状態からは脱出していた。

ぼくの言うことを聞いてくれた熱傷の患者の妻は、夫の背中を一生懸命に冷やしたに違いなかった。熱傷の水分は出なくなり、亜鉛化軟膏は皮膚を保護していた。患部に新しいものをあてがっていると、患者は初めて、

「先生のお陰です」と、感謝の言葉を言っていた。痛みはかなり薄れているようだった。次は沼倉氏で、包帯を外したとたん、悲鳴を上げていた。出血は止まっていたが、腫脹が見られ、痛みがあるということで化膿の不安があった。サルファ剤を飲んでいるのかと聞いたら、酒を飲んでいたらしい。薬を飲まなければ、手の切断の憂き目に合うと告げると、沼倉氏は驚いて小さくなっていた。どこか憎めない酔っ払いだ。二人が帰宅した後に、もう一度子供の診察に行くと、落ち着いていて、母親と会話をしたという。その後は眠りに入り、呼吸は安らかだった。ぼくは無事にすべてが終了したことを感じた。子供は、明日の朝までいてもらうことにした。これに夜の往診が入ると、ぼくも完全にダウンかと思っていた。子供は神様が助けてくれたのだと感じていた。バスの到着時刻が後数分遅れていたら、子供は助からなかったはずだ。ぼくは御心のままに動かされていたことを感じていた。

部屋に戻ると、鷲鼻婆さんが居間にいて、一人でラジオを聴いていた。ぼくは、今日の子供のこと

を話しながら遅い夕食を取った。それから、隣の療養所に電話をしてもらった。とにかく汗を流したかった。

外は、夜空に星が煌めいていて、明日も晴れが続くようであった。幽かに森の香りと硫黄の香りがしてきていた。昨夜も同じ感慨を持ち、確か夜空を見上げたはずであった。風呂に入り仄かに漂うヒノキの香りが一日の疲れを取り去ってくれたように思われた。部屋に戻ったが、今日一日の出来事を思い、疲れているのに目が冴えていた。眠れぬままに、目の前に遥の姿が浮かんでは消え、亮子の姿が浮かんでは消えていた。その二つの顔がいつの間にか合体して分かれた。ぼくが亮子と知り合ってからすでに5年の歳月が流れていた。亮子の心を知ろうと長い努力を重ね、ぼくは亮子の歩む道と同じ道を歩き始めていると確信を持ち始めていたところであった。不思議な運命の偶然がそんなぼくに別な道を選ばせようとしているのか？　ぼくには分からなかった。札幌を遠く離れて誰にも相談する相手もいない。二人の女性をめぐる愛とその青春の孤独にあって、ぼくは若く健康な欲情の高まりの中に突き落とされていた。

## 第六章　扉は開かれた

　朝方、激しい雨がトタン屋根を打つ音で目が覚めた。充分に寝ていないせいか気分も重いままに、目だけはつぶっていた。昨日のことが夢のように蘇えってきた。ぼくは遥の幻影の中で一日を過ごしていたのだ。縁側の障子を開くと、横なぐりの雨がガラス戸を濡らしている。川湯に来てから初めての本格的な雨が吹き付けていた。ぼくは現実に降参して歩み出そうとしているのか。ぼくは遥の姿をいつの間にか追い求めていることに気が付いて愕然としていた。

　ふと気が付いた。昨日バスの中にスッケチブックを置き忘れてしまったのではないか。机の上には見当たらなかった。急いで診察室に行き中をのぞいてみたが、見当たらなかった。その代わり、昨日の子供は元気になり母親と話をしているのが目に入る。

「おはよう、元気になったたね」と、声を掛けると、はにかむようなあどけなさで笑い顔を見せた。ぼくはほとんどなくなっていた補液の点滴の管を取り去った。

「診察が始まったら、胸の写真を撮らせてね」と、母親と子供に告げてから部屋に戻った。台所で朝の用意をしている鷲鼻婆さんに声を掛けた。

「おはようございます。昨日は大変だったけれど、子供は元気になりましたよ」

「どこの子だったのでしょうね。弟子屈のコタンの子かもしれませんね」

「そうですか。コタンの砂湯まで遊びに来ていたのですね」

「先生のお陰で命拾いをしたのは、運の良い子ですよ」

「やあ、ぼくはたまたま通りがかりだったのでね。神様がそのように仕向けたのかもしれません」と、ぼくは言った。人の生死は紙一重で決まるなんて誰が仕向けるのだろう。ぼくは子供が助かったことで気持ちは晴れ晴れとしていたが、外は重くのしかかるような風雨が吹いていた。

「昨日バスの中に忘れ物をしてきたらしい」と、ぼくは独り言のように呟いた。

「それは、どこ行きのバスでしたかね？」と、婆さんが聞いてくる。

「確か、川湯止まりの終バスと思います」

「それならバスセンターにありますよ」と、保障してもらった。ぼくの気持ちは少し晴れたが、朝の食事は進まなかった。

「先生！何を考えているんですか。ぼんやりして元気がないようですね」と、婆さんに見破られそうになっていた。ぼくは昨日から夜にかけていろいろあったので、疲れているかもしれないと、言葉を濁した。ラジオでは台風の影響で荒れているらしいことが分かった。もしも、昨日あれほど晴れていなかったら、昨日が今日なら、ぼくは普段どおりに過ごしていたのだろうか。

　診察が始まるとすぐに、事務長がぼくのスケッチブックを持って入って来た。ぼくは驚いて事務長の顔を見た。

「先ほどバス会社の人が届けてくれたそうです」

「先生、絵が上手いですね！この最後のページの女性は誰ですか？加藤先生のお嬢さんですか。わたし初めて見ましたけれど、お美しい方ですね。相木君に聞いたら、木村遥さんらしいって言うものですから」と、事務長は改めてスケッチブックを見ている。奈良看護婦も覗き込んでいる。ぼくは、頭を掻きながらこれで昨日のことがすべてばれてしまったことに戸惑いを感じていた。バスセンターでも、きっと見たに違いないと思っていた。

「先生は捨てて置けませんね」と、笑いながら奈良さんも言い添えている。ぼくは「何が捨てて置けないのか」に戸惑いをさらに感じて、戻ってきたスケッチブックをありがたく手にした。それにしても、土曜の夜から日曜の夜のてんやわんやの混乱を理解してくれたらと思っていた。昨日の溺れた子供は完全に元気になり、肺の写真も特に変化は認められず帰宅して行った。

雨の日の診療所は、地元の人たちで忙しくなるようだ。小さい待合室は混雑していて、昨日の男の子の溺れたことが話題になっていた。

「よく助かったもんだ。ちょうど先生が通りかかったのが良かったんだべさ」

「あの子は運が良かったんだ！」などと話していた。患者さんたちの多くは夏風邪や高血圧であった。中には蕁麻疹の発症というのもあった。

先週来た土屋さんが顔を出した。いきなり
「先生から言われた重クロム酸のことあちこちに聞いてみたけど、やっぱり毒気があるらしいので使うことを止めにしますわぁ」と、元気よく伝えてくれた。

「だけども、鼻から血が混じる鼻汁が出るので、も一度見てもらいたくて来たんだ」というので、ぼくは改めて鼻の開口器で鼻中隔の穿孔部を見た。赤くえぐれて出血があり化膿していて浮腫状になっていた。綿球で汚れを取り消毒を行った。通院してもらうことにした。幸い臭覚は保たれているようであるから、通常は気にならなかったのかもしれないと考えた。診療が終わると、紙で包んだ物をぼくの前に差し出した。

「これ先生に差し上げるから受け取ってけれ、わたしからのお礼の気持ちだ」

　ぼくは驚いて、言った。

「まだ病気は治癒していないので、貰うわけにはいかんよ」

「いや、これまで誰も俺の鼻の病気は慢性鼻炎だと言って、まともに相手にしてくれなかったんだ。先生が初めてだ。原因まで教えてくれたのは。クロム酸を止めればきっと治りますよ」

　土屋さんは、感激してぼくの手を握り締めてくれた。ぼくも感激していた。紙包みを開くと、あの二個のコロポックルの姿を彫った茶筒が出てきた。蕗の下に住むという男神と女神を象ったもので、櫟の木肌が濃褐色に染められて艶が静かに光っていた。先週初めて土屋さんの店先で見掛けたものだった。熊の彫り物の多い中でユニークな彫り物の土産品であるので、ぼくの目を引いたのであった。

50年以上も経った今でもコロポックルの茶筒はぼくの机の上にある。それを見ていると、あの時のぼくの若さが鮮やかに蘇る。コロポックルの頭を撫でながら、幸運をもたらすかもしれないアイヌの小さな神様に願いを込めたあの時…。すでに唯一の神イエス・キリストを信じていたぼくだったが、アイヌ民族伝承の心にささやかながら触れたい、そんな思いがしていたのだった。ぼくが川湯を去るころには、土屋さんは症状がかなり軽快するだろう。

　昼食は今日も蕎麦であった。さすがのぼくも勘弁してくれと鷲鼻婆さんにお願いしないわけにはいかなかった。婆さんは笑いながら、

「先生はソバが大好きと言ったので、わたしはそれが一番良いと思って出していたのさ」と悪びれずに言ってのけた。

「とにかく、明日から別な献立でお願いします」と、ぼくは、お願いした。

ぼくは完全に悲鳴を上げていた。居間のラジオは午後から道東釧路地方は晴れると告げていた。

午後からも晴れた日と異なり地元の患者が来ていた。雨の日は畑仕事をしなくても良いのだろう。熱傷の患者は糜爛部分が乾き始めた所も出来て、キャベツの冷湿布は必要でなくなっていた。手の怪我をした写真屋は真面目に薬を飲み出していた。傷は痛まなくなっていた。やっと一段落して患者がいなくなると、不思議なことに雨も次第に止んで日陽しが射して来た。ぼくは事務室に行き山本事務長と雑談をしながら、一週間の忙しさを振り返っていた。

「結構変わった患者さんが来ますね。随分と仕事のやりがいがあります」

「そうですか、川湯は外から人が多く来るから、色々な病気を持ち込んでくる可能性があるのですよ」

「ところで、弟子屈療養所はどんな病院なのですか。結核の専門ですよね。入院患者は多いのですか」

「療養所は100床位かな。初めは50床で始めたのですが、伝染病棟も足したので増えたのです。昔の旅館を病院にしたものなのです」

ぼくは、どんな所なのか、一度見てみたいものと、興味が湧いた。

医学部を卒業した昭和35年ころは、まだ結核の発生死亡率は依然と高く難治性の業病と考えられていた。しかし、ストマイ、INHなどの抗結核剤が少しずつ普及し始めていた。昭和36年を境に結核は次第に減少に向かう。ぼくは単純に相木和子の婚約者の医師が、その弟子屈療養所に勤務していると聞いたために興味を持ったのかもしれない。

部屋に戻り、改めてスケッチをめくり、遥の横顔を見る。やや憂いがあるようだが、朗らかないたずら気のある美しい顔がそこにはあった。湖の入り江をバックに右手には森の木々が立ち、腰を下ろした草むらに両膝を立てその上に手を組み合わせている。じっと見ていると、どうしてもぼくは亮子の横顔と重複して一つになるのに気が付いていた。どうしてなのだろうかと思い悩む。亮子のことを思い悩む5年の歳月はぼくを諦めという彼岸に連れて行くこともあった。諦めという絶望の気持ちを奮い立たせて愛する誓いを立ててきた。愛は忍耐強いが、ときには愛とは脆いものなのか。ぼくは不安という暗闇の中に再びいることを思わないでいられなかった。愛の孤独の中にいた。1週間前のバスの中で遥を見ただけで終わっていてくれたら、どんなにか安心していられただろう。それなのに、偶然にもぼくは遥に再会した。さらに偶然のことも重なっている。もう一度改めて自分を描いてもらいたいと遥は言っていたけれど、それはいつのことになるのだろうかと考える。その偶然は起こらないほうが良いのではないかとも考えていた。

座り机から障子を開いて、縁側から外を見ていると、どうやら雨は完全に上がったようであった。夏の午後の日差しが前庭を輝かしている。診療所の建物の影が濃く延びていた。昨夜の強い雨がすべてを流し去って、小川が清流に戻るようにぼくの愛の流れが清流になって欲しかった。何事もなく、このように一人でいると、絶えず雑念が湧いてくるのを拭い去れないでいた。今日も観光客が何人か連れ立って大鵬の家に行く姿が見えていた。大関、大鵬の夏場所の大活躍が人気を呼んで見学者が増えているのだった。多分今年中に横綱になれるというのは確実のようである。

午後3時過ぎには4～5人の患者が来た。地元の人たちで慢性腰痛や慢性膝痛を抱えていた。XP写真で骨の変形は理解できるものの真の痛みは筋肉性のようであり、治しずらい病気の一つであると思う。一段落したと思っていると、奈良看護婦が慌てて診療室に駆け込んできた。奈良さんが慌てている時はろくなことがなかった。奈良さんはぼくの顔を見るなり、

「先生！死体が出たらしい。摩周湖でね。駐在から検死に行ってくれないかと連絡があり、山本事務

長が先生に聞いてくれと言っていますよ！先生どうしますか。」と、息を切らして言った。ぼくには断る理由もなく、

「山本さんに聞いてください、摩周湖のどの付近なのですか」と、聞き返す。

すると、

「それは、第三展望台の下らしいとのことです」と、奈良看護婦は状況を伝えた。間もなく迎えの車が来て、駐在さんや消防の人たちに加わって、ぼくも錆びついたトラックの荷台に乗り、展望台に向かうことになった。駐在さんは中年の温厚そうな容貌の方で、先日も怪我をした学生さんを連れて来て顔を見知っていた。トラックにはぼくと4人乗り、ロープ、救助帯、カマなどが積んであった。街を出たトラックはすぐにアトサヌプリを右にして、つつじが原を抜ける。昨夜の雨のせいか街を囲んでいる森林の緑がやけに濃い。空はすっかり夏の空に戻っていた。摩周の外輪山は晴れ上がっていた。釧網線を横切ると、外輪山の裾野から道は原生林に囲まれた上り坂になる。曲がりくねった、きつい坂をトラックは喘ぎながら埃を舞い上げていた。途中駐在さんの話から、自殺者の発見の経緯は簡単なことであった。以前から報道はされていないことだけれど、摩周湖、屈斜路湖の周辺は自殺者が多いことが知られていた。自殺者は何らかの物を残して行くことで、行方不明者が出たことが判る場合がある。今回も川湯のあるホテルに遺書が置かれていたことで数日前から捜索していたとのことであった。それ以外はお互いに会話を交わすこともなく、重く苦しい雰囲気が漂っていた。間もなく展望台に上り詰めた。麦わら帽子を被った二人の消防団の人が先に来ていた。これから湖畔まで下がって行くために我々を待っていたのだった。第三展望台は爽やかな空気が流れていて、摩周湖の水面は完璧なコバルト・ブルーの色彩に深い緑の影を映して静寂そのものである。カムイシュの小さな島

がぽつんと浮いている。ぼくはその人はなぜこの湖で自殺をしたのだろうかと最初に考えていた。

「先生も湖畔まで降りますか」と、言われたので、

「検死するためには、下まで行かせてください」と、ぼくは決然として答えた。外輪山は約200〜250mくらいあることは分かっていた。外輪山の内壁は約40〜45度の傾斜がある。人間の目で30度くらいになるとかなりの急斜面であるから、45度ならば垂直に近い。このくらいの高さは上り下り出来るはずだ。外輪山の熊笹とダケカンバの木が内壁を覆っていることは昨年のニペソツ登山で十分に経験していた。降りるときより登る方が大変なのだ。しかし、

「先生のその格好じゃ駄目だよ」と、消防団の若い元気のある一人が指摘したために、周囲の人たちも腕組みをしてぼくを見ていた。ぼくは摩周湖の水面に降りる機会を失くした。確かに普段の運動靴と普段のズボンなら、この急峻な外輪山の登坂は無理であることに気が付いた。

「それで待つとしたら、どのくらいかかるのだろうか」と、尋ねた。

「そうだな？ こんなことは滅多にないことだし、以前にも水死した人がいた時は3〜4時間くらいかな」と年配の人が答えた。

「早くても6時過ぎになるね」と、別の人が答えた。ぼくはいったん引き返すことにした。こんなことになるのなら、なぜ来る必要があったのかと思いながら出直してくることにした。「それならば、川湯まで運んでから検死をすればよろしいのではないですか」と、反論したかったが、この状況を考えると止むを得ないのかもしれない。それにしても、こんなに美しいところで人はなぜ死ぬのかとぼくは摩周湖の紺清の水面を見下ろした。

「今日の何時ごろに発見されたのですか」と、一団の一人に尋ねた。

「えーと、午前11時ごろです。少し雨が降っていました」

「湖水の水温はどのくらいあるのですか」

「水温ですか。誰か知っている人はいないのかい？」と、駐在さんも不審そうに聞いている。

「水温は死体の腐敗に大いに関係するからね」と、ぼくはさらに尋ねた。誰も水温については知らないようだった。

「確か、水温は4～8℃くらいあると聞いていますが、夏になると表面の温度は10℃位にはなる。天気が良いともう少し上昇するかも知れない」と、若い消防団の一人が腕を組みながら答えた。自殺者は4～5日前から行方不明になり、即自殺したとしたら水面に浮いてくるにはこの温度なら早過ぎるのではないかとぼくは思った。

「遺体はどのようなところにあったのでしょうか？」

「遺体は水に浮いていたのではなく、岸辺に横たわっていた。そばには大量の睡眠剤の空き瓶が転っていました」

　先に来ていた中年の男性が答えてくれた。

「それでは念のために、湖水の現在の温度を確かめておいてください」と、ぼくは頼んだ。通常水中では死体は死後から腸管内の腐敗が始まり、細菌が作るガスが充満する。やがて全身の皮下組織にも広がり腫み出して3～4日で浮力が付いて浮き上がるのだ。さらに腐敗が進むと、ガスは抜けて再び水中に沈んで行く。この付近の人たちは湖で死んだら、永遠に死体を探さないという。昔からそう言われていることらしい。死体は始めから湖底に沈んだまま永久に眠りについている。幸い遺体は湖畔にあるという。ぼくは一旦診療所に戻ることにした。時計は午後5時30分であった。

診療所にはすでに6～7人の患者が待っていた。捻挫や下痢を訴えている人、発熱と咽頭痛、鼻水を訴え何とか早く治してほしいと急かせる患者、蟹の食べすぎで昨日から全身に赤い発疹が出来て強い痒みのある学生と、疾患は多彩だが大事に至るものはなかった。事務には和子君が居残っていてくれたから、薬の処方、会計は問題なく終わった。薬剤室に入り、二人で調剤をしていたら、ふいに、和子君が

「先生！お願いがあるのですけど？」と横目で窺がうように言った。

「ええ、何ですか」と、ぼくはとぼけて聞いた。

「それはね、先生にわたしを描いていただきたいの。お願いします」と、丸い顔に微笑みを浮かべ、ぼくを見詰めている。ぼくは若い成熟した女性の華やかさを感じた。弟子屈の療養所の先生もこの華やかな艶やかさに惚れたのであろうと思った。

「ええ、時間が出来たらいつでも良いですよ」と、ぼくは請合っていた。

午後7時過ぎにトラックが迎えに来た。再び乗り込んで走り出す。オレンジ色の夕焼けがポンポン山の後ろにあり、暗緑色の原生林の林は川湯の街を包み始めていた。アトサヌプリとマクワンチサップの頂上から沈み行く太陽の光が後光のように輝いていた。幽かな硫黄の香りを嗅ぎながら、つつじが原を抜けて展望台に向かう。坂を登り始めると、夕焼けの明るさが一時の薄暮を明るくしたように感じさせていた。雲に反射しながらオレンジから紅色、深紅、紫へと変化する光の色はやがて周囲の山並を濃緑色から黒へと変えていく。光は暗黒の光になり夜を支配する。自然の光の変化を川湯の空は鮮やかに描いてみせる。ぼくはこの自然にすっかり見せられていた。日は落ちて、再び展望台に着いた。夕暮れの薄闇の中に、白い担架が道端に置かれていた。誰もが無言だった。団員の一人が白いカ

バーを取り払った。誰もが吸い込まれるように担架に横たわる遺体を凝視していた。白い半袖のブラウスを着て紺色のスラックスを履いていた。女性は丸顔で蒼白になっている。安らかに長い睫毛をした目を閉じていた。どのようにして湖畔まで降りて行ったのだろう。着衣も濡れていなかった。スラックスのあちこちに裂けているところが見えた。苦労して外輪山の内壁を降りて行ったのだろう。大量の睡眠剤によるものか口元にはわずかに嘔吐物が付着していた。溺死のようにむくみはなく、比較的低温の所にいたためか死後の腐敗変化は強くはなかった。死後の硬直は完全に消失していた。着衣を取り除く。背部には紫斑がやや黒ずみ、外傷は身体のどこにも見られなかった。肛門より体温の測定をすると、22℃で外界の気温より低下していた。摩周湖畔の気温は展望台の気温32℃より低下していることが推定された。

「湖畔での気温はどのくらいでした？」と、聞いた。

「えーと、湖畔の気温は23．5度ですよ。湖水の気温は8℃です」と、答えてくれた。

死体検案は薬物による中毒死と考えられ、ぼくは駐在さんに検死を終了したことを告げた。摩周湖面はすっかり暗黒の中に沈んでいた。西の空はわずかに明るさを残して、足元の弟子屈の街並みの明かりが点滅していた。亡くなった女性は美しいままに亡くなっていたことは救いだった。一同は言葉もなく合掌した。

女性は、なぜ死を選ぶようなことをしたのだろうか。遺書には書かれてあるのかもしれないが、厭世か、失恋か、病苦か、それとも思いも寄らない理由があるのだろう。ぼくは死を最も恐れていた。死には何も美的なものはないと思っている。人を魅了する美しい湖水で死ぬことは何かそこには美的なものがあるように感じるが、死には美的なものはなく自然の残酷な摂理のみが存在する。死に至る病に抵抗する。そのために医師になったつもりでいるが、この自殺を見ても医師が抵抗できない死があるのを見せ付けられた。

戦時中の、小学5年生の時、ぼく自身が立て続けに死に直面したことがある。肺炎で苦しんでいる時、幽体離脱までもした記憶があったことを思い出していた。おそらく死は苦しいものではないのだろう。しかし、自分で死に至ることは決して望まれるものではないと思っていた。キリスト教は自殺を禁じている。肉体を滅ぼすことができても、魂は天国には行けないと言っている。死んで魂が救われなければ、死ぬことは無意味なのではないか。やがて診療所の前で車は停車してぼくは降りた。

長い一日が終わったと感じながら、鷲鼻婆さんのいる部屋に入る。暗い白色電燈の居間では夫婦二人でラジオを聴いていた。いつも話し掛けてくるのは婆さんの方である。

「先生！どこの方が死んだのですか。摩周、屈斜路湖付近は結構自殺者が多いんですよ。迷惑するのは地元の消防団の人たちでさ。これで今年は3人目なんですよ」と、言いながら御飯を盛ってくれた。ぼくは、

「埼玉の方」と言ったが、あまりその話をしたくなかった。それよりも昨日の和琴半島のハイキングが楽しかったことを話した。

「きれいなお嬢さんも一緒だということを聞きましよ。それは、大変良かったですね」と、婆さんはニヤニヤしている。ぼくはあまりそれには触れてほしくなかった。婆さんはさらに聞き出したがっているようだったが、急に独り言のように、

「加藤先生の奥さんは、昭和25年ごろに肺結核で亡くなったのだよ。その頃は、わしらももう少し若かったもんだから、終戦後すぐにここに住まわしてもらうことになって、加藤先生は間もなくこちら

に来るようになったんだよ。時々可愛らしい娘さんを一緒に連れて来てね、夏には、よく来ていましたよ。娘さんは中学を卒業してから札幌の高校に行かれて、今は東京の大学だということです。しばらく見たことないもんで、噂ではなかなかの別嬪になったと聞いています」と、何か遠くを見る目でぼくを見詰めている。ぼくは急にその娘を見せてあげたくなった。

「お婆さん、ぼくがその娘さんの現在の姿を見せてあげましょうか」と、言うとぼくは昨日描いてきたスケッチの一枚を取り出してきた。婆さんはしばらくの間それを無言で凝視していた。

「いーや、この人は奥さんにそっくりですよ。長い睫毛に切れ長の瞳、あどけない唇は、うーんしばらく見ない間に可愛い女性に成長したんだね」

「それにしても先生の絵は上手いものだね」と、付け加えた。

これでぼくの昨日の行動の全部を診療所の人たちに知れ渡ってしまったけれど、悪い気はしなかった。それから、自分の部屋に戻り、机の上に遥の絵を置いた。しばらく絵を見ていると、どうしてもその顔に札幌の恋人の亮子の横顔が重なるのだった。先ほど、婆さんは奥さんに似ていると言ったが、ぼくには亮子の顔しか浮かび上がらなかった。ぼくの中に亮子への思慕が激しく湧き上がってきていた。学園は休みに入っているはずなのに何をしているのだろうか。絵葉書用のスケッチを取り出し、昨日の和琴半島の風景画を写して手紙を書いた。自分の出来る事はその想いを続けることしかなかった。手紙を書き終えて暗い天井を見上げていた。いつの間にかまどろんでいた。

遠くの方でベルの音がしていたようだった。急に婆さんが「電話ですよ」と叫ぶ大きな声が聞こえた。ぼくは慌てて居間に行き、電話を取り聞いた。それはMホテルからの往診依頼の電話だった。電話の男性が叫んでいた。

「御園ホテルの角を曲がって入った所にあるMホテルですが、宿泊客のHさん、男性ですが、急に熱が出て来て苦しんでいるので」と言う声だった。

ぼくは断る理由もなくすぐに行くことにした。すでに夜の11時を過ぎていた。診療所の玄関に置いてある自転車を出し、往診鞄を荷台にくくりつけて、暗闇の道を走り出した。生温い夏の夜の空気は幽かに硫黄の匂いを感じさせていた。夜の道は明かりが少なく、星空は限られた空に鮮やかに煌めいていた。土産店はすでに閉じられていた。それでも3～4人の酔客がうろうろしていた。自転車のペダルを踏みながら、ふとぼくは頭の隅にクローニンの『城砦』を思い出した。あの小説の主人公のマンスン医師も始めは代診から医師のスタートを切った。炭鉱の町医者に雇われ炭鉱街の貧民街に往診に出ることから始まったのだった。英国の古い殻に凝り固まった慣習に抵抗しながらマンスンは少しずつ隔壁を乗越えて行く。炭鉱街の小学校教師、美しいクリスチンとの出会い、そして結婚…。医学生1年の時に読んだそのストーリーには感激したことを思い出していた。それに比べ今のぼくには日本で敷かれている医学教育の路線に乗っているだけで、このまま何の経験もなく医療の現実に飛び出していけるのだろうかと考えた。それは絶対無理だ。教室の教授の意向に従ったのであるけれど、自分の生活費の足しにもなるこのアルバイトは止めるわけにはいかない。そんなことを考えながら、自転車のペダルを踏んだ。目指すMホテルはすぐに分かった。暗闇の中に2階建ての建物が浮かび上がる。川湯では古い建物であることが一見して分かる。玄関を入ると、帳場から若い男性の当直員が出て来て、案内してくれた。

1階の奥まった客室は10畳くらいの広さがあり、老夫婦が泊まっていた。白髪交じりの男性が休んでいて、鼻を大きく開いて呼吸が苦しそうであった。定年後の旅行で、九州の大分からだと言う。昨夜は層雲峡に宿泊してバスで川湯に着いた。釧路や根室にも行く予定であるという。午後の4時ごろから熱が出て来て息が苦しくなってきた。そばにいる妻はどうして良いのか不安げにしていた。年齢は63歳、無職。かっては中学校教師をしていた人だ。かなりのヘビースモーカーらしく、枕元にはタバコの吸殻が灰皿に溢れていた。血圧は165／96ＭｍｍＨg，脈拍１１２。容貌は、痩せていて眼がくぼんでいる。唇は、やや紫状態である。息が苦しく背中に痛みがあると言う。体温は39．６℃。肺は右の下肺野に湿性のラ音を聴取できた。球結膜はやや白く、貧血の存在が考えられた。爪の色も悪かった。いままで発汗をしたのか妻に聞いたが、していないと言う。心先部には軽度の第2音の収縮期の雑音があり、僧帽弁の閉鎖不全が考えられた。ぼくは気管支肺炎か、非定型性肺炎の可能性を考えた。ベットサイドでの診断には限界がある。細菌性かウイルス性かは不明だが、ぼくは奥さんに尋ねた。

「ご主人はどこかで寝冷えをしませんでしたか。北海道の夜は急に冷えるので」

「昨日の夜、温泉に入った後、暑いからと言って、しばらく裸でいたと思います」

「おそらく、長期の旅行で体が消耗して抵抗力が落ちている時に感染を受けたのでしょう。タバコを吸い過ぎることも良くないですけれど、とにかく肺炎ですから治療するとしたら、1～2日では間に合わないかもしれませんよ。できるだけのことをしましょう」と、ぼくの方針を妻に伝えた。

「まず、５％ブドウ糖液５００ｍｌとリンゲル２５０ｍｌを用意して、その中にサルファ剤と気管支を拡張するネオフイリンとＶＣ１０００ｍgを入れ点滴します。今から4時間ぐらいかけてゆっくりと落とします。ぼくは朝の5時ごろにはもう一度来ますから安心してください。そして、布団をさらに2枚用意し発汗を促すように部屋にコンロに炭を起こしてもらってください。そこに大きな薬缶を掛けて蒸気をたくさん出すようにします。それから湯たんぽを入れてください。梅干を焼いてお湯に入れたのを丼一杯飲むことです」

妻は唖然としたような顔を見せた。

「医学的な難しいことは抜きにして実行するしかないですよ。分かりやすく言うと、発汗は副交感神経の緊張を高めて体を回復に向かわせるのですから」

ぼくは、点滴を静脈に確保した。

「帳場の若い人に薬を取りに来てもらいますから、すぐ服用させてください」

そう言い、ぼくは部屋を出た。ぼくも蒸し暑い部屋の中で汗だくになっていた。自転車に往診鞄を括り付けていると帳場の人が出てきた。二人で夜道をゆっくり歩きながら、ぼくは自分が小学生のころ肺炎になったことを思い出していた。ぼくの母は布団にぼくを包んで部屋を暖かくして自然に汗が体から吹き出るようにしてくれた。汗が滝のように流れた後息苦しさは次第に取れ、頭もすっきりと気分が良くなって行った。汗で汚れた下着を取り替えた時の気持ちの良さはすばらしいものだった。たいした薬を飲まずにぼくは病気を克服していた。

「先生のあの汗をたくさん出すやり方はわたしも経験があります。風邪など引いたときには布団に包まって汗を流せば風邪などはすぐ治りますもね」と、横で感心したように言う。

「そうです。ぼくは小さいころから経験がありますから。民間療法はいろいろありますけれどね。祖先から引き継いだいい方法は取り入れるべきですよ」と、ぼくは少し自慢げに言った。

診療所の薬剤室で調剤して帳場の人に渡すと、すでに時計は1時を過ぎていた。ぼくは部屋に戻り布団の上に大の字に伸びてしまった。とんでもない一日を過ごしたと思いながら…。

午前5時過ぎに目を覚ました。「とんでもない一日」はまだ終わっていなかった。日は明るくなっていた。継続の点滴を用意して自転車で出た。早朝の温泉街は歩いている人はほとんどいない。朝靄がポンポン山から深く街を覆っていた。清々しい空気が流れていたが、帳場には誰もいなかったが、奥の厨房はもう仕事をしていて、朝の味噌汁の香ばしい香りが漂っていた。昨夜の客室を開いたら物凄い湿度の高い空気が流れ出て来た。

「おはようございます、いかがですか」

妻は疲れているのであろう。布団を丸めて寄りかかって眠っていた。驚いてぼくの顔を見て疲れた体をゆっくりと動かして、寝ぼけた声を出した。一晩中夫の寝息を観察しながら過ごしたのだろう。点滴はもう終了していた。

熱はどうかとさっそく測定すると、36.7度に下がっていた。患者は猛烈な汗で下着はぐちゃぐちゃに濡れていた。急いで聴診すると右下肺野のラ音は少なくなっているようだった。急いで下着を取り替え、新しい布団に移るようにした。持参した点滴を繋ぎ直した。患者は昨日の夜より楽な呼吸をしていた。脈拍は80台になり落ち着いてきていた。何か別の合併症は生じてはいなかった。

「暖かい柔らかな食事をお願いして必ず食べてください。さらに今夜はもう一日宿泊を延ばしてください」と、ぼくは伝えた。

「先生は随分お若いようですが、おいくつですか？ここ川湯で開業されているのですか。昨夜から随分一生懸命にしていただいて、ありがたいと思っています」と、訊ねられた。

「ぼくは北大から派遣されてきているのです。ここはぼく一人に任されているものですから。お陰でやりがいがあります」と、ぼくは心なしかうれしい気持ちになっていた。

「できれば、患者さんの胸部写真を撮りたいのです。元気になってからでも良いですけれど」と、お願いしてから部屋を出た。

患者が快方に向かっていることもあり、ぼくは早朝の清々しい気分に浸りながら、このホテルの朝風呂に入ることを思い付いた。帳場には昨夜の人がいて、訊ねると風呂はホテルの裏側にあり、その渡り廊下を行くと大浴場があるとのことであった。

「正午ころ看護婦が見に来ますので、よろしく」と、伝えてから、ぼくは朝風呂を楽しむことにした。

大浴場は古めかしい昔のままの木造風で低い天井の真ん中に空気抜き口が開いていた。大きな湯壷は一つしかなく、杉の木で作られていた。透明な湯が溢れていた。窓の外は広葉樹の林に囲まれていて朝の夏の日差しがまぶしく浴槽に照り返していた。入浴しながら昨日から今日の一連の流れをぼんやり思い出して、川湯診療所も大変な所であると肝に銘じていた。

診療所に戻るとすでに婆さんは起きていて、朝ごはんの用意をしていた。

「先生!こんなに早くどこに行かれたんです」と、朝の挨拶も抜きに不思議そうにぼくを見詰めている。

「昨夜の患者を見に行ったのさ」と、ぼくは言いながら、ラジオのスイッチを入れた。

ショパンのエチュードが爽やかに流れてきた。やがて婆さんは朝食の用意をした。ほうれん草のおひたし、いわしの焼き魚、のりなどが並んだ。ぼくは、もともと好き嫌いはない方で、今朝の朝食も美味しくいただいたが、無性に肉類を食べたくなっていた。考えてみると、こちらに来てからまったく肉類は食べていなかった。婆さんに言うと、肉は川湯では買えないことが分かった。釧路や弟子屈に行く便利屋さんに頼む必要があるという。近いうちに牛肉か豚肉を頼んでくださいと、婆さんにお願いしておいた。毎日が肉にならないように祈りながら…。

すると、頭の隅にクローニンの小説の断面が現れてきた。貧しい炭鉱街を往診しながら、炭塵の吸入と肺枯核の関係を見抜き研究するマンソン医師の姿を、同時に彼を助ける女教師クリスチンのけなげさを思った。医者になる者はこの本を読むべきと言われている。医者の進むべき一つのあり方が描かれているのだった。ぼくはそれと同じにはなれないことも分かっていた。経済的に充足できる日はいつ来るのだろうか。大学院終了後の4年間を待っても、それはすぐには来る保障は何もないのだろうか…。

一息吐いていると、「患者が10人ほど待っている」と、連絡が入った。診察室では、奈良看護婦が昨夜は大変でしたねと、赤ら顔をほころばせた。

いつものように、診察が始まる。昼ごろには決まって2～3人の子供たちが発熱したと母親が連れて来るが、この日もその傾向は変わらない。朝の仕事が一段落したら、子供が風邪を引いているようだと気付き様子を見ているうちに昼近くになるらしい。子供の発熱の病気は医師にとって常に警戒しなければならない。子供特有の疾患がある。口を開いてもらい、泣く子をなだめながら聴診し全身の発疹の有無、リンパ腺腫脹の有無などを見て何もないことで安心する。多くは咽頭の軽い発赤のみで急性の咽頭炎、上気道の炎症かである。解熱剤などを飲まなくてもよい場合が多いのにと思う。母親はとにかく薬を貰うことが自分の安心に繋がるのだった。子供たちが帰り一休みしていると、事務の和子ちゃんが一枚の紙片を持って来た。

「加藤先生からよ！」と、威勢よくぼくの前に差し出した。

「後藤先生、先日はご苦労様でした。本日の昼食をご一緒にしたいのですが、先生のご都合はいかがですか。本日の診療は大体12時には終了します。よろしければ、歯科診察室に来てください。加藤

拝」とあった。ぼくはどこで食事するのか？　歯科診察室とは？　不思議に思ったが、何も反対する理由もなく、

「加藤先生へ、了解いたしました。後藤」と、書いて和子ちゃんに手渡した。奈良看護婦には、

今日の昼食は部屋の方で取らないと婆さんに告げてもらった。奈良看護婦は詮索するようにぼくの方を見詰めて、

「先生、お昼はどこでなさるのです」と、聞いてきた。

「やぁー、それは加藤先生が一緒に食べたいからと言ってきたものだからね」と、答えると、奈良看護婦が不思議そうに肯いていた。ぼくも不思議だった。

やがて12時が過ぎて、外来患者は途切れてしまい、奈良看護婦は自転車で自宅に帰って行った。今日も暑い日で診療所の裏の林からは蝉の鳴き声が一層高まっていた。山本事務長と相木さんは事務の仕事も終わり、二人で仲良く弁当を食べていた。けだるい昼があたりを支配していた。

ぼくは歯科診療室の部屋のドアをノックして中に入った。加藤医師が自分の小部屋で煙草をくゆらせていたが、ぼくを見るなり、愛想よく立ち上がり、すぐに診察室の横の部屋に案内した。暗い感じの部屋には小さなテーブルがあり、4人がゆったり腰を下ろせる椅子が置いてあった。診療室の裏手の広葉樹林に日差しが揺れ動いて、開いた窓からは爽やかな風が吹いているのが感じられた。扇風機もいらないひんやりするような部屋であった。明るい表側のぼくの診察室とはまったく対照的であった。椅子に座るなり、加藤先生は、

「実は今日のお昼はね、遥が持参してくる予定なんです。もうすぐ12時20分のバスで来ますから、少し待っていてください」と、言った。時計を見ると、丁度その時刻であった。

「バス停からは5分もあれば来ますから」

加藤先生は、眉の濃い、浅黒い角張った顔をほころばせながら、煙草を口にくわえて美味そうに吸い込むと、一段落したように、話題を変えた。

「先日は大変でしたね。砂湯でおぼれかけた子供を助けたんだってね。それで、どうしてその子供を助けることができたのです」

砂湯で溺れかけた子供の話は、いつの間にか加藤先生の耳にも入っていた。ぼくは昨日のことを思い出しながら、バスが砂湯に着いてからのことを話し始めた。

一通り顛末を聞くと、加藤先生が、

「先生の腕前が良かったからですね」と、感心してくれている。

「いやそれは、きっと、偶然に神様が助けてくれたのだと思います」

ぼくの言葉が終わらないうちに、緑の模様の半袖のワンピースに白のベルトを締めて、遥が静かにドアを開けて入って来た。

「はい、お食事が届きましたよ」

夏の陽射しに赤らんだ美しい顔に茶目っ気を見せながら、遥がぼくの方を見た。

「今日は先生にも食べてもらおうと思って、腕によりを掛けて作りました」

遥は急いで机の上に風呂敷を広げた。３段重ねの重箱が出て来た。

「わたしは昔、よくこの診療所にお義父様と一緒に来たんですよ。診療が終わるまでここで本なんか読んだりしていました。週に2回ぐらい食事を作って、昼食はここで一緒にしたものですわ。久しぶりに診療所に行きたくて昼食を作ることを思い出したのです。5～6年来ていなかったので懐かしいわ」と、遥は言いながら急いで重箱のふたを開けた。

「ご飯は白シメジきのこ炊き込みご飯よ。はい、次はえび、アスパラと玉ねぎの天ぷらと卵焼きです、きゅうり新漬けです、果物にメロンが手に入りました」と、説明して戸棚から皿を取り出して、それぞれに盛り分けてくれた。良い香りが漂ってきた。そのてきぱきした動作は、爽やかに振るまわれていて新鮮な感動をぼくに与えた。若い女性が自分の目の前でこのようなサービスをしてくれることなど経験したことはなかったから。今でもこのときの昼食は忘れられない思い出である。ささやかななかに心のこもった弁当であった。

「遥さんは料理に興味があるのですか？　結構な腕前ですね。いい味付けです。どれも美味しく申し分ないです」と、言いながらぼくは箸を進めた。

「料理は好きなのです。料理のあれこれを考えることは、お医者さんが薬の調合をすることと同じですし、出来具合いがどのようになるのかを考えて、その通りに出来ていれば、本当に達成感があります」

「遥は子供の時から料理を作るのが得意でしたよ。母が早くに亡くなったためもあり、自分で工夫することが好きだったのです」と、満足そうに加藤先生は説明した。

「先生は、コタンの子供さんを助けたのですか。あの日の帰り、砂湯で溺れた子供を助けたと聞きました」

「偶然、バスが砂湯のところに停車したものですから。神様がぼくを助けに走らせたのです」

ぼくは遥に先日のあらましを再び説明した。遥は、黒い瞳に涙を湛えて聞いていたが、ことの成り行きに、安心したように遥の顔に笑顔が戻ってきた。それから、ぼくはバスにスケッチブックを忘れた話を付け加えた。遥は赤くなり、加藤医師はニヤニヤと笑った。

「それで先生がかなりの画伯であることがこの辺りに知れ渡ったんですね」

「そんなことはないのですが、診療所の皆にあの日ぼくが何をしてきたか、すべてばれてしまいました」

加藤医師は腹を抱えて笑い出した。メロンをいただきながら、ぼくは気が付いていた。何の抵抗もなくすらすら遥と話をすることができることを…。それにしても、ぼくは若い女性を前にしてこんなに気安く話し掛けることができることに驚いていた。

「後藤先生！医学部の卒業試験は卒論なんかあるのですか。卒論は何をお書きになったのですか。あ、そう、そう！お茶を入れますわね」

遥は、ぼくの方に目を遣りながら、立ち上がった。

「医学部には卒論はありません。その代わりに臨床全科の試験があり、最低70点以上でないとだめなのです。全部で11科目あり、試験は1月から3月の初めの週まで続くのですよ。これが一番大変です。胃袋がおかしくなります」

「ふーん、卒論はないのですか。今、わたし、卒論に何をしようかと迷っているのです。文学部ですので、文学に関するものなら何でも良いと思っているのですが、先生は英国の小説家クローニンをお読みになりましたか」

遥はぼくの顔を直視した。優しい瞳を輝かせている。ぼくは内心驚いた。クローニンは医学部に入学した当時に2～3冊の小説を読んでいた。特に『城砦』は感動した。今朝もそのクローニンのストーリーを思い出していたのだった。『城砦』、『帽子屋の城』と『天国の鍵』は読んでいた。

「ぼくは3冊読んでいますが、『城砦』が医師にとっても身近なストーリーで、根底に人道主義が流れていて、しかもロマンチックなところがあり、奥さんを失くす悲劇があるにもかかわらず、立ち直って前進する姿は感動的でした。閉鎖的で古い医学の殻を破り、スコットランド気質の粘着質を持って前進しようとする。今の日本の医学会は、ある意味で積み重ねられた古い体質が温存されたままですけれどね。城砦という言葉の意味はお判りですか？　あの小説の中に一箇所しか城砦という言葉が出てこないのですよね。クリスチンがマンソンに向かって、『あなたのしていることは昔の古い体質の英国のしきたり、バビロンの城砦を乗っ取るように乗っ取って、そこでお金儲けに走っている』と、指摘する所に城砦という言葉が出てくるのですよ。城砦は英国の古い医学的なしきたりなのですね」

　ぼくは夢中になって話をしたかもしれないが、遥は目を見開いて熱心に聴いてくれた。

「女子学生がクローニンに興味があるなんて不思議な気がしますけれど、今でも大学では、皆さんクローニンを熱心に読まれているのですか」

「わたしは医学に興味がありますの。大学では結構その本の借り出しがあるようです。クローニンの果たした役割などを考えて卒論を書こうと思っているのです」

「加藤先生は、本は読まれますか。ぼくは多少ですが、ヘルマン・ヘッセに凝っているのです」と、ぼくは加藤先生に水を向けた。

「わたしはあまり本を読まないものですから、遥の相談に乗れないのですよ。わたしが学生のころは軍国主義で包まれていましたから。戦争から解放されてからは、少し放浪してここ弟子屈に落ち着き、今は、絵に凝っているものの、中年になると何も新しいことをする気になりませんね」

　加藤先生は、タバコの煙を吐き出し、窓の外を見ながらため息を吐いた。日差しはより一層強くなり、蝉の鳴き声が響いてきた。遥の横顔は、外の光に照り返されて緑の服に映えていた。二つの乳房の柔らかい曲線はぼくをとりこにしていた。

「遥さんの休暇はいつまでですか」と、ぼくは改めて聞いた。

「わたしの休暇は8月いっぱいですよ。秋から本格的に卒論に取り組むつもりです」

「遥さんならば、立派な卒論を書けますよ。将来はどちらに進む方針なのですか」

「何にも考えていないわ。わたしは弟子屈の雰囲気が大好きなの。蒸し暑い東京は好かないのです。人もあまりにも多いですし、喧騒は嫌いなのです。お義父様は特に反対はしていないのですけど、大学を卒業したら弟子屈に戻ろうと考えているのですよ」

遥は、きらきら光る瞳を潤ませるようにしてぼくの方を見詰めていた。その瞳にじっと見詰められると、ぼくは何もかも忘れて茫然と遥の中に吸い込まれていきそうになっていた。

「先生もここの川湯には8月いっぱいですよね。わたしと同じに帰ってしまうんですね。先生は大学に帰られて何をなさるのですか」

ぼくは初めて、北大の大学院で病理学の教室に入り、病因の追求や特に癌の研究をしたくて戻ることを話した。

「一人前になるには、まだ4年はかかるのですよ」

ぼくは、最後のお茶を飲み干した。溺れそうになった子供のことは弟子屈でも噂は流れていたが、摩周湖の自殺者のことは知られていないようだった。その話をすると、遥は広い美しい額に眉をひそめ、涙ぐみそうな瞳で「可哀想な人…」と、言って、しばらく無言でいた。

「この付近は自殺者が多いのでね、町としては迷惑がかかっているのですよ」

加藤先生は、またタバコの煙をふかした。

「この美しい自然に何を求めてくるのだろうか。死を考えた人の心の深層は分からないが、わたしも若いころに自殺ではないけれど、死を覚悟して毎日を過ごしたことがあります。肉親からのあらゆる絆を断ち切り、明日には死ぬことを覚悟した生活を。終戦までの6ヶ月以上はそうやって生きていたことがあります。何も考えないわけではないのです。毎日肉親のこと、友人のこと、女のことを考えてどうにもならない自分がいることに気が付くのです。国のために死ぬことに対して、自分がどれほど役に立っているのか分からないままに死ぬ準備をしていたのです。戦争は日本に不利になりつつあることは自然に分かってきていました。死を待っている時の気持ちは丁度狭い厚いコンクリートの壁に囲まれた部屋に閉じ込められたようなものでした。どこに行ってもそこから抜け出すことができないのです。死を考えた人の気持ちも、もしかしたらそのようなものかもしれませんね」

重苦しい声が聞こえてきていた。

「お義父様、そんな暗い話はやめましょうよ。わたしの父はその囲まれた閉塞の壁を抜けて自由になったのです。父はその自由な雲の果てを今でも飛び続けているのですもの」

遥は、涙ぐんでいた。ぼくは話の引き金を引いたことを悔やんだ。そうなのだ。現実に生きることが狭いコンクリートの部屋の中で動き回っているだけなのかもしれなかった。それぞれの思いの中にしばらく無言の時が続いていた。しかし、いち早く元気な声で立ち上がったのは遥であった。軽やかな香りを残して窓辺に立つと、空気を吸い込んで二人を睨みつけるようにしてから、

「さあさあ、お昼は終わりました。今日のお弁当はいかがだったでしょうか」と、言う。手を後ろに組んで外に向かい声を出していた。その声は泣いているような優しい声であった。

「大変美味しかったです。遥さん！」

ぼくは感激して言った。加藤先生も満足そうに肯いていた。

「加藤先生、ぼくは今週の土曜日に弟子屈町役場に行きます。実は一昨日の子供の治療の際に吸引器を使おうとしたら壊れていて、そのことで交渉に山本事務長と行くことにしているのです」

「そうですか。できれば自宅にお寄りしていただければ、描いてある絵などをご覧いただけるのですが…。仕事の後でお待ちしていますよ」

すると、遥も、

「わたしは美味しいコーヒーをご馳走しますわ。先生はコーヒーがお好きですか」

遥は、机に両手を逆手について、ぼくの同意を求めていた。

「それは、ありがたいです。多分時間があると思いますので。コーヒーは好きです」

ぼくは、もうしばらくコーヒーを飲んでいないことを思い出していた。札幌のいつもの喫茶店で亮子と会ってから一度も口にしていなかった。亮子に会ったことはもう遠い昔のように思えていた。いつの間にか現実の遥に魅せられていることを痛感していた。ぼくはどうしたらよいのだろうかと思い悩み始めていた。遥はぼくを単に加藤先生の絵を描く仲間の一人としてだけ見ているのだろうか。それならば、ぼくが少しずつ遥に深入りすることは戒めなければならないと思うが、そこには抵抗しがたい遥の魅力が溢れていた。

「先日、先生にお願いしたわたしのポートレートのこと、近いうちに適当な日をご連絡させてもらいます。お義父様よろしいですか」と、遥は改めて同意を先生に求めるようにぼくに向って言った。

「もちろん、遥が決めることには反対しませんから、時間を決めたら先生にお願いして、よく描いてもらいなさい。先生には電話でも連絡してよろしいかな」

「はい、それでぼくは結構です」

再び遥に逢えるときが来るのだ。その確かな感覚がぼくを安心させていた。ぼくは窓の外を見た。日差しは明るかった。木漏れ日が広葉樹から漏れて、蝉の鳴き声が一段と賑やかになっていた。3人には満ち足りた昼食の時間が流れていた。ドアの叩く音がして和子ちゃんが入って来た。お昼からの診療で歯科の患者が数人いることを告げた。

満ち足りた思いで、ぼくは診察室に戻った。ぼくの患者はまだ来ていなかった。そこで、自分の部屋に行き机の前に腰を下ろして待機することにした。縁側も障子も広く開け放たれ、生暖かい空気が流れ込んできた。扇風機を回すと涼しさが戻るような感じがしたが、ぼくの心の中は熱い憧れが燃えているようであった。決して亮子のことを忘れているわけではないと自分に言い聞かせても、遥に対する思いは熱く募るばかりであった。午後のけだるい時間が流れていった。

縁側を通して診療所に来る患者が見える。時計は4時を過ぎていた。入れ替えに加藤医師と遥が連れ立って帰って行った。診察室に行くと、待合室のほうから急に賑やかな女性の話し声が聞こえてきた。和子ちゃんが意味ありげにカルテを振りながら診察室に入って来た。

「先生！隅に置けませんね！わたしの先輩の遥さんと何を話していたんです。遥さんはすごい美人になって、わたし、久しぶりにお顔を見たんですよ」

ぼくは返す言葉がなく、無言で和子ちゃんの顔を見る。

「わたしの似顔絵を忘れないで描いてくれなくては駄目ですよ！わたし、ちゃんとモデルやりますから！」

和子ちゃんはそう言うや、カルテを置いて出て行った。確か和子ちゃんは遥の2年後輩と聞いていた。ぼくは頭を掻きながらカルテを見ると、二人とも20歳の女性である。和子ちゃんと同じ年配である。どうも学生らしいあのお喋りと笑い声は傍若無人のようである。奈良看護婦が一人を呼ぶと笑い声は消えた。診察室にもそもそと入って来た女性は、確かに学生であることが一目で分かった。どのようなわけかこの診療所は女学生が多く来るようだ。その女学生は、ふくれたような顔をして小太りの太い足を出して虫に刺されたと言う。左の下肢の数ヵ所に見事な虫刺され痕があり、真っ赤に腫脹していた。痒みも相当にあるという。掻いたために先に出血がある。蚋か、蚊か，あるいは虻か、いまどきは虻も吸血になり人を襲うようだ。しかし、蚋しかこのような刺され方はしない。抗ヒスタミン軟膏を出して塗布することにした。急には治せないことを伝えると、

「それなら困る」と言うなり、いきなり

「やぶ!」と言う。ぼくは少しムッとして腹が立った。

「やぶではなく、蚋（ぶよ）ですよ。虫に刺されたのはあなたの不注意であり、その炎症を1〜2日間では、今の、ぼくたちが持っているどんな薬でも無理ですよ」と、言うと、不満そうに何の挨拶もなく出て行った。おそらく始めから医者に信頼を持っていないか、本人の性格によるものかはぼくには理解しかねた。

この女子大学生を診た時、遥との違いがあまりにもあるように見えた。人それぞれ育ちが違うことが、性格の違いとして出てきているのだろうか。ぼくの知らない一群がいるらしいことは間違いない。遥は礼儀正しい中に女性としての優しさがある。無邪気さの中に茶目気もあると思う。もちろん亮子は礼儀正しいし几帳面であるし、優しさがあるが、どこか寂しげな所があると思った。はからずも医師の仕事をしながら人を見る目が養われそうであった。どのような人がどのような訴えを持つのか、そのパターンの習得を繰り返していくことは、患者の根本的な理解を深めるのに役に立つのに違

いない。特に精神科においては必要なことであろうが、内科領域でも然りである。疾病の理解に役立つのだと思う。ぼくは、しばらくの間、机の上のカレンダーを見ていた。7月9日、火曜日だった。札幌に帰りたい思いが胸の中に急に湧きあがった。亮子に会いたい気持ちが胸を締め付けている。彼女からの手紙はまだ届いていなかった。ぼくの目が虚ろになっていたのだろうか。ふいに奈良看護婦が元気よく声を掛けてきた。

「先生！先生が来てから、なんか忙しい日が続くよ。先生があまりやる気になっているからなんだよ」

「いや、観光客が増えているからなのでは」

「そうかもしれませんね。大変な患者は夜に多いようですものね」と、奈良看護婦は、部屋の整頓をしながら一人呟いていた。

いつもの一日が終わり、再び夕暮れが近づいていた診療所の前庭は、西日で影を落とすようになる。ポンポン山も、川湯側の原生林は西日で濃い緑に包まれ始めていた。西の空はオレンジから鮮紅色にゆっくりと変化して、空に浮いている雲にその光を反射していた。風もなく昼間の暑さは硫黄の香りに置き換えられ、穏やかな夏の夕暮れだった。昨日までの忙しさは嘘のようにひとときの静寂が流れていた。幸い「観光客患者」は一人も来院しなかった。

ぼくは、いま、亮子以外の別な女性に魅かれ始めている。亮子と決して異質の女性ではない。二人がどこか似ていることにぼくは気が付いていた。顔の形か、姿態か、笑い顔か、話し声か、振る舞いか、どれも少しずつ重なり合っていて、異なっている。どちらかと言えば、亮子は常に控えめな女性である。遥は積極的な面を見せている。しかも、悪戯っぽいところのある女性である。亮子は何事にも控えめである。落ち着いていると思う。ぼくの頭は混乱してきていた。何も決定的なことが打ち出されているわけでもなく、日々が過ぎていた。このまま遥に接触をしなければそれで終わりになるのかもしれなかった。ぼくは遥に何も意思を示したことはない。このままでいることが良いのかも知れないとも思っていた。ぼくは亮子からの手紙を待ち侘びていた。ぼくは、二人の女性を青春の衝動的な情欲の渦の中に巻き込んでいるような空想を持ちながら悩み続けていた。人を愛することは孤独である。ぼくは孤独の中で喘いでいた。昼間の蝉の鳴き声が消えてやがて夕闇が静かに辺りを支配して来た。何かをしなければならないのに何もできない苛立たしさを感じている…。

夕暮の中、大鵬の実家に向かう観光客達が通りを過ぎて行った。大鵬と柏戸はいずれ横綱になる可能性があり、夏場所はものすごい人気だった。部屋の方から鷲鼻婆さんの声がしていた。

「先生!夕食の支度が出来たので、来て下さい」

ぼくは我に帰り、部屋に入った。

# 第Ⅱ部　戦争、遥の光と影

# 第一章　君に伝えたい『はるかな摩周』

義父と自宅に戻った遥は、自分の2階の部屋の机の上に腰を下ろしていた。釧路川の清流は静かな流れを見せている。遥はぼんやりと先日と今日会ってきた医師のことを考えていた。彼は背丈が高く色白で知的な感じの男性だと感じた。それにしても、あんなにスケッチが上手いとは思いもよらなかった。わたしの姿をあんなに鮮やかに描いた。話し方は穏やかで嫌みがなかった。遥の嫌いなタイプではなかった。自分に兄がいたら好きになれる感じがした。東京には遥に交際を求めて接触してくる男性はいままで何人もいたが、どの人にも遥は真剣になれなかった。どこか抜け目がなく、自分が一番と匂わせるような連中で、好きにはなれなかった。遥は真剣に交際を発展させるような気持ちにはなれなかった。しかし、遥が偶然に会ったあの先生には心を引かれるものを感じていた。それは何なのか、遥には判然としないものであった。自分の知らない間に、短時間に自分の顔を描ききったあの青年医師に興味が湧いてきていた。自分からモデルになりたいと告げたことは自分でも驚いていたものの、義父は賛成してくれた。

義父は診療室に行っている。義父は、この頃はすぐに「遥はお母さんによく似てきた」と、言って、遥の顔を飽きもせずに見入っている。あの特攻隊の飛行機乗りの鋭い視線で見詰めている。その眼差しを遥は嫌いではなかったが、何か恐ろしさを感じていた。なぜなのか、遥は分からなかった。義父は、遥に限りなく優しくしてくれ、必要なこと以外にはあまり話さない無口な父親であった。先日、友人が来た時に義父が渡してくれた『はるかな摩周』は、義父の青春の自叙伝が書かれているものだ。遥は、それを読むと、義父が母をどれほど愛していたか、また義父と遥の母そして亡くなった父との関係が鮮やかに蘇ってくる。遥は感じていた。義父が遥をどんなに愛しているかを…。遥はそのページを開いた。夕方近くのそよ風が遥の頬を撫でていた。そのページは、遥の誕生日から始まっていた。

晩秋が並木道のケヤキに色づき始めていた。時折冷たい風が吹いてきて、冬が来るのを感じさせていた。東京駒込にある貸家の小さな庭の紅葉も、鮮やかな色が映えていた。昭和18年11月の月末も終わりに近づいていた。美紗子は希望のある不安に包まれていた。先ほどから陣痛が押し寄せて来るのを感じていた。休んでいる布団の香りを嗅ぎながら盛り上がった両方の乳房を押さえ、無事に出産を終えることが出来るのか不安であった。時折押し寄せる下腹部への締め付ける痛みに耐えていた。多分今日生まれるのだろうと思い、望に頼み産婆に来てもらう手はずになっていた。望は台所で湯を沸かし出産の準備を整えていた。

「美紗！大丈夫かい」と、望の励ます声が聞こえてきた。美紗子は小さな声で、「うん」と、甘えるような声で返事をして望を安心させていた。美紗子の横顔は、いつもより丸く見え、色白の頬に赤く紅を差して期待に満ちているようだった。瞳が潤んでいるように見えた。思わず望は、美紗子のそばに座り込んでその手を取り、髪の毛を優しく撫でながら美紗子の頬に口付けをした。望は、土浦の航空隊に入隊して1年が経っていた。すでに基礎的な飛行訓練は終了し、単独の慣熟飛行に入り、夜間飛行、爆撃飛行など猛訓練の毎日であった。階級も下士官の少尉に任官していた。1週間の外出許可が下りて、美紗子の下宿先に帰宅していた。多分この外出の後は部隊に配属される可能性があった。「美紗、ありがとう。頑張ってね」と、胸に熱く込み上げてくるものを感じながら、望の瞳も潤んでいた。やがて、産婆さんが来た。産婆の診察では、「破水もあり、もうすぐに出産が始まります」ということだった。美紗子が出産の苦しみに耐えて、長い待ち時間があるように思っていたが、突然、産声が部屋中に響き、続いて元気な赤子の姿が現れた。女の子であった。これが遥の誕生であった。昭和18年12月1日午前1時であった。戦争の最中、二人は女の子であることに内心は安心感を持っていた。

望は22歳、美紗子は20歳の若い夫婦に一人の赤子が生まれたのだった。二人は赤子に「遥」と命名した。それは遥かな希望を持って人生を歩んでもらいたいと願ってのことだった。産着を着た遥は、赤い顔をして美紗子の横に休んでいた。望はしばらくその顔を見ていたが、自分にも似ているし、美紗子の横顔にも似ていると思っていた。優しく頰を触りふくよかな弾力を感じて、新たに生まれた命の躍動を感じた。

「美紗!本当にご苦労さん、ありがとう!」と、美紗子の両手を硬く握り締めた。

「ええ、望さん。男の子でなくて、ごめんなさいね」

「ぼくの家系は女の子の家系だから。美紗子もそうだったね」

「いぇ、わたしは一人っ子だったから」と、微笑んだ。望は、美紗子と婚約していたが、正式の結婚式はしていなかった。望は結婚届と遥の誕生届けを同時にすることにしていた。翌日、巧に電話をして遥の誕生を報告した。

「何という名前にしたんだい」と、巧は喜びながら叫んでいた。

「遥」と、巧も電話口で叫んでいた。

「ご両親に連絡したのかい。きっと喜んでくれるよ」

「これから電報を打つつもり」

「それから部隊の方にはいつ帰るの」

「明後日の午後5時までには帰隊するのだ」

「それでは明日の夜は誕生祝をかねて、君のところで祝杯を上げることにしようね。酒は何とか見つけて行くから」と、巧は言って電話は切れた。翌日の夜、巧は一升瓶とお土産を持って、美紗子の下宿先を訪ねた。

「美紗子さん、おめでとう。元気ですか。赤ちゃんの遥ちゃん、元気ですか」と、両手をついて覗き込んでいた。巧と望の二人の振る舞いを見ていると、急に大きな大人になったような感じがした。巧と望は胡座をかいて美紗子の横で酒盛りを始めた。

「美紗子さん親子とお前の武運を祈って、乾杯！」と、巧が言う。

「ああ、巧も元気で！」と、望が盃を上げた。横で美紗子は望と巧の友情がいつまでも続いていることに安堵して、二人を見詰めていた。

「ところで、お前は飛行機をかなり自由に扱えるようになったのかい」

「うん、すでに入隊してから1年だからね。単独飛行は自由自在さ。空対戦闘の技術を磨いているところさ。今回の休暇が終わったら、多分部隊に配置されると思う。どこになるかな。戦地になる可能性が大きいよ」と、望は美紗子の方に目を遣る。

「そうか。お前はこの一年で完全に飛行機乗りになってしまったんだね。おれも、近いうちに、志願しようと思っているのだ。先月の10月21日の明治神宮外苑での出陣学徒壮行式開催以後は大学の講義も休講が多くてね。同級生達も勇んで志願している。おれもだいたい歯科技術は身についてきているし」と、眉を上げた。角張った浅黒い顔に戸惑いの翳りがあった。

「両親は志願には反対なんだ。このままでいると、間違いなく招集令状が来ると思う。理工学系も6ヶ月卒業が繰り上げられて、招集免除もなくなってきている」と、望を見た。

「隊にいると戦況はあまり入って来ないので、よくわからないのだけれど、戦況はかなり悪化しているようだね」

望が懸念を示すと、巧も、

「新聞でしか分からないけれど、そんな噂はかなり流れているね。昨年の8月以降ガタルカナル島の戦いで、米軍の補給を断つために始めたソロモン海戦は、結局我が軍の負けらしい。今年の2月1日にガタルカナル島を撤退したしね。日本の空軍力はかなり低下しているようだね。戦闘を指揮する士官が戦死して、戦線を維持するのが困難になっているんだよ。海軍はサボ沖海戦で完敗してしまった。これは海戦でレーダーが有効な働きをしたが、日本はそんなことは無視してしまい、相変わらずの古い夜間目視戦法で相手を攻撃している。昨年の10月26日に行われた南太平洋海戦は日本軍がかなり勝利したらしい。ただ真珠湾以来の優秀な搭乗員を失っているようだよ。日本の空母はまだあるらしいのだが、米軍の空母は全滅したらしい」と、巧は知っている状況を語った。

「アッツの玉砕もあったしね。日本軍がだんだんと押されている感じがするよ」と、望が重ねて言った。確かに先輩たちは、土浦を飛び立ち戦地に駆り出されている。自分たちがいつの間にか最上級生になっていた。間違いなく戦争に駆り出されるはずだ。

「生まれた子が女の子で良かったかもしれないね。男ならばやはり戦争に行くことになるからね…。何のための戦争なのか…。時々分からなくなることがあるのだよ。巧！おれは国のためと考えて努力してきたけれど、戦争で国民がだんだんと疲弊しているのを見ると、遣り切れなくなるんだ。訓練中は何回も上官に殴られ、精神注入と棍棒で殴られ、ビンタを頬に受ける毎日だったんだよ。最近は多少は少なくなってきたけれどね。新兵は毎日さ」と、望は目を細めた。これを聞いていた美紗子が顔をしかめて、

「軍隊は野蛮な所なのね」と、呟いた。

「日本は軍国主義の国だから、上官の言う意志が間違いなく兵隊まで通ることが必要だから、上官の言うことは絶対服従なんだよ。それは、アメリカも同じさ。いつも棍棒が使われるかどうかは分からないけれどね」

「戦争の遣り方は、どこの国も同じだよ」と、巧は肯いていた。

「戦争を遣り抜くという強い意志は、日本の方が上だけどね」と、巧が呟くと、美紗子は、

「へえ、そうなの。アメリカ兵もそのようなのかしら。アメリカは民主主義の国と聞いたことがあるけれど、民主主義とはどんな主義か望さんはご存知ですか？」と、巧の方を見て、美紗子は呟いた。

「聞いたことはあるけれど、自由・民主主義は個人の人権である自由、平等を尊重して多数決を原則とし、意志を決定することで、人民による支配を実現する政治思想と思うよ」と、巧は説明した。

「今の日本は、民主主義国家ではないさ！一見、民主的に国政が進められているように見えたけれど、軍部が実権を握り、大政翼賛会が国を統制しているのだから。これに反対した人は、ほとんど排

除されたしね。日本が向かう方向は戦争しかなかったのだよ。日本は軍国主義で天皇の兵隊だからね」と、巧はため息混じりに言った。

「望は国を守りたいために戦争に行く気になっているのか」

「政治がどうのこうのより、こうなってしまっているのを打開するためには愛国主義しかないんだよ。美しい山川、美しい自然の故郷を、父や母の国を守るためには、ぼくのできることはこれしかないと考えているのだ。こんな話は人の前で話すことではないけれどね」と、望は盃を重ねた。

「そうだな。おれもその考えには賛成だが…。確かに国を愛すること、平和な国を作ること、日本の文化を守ることしかないと思うよ」と、巧は肯くしかなかった。二人は、いつか酔いが回っていたが、頭の中は冴えていた。灯火管制の電燈は、暗く絞ってあり、周りを厚い黒の紙で周囲に光が漏れないようにしてある。低くした電燈の光の丸い輪の中で二人はため息を吐いた。

「昨年の学徒出陣の式の後は、勇んで出陣する学生が増えているんだって。おれも考えなければならないな」と、巧は暗い天上を見据えていた。望は心の中では美紗子と幼子を残して軍隊に入った自分を責めていた。平和であったら、3人で幸福な暮らしをしていたに違いなかった。一方、そんなことを考える自分の勝手さを恨めしくも感じていた。

「巧、お前は志願をするのかい。もしお前が軍隊に行かないのであれば、頼みたいことがあるのだけれども」と、望は巧を見据えるように言った。

「何だい…」

「ほかでもない。美紗子と遥のことだけれどね。美紗子は、東京にいて遥を育てるつもりなのだよ。ぼくの里の山形に行けばと言っているのだけれど、向こうは姉たちがいるし、上の姉は婿を養子に貰うらしいのだよ。おれが後を継がないことを父は感じているのさ。美紗子は多分気が引けると思うので、あまり無理をさせたくない。ただ北海道の実家に帰りたくても、両親が結核でしょう。遥が大きくなれば別だろうけれど…。だから、東京にいる間、巧に美佐子と遥のことを託したいんだ。二人をよろしくお願いするね。ぼくの方はあと1年正規には飛行訓練やいろいろ学習することがあるのだけれど、戦争がどのような方向に進展していくのかわからないなか、いつ繰り上げになるか分からないようなのだ」と、不安のうちに望は語った。巧は、

「分かった。ぼくの方は来年に志願しようと考えているけれど、まだ決めていないし、ぼくが東京にいる間は美紗子さんと遥さんの面倒ぐらいはみて上げられるよ。心配しないで」と、巧は望の肩を叩き、励ますように、

「美紗子さん、心配しないで。ぼくが時々来て上げますからね」と、告げた。美紗子は安心して二人を見ていた。

「そろそろ帰らなければ…。美紗子さん、遥さんお元気で！」

「この次は、いつ会えるか分からないけれど、休暇が出たときには連絡するからね」

望と巧は、お互いに手を握り合っていた。二人の話はその後も続いていたが、終電がなくなる前に巧は帰って行った。翌日は、望は美紗子の面倒を見て過ごした。親子3人で初めて過ごす日々は瞬く間に過ぎて行った。夕食時には美紗子も体を起こして食事を共にすることが出来た。

「当分わたしは東京にいて遥を育てるつもりよ。山形にも、札幌にも帰らないつもり。望さんが休暇ですぐ帰られる所にいなければね」

「そうだね。ぼくが休暇で帰れるのはあと1年しかないよ。美紗子も知っているように航空隊の卒業

はもうすぐだからね」

「そうなったら、なったときよ。わたしは遥をちゃんと育てる責任があるから」と、母になった美しい目で望を見詰めていた。美紗子は胸を押さえ、乳房の張りを感じていた。

「遥の食事の時間ですね」と、遥を抱き上げて白い美しい乳房を出し遥に乳を吸わせていた。望は思い出していた。

1年前の秋、山形の実家に美紗子を案内して行き、鳥海山登山をしたことを思い出していた。その後、札幌から帰京した美紗子を行きつけの喫茶店に連れて出掛けた時、思い切って自分の心境を打ち明け、望は美紗子に求婚をした。美紗子はその時、

「わたしは望さんが好きです。愛しています」と、はっきりと答えてくれた。丁度、航空隊の試験が終わった時だった。望は婚約をしてもらえたらと思っていた。いつ終わるか知らないが、とにかく戦争が終わったら結婚しようと考えていた。静かな音楽が流れている、あの小さな喫茶店が愛の始まりであった。二人が固く結ばれたのは、10月の終わり頃であった。下宿が二人の会う場所になっていた。それからの1年の月日は瞬く間に過ぎていった。美紗子が妊娠したことを告げられた望は、航空隊に入隊してまだ3ヶ月しか経っていなかった。美紗子は今年の4月に大学を休学していた。望は美紗子に無事出産してもらいたかった。両方の両親へのきちんとした挨拶は手紙で済ませておいた。

遥が生まれた時の世相はますます暗く、あらゆることに規制が掛かっていた。米の配給、味噌、正油、石鹸、炭、石炭に至るまでが配給制度になっていた。街の明かりは厳しく灯火管制が敷かれ、暗闇が街角を支配していた。多くの学徒が毎日のように志願して入隊していた。東条英機首相は日本国民をどこへ導こうとしているのか。報道される新聞の内容は初戦の輝かしい勝利はなく、大本営は、

どこかで海戦があるごとに我軍の損害は軽微であり、米英の艦船の撃沈多数と発表し、それが新聞の一面を飾ったが、実際の日本軍は米英軍の反撃で無残に玉砕していた。こうした状況とは裏腹に、日本軍の抵抗精神は変わらず賞賛されていた。誰もがこの戦争に打ち勝つと信じ、鬼畜米英の打倒と叫びながら、現実には日常生活のあらゆる不足に悩まされ忍耐を強いられ始めていた。日本はインドの独立を助けて自由インド政府の成立を行い、東京で大東亜共同宣言を発表したが、連合軍はマキン、タラワ島に上陸し、11月に日本軍が玉砕した。日本軍は徐々に後退を強いられ始めていた。陰鬱な重苦しい年の暮れが迫っていた。

美紗子と遥は元気で過ごしていた。両親からの暖かい贈り物を受け取り、二人だけのお正月を過ごしていた。時々、巧は美紗子と遥の様子を見に帰った。昭和19年12月8日、開戦から2年経っていた。11月30日飛行隊の訓練は終了して、望は休暇で帰って来た。紺の制帽、冬の濃紺の制服に金色に輝く海軍の七つボタンが眩しく目立っていた。突然の帰宅であった。

「美紗子、訓練が終了して、いよいよぼくも戦地に派遣されることになった。ただし行く所は国内の九州の南の鹿屋基地に勤務することになった。いつ南方の基地に派遣されるか判らん。二人を残して行くのは忍びない。美紗子！許してくれ。ぼくは君と遥をこのまま置いていけない。二人のために必ず生きて戻るよ」

「…」

美紗子は声もなく望を見た。美紗子の目からは涙が一筋流れて落ちた。遥はちょうど1歳の誕生日を迎えたばかりだった。

「美紗子、ごめん。遥の誕生日に何もしてやれなくてごめんね。遥への誕生祝と美紗子への記念だよ」

望は、海軍の錨に零戦をアレンジした小さいペンダントを美紗子の首に掛けた。金色に輝く零戦の姿が白い胸に相応しかった。

「望さん、遥を抱いて！大きくなったでしょう。時々片言を発するし、立ち上がろうとするのよ。よく笑うようになっているのよ」

遥は、丸い可愛いらしい顔を見せて望を見ていた。

「わたしは望さんが考えていることはよく理解しているつもりよ。だけど、戦争で死ぬのはいやよ。だから、堂々と戦って帰ってきてください。これはわたしとの約束よ」と、美佐子は白いしなやかな小指を望の前に出した。左手に遥を抱きしめていた望は、美紗子の前に右手の小指を出して約束の指切りげんまんをした。

「美紗子、ぼくは君が東京にいることがとても心配になっている。今朝の新聞には学童疎開が決定されたと報告されていたが、いずれ東京は米軍のＢ29の攻撃の対象になると思う。ぼく達がそれを食い止めなければならないのだけれど、どのようになるか判らないのだよ。出来れば、北海道の両親のところに戻る方が良いと思う」と、言うや、望は遥の頬を自分の頬に当ててあやしながら、

「遥、お母さんと北海道に行きなさい。お願いだから行くのだよ」と、遥を抱きしめていた。

「美紗子、ここの家を引き払って北海道に戻りなさい。間違いなく東京は空襲にさらされ大変な被害にあうから。ぼくは今の戦況では、日本は完全に負け戦になりつつあると思う。「打ちてしやまむ」と、強がりを言っているけれど、日本は戦争に負けつつある。ぼくは飛行機乗りとして堂々と戦いを挑むつもりでいるけれど、日本は必死になって軍備を増強しても間に合わないのだ。すべてに足りないのさ。敵はレーダーなどを開発してあらかじめ待ち伏せ戦法で攻撃してきて、その命中率も高い。

無線で飛行機同士の会話のやり取りをしているし、日本軍は装備のすべてに劣り出してきたんだよ。飛行機の燃料のオクタン価も低下して性能を十分に発揮できなくなっている。それでもぼくは大和魂を持って精神的に米軍には負けないで頑張るよ」

「望さん、絶対に、絶対に帰ってきてね！飛行気乗りとして武運長久を祈ります」

望に美紗子はやるせない思いで抱きついた。

美紗子は、溢れる涙を流しながら望の胸の中で泣き続けていた。遥はまだ父親の顔を知ることは出来なかった。昭和19年11月30日、望は土浦海軍航空隊を優秀な成績で卒業した。2年間の飛行士としての訓練を受け雛鷲が荒鷲として飛び立とうとしていた。しかし、まったく実戦の経験はなかった。初冬の良く晴れた日、今までの激しい訓練は忘れて、望は美紗子と遥のいる下宿先で暖かな家庭の雰囲気を楽しんでいた。

それより一週間前の11月24日、東京は大々的な初空襲を受けた。限局的であったが、武蔵野の中島飛行機製作所が爆撃を受けたのだった。米軍は新型の巨大な4基のプロペラを付けた大型の飛行機B29で攻撃をしてきた。街中いたる所に防空壕が掘られていた。人々は外出の時は防空頭巾を携行していた。日本は仰撃機を飛ばすも高高度からのB29を打ち落とすことは困難であった。すでに10月12日の台湾沖航空戦で、日本は大敗をして多くの航空機を失っていた。10月20日には米軍はフイリピン・レイテ島に上陸し、10月23日にはレイテ沖の海戦で戦艦武蔵が撃沈されていた。まさに風雲急を告げていた。台湾沖の戦いで日本空軍の組織的な抵抗は不可能になってしまったために少しでも敵空母に損傷を効果的に与えられる方法として体当たり作戦がとられた。圧倒的な敵戦力の航空母艦の甲板を使用不能にすることが出来ればといった生還の見込みのない戦法であった。

「外道の統率」と認識されていたが、大西海軍中将はこの作戦を栗田艦隊のレイテ湾突入に欠かせないと判断して実行に移したのだった。神風特別攻撃隊の戦果とその賞賛が報道されていたが、日本は勝ち目のない消耗戦に追い込まれていた。


「巧さんも志願したと聞いていますか」

「うん、先日手紙を貰ったよ。彼もついに決心したようだね」

「彼はどちらの航空隊に」

「もちろんぼくの所さ。来年早々入隊になるよ。ぼくの2年後輩さ」

「そうですか。9月頃に志願すると話をしていました」

「大学は理系でも、兵役免除はなくなっているからね」

「歯科の方は目途がついているからなのかな…。二人とも出来るなら、戦争になど行ってほしくはないのです。それでも友の巧さんがあなたの後に続いていると安心ですね」

「そうだね。ぼく一人がどれだけのことが出来るか分からないけれど、命令されたことは全力を挙げてするだけさ」

望は暗い灰色の空を見上げた。

「明日は、3人で写真を撮りに行こうね。海軍の証明があれば、優先的に写真を撮ってくれる写真屋があるから」と、望は美紗子に話し掛けていた。

来月からはおそらく南方のどこかに敵の航空母艦を求めて飛行しているのだろう。そんな自分を望は想像していた。実戦部隊に配属される前の1週間の休暇を望は、どこにも行かずこうして遥の子守

をして過ごしていた。瞬く間に休暇は過ぎて、望は原隊に帰って行った。遥を抱きながら、美紗子は帰る望に、
「わたしたち二人がいることを忘れないでね。望さん、決して死なないで帰って来ることをお祈りしています。絶対に生きて帰ると信じています」
美紗子は、望の顔を初めて見るように、やや痩せているけれどきりっとした明るい瞳をした、高い鼻筋の望をしばらくの間見詰めていた。やがて、挙手の敬礼をした望は、後ろを振り返らずに出て行った。

昭和19年の冬、12月12日夜半、強い地震が首都圏を襲っていた。東南海地震が発生し多数の人的被害が出たが、新聞の報道は統制されていた。昭和20年1月13日にも三河地震が襲い、家屋の倒壊と津波で多くの人命が失われていた。報道管制が敷かれた暗い日本の年始めであった。フイリッピンのマニラは、連合軍に占拠され、ルソン島の北方に日本軍が追い上げられ始めていた。2月18日前後、米軍は硫黄島の上陸を開始し、同時に米軍機が日本各地に空襲を開始した。特に北九州や大阪は攻撃の対象になっていた。全国に建物の焼ける匂いが漂い始めていた。

美紗子も望からの手紙で催促されて北海道に帰る決心をしていた。今年になって東京の街はすべてが色褪せて暗く、あちこちに「打倒！鬼畜米英、打ちてしやまむ！勝つまでは」の幟がひらめき、看板が立っていた。

昭和20年3月1日に美紗子は遥を背負い上野を出発した。想い出の多い街、東京を後にした。美紗子と遥は幸いであった。それから10日後、東京大空襲が行われたのだった。米軍329機の大編隊に

よる焦土作戦であった。燃えやすい日本の木の家屋を焼夷弾で徹底的に焼き尽くす米軍の無差別爆撃であった。美紗子は新聞で東京が大きな空襲を受けたことを知ったが、死者8万4千人、負傷者4万人、被災者は100万人に上り、家屋の全壊は26万8千に達していた。残酷で凄惨な空襲の後は想像もできないような焼け野原に変化していた。至る所に黒焦げの焼死体が折り重なっていた。浅草方面の一部も壊滅し、そして加藤巧の実家も火炎に包まれ家族は行方不明になってしまった。望はこのことはまったく知らなかった。巧は、飛行隊の訓練中に隊長から巧の住所に相当する所が爆撃を受けたことを知らされていた。報道統制が敷かれていて、十分な様子は巧の手元には届いていなかった。再三の手紙を出したが、返事は戻って来なかった。完全に両親の消息は途切れてしまっていた。

3月10日以後の米軍の空襲は激しさを増し、その後、名古屋、大阪、神戸と順に空襲に見舞われていった。日本中が焦土と化し始めた3月22日には硫黄島の玉砕が報じられていた。4月1日、ついに連合軍は沖縄に上陸を開始した。6月23日の沖縄陥落まで激しい戦闘が続いた。この間本土から特別攻撃隊が、沖縄で燃料、物資を補給する米軍輸送船を攻撃し始めていた。新聞には本土防衛に立ち上がる神風特攻による戦果が大きく報道されていたが、米軍の圧倒的な物量の前には効果はほとんどないも同然であった。一方、米軍の激しい空襲は変わらず、敗戦の8月15日までに130回の攻撃を日本は受けていた。美紗子は、3月15日付けの手紙を望から受け取った。それが望からの最後の手紙だった。

美紗子、遥様

これはお父さんからの最後の手紙になるかもしれない。今まで2回、敵戦闘機と空中戦をした。1

機を撃墜することができた。敵は敏捷に逃げ回るのだ。今回は台湾北東方面にいる敵空母の攻撃だから、これを沈めれば敵の力を弱めることができる。沖縄方面の南の空は紺碧で、どこまでも青く澄み切っている。青い海に米粒のように見える敵の船にめがけて、お父さんの爆弾を投下するのだ。どうか当たるようにと祈ってくれ。山形の家族は皆元気のようだ。先日の東京空襲の後、巧からは手紙を貰っていない。元気に訓練をしていると思います。

美紗子、遥は大きくなっただろうね。もう立ち上がるのかい。話は出来るのかい。遥はあなたに似て美人になると思うよ。遥が大きくなったら、勉強は遥のしたいことをさせてください。札幌のご両親はお元気だろうか。病気が心配ですね。できるだけ栄養のあるものを食べさせてあげてください。お会いする機会がなく残念です。よろしくお伝えください。わたしがいただいた給与は全部あなたに送ります。美紗子、わたしは明日出動しますが、大丈夫、元気で帰還するから、無駄な戦いはしません。いつまでも美紗子と遥を愛しています。

望より

昭和20年3月15日

これは望が書いた最後の手紙であった。遺書ではない。最後の手紙であった。美紗子は手紙を固く握り締め、遥を抱きしめながら涙が流れて、やがて小さな嗚咽の声を上げ泣き伏した。

その日、3月16日、望は鹿屋基地から三機編隊を組み沖縄方面に向かい、そのまま一機も帰還しなかった。基地では帰還しないのは当たり前のことであった。戦果は報告されていなかった。昭和19年

3月16日、沖縄方面にて戦闘中、小松望戦死と隊長の報告書にはそっけなく他の二人とも人の名前と同時に記載されていた。

4月6日、菊水作戦の発令により日本軍は沖縄を奪還しようとして、戦艦大和を沖縄に向かわせた。4月7日に戦艦大和は、簡単に米軍の飛行機攻撃により鹿児島沖で撃沈されてしまい、沖縄の救援は絶望的になってしまった。6月23日に沖縄は陥落した。この間5月7日、ドイツは無条件降伏してヨーロッパの戦火は終息した。日本は最後の抵抗を継続していた。空襲は日本の東北部から北海道に至り、仙台、函館、室蘭、小樽が空襲を受けていた。同時に配達される食料は、ますます厳しく少なくなり、米はほとんど手に入らなくなっていた。

美紗子には望の戦死は信じられなく、到底受け入れられるものではなかった。戦争が終了すれば帰還すると強く信じていたからである。遥を育てるのにどのようにやっていけば良いのか。自宅にある衣類を手稲や江別の農家に持って行き、米との物々交換で飢えをしのぐ状態に追い込まれていた。山形に行けば、米が手に入るだろうが、山形はあまりにも遠い所にある。時折、山形からは小さな荷物が送られてきた。山形の両親からの米や乾物の贈り物であった。美紗子は涙を流し、望の両親の思いに感謝をした。美佐子の両親の病気も良くないようで毎日咳をし、父は時々喀血をしていた。終日、臥床状態であった。配給では米は手に入らず、豆やでんぷんが少々であった。3月の始めに札幌に帰った時は、まだ残雪が家の周辺にあった。いつの間にか雪が融けて、庭を見た美紗子はそこを畑にしようと決めた。美紗子は遥の養育に心を砕いていたのだった。畑を作れば、遥には新鮮な野菜を食べさせられる。それは、ささやかな自給の手段であった。自宅の小さな庭に農家から手に入れた種で、野菜類を植え、トウキビ、ジャガイモを育てた。

遥は、自分の誕生について初めて義父の手記から教えられた。何もかも母、美紗子が義父の巧に話をしていたのだ。

# 第二章　鳥海山は輝いた

望と巧は偶然に友達になっていた。大学は異なっていたが、同級生だった。昭和15年4月、木村望は故郷山形の庄内から旧制山形高校を卒業して、早稲田大学に入学していた。加藤巧は、自宅が昔からの歯科医で東京の浅草下町で開業していた。長男で一人っ子の巧は、いずれ親の後を継ごうと考えていた。上野の公園で逢って以来、二人は気が合い、連れ立って出掛けるのを楽しんでいた。しかし、戦争になるかもしれない世相は、二人の身上ばかりではなく日本全国に重苦しい雰囲気を漂わせていた。好戦的な右翼の人間の動きが目立っていた。昨年の6月にはドイツはパリを占領し、フランスはドイツに降伏していた。日本は朝野を挙げてドイツの戦果に興奮していた。

昭和16年3月、日本は戦争への下準備としては日ソ中立条約を結び、7月には南部仏印に進駐した。戦争への足音が確実に大きく聞こえてきていた。すでに2年前の9月には第二次世界大戦が始まっていた。ドイツは欧州を席巻し、10月にはソ連のモスクワ攻略を開始していた。政経学部2年になった望は、こんな厳しい状態で大国の米国に戦争を挑んだとしたら、日本はこれからどうなるのか、戦いに敗れる可能性が大きいと思っていた。資源のない日本が大国の米国に勝てるのだろうか。昭和16年11月に米国はハル・ノートを日本に示していたが、日本はこれを蹴って12月8日に真珠湾攻撃を開始し、第2次世界戦争の仲間入りをしてしまった。国は初戦の勝利に酔いしれていた。一方では、国は目の色を変えてさまざまな統制を国民に強い始めているが、戦いに勝つ可能性はあるのだろうか。自分達の今できることは何か、それなりに望は悩んでいた。

　日曜日の午後の柔らかい初夏の日差しが感じられた。先日二人が上野公園で会った女性のことを考えていた。

「あの人はきれいな人だったね」と、巧は美紗子の姿を思い出しながら望に話しかけた。長身ですらりとした面長な顔立ちにはっきりとした目鼻立ちは印象深かった。広いおでこに前髪と後ろに束ねた長い髪は項の白さを印象付けていた。

「うん、そうだね。顔立ちは面長だけど、あんな美人もいるものなんだね」と、巧も彼女が微笑んだ時に見せる白い歯が美しいと思った。周囲にはたくさんの小学生がいたようだけれど、

「君は彼女が好きなんだろう」と、巧は望に声を掛けた。

「そうね、ぼくは彼女にすっかり参っているよ。彼女は日本女子大の学生さ。小学校の先生になるために実習してるそうだ。学校では絵の先生になりたいと言っていた」と、ため息混じりに望は相槌を打った。

「あの時は絵の時間だったのだね。君が話し掛けた時は、ぼくも驚いたよ。よく話し掛けられたね」

「ぼくも、何かに魅せられるように話し掛けていたんだ」

「あれから毎週のように会っているんだろう」

「うん、逢うたびにだんだんと好きになっているんだ」と、望はため息を吐いている。

「巧には将来嫁さんにする相手がいるのだろう」

「家の親父がある歯科医の娘と結婚させようとしているらしいのだ。一度見合いしたけれどね、ぼくはまだ結婚をする気にはならないんだよ」

「そうだな、ぼくたちにはやらなければならないことがあるしね」と、二人は同じ思いの言葉を吐きながら、顔を見合わせていた。初夏の温かい風は2階に吹き上がり、カーテンを揺らせていた。階下から巧の母親の声がした。

「コーヒーが入りましたよ。いま、お持ちしますからね」と、言うのがいつものくせであった。お盆にコーヒーと茶菓子を乗せて、和服を着た母親が上がって来た。母は巧とよく似ている。眉の濃い顔立ちは角張っており、声も話し方も、明瞭な東京弁をゆっくりと話す巧によく似ていた。

「コーヒーはもう新しい豆が手に入らなくなってきたのですよ。新聞には輸入禁止と出ていました、贅沢品ですから」

「そうですね。だんだんと、いろいろなものがなくなっていきますよね。政府は大東亜共栄圏を謳っているのだから、暖かい地方の豆ぐらいは手に入らないのかな」と、巧はぼやいてみた。

大学に行くと、さまざまな情報が流れていた。誰もが戦争に同調し、反米英のスローガンが満ち満ちていた。昨年10月に大学と専門学校で修業年月を3ヶ月短縮したばかりなのに、今年の昭和17年に入ると、さらに予科と高等学校も対象になり修業年限は6ヶ月短縮になった。戦局が悪化したなら、さらなる短縮が予想されていた。血気にはやる多くの若者たちは大いに歓迎の意向を示していた。望は山形庄内の農家の庄屋の末子として生まれ、穏やかな少年時代を過ごしていた。高校時代は山登りが好きで、県内の鳥海山、月山、大朝日岳などをよく登り自然の中に身を投げ出して自然の声を聞くのが好きだった。鳥海山の頂上からは遠く八甲田の山塊、岩手県の早池峰山などを望み、眼下に日本海の海岸線が弧を描いて伸び、その先に佐渡島が遠望できる。さらに最上川の流れが注ぐ酒田の町並み、故郷の庄内の広大な田園の広がりが眺望でき、その中に溶け込むように木に囲まれた農家の家々が点在する。そうした風景を望は懐かしく思い返しながら、まるで空を浮遊しているような感慨に満たされるのだった。ふいに飛行機で空を飛び回りたい思いに駆られるのだ。

「巧、ぼくはもう一度鳥海山に登りたいのだよ。これから学年が進むと難しくなると思うのだけれど、世間の雲行きも段々悪くなっているしね。どうです、行く気持ちがある？　ぼくが案内するから。登山に美紗子も誘おうと思っているのだ」と、巧の方を見た。巧は、山登りはほとんど経験がなかった。しかし、東北の田舎の景色を楽しむのも悪くはないと思い、

「そうですね、ぼくは行ってもいいよ」

「それではぼくはいったん帰り、美紗子に電話して聞いてみるよ」

「お前は美紗子に、この頃逢っているのかい」

「どうして、いや、しばらく目にしていない」と、望は他人事のように、ぼさぼさの頭を掻きながら初夏の空を見上げていた。心の中で望は別のことを考えていた。もう一度、悠然と構えた鳥海山に登りたいと思っていた。故郷の山形庄内のこと、庄内から見える鳥海山の姿を思っていた。


　初夏の穏やかな風が頬を撫でていた。二人が美紗子に会ったのは新緑が濃くなっていく昭和16年4月であった。上野公園の不忍池のそばで美紗子がスケッチをしているところを見掛けたのだった。おさげの美紗子はいかにも女子学生らしい。札幌の藤女子高等学校を卒業し教員を目指して札幌から出て来たと言っていた。美紗子には絵を描く才能があり、小学生の時から東京に出たいと思っていた。日本女子大の2年生だと言っていた。きらきら光る瞳のおさげの顔が初々しく、二人には眩しかっ

た。モンペを身に付けて戦時体制の格好をしていたが、どこかしら、垢抜けのした色白な美人であった。その時から3人はともに会うことがあり、青春を謳歌していた。楽しい時は短く流れていた。望は、巧の家を辞してから上野に出て国電に乗り駒込に向かった。東京の下町は、黒く初夏の光の中にくすんでいた。電車はすぐに駒込に着いた。ホームから階段を下りて公衆電話を探し、望は目白の女子大の寮にいる美紗子に電話をした。幸い彼女は部屋にいて所在なさそうにしていたらしく、すぐに行けるという返事であった。望は、駒込の東大の近くにある行きつけの喫茶店「再来」を指示して電話を切った。彼女の寮はこの近くにある。30分も待つ必要はなかった。ゆっくりと下町の中を歩いていく。家並みの前には水を満たした樽、砂箱が置かれ、火消箒が立てかけてある。

今年の4月18日に東京初空襲があったことを思い出していた。損害は軽微であったが、受けた精神的な恐怖は都民の心の中に深く突き刺さっていた。これからどうなるのだろうか。望は将来の方向を自分で決めなければと思いながら、美紗子のことを考えていた。自分は深く美紗子を愛している。初めて会った時から美紗子は結婚する相手として理想の人だと密かに考えていた。巧はどう思うだろうか。巧も美紗子を好きなことは間違いない。巧には親の決めている人がいると、望は漠然と考えながら、行きつけの蔦の絡んだ古い喫茶店の扉を押した。薄暗いルームには見掛けない暇そうな学生が3～4人たむろしていた。奥まった席が空いていて、コーヒーを注文しながら、そこに腰を下ろししばらく待っていた。近くに腰を下ろしている3人の学生の一人が低い声で、

「どうやら日本は初戦に勝ち、南方の主な重要基点を占領しているけれど、この間のような反撃に今後遭うと大変だな。米英を叩きのめすまで戦争を遂行して行くようだね。停戦講和など考えられないね」と、囁いていた。別の学生が大学帽を引き下ろしながらひそひそと話をしていた。

「我々もこのままじゃどうしてもお国のために行かねばならないか。大学の方は休講も多くなるし、特に文科系は早期卒業の話も出ているからね」と、３人はお互いに深刻な様子でお茶を飲み込んでいた。望の耳には聞くまでもなく学生達の話し声が流れてきていた。

「ぼくはいずれ志願して予備士官になるつもりだよ。航空搭乗員に志願するつもりだ。召集令状を貰うより志願する方が良いぜ」と、一人は断固した顔をして言い切っていた。考え方が同じ人間もいるものだと望は、腕組みをしながら天井を見上げていた。すでに方針は決めていた。それで美紗子に会うのだと思っていた。表道の方から人影が揺らいで、ほっそりとした色白の女性がゆっくりと玄関の扉を押して入って来た。望は、すぐに気が付いて手を上げるると、美紗子はにっこりと笑いながら近づいてきた。広めのおでこを隠すような前髪と肩に束ねた黒髪が印象的で、黒い瞳には望を確かめるような煌めきがあった。すらりとした鼻筋に柔らかい頬のラインが、美紗子の印象を強めていた。戦時統制下の女学生が着用している紺色のモンペに白襟付きの紺色のブラウスに身を固め、小さな布の鞄を握り締めていた。すらりとした身丈は１６０ｃｍもあり、長身の女性であった。

「急に呼び出してごめんね。美紗子さん少し痩せたのでは？」

「今日の用事はね。ちょっと変わったことなのだけれど」と、望は改まるようにして座り直した。

「急に白米のご飯を食べたくなってね。今度の夏中休暇にぼくの郷里の酒田の庄内に行きませんか？そして鳥海山に登山をしたいのです。こんなときに突然、山登りなんて驚くかもしれないけれど、ぼくはどうしても登山がしたくなってね。巧に話したら、巧は賛成してくれたので、３人で一緒に行きたいと思ったんです。どうしてもぼくは行きたいんです」と、急な申し出を真剣に問い掛けた。美紗子は、驚いたように目を見張りながら望みの真面目そうな瞳を覗く。

「急に言われても」と、考えるように小首を傾けた。

「いつ行くのですか」

「実は今週の金曜日に出掛けたいのです。切符はぼくの方で用意ができますから。酒田のぼくの実家に泊まり、鳥海山の麓にある温泉宿に泊まりたいのです」と、両手を合わせて机の上に置いた。

「そうですね。今週は特に予定はないのですけれど…。講義は休むことになるかもしれませんね。担当の先生は軍の報道関係に採られて、先生が手薄になり休講が多くなっているのです…」と、美紗子はコーヒーを啜っていた。

「わたし、昨年から札幌に帰省していないのです。年取った両親が帰ってくるなと言うのです。病気を移すといけないからって、帰らせてくれないのです」と、悲しげにうつむいていた。

「ご両親はご病気なのですか？　それは大変ですね。何の病気なのですか？　今までお聞きしませんでしたよ」

「ご心配を掛けたくなかったのです。肺をやられているのです。いまどき治す薬でいいものはないし、栄養になるものは札幌でもなかなか手に入らなくなってきているので、心配なのです」

「そうですか。それは心配ですね。もしかしたら、山形の実家に帰れば米ぐらいは手に入りますよ。ぼくの実家は庄内の庄屋で田圃を相当数持っているものですから。それに両親に逢ってもらいたいのです。そうだ、ぼくの一番上の姉が嫁ぎ先の主人と札幌で暮らしているのですよ。もう子供が３人もいると聞いています。以前にも話したことがなかったかな。その姉の旦那さんは東京理科大学の出で、東京大学理学部寺田寅彦の助手をしていたのだけれど、理学部の助教授中谷宇吉郎が北海道大学の理学部の教授に推薦された時に請われて一緒に北大に赴任したんだよ。ぼくもその旦那さんに小さいときに会っただけで、よく覚えていないのだけれどね。とにかく酒田に一緒に行って、美味しい白米を食べに行きましょう。それから美しい鳥海山に登りませんか？」

「それは嬉しいお話ね。それについては賛成よ。ちょっと日取りを見てから連絡するね。よろしいかしら」

「どうかこんなあつかましいことをお願いすることを許してください」と、望は、拳を強く握り締めて美紗子の美しい横顔を見た。その顔に否定の曇りのないことが見て取れた。

ひとしきり雑談に興じた後、二人は喫茶店を出た。初夏の空は物憂げで黄色く、あたりには夏の暑さが漂っていた。人々は忙しく行きかっていたが、多くの人達は背中や肩に防空帽子を下げていた。街角には子供達の騒ぐ声はなく、不思議な静寂が支配していた。並木道のところで望は、しばらくの間、美紗子が遠ざかってゆく後姿を見送ってから自分の下宿に帰り着いた。夕暮れの古い街並みは、くすんできていた。夕餉の焼き魚の香りが漂ってきていた。望は、駒込の街の学生専門の下宿で入学以来暮らしていた。下宿のおばさんが出て来て夕食の支度を始めた。望が夕餉の食卓に着くと、「ごめんなさいね。だんだん配給が厳しく米が手に入らなくなってきたのでね。麦が多く混じったご飯は力が入らないでしょう」と、言いながら、下宿のおばさんは、いわしの焼き魚、キャベツの味噌汁などを卓袱台に並べてくれた。


昭和17年7月15日の朝、人々の行き交う長いホームに沿って上野発青森行きの奥羽本線周りの急行列車が停車していた。3人の若者達は暑中休暇の先取りをして、巧と望と美紗子が乗り込んでいた。

見上げると、7月の季節の東京の空はどんよりとした曇り空で、蒸し暑さがあり入梅の雨が降り出しそうであった。黒光りした鋼鉄の客車は比較的空いていて、緑色の座席は気持ち良い長旅を保証していた。

「ぼくは東京の外にしばらく出ていないので、胸が躍るような気持ちだね」と、巧が言うのを二人は笑いながら聞いていた。

3人が上野で初めて出会ってからわずか1年余りしか経っていないのに、長い友人のようにしていられることに不思議な運命を感じていた。車窓から見る日本の田舎の風景は落ち着いていて、豊かな緑に包まれた田畑はよく手入れされていた。初夏の温かい空気が辺りに穏やかに満ちているのを見ると、望は日本が未曾有の大きな戦争に巻き込まれ、勝つことしかない国民の存亡を賭けていると聞いていても、不思議で理解に苦しむのだった。日本は、どこに向かって進んでいるのか…。

「なあ、巧。日本はどうやら今度の戦争、初戦は勝ち戦のようだけれど、どこで決着をつけるのか。いろいろ準備しているようだけれど…。先日あるところで学生たちが話をしていたのだが、学業時間の短縮をして学生たちも戦争に駆り出すのではないかと言っているのを聞いたんだよ」と、巧は心配そうに窓の外を見る。

「大学や高等学部で勉強をしている生徒は、特に理工学部関係の学生は免除されているのだけれどね。戦争が始まればそんなものはなし崩しになくなると思うよ。大学から予備の士官を希望すれば、階級は少尉以上で軍隊に入れるから少しは有利かもしれないけれど…」

「兵役法では大学、専門学校、高等学校の生徒は26歳まで徴兵は猶予されているのだけれどね。本当に戦争になれば、その制限も取り外される可能性はあると、ある学生たちが話していたのだよ」と、望は不安な目をして見詰めた。現実には昭和16年10月、大学、専門学校の修業年限を3ヶ月短縮し、同年の卒業生を対象に臨時徴兵検査を実施して、即翌年の2月に入隊させたのである。巧や望にも戦争への実感は確実に近づいて来ていた。このひと時の青春の想い出がはかなく短いものであることなど3人には判るはずもなかった。列車は快適にリズムを刻んでいた。太陽の日差しが列車の黒く揺れる影を短くして北に向かって驀進していた。先ほどから画紙に手を走らせていた美紗は、

「はい、出来ましたよ」と、巧の横顔のスケッチを差し出した。二人で覗き込んでみると、そこには男らしい角張った顔が印象的で、眉は太く目のくるりとした巧がいた。

「うーん、これは参ったね。ぼくにそっくりですよ。上手く描けているね」と、感心して眺めていた。

「それでは、次は望さんですよ」と、美紗子は再び鉛筆を持ち直していた。

「そろそろお腹が空いてきたね。次の停車で駅弁を買いましょうか」と、巧が問いかけていた。

列車は、黒磯を過ぎて蛇行しながら峠に差し掛かっている。山間に入り、車窓には緑が増してくる。機関車のドラフトの鼓動が高くなり、峠を上り詰めると白河駅に滑り込んだ。駅弁売りが出ていて、探していた幕の内はなく、カレー弁当を見付けて巧が3個買った。イモの餡にカレー味を付けた饅頭で6個入りの弁当であった。列車は北に向かって流れる阿武隈川に沿って広がる郡山盆地に滑るように入っていく。郡山に近くなると、右手の車窓に阿武隈川の煌めきが見え隠れするようになって来た。饅頭を食べながら、

「次は郡山ですね。高村光太郎の愛した安達太良山（1700m）はまだかしら。晴れているから山は見えるでしょうね。『智恵子抄』を読んだことあります」と、呟きながら美紗子は顔を上げる。

「『智恵子抄』は昨年10月に発刊されたばかりの詩集ですけど、女子学生間には評判になっているので

すよ」

「ああ、『智恵子抄』ですね。読みました。ぼくは光太郎の一途な愛は尊敬に値すると思います。精神を病んだ智恵子に捧げる光太郎の献身的な愛情はすごいものがありますね。智恵子は誠実で可憐な女性のようですね。天才的なところがあり、光太郎の深い愛の中に包まれている。光太郎の表現力もすばらしいと思います。晩年に折り紙を丹念に折っていた智恵子の姿を想うと涙が出てきます」と、望は言った。

「ぼくは読んでいないけれど、光太郎は彫刻家ということは知っている。最近は戦争を賛美する詩を盛んに発表しているようだよ」

「光太郎は本質的に愛国精神の持ち主なのでは…」

「世界平和とか博愛主義を持っていると思っていたけれど、自国民を一番愛しているのさ。光太郎くらいになれば、影響は大きいよ」

「だけど、光太郎のみずみずしいロマンティシズムは、表現が個人的な思想の追求ではあるけれど、受け入れられるよ」と、望は、光太郎に思いを馳せながら、昨年購入し読んだことを思い出していた。

「美紗はどのように考える」

望は画帳を覗き込む。時々美紗子と言わないで、美紗と省略する癖が出る。聞いていた美紗子は顔を上げて、次第に迫ってきた安達太良山の青い遠望を見ながら、手に持っていた鉛筆の動きを止めた。

「偶然ですけれど、智恵子さんはわたしの大学の大先輩なのよ。わたし、あの詩集を何回も読み直したわ。光太郎先生の長く、苦しく悲しい愛の詩集だと思います。あのように愛される智恵子さんはうらやましいと思いますけれど、あの詩集の愛の表現は普遍的な表現として多くの人に受け入れられるものだと思います。そのような意味ですばらしい文学作品です」と、目をきらきらさせて話をする美紗子の表情は生き生きと輝いていた。

「わたしは、あの詩の中で『あどけない話』『レモン哀歌』とか『樹下の二人』は特に好きよ。もうすぐ阿多多羅山が見えてきますね。『あれが阿多多羅山、あの光るのが阿武隈川。こうやって言葉すくなに座っていると、うっとりねむるような頭の中に、ただ遠い世の松風ばかりが薄緑に吹き渡ります。この大きな冬の始めの野山の中に、あなたと二人静かに燃えて手を組んでいるよろこびを、下を見ているあの白い雲にかくすのは止しませう』でしたよね。全部覚えきれないのよ。『あどけない話』は…こう。『智恵子は東京に空がないといふ。ほんとの空がみたいといふ。わたしは驚いて空を見る。桜若葉の間にあるのは、切つても切れない、むかしなじみのきれいな空だ。どんより煙る地平のぼかしはうすもも色の、朝のしめりだ。智恵子は遠くを見ながらいふ。阿多多羅山の山の上に毎日出ている青い空が智恵子のほんとうの空だといふ。あどけない空の話である』これは全部覚えているのよ」と、美紗子はそらんじている詩を口にした。巧は感心して美紗子の口元をじっと見詰めている。望は、光太郎の気持ちになり詩集の全部を美紗に捧げたいと思っていた。

「ぼくはあまり小説や詩集は読まないので、疎いけれど光太郎の愛の情熱は理解できますよ。すばらしい情愛に満ちた夫婦なのですね」と、巧は感心していた。やがて列車は左右に揺れながら、ねずみ色の民家が立ち並ぶ昼下がりの郡山に停車した。駅には会津や平方面への列車が入っていて、人ごみで賑わっていた。これから支線に乗り換えるのだろか。駅弁当を売る人が声を掛けてきた。弁当は、質素なものだったが、味が良く、今時貴重なものだと思った。

10分ほど停車の後、再び列車は動き出した。駅を出て間もなく左の車窓から、がらんと晴れたなだらかな安達太良山（１７００ｍ）が低い山麓の向こうに姿を見せてきた。頂付近には初夏を感じさせる雲を抱いている。智恵子の生家の二本松、安達村は瞬く間に過ぎていく。左の車窓には阿武隈川が接近してまた離れいく。陽光を浴びて川沿いには緑の田圃が広がっている。揺られる汽車の中のひと時は、日本が激しい戦争をしていることなどを感じさせない穏やかな空気が流れているが、乗客の姿はやはり変わっていた。黄土色の国民服に戦闘帽の人、女性は着物姿ではなくモンペ姿がほとんどであった。平時の賑やかな服装はまったくなく、単一に塗り込められていた。やがて福島盆地の中心の街、福島に到着した。列車はここから左に分かれ奥羽本線に入る。米沢に至る前の峠を駆け上がるために列車は機関車が二重連になり、激しく黒煙を吐きながら西に向かった。列車は喘ぎながら、いくつかのトンネルを潜り抜けると、安達太良山から西に繋がる吾妻山の山並みが車窓から姿を現し始め、緩やかに米沢盆地に降りてきた。３人は疲れが出てきたのか、思い思いに居眠りを始めていたが、汽車が揺れるたびに望は時々目を開いて、優しい美紗子の横顔を見てはなぜ山に行く気になったのか、考えていた。この登山は最後の登山になるのかも知れない。もしそうなれば、青春の最後の想い出になる…。本当は、自分は戦争が嫌いだと思っている。この無益な戦争で日本はどうなるのだろうか。自分は美紗子を愛しているが、自分の置かれている現状はどうにもならない。大学は卒業までいられない可能性も強い。何人かは召集令状を貰うより志願している。それは、志願する方が自分の意思で方向を決められるからだ。ならば、できれば海軍航空隊に志願して戦闘機搭乗員になりたいと密かに考えるのである。そのことを美紗子に話をしたらどうなるだろうか。望には、不安があった。

先月(昭和17年6月5日～7日)のミッドウェイ海戦は、日本の大勝利とは報道されていなかった。「敵空母二隻撃沈、敵機百二十機撃墜、我が方の損害、航空母艦が一隻喪失、1隻損傷、未帰還機三十五機」、それに戦艦が大破したとか、我が方の損傷は軽微と言われていたが、いつのまにか日本は、大敗したらしいという噂が流れていた。一週間もしないうちに事実は多くの国民に知れ渡っていた。事実はほとんどが隠されていて、戦後その時の損害は日本軍にとって致命的な損傷であったのが明らかになった。歴戦の熟練した航空戦士を失い、4隻の航空母艦も失っていたのだった。まともに報道されることはなかった。さらに日本軍の暗号は、米国に解読され作戦は筒抜けになっていたため、これ以後の多くの作戦は米国に裏をかかれるようになる。しかし、三人が鳥海山を目指した初夏の時期は、日本がフィリピンを占領していたものの、日本軍の南方への拡大が伸び切ってしまい、米軍の反攻が始まる前の一時的な小康状態の時であった。8月になると、ガタルカナル島の戦いが始まり日本の敗戦への過酷な道程が開始されるのである。

列車は米沢を過ぎて一路北に向かう。久しぶりに望は徐々に近づく故郷の景色を見ていた、右の車窓からは北から伸びてきた蔵王連峰を望み、左には遠望にゆったりとした大朝日岳（1870m）の山塊を見た。山は花崗岩の競り上がった山塊で、新潟と山形県の境に位置している。夏は多彩な花畑に彩られる懐かしい山だった。両山麓に挟まれた平野を進み、残雪を残している大朝日岳が山形市内の丁度西に位置してくると、列車が山形に近づいたことが判る。

やがて列車は、奥羽山脈と月山（1984m）羽黒山に囲まれた山間を走り出し、最上川に沿いさらに北上した。

「望は、この付近の山はほとんど登っているのだろう」

「そうだね。山形には有名な出羽三山、月山、湯殿山、羽黒山があるよ。主峰の月山の山頂には月山神社が祀られて、古くから修験者の修業場になっているよ。今でも修道者は来ていると思うよ。月山の弥陀ヶ原の高山植物はすばらしいよ。山形からはバスで湯殿山から行けるし、これから行く酒田への途中の狩川からバスで行くこともできるよ。月山は、アスピーテ型火山で酒田と鶴岡方面から見ると、美しい山容がよく見えるのです」と、望は説明した。

「望さんはすごく詳しいですね」と、美紗子も車窓から見える月山に連なる山塊を眺めて言った。

「仙山線の途中ですか。『しずけさや岩にしみいる蝉の声』の芭蕉の俳句で有名な山寺があるのは、立尺寺でしたね」

「山形県に入ったのですからね、先ほど、仙台方面へ行く仙山線が分岐した所からすぐですよ。時間があれば行ってみたいですね」と、望は丁寧に説明をした。さらに、

「左手に流れている清流は最上川ですけれど、これからは徐々に川幅が広くなりますよ。米沢から見えた吾妻山連峰に源流があり、全長２９９ｋｍあります。途中には落差１２４ｍの白糸の滝が有名ですよ。それもこれから行く陸羽西線の高谷にあり、その付近は最上峡と言われて、昔から有名な所です。芭蕉が読んだ『五月雨をあつめて早し最上川』と、詠ったところと言われているのです。最上川は、酒田に河口があるのです。酒田は北前舟でも有名な所なんですよ。酒田には、北前舟で儲けた商人の豪華な蔵が立ち並んでいる場所もあります」

列車は舟形トンネルを抜け、山間に開けた新庄盆地に入る。そして乗り換えの新庄駅に到着した。3人は思い思いにリュックを担ぎ駅ホームに降り立った。丁度4時過ぎであった。ここから酒田までは1時間30分くらいである。遥かに南西のほうに目を遣ると、山形からは見えない月山と湯殿山の頂上が青く霞んでいた。３人は旅の疲れか少し無口になり、しかし旅の満足感を感じていた。20分ほど待っていると、酒田行きの貨客車混合列車がゆっくりと停車した。古い板張りの座席に三人は乗り込

んだ。駅長の出発の合図とともに、列車はガタリと動き出した。

二つの小さなトンネルを抜け鉄橋を渡る。急に川幅の広くなった最上川が滔々と豊かに流れているのが見られた。『奥の細道』の著者、松尾芭蕉も川下りを楽しんだ最上川。小さな駅にも止まり、曲りくねりながら高屋に来た。

「この先に１２０ｍの落差の滝があるのが見えるよ。丁山山麓から流れてくる白糸の滝といってね、壮観な眺めの滝です」

列車は、最上川の左岸にトンネルを抜けて西進していた。対岸は山麓が迫り、１２０ｍの高さの瀑布が白い霧を立て落下しているのが見えた。巧も美紗も、

「すばらしい滝！」と、窓から乗り出して眺めていた。大小さまざまな滝があり水が早く流れていた。最上峡である。この近くに草薙温泉があり、松尾芭蕉があの有名な句を読んだ付近でもある。清川からは、最上川は線路から離れ軽快な揺れとともに庄内盆地に入ってきた。夕暮れが近づいた北の空は暗くなりつつあったが、北に列車が進むごとに残雪を残した鳥海山の美しい姿が遠望できた。

「あれが鳥海山です。出羽富士とも地元の人は言っています」と、望が説明する。巧と美紗子は声もなく鳥海山のなだらかな山肌を見詰めていた。線路の周囲は緑豊かな田圃であり、大米作地帯である。望は、その田圃の色を見て今年も豊作の年であると思っていた。田圃の広がる先には丁山山麓が立ち上がり鳥海山に繋がっている。余目を過ぎて最上川に架かる大きな鉄橋を渡ると、遠くの丁山麓に望の実家の生石の辺りが森に包まれて見えた。

「あの付近にぼくの実家があるのです」と、望みは二人に指を差して示した。やがて酒田の町の中に入り、終着の３番ホームに列車が滑り込んでいた。

「ようやく着いたよ。定刻ですね。6時30分か。駅前からバスに乗ると、ぼくの実家はすぐです」

駅の外に出ると、夕暮が急速に迫っていた。酒田駅の裏側からはバスが丁山山麓に向かい東に走り出す。一面田圃の平野の向こうには夕焼けに赤く染まった鳥海山の優美な姿が見える。雲が掛かっているが、輪郭はよく見えていた。時間とともに刻々と色合いが変化していくのが感じられた。美紗子は茫然として山の変容に見とれていた。バスは生石に3人を運んだ。ここまで来ると、生石は丁山山麓に囲まれているため鳥海山は見えない。また、少し高台になっているために、西日が落ちて、夕暮の暗闇が酒田の町を包んでいるのが見えた。バスが停車し田舎の舗装のない道に降りると、夕暮が足元にも暗く迫っていた。望の実家は歩いて3分も掛からないところにあった。赤松の林に囲まれた茅葺の屋根の白い漆喰に塗られた壁のある大きな家であった。広い前庭があり、柿、梨の木が植えてあり、アジサイの花が薄紫に咲いて暗闇を明るくしていた。縁側は開いたままであった。12畳もある広い居間は板張りで、電燈が一つ薄暗く点いていた。真ん中には囲炉裏があり、懸垂には鍋が夕食の匂いを漂わせていた。廻りには年老いた両親が座り、まだ、未婚の姉二人が夕食の準備をしていた。

「ただいま。望、帰りました。二人の友人も一緒です」

望は、玄関に二人を招じ入れた。

「随分遠い所をご苦労様です、お疲れになりました」母が出迎えの挨拶をする。三人は囲炉裏の周りに腰を下ろし、父親と二人の姉に挨拶をした。

「わたしが加藤巧です」

「こちらが木村美紗子さんです」と、望が美紗子を紹介をした。

「きれいな娘さんですこと」と、母は改めて美紗子の容姿の品定めをしていた。望の容貌に似て穏やかな雰囲気の父は、すでに70代の年齢であり、代々小松家の後を継いでこの庄屋を引き受けていた。たくさんの小作人がおり、田圃の耕作には不安はなかった。巧の精悍そうな顔を見て、父は望の友人として相応しい相手であると感じていた。それから、美紗子の姿を見て、出身を尋ねた。北国生まれらしく色白で瞳のきれいな美紗子は頬を紅潮させて、

「札幌です」と、答えた。

「そうですか。札幌ですか。わたしの長女が結婚して札幌に住んでいるのですよ。確か3人の子供がいて、みんな女の子なのですよ。連れ合いは北大に勤めているのです。娘一人は藤学園に行っているそうです。あなたは、高校はどちらを卒業されたのですか」と、愛しい娘の孫たちの生活が札幌にあることを遠く思い浮かべるように尋ねた。

「今言われた札幌の藤学園です。いまは、教員を目指して大学で勉強しています。偶然に同じ学校に通っているって、不思議ですね、お名前はなんて言うのですか」と、明るく美紗子は答えていた。

「ええと、梅津と言いますけれど、多分あなた様よりは下級生ですよ」

美紗子には思い当たる人はいなかった。

「加藤さんは何を専攻されているのですか？」と、父は話を変えて聞いていた。

「ぼくですか。ぼくは歯科医を目指しているのです。あと2年ほど勉強しなければなりません。しかし無事に卒業できるか判りません。戦争のために十分に勉学をして卒業できるか、不安になってきているのです。日本は今までは勝ち戦でしたけれど、先日のミッドウェー海戦で手酷くやられてしまったらしいのです。米国と豪州の連絡路を断ち切るためにガタルカナルまで日本は進出していますが、これもどのようになるか判りません。ぼくはこの大戦に不安を感じているのです。しかし、この庄内

は静かで戦争の最中にいるとは思えないですね。東京にいると、春先の空襲以来、町並みは防火のために様子は変わりました。あんなもので近代戦の攻撃を防ぎきれるのか判りません」と、巧はにわかに饒舌になったように話し出していた。

「わしたち庄内にいると、都会の騒々しさは伝わってきませんけれど、やはり戦争のためにいろいろと生活が困難になってきているのは間違いないですね。庄内は米の産地ですが、その米も統制が厳しくなって自分の家の米が食べられなくなってきているのですよ」と、母は心配そうに相鎚を入れた。囲炉裏の火が赤く輝いていた。家の外には蛙の鳴き声が響いていた。

「望たちは、明日から山に行くつもりかい。明日の天気はどうなるか…ラジオではそれほど悪くはならないようだよ。家からは鳥海山は直接見えないけれど、酒田駅に行けば遠望ができるから、鳥海山に雲が掛かれば間違いなく雨になるよ。昔から言われているのです」と、父は教えてくれた。

　二人の姉はお膳を作り終えて、囲炉裏の前の3人に夕食を出してくれた。その夕食は、三人が来るということですばらしい御馳走であった。お酒も銚子に入れてあった。猪口に酒を入れ乾杯をした。巧は酒には行ける方であるが、多少緊張していた。望は少々飲める方であった。美紗子は猪口一つ口にすることができた。酒田沖で獲れる新鮮なクロソイの刺身と裏山で採れた茸の味噌汁、さばの味噌煮と山菜の煮付けに新鮮な漬物、山菜の天麩羅と白米の御飯は久しぶりに食べるお袋の味であった。二人の姉は3人のためにいそいそと接待に努めてくれていた。二人とも望に似ていて山形美人の典型であった。くるりとした瞳が綺麗で、色白で面長、すらりとした23、4歳の年子の姉妹であった。真面目な様子でよく気が付き、食事の世話をしていた。

「酒田は見る所はそんなにはないけれど、酒田駅前を出羽大橋の方に行くと、新井田川の左岸に明治

26年に建てられた山居倉庫があり、今も米の保管庫として使われています。そのケヤキの並木道は風情がある所だよ。酒田は源頼朝に奥州藤原氏が滅ばされた際に、藤原秀衡の妹が追っ手を逃れて酒田に落ち延びたそうです。その時に付き人としてついてきた家臣36人により開かれたと言われています。彼らの子孫が後に「酒田三十六人衆」と呼ばれる大商人となり、酒田の町を組織、指導したと言われています。1672年の江戸時代には河村瑞賢が下関を回る航路を開発したために、西の堺、東の酒田と称されて繁栄を極めたのですよ。年に2~3000隻の船の出入りがあったとされていま す。歴史的に由緒のある建物が多く残っていますが…。今、見学ができないようです」と、父は酒で顔を輝かせて赤くなり、丁寧に説明してくれた。

「ぼくたちは明日、汽車に乗る前に山居倉庫とケヤキ並木を見学してから吹浦でバスに乗り鉾立まで行きます。そこから登山を始めるつもりです。頂上御室には5時間あれば登れると思います。そこに一泊して、帰りは湯の台温泉に一泊してから帰るつもりです」

「地図はあるのかい？」

「ぼくが高校生のころ使った5万分の1があるから大丈夫です。4回ほど登っているから詳しく知っているつもりだよ」

これが最後の鳥海山行きになるのだろうか。望は、そんな不安めいた思いを心に沈め、美紗子の方を見遣りながら明るさを装った。

美紗子は二人の姉に取り囲まれて談笑していた。

「大学は、どこですか」

「日本女子大です」

「日本女子大学は、いい処と聞いていますよ」

「そうですね。大学が創立されたのは１９０１年ですから、今年で40年余り経つ古い大学なのよ。有名な長沼智恵子さんもそこを卒業したのです。学部は家政学部、国文学部、英文学部があります。わたしは家政学部にいるのですけれど、卒業までは2年掛かります。女子教育の基本方針というのがあって、信念徹底、自発創生、共同奉仕ですって。より良い社会を作るために、広い意味のヒューマニズムを養うなどと難しいことを言っていますけれど、決して堅苦しいものではなく、わたし教員の資格を取るために勉強しているのです」と、美紗子は話していた。二人の姉は地元の女子高校を出ていたが大学には進まず、家事の手伝いをして嫁入りの修業中であった。本人が行く気になれば行けない事はない家庭であった。

　横から望が、

「美紗子さんは智恵子抄のいくつかを暗記されているのですよ」と、声を挟んだ。

「いくつかの詩を覚えていますが、覚え切れません。文学は得意ではないんです」と、笑いながら美紗子は言う。すると、恭子は、文学好きらしく、わくわくするように山形の詩人斉藤茂吉のことを話し出した。

「『赤光』『あらたま』『朝の蛍』の歌集を読んでいます。わたしもそのうちの有名な歌の少しは知っています。茂吉は写生的な歌を作るのが得意ではないかと思います。観念的な歌ではなく直接的に自然と人間の関係を見事に歌にしていますもの。美紗子さんは絵を描くそうですけれど、絵を描くことと歌を作ることには共通することがあるかも知れませんよ。ぜひ機会があったらお読みになるとよろしいですわ」と、恭子姉は話をした。いつの間にか夜も更けてきて蛙の鳴き声は静かになってきていた。囲炉裏の火は、赤く燃え続けている。平和なひと時であった。望は突然思い切ったように話し出した。

「お父さん、お母さん、ぼくは近いうちに予備士官に志願しようと思っているのです。戦争に召集されるより志願した方が自分の立場も守れるのです…。ぼくの好きな航空隊の搭乗員に志願しようと思うのです。まだいつにするかは決めていません。だんだんと戦況が日本に不利になりつつあるようですから、今のうちに志願した方が良いと思っているのです。お国に奉公することは国民の義務ですから。それに文科系の学生は、遅かれ早かれ志願させられることになっているのです。日本が勝つかどうかは判りませんけれど、勝つためにぼくは仕事をしなければならないと思っています。お父さんとお母さんにそのことをお話するために帰ってきたつもりです。ぼくの友人の加藤君もいずれ志願すると思います。姉さん達にも分かってもらいたいのですが…」と、望は真面目に語り出した。両親は、一言も言わずに黙って望を見詰めていた。恭子姉が突然に涙ぐみながら、

「望はたった一人の跡取りなんだよ。それは忘れないでね」と、呟いた。美紗子も驚いていた。今まで望はそんな話をしたことはなく、いつも朗らかなことを話して笑わせてくれていたのにと切なかった。巧は、初め聞いたときは驚いたが、今の状況を考えるとやむ得ない考えのように思えた。いずれ自分も志願することになるに違いないと考えていた。

「加藤さんはどう考えるのですか」と、望の母が動揺を抑えながらも不安げに尋ねた。

「ぼくは望君の考え方は理解できます。日本は、確かに先月あの海戦で壊滅的な打撃を被ったのです。戦争を指揮する上級士官、下士官が急速に欠乏してきているらしいのです。それで大学在学の学識経験者を求め出したことは確かなのです。大学の在学期間から、３ヶ月の短縮はもう始まりまし

た。いずれ6ヶ月、1年となると思いますよ。それに予備士官になれば、すぐに戦地に行くわけでもないと思いますよ。航空隊の搭乗員になるには最低1年の訓練は必要でしょう。すぐには戦地に行くわけではないから、むしろ安心かもしれません」と、巧は、考えを述べていた。

「そうですか。望がそのように考えているのであれば、それを実行するのが一番いいのかもしれないね。しかし、戦争で死ぬのは賛成しないな。戦いに勝ち、生きて国の役に立たなきゃ駄目だよ」と、父の声は沈んでいた。重苦しい沈黙が支配し始める。父は囲炉裏の炭を火バサミでゆっくりと整えていた。

翌日の朝は7時に朝食が出来ていた。空は明るく晴れていた。

「昨夜はよく眠れましたか」と、母は声を掛けてくれた。前庭には鳥たちが来て囀り、庄内の田圃が緑鮮やかに広がっていた。日本海の方向から気持ちの良い微風が吹いて来る。実に穏やかで静かな朝の空気であった。3人が身支度を整えていたところ、恭子姉が、ぜひとも鳥海山行に一緒に加わりたいと頼み込んできた。昨夜のうちに決心し、すっかり準備を整えたという。この申し出に、美紗子は、仲間が出来て心強く思っていた。

朝食を終えてから、巧と美紗子は、両親、遼子姉に挨拶をした。多分帰りはすぐに列車に乗ることになるかもしれないと、言いながら小松家を辞した。

4人は、バスに乗り酒田駅に向かう。広い稲作が続く平原の北側には晴れた鳥海山の山容が現れ、初夏の空に鮮やかに聳えていた。頂の近くには残雪があった。4人は遥か鳥海山の頂に目を遣りこれからの道程を思い返しながら、すばらしい山行きを胸に描いていた。汽車に乗る前に山居倉庫と緑の葉にあふれているケヤキの並木道を見学した。8時30分に酒田から秋田行きの普通列車に乗り込んだ。北東方向に徐々に鳥海山が迫ってきた。やがて吹浦に着いた。9時少しを過ぎていた。駅前には象潟行きの、田舎風の小さなバスが止まっていて、ほとんど地元の人達が乗っていた。男性の二人は大学帽子を、女性は丸く深い夏の帽子を被り、リュックを担いでいるから登山をするのは誰が見ても明らかであった。

「これはまた、珍しいのではないか。あんたがたは、山さ行くんですか。戦争が始まってからは登山する人がめっきり減っているからね」と、山形訛りで聞いてくる。

「そうです。登山訓練です」と、望は笑いながら、すまして答えていた。

「気い付けて、行きなされや」と、村の人が言っていた。バスは10人余りの人を乗せ、大きなエンジン音を立てながら動き出した。駅を出ると、小さな街はすぐ後ろになり、田圃の間を山麓に向かい走る。砂埃が舞い上がる。停留所をやり過ごして広葉林のトンネル道を抜けると、道は急に曲がりくねりして高度を上げているのが感じられた。幾つものカーブを曲がり切り、ブナとダケカンバの林が現れる。ようやく高山に入ってきたことが実感された。

「もうすぐ、鉾立です」と、運転手の声があり、平屋の古い店の前に止まった。登山者を相手に土産物を売っている店が2軒ほど並んで立っていた。今はがらんとしてお客は一人もおらず、寂れているようだった。4人とともに2人の老人が降りた。1500mの台地の空は、初夏の日に照り映えて、吹く風は肌に爽やかであった。ダケカンバの林の向こうには酒田の街が黒くくすんでいる。最上川の白い輝きが蛇のように河口に向かっていた。ダケカンバとブナの森林限界近くに背丈の低い植生が覆っている中に続く細い登山道を4人は登り出した。石段がよく整備されていて比較的登りやすい。

前方には1500mの稲倉山が見え、右手の奥には鳥海山の北壁側の新山が見えていた。

「この坂は1時間30分くらい続くけれど、かなりきついのでゆっくり行きましょう」と、皆を励ますように望は声を掛ける。皆の息が大きくなり、汗が額から全身に広がり出していた。石畳が切れ、急坂は曲がりながら上に続いている。低い熊笹とダケカンバが足元を覆っていた。対岸に一直線に落ちる滝が見えてきた。

「みんな大丈夫。足元は痛くないかい。美紗子さん大丈夫ですか」と、望の声が響く。

「もう少しで、１３４２ｍの鞍部に達します。ここまでの登りがきついので、頑張って。前方の１５７７ｍの山は名前がありません。小休止をしましょう」と、望が声を掛ける。見晴らしの良い場所で四人は顔を見合わせ、息を吐きながら気持ちの良い風に吹かれて休んでいた。渓谷の対岸には、細い二条の白い滝が音もなく深い谷に落ちているのが見えた。西の方向の酒田は黒く霞んでいた。

「これからは、登りはそれほどきつくありませんよ。ただ、あの外輪山の北側の雪渓を乗り越えトラバースしなければならないから、縄を出して靴に巻きつけましょう」と、望が促すと、皆、リュックから縄を取り出してきっちりと巻きつける。

　ぎらぎらと雪渓に反射する光に、４人は、顔を紅潮させ一歩一歩を踏みしめて歩いた。手拭で顔を覆い、顔には日焼け止めを塗りながら二人の女性は黙々と歩を進める。残雪の登りは約６００ｍ余り続き、少し下ると、賽の河原に向かう平坦部にでた。ハエマツに囲まれ、溶けた雪の端には高山植物の花が一斉に咲いていた。チングルマ、ハクサンイチゲ、ヒナサクラ、イワカガミ、ハクサンチドリなどの黄色、白、赤の花がいたるところに咲き乱れていた。クルマユリ、イワイチョウなどもあり、ミヤマキンバイの群落が見事に彩っていた。まさしく地上の楽園のようであった。

「これから上の御浜までは高山植物、特にハクサンイチゲ、ニッコウキスゲの群落が占めているのですよ。水飲み場もあるので、ここらで小休止します」と、望が告げた。

「まぁ、すごい花の群落ですね。この付近で、わたし、スケッチしますから、休みを長くしてね」と、美紗子は言いながらスケッチを始めていた。美紗子は藤学園に在学していた時には札幌の藻岩山に登山したのがせいぜいで、こんな本格的な登山ができるとは思っていなかった。美紗子は山や高山植物の姿を写真に撮るようにすばやくスケッチして画帳をめくっていた。遼子姉はそばにくっついて眺め、「美紗子さんの絵は本格的で、上手ですね」と、しきりに感心している。

「後30分で御浜に着きますから、目の前の１００ｍくらいの外輪山を登り切りましょう。御浜で昼食にしますから、元気を出していきますよ」

望が声掛けをすると、皆再び歩き出した。目の前の急峻な登りはジグザグに上へ伸びていた。この辺りに来れば、高い木は見られず低い草原が山を包んでいる。ところどころに高山植物が花を咲かせていた。草原の道を踏みしめて40分ほどで御浜小屋にたどり着いた。小さな石作りの小屋で独りの年配の番人がいた。

「やぁ、やぁ、いらっしゃい。ご苦労さんです。どちらから来なさった？ 今時分は、昔なら登山する人が多かったものですが、この頃は、ほとんど人は来やしませんです、はい」

「わたしは酒田から、こちらの二人は東京からです」と、望が紹介すると、皆、山小屋の主と他愛のない雑談をして打ち解け合った。

遼子姉と美紗子は、早速テーブルに昼食を並べる。小屋の中は独特のひやりとした冷気があり、汗ばんだ体に気持良く感じた。ラジュウスで湯を沸かし味噌汁の準備も出来た。小屋の中の暗さに目が慣れてくると、外の明るさが強く感じられてきた。

「一時間休憩をしたら、出ることにします。外輪山の上に出ると、鳥海湖が下の方に見えて、すごくきれいな所があるから見に行こう」と、望は提案をした。食事を終えてから望は美紗子の手を取り、外輪山の方に案内すると、いつの間にか遼子姉は巧と一緒に付いて来た。

「すばらしい眺めですね！」

美紗子は感嘆している。外輪山はなだらかで下の方には周りに雪渓を残したコバルト・ブルーの小さな湖が見えた。その先にはこれから行く鳥海山の二つの頂、新山（２２３６ｍ）と七高山（２２３０ｍ）が遥か遠くに聳えていた。

「あそこまでは、後どのくらい登り詰めないといけないの。望さん」

「そうだね、あと６００ｍくらいかな。も少し頑張らなくちゃね」

「あの湖の色はどうしてあんなにブルーなのかしら。空の色を映しているのでしょうね。深いのですか。北海道には摩周湖という湖があり、透明度は40ｍで物凄い濃紺色の湖と聞いていますけど」

美紗子は、望の肩に手を添えながら聞いていた。

「湖は水深４ｍですよ。直径は２００ｍで、意外と小さな湖です。カルデラ湖ではないのでね。水が自然に溜まり、出来たのです。摩周湖とやらに行って見たいね」と、望が遠くに目を遣ると、いつの間にか雲海が出来て庄内盆地を覆っていた。遥か彼方には月山の先端が聳えていた。巧も遼子姉と立ち並んで見詰めていた。美紗子は思うままスケッチを走らせていた。周囲の自然の造形はどこを見ても素晴らしく、絵になる。忙しく鉛筆を走らせ感嘆していた。鳥海山の頂上に重なるような三つの頂上は折り重なるように起立している。その方向を確認してから御浜を出発した。まずは扇子森の頂に向かう。坂の登りに体が慣れてきたのか、足並みは順調である。少し登りを詰めると、１７５９ｍの頂上に至った。ここからは文殊岳（２００５ｍ）まではかなりだらだらとした上がり下がりがあり、３００ｍほど登らなければならない。御田が原に差し掛かると、チョウカイアザミの鮮やかな紅色の花の群落が見られた。真っ青な空に緑と残雪が映えて、美しい眺めを作り出していた。

「まぁ！なんて美しいのでしょう」と、思わず美紗子は声を上げている。遼子姉も肯いていた。分岐点を右に取り文殊岳を目指した。鳥海山の頂から伸びてくる外輪山の一部の高いところが文殊岳である。眼前には覆いかぶさるように三つの頂があり、左下２００～３００ｍには千蛇谷の雪渓が七高山の下まで延びている。アイゼンがないので、外輪山の道を歩くことにした。文殊岳の短い登りはかなり急で、全員汗だくになりやっと上り詰めた。午後2時20分に到着した。少し下り、再び上りして、伏拝岳には3時に立った。ここからは帰り道となる湯の台道が繋がっている。小休止をする酒田は雲の下にあり、幽かに庄内の平野が見えていた。頂上が間近に見えてきていた。岩が積み重なったような二つの頂は、新山と七高山が最終点である。約２５００年前に大規模な噴火で山塊崩壊を起こし、岩石が象潟の方に堆積していた。その後何回も火山爆発を繰り返し、近年１８００年代にも3回程噴火している。今はその兆候はまったくない。伏拝岳からは七高山の直下まで雪渓が伸びている。左手の新山の下には赤い屋根の大物忌神社と今日の目的地である頂上御室が見えている。行者岳（２１５９ｍ）まで後もう少しだ。

「後、どのくらい歩くの」と、忙しく息をしながら遼子姉は、少し疲れてきているようであった。

「後30～40分でその行者岳を越えれば、右側の七高山は30分くらい。皆疲れているから、小休止しよう」と、望は皆に元気を付け、励ましていた。4時35分に行者岳に到着した。行者岳からは高低差のない快適な外輪山上の道が続いている。外輪山壁には、しがみ付くように多くの高山植物が咲き乱れていた。岸壁の岩陰に紫がかったイワブクロ、白いアオノツガザクラ、紫色のイワギキョウが疲れを癒すかのように花を咲かせている。新山が近づくと真っ赤な花弁のホソバイワベンケイが群生していた。空はあくまでも青く、薄い絹雲が流れ、風は穏やかに吹いていた。山登りの最高の条件に恵まれていた。

望は過去の鳥海山登山を振り返り、今日は恵まれ過ぎると思っていた。もしかしたらこれが最後の登山になるのかもしれないと思うと、自分が歩いてきた道が懐かしく、すべてが愛おしく感じられた。山の空の色、山の匂い、山の風、山の草葉の佇まい、岩の力強さ、山の雲の流れ、そのどれもが、絶えず変化しながらもいつも変わらず望に囁きかけてくれる。自然の凄さを体で受け止めていた。巧は黙々と望に従っていたが、望がなぜ山に行こうと誘ったのが判るような気がした。美紗子と遼子姉は少し遅れ気味に付いてきていた。

美紗子は、望が自分を好いてくれているのを本能的に感じていた。２年前上野で初めて望に逢った時から、望が美紗子の心の中にグイグイと入り込んで来ていた。昨日突然望があのようなことを話し出したことに、内心驚いていた。戦争の最中の男子はいずれ戦争に行くことになるだろう。自分としてはそれを食い止めることはできない。それを示すこともできない。どうしたらよいのだろうか。望は、姉妹の一番下の男子として大きな責任を感じているのだろうか。日本が戦争に勝つためにはどうしても望のような一人ひとりの男子の手が、今は必要なのだろう。重苦しい想いが美紗子の歩みに影を落とし、どうしても歩みが遅くなっていた。

遼子姉は望と山登りしたこともあり、足取りにそれほど疲れを見せなかった。美紗子の後に従って、美紗子の後を押すように登り詰めていたが、弟の望がこんな時になぜ山に来たのか判るような気がしていた。望は大学を中途で辞めて予備士官に入学を決意したことは聞いていた。その先のことは誰にもわからないことかもしれないが、望にはこの登山が最後の見納めの山登りなのだろう。彼女の心の中には弟に対するやりきれない、どうすることもできないいたわりの気持ちが湧いてきていた。そして望の友人に対する淡い恋心が湧いてきているのを感じていた。

「後30分くらいで七高山に登れるから頑張ろう」

最後のくだりと溶岩だらけのジグザグ登りを四人で見上げていた。ハエマツの群生している外輪山の左側は、千蛇谷に向かって急峻の壁になり崩壊をしている所もある、イワウメが岩肌にしがみ付くように咲いていた。冷や汗を掻きながら登るこの雪渓の眺めも素晴らしく、右の方には比較的緩やかな裾野が広がる。足元に気をつけながら四人は手を取り合い、そのジグザグを登り詰めて行った。火口壁の鎖場を過ぎて5時15分七高山（２２３０ｍ）の頂上に到着した。誰ともなく「万歳！」の声が上がった。そして、肩を抱き合いお互いに抱擁を交わしていた。それから、腰を下ろし四海を眺めた。まず西の酒田方面には雲海が押し寄せていて、酒田盆地はほとんど見えなかった。はるか南の方角には月山が頂上を出して青く見えた。北方向には一番奥に青く岩木山、岩手山がその頂を見せていた。綿を引き伸ばした雲海がところどころにあり、秋田方面は広葉樹林の彼方に薄く霞んでいた。東には早池峰山、南東方向には蔵王の山並み、近くには栗駒山が遠望できた。目の前には鳥海山のもう一つの峰の新山が岩石を重ねて聳えていた。日本の国土も大きいと感じ、この自然の中にいるとすべてを忘れていられるように思っていた。この日本が結果も分からない大きな戦いの最中にあるなどとはまったく考えられなかった。大東亜戦争と言われているこの戦いの緒戦に勝ち提灯行列までしたのに、先月のミッドウェイ海戦から不安な雰囲気が芽生えているのを誰もが感じていた。ふいに巧は望に言葉を投げかけた。

「君は本当に志願するつもりなのか」

しばらくの間、風が過ぎていく音だけが聞こえていた。誰も言葉もなく静かに雲海の流れを見詰めていた。

「そうね、ぼくは志願しなければならいと考えている。誰もこの考えは止められない」と、望は呟いていた。

「望さん、志願して兵隊に行くことは、今の日本の状態を考えたならば、止むを得ないと思います。戦争で死なないでくださいね」

美紗子は大きな黒い瞳に涙を浮かべていた。

足元には五弁の星のようなチョウカイフスマの可憐な白い花が風に揺れていた。日没の7時過ぎまでは頂上には明るさが十分にあった。しかし、西に太陽が傾き始めていた。白い絹層雲が西に棚引いて、空は黄色から紅色に変化してきていた。上空の紺碧の空はより濃紺に変化していた。間もなく落日の色彩のシンフォニーが始まる。

頂上の澄んだ空気は、汗ばんだ体には快適で登り詰めた満足感があった。西に落日の明るさを感じながら4人は七高山を下山し始めると、自分たちが登り詰めてきた外輪山の三つの頂をなす文殊岳、伏拝岳、行者岳の壁が西日で黒い壁画のように立ち現れ、その足元から千蛇谷の雪渓が下方に伸びている。その上を横切りながら大物忌神社の横を通り、周りを掘り下げ石を積み上げた土塀に囲まれている頂上御室に着いた。

「神社にお参りに行こう」と、望は3人に声を掛けた。

「大物忌神社は日本を守ってくれる神様を祭っているから」と、誘う。昔から鳥海山は信仰の対象の山である。社伝によると，景行天皇の御世に出現し、1400年前の舒明天皇の時代に神様を鎮座したと言われている。古い時代からあった神社である。古くから修験者が多く訪れていた。物忌みとは、「ある期間、飲食・行為を慎み、身体を清め、不浄を避けること、物事を慎むこと」の意味がある。望が鳥海山に来た内心の思いの一つは、中学生から慣れ親しんだこの神社に参拝することであった。「古代日本の北の境界に位置していた鳥海山が異狭に対して神力を放って国家を守ると考えられるようになっていた」と、説明する。暗くなってきた社内には誰もおらず、御神体が金色に輝いていた。参拝を済ませて社屋を出ると、西の空が赤く燃えていた。明日も天気は保証されているだろう。

御室小屋は両袖と奥に三段の棚があり、50～60人は泊まれる小屋である。真ん中には黒いテーブルがあった。四人は小屋に戻り夕食の支度をした。持参したお握りや惣菜を机の上に並べ、残雪を溶かした水で味噌汁を作った。望は、小さなビンに入れた日本酒を取り出してそれぞれのコップに入れた。お互いの健脚を祝し、日本の戦争の勝ちを願って乾杯した。食事が始まると、やはり戦争の話になる。

「ねえ、望！日本は戦争に勝つことができるのだろうか。何のために戦争を始めたのかな。すでに満州事変から今年で10年になるよね。始めは支那との戦いだったけど」と、巧は言う。

「列強の植民地主義に日本も倣って支那に足を踏み入れたことが、そもそも問題なんだ。日本は負けたくないというわけで遅ればせに支那に介入して植民地を確保しようとしたのだけれど、米英の利害と対立して支那と戦い出し深入りした。その結果、結局は米英の代理戦争になってしまった。泥沼に足を取られたままに、今回の真珠湾の攻撃で米英に本格的に噛み付いたのだからね。日本はアジア諸国民のために戦争をしていると言い、大東亜戦争とも喧伝しているけれど、アジアの人達を解放できるのだろうか。日本は米英に倣って植民地を支那に求めようとしたのは誤りだと思うよ」

「満州を独立させたのではないか」

「うん。ただ、あれは日本の傀儡政権みたいなものだからね」

「日本の農民たちは入植しているけれど、開墾が大変らしいよ」

「何十万の農民たちが満州に移住している現状では、その人たちを守るための大きな軍隊が必要になるしね」と、望は言う。さらに、

「日本の石油は南方に依存しているし、いろいろな工業生産に必要な物質も依存しているから、それらを米英が今回供給を中断したことが戦争の大きな引き金になっているのだよ」

「列強が先に侵入して、植民地化して、資源を確保してしまい日本には提供しないと言い出したのだからね。これは大変なことだよ」

「日本も支那に同じように植民地化しようとして進入したことが、彼らの権益を脅かすことになってしまったのだからね」と、望は肯いていた。

「先に巧さんが言われたように日本は戦争に勝てるのでしょうか」と、美紗子が不安げに聞き返していた。

「美紗子さん、戦争は勝たなきゃ駄目なのです。絶対に勝つ必要があるのです。日本が米英に飲み込まれたら、大変なことになります。この美しい日本の山並を楽しむことはできなくなりますよ。彼らの奴隷になってしまいます。彼らは罪もないアフリカの黒人を奴隷として働かしているのですから、彼らの信じる神様は偽者ですよ。日本は天照皇祖大神がお創りになった神の国ですから…皇室の皇祖

神ですから、神の下に皆、平等です。神の国は守られているはずです」と、望は少し興奮気味に説明していた。

「天照大神様のことは、小学生の時に習いましたけど、太陽を神格化したのですね。弟のスサノオ皇子が狼藉を働いたために岩戸にお隠れになって…。天皇陛下のご先祖様ですか」と、美紗子は感心して聞いていた。

「ですから、日本兵は最後に天皇陛下万歳と言って突撃するのですか」と、遼子姉は怪訝そうに聞いていた。

「そうですよ。天皇陛下のために、日本の国を作られた天照大神のために死んでいくのですよ」と、巧は確信を持って言った。小屋の周りには夕闇が迫り、冷たい空気が流れてきていた。蝋燭を灯して明るさを保ち、四人は真剣に議論をしていた。誰もいない鳥海山の頂上の小屋でこんな話ができるのはこのひと時しかなかった。持参の夕食は贅沢な物ではなかったが、腹を満たすのには十分であった。酒もあるし気持ちは登山の難儀を忘れさせていた。

「日本の古事記には天照大神のことは詳しく書かれているよ。イザナギ命の目から生まれた太陽神であることや高天原の統治者であり、皇室の祖神であることなどが…」と望は語った。さらに、

「いずれにしても、やむをえず立ち上がった戦争には絶対勝たねばならんのだよ」と、望は確かに巧以上に今の日本の国民に強いてきた軍国主義に染まっているように見えた。望みは言う。

「ぼくは、戦争は嫌いだ。無益な戦争は嫌いだよ。ぼく一人で何も出来やしないんだ。戦争ほど残酷なものはないと思う。人間が人間をなぜ殺しあわなければならないのか…。誰でも自分の国を守ることは正義です。日本の国を守ることは正義であると思います。巧もいずれは志願するのだろうな」

と、望は巧の顔を見た。

「ぼくは歯科の技術を身に付けることができれば、いつ戦争に行っても良いと考えているのだけど、卒業は繰上げがますます早くなるなら、ぼくもいずれ志願する気でいるよ」と、巧も肯くように答えていた。

「美紗子さん、男性は二人集まれば戦争の話ばかりね。少しは楽しいお話はないのかい」と、遼子姉は呟く…。すると、美紗子が、

「わたし、北海道の東にある摩周湖という湖に行ってみたいと思っているの。透明度が高くて、その湖の色は本当にプルシャンブルー。奥深い紺碧の空を映しているような湖と言われているのよ。鳥海湖の何倍も広くて、深さも300m位もあるの。湖面には人が近づきがたく…カルデラ湖ですから周囲の壁は200〜300m位もあって、摩周岳が聳えているのです。そこには人を惹き付ける魔物が棲んでいるそうです。湖の真ん中には小さな小島があり、それは神の島と呼ばれているのよ。昔は周囲にはアイヌの人が多く住んでいて、北海道の地名の多くはアイヌ語に和名を当てているのです。今でも蕗の下に住む小人がいるのですよ。コロポックルと土地の人は言っていますけど…」と、いたずらっぽい笑いを浮かべて話し出した。

「ふーん、話は親父から聞いたことがあるけれど、すごく美しいところのようだね。戦争がなければ北海道まで旅行してみたいよね。写真で見たことはあるよ。コロポックルはアイヌの神様ですか。今でも住んでいるの？」と、巧は目を細めて、見たことのない摩周湖を想像していた。

「はい、蕗の下に…。『螺湾ふき』という丈が1m以上の蕗があり、その下に住居を構えているそうよ。螺湾は阿寒湖のそばですけれど、釧路からバスで行けますよ。摩周湖には釧路から北に汽車で弟子屈

まで行き、そこからバスで摩周湖まで行くのです。弟子屈は温泉の街でもあるのよ。広い根釧原野を通って行くのですけれど、実はわたしはまだ見たことがないの。一度行ってみたいと思っているのです」

美紗子は自分の故郷、北海道に郷愁を感じていた。望は、美紗子の優しい横顔を改めて見直すように頷き、

「時間があれば、ぼくも行って見たいですよ」と、言う。巧も、

「ぼくは根釧原野の鶴を見たいな。話によると、日本の大型の鳥、鶴がいるそうですね」

「その話は聞いていますけれど、わたしはまだ見たことがないのです」と、美紗子はすまなそうに顔を下に向けていた。いつの間にか外に出ていた遼子姉が大きな声で叫んでいた。

「皆さん！外に出てみませんか。天の川が素晴らしくきれいですよ」

三人は腰を上げて外に出た。天を見上げると、無数の星が煌めいていた。南北方向に白く薄い幕を引いたように天の川が音もなく流れていた。北西方向に北斗七星が見え、北斗星から東南東に下がると織姫星があり、少し下がると彦星が確認できた。四人は声もなく天体の不思議さを感じていた。右下には明るい木星が見えていた。

「美紗子さん、七夕の伝説をご存知でしょう」と、遼子姉が美紗子に話題を振ると、

「七夕は中国の伝説から来ているのです。織姫は天帝の娘で、機織の上手な働き手だったそうよ。彦星…牽牛星とも言われているのだけれども、これも働き手であり、天帝は二人の結婚を認めたのですけど、結婚したら二人ともあまりに結婚生活が楽しく働かなくなったのね。天帝は怒り二人を天の川を隔てて引き離してしまったのです。しかし、一年に一度、7月7日の七夕の日に会うのを許したの

よ」と、美紗子が話し出した。

「これは皆もよく知っていることよね」

見上げた天の川の無数の星は輝いていた。

「どうして冬より夏の方が天の川はよく見えるのでしょうね。冬の方が星の数が多く輝いているようだけど」

「そうなんですよ。夏の方が天の川は濃く見えるのですよ。我々の太陽系は銀河系の渦巻星団に属している。もしそれを真上から見ることができれば、渦巻状に見えるそうです。その直径は10万光年、中心から3万光年の位置に太陽系があるのだよ。渦巻きの厚さは1．6万光年あるそうです。想像することができない広大な宇宙ですよね。この外にもアンドロメダ星雲という銀河系と同じような規模の星雲が外にあるのだからね。さらにいくつも星団がある。想像さえできないよ。その渦巻きの中心が見えるのが夏なのさ。そのために多くの星が冬より多いわけさ」

望は、多少とも天文学に興味があり、よく知っていた。

「冬になれば、渦巻きの外の方向を見ているから星の数は少ないのか」と、巧は呟いていた。

「木星も見えるよ。あの織姫星の斜め下の方を見てごらん。少し大きな白い星が木星ですよ」と、指を差していた。天空は深閑として四人の上に広がり、無数の星が音もなく光っていた。

「七夕の詩歌は、いつ頃から作られるようになったのかな」

遼子姉が呟き、

「約３０００年前の中国の詩経に牽牛、織姫のことが取り上げられているの。日本では万葉集に山上憶良が歌を詠っていますよ。『天の川相向き立ちてわが恋し君来ますなり紐解き設けな』とありますもの。その後は古今集に在原業平が詠っています」と、暗い夜空を見上げていた。戦争なんかしているとは思えない静寂な夜の空に無限の可能性が散りばめられているように思えてくるのだった。酒田の方は暗く、夜の灯火管制が敷かれていて明るさはどこにもなかった。

「そろそろ中に入り寝るとしようよ。明日の朝は4時起床ですから」と、巧が声を掛けた。

翌日は全員3時30分に起床した。小屋の中は薄明るくなってきていた。すばやく身支度をした。「4時30分頃がご来光だから、それまでに新山の方に登ろう」と、望が声を掛けていた。

「帰ってから朝食をいただきましょう」

4人はもくもくと準備をして出発した。小屋のすぐ下に伸びている雪渓に下りて、それから上に詰めて行き、岩場に出る。ゆっくりと岩石の多い道を探しながら登り出した。間もなく頂上に着くと、同時に黄金色の光明が、幾筋にもなり水平線の雲海の上に輝き出していた。ご来光だ！4人は声もなく見とれていた。数秒後には太陽の頭が出て来て4人の全身を照らし出していた。金色の、やがて透明な白色の光が包み出していた。4人は神々しさに自然と頭を垂れて無心に祈り始めていた。5～6分の後に太陽は全身を現し、眩しい光をこの大地の上に注ぎ出していた。感激しながら4人はしばらく茫然としていた。

時折、爽やかな朝の風が吹いていた。眼下に見える酒田の方も晴れている。緑の芝生が広がる先に街の黒ずんだ姿が最上川に沿い広がっていた。先には日本海が霞んでいた。岩場を慎重に降りて，雪渓を横切り小屋に辿り着いた。朝食の準備は二人の女性達がした。望は登山の目的を達成できた感慨で胸を熱くしていた。これで故郷に思いを残すことはないと思う。しかし、望は美紗子を愛おしく思い始めていた。初めて会ったときから美紗子に魅かれた自分…。その束縛から離れようと考え、幾度か呪縛から逃れようと試みたが、そんなことよりもこの可愛いらしい美紗子に直接自分の気持ちを表す以外にないと考えていた。そのような機会はなかなか来ないように思っていた。この登山が最後の機会になるのかもしれない…。その機会があるようでなかなかなかった。いつの間にか望はもの思いに沈んでいるようであった。美紗子は、その望の姿を見て心配そうに、

「望さん、どうしたのですか。何か心配ごとがあるようで」と、ぼんやりしていた望の姿を見て、快活に話し掛けた。

「そんなにぼんやりしていた? ぼくはこの通り元気さ。鳥海山の二つの峰を登り終えたし、これからの下山の道のりを考えていたのさ」と、自分の心を美紗子に見透かされ、慌てて心とは裏腹の返事をしていた。

「本当は、ぼくはあなたが好きなのです。あなたを愛しているのです。ぼくはあなたと結婚したいのです」と、言ってしまう方が何と気楽だろうか。望は両手を組んだまま机の上に置き下を向いていた。巧と遼子姉は高山植物を二人で見に出掛けたらしい。小屋には二人だけだった。焚き火の青い煙に混じって味噌汁の香りが漂ってきた。美紗子は朝食の用意をしている。そんな短い間に二人の間隔はより小さくなったような感じがした。

「さあ! 朝の用意はできましたよ。ご馳走ですよ。油揚げとねぎと豚肉入りの味噌汁よ」と、美紗子は鍋を机の上に置いた。

巧と遼子姉は小屋の周辺の岩場を歩いて、白い五弁の花びらの真ん中に黄色の花弁のあるチョウカイフスマ、紫の包のイワギキョウ、桃色の蕾の花弁のイワブクロなどを見て喜んでいた。

「鳥海山は高山植物が多いのね」と、遼子姉はうきうきしながら巧と小屋に戻ってきた。

4人はそれぞれ席に着いた。

「この肉はお母さんが用意してくれたのです。塩に漬けてあるので、今日1日は持つと思いますよ。湯の台温泉まで持っていって肉料理にする予定です」と、遼子姉は喜んで話をした。望は、年老いた母の姿を思い浮かべた。長いこと夫とともに庄屋の仕事を支えてきた。自分が跡取りになるとしてもまだ先のように感じていた。この戦争さえなかったら…。大学を終えてから家に戻り、小作人を取り仕切っていかねばならないのだろうと思っていた。自分の身の回りに何かが起こる可能性を予感していた。

「望、何時にここを出ることにしている」と、巧が尋ねた。

「そうだな、9時でいいと思うよ。もう一度登って来た道を伏拝岳まで戻り、そこから左に折れて薊坂を下るのだよ。温泉のある湯の台までは、どんなにゆっくり歩いても5時頃には着きます」

望は地図を机の上に広げた。四人は地図を眺めてこれからのコースを確認した。

「巧は5万分の1でその付近の山の姿や原野や森林、畑の様子がわかるのかい」

「地図の略式記号を理解していればある程度の雰囲気は分かります。山の高さは標高で簡単ですよね。目を細めて見れば、山の形が浮かび上がりますよ」と、望は言う。

戦争になり、この地図は手に入りにくくなっていた。くたびれたその地図は、望が鳥海山にいつも持ち運んでいるものであった。あちこちに色鉛筆で書き込みがある。望がこの鳥海山をよく知っている証でもあった。遼子姉はお茶を作り、食後に煎餅を取り出して配った。鳥海山の頂上のひと時は巧、望、美紗子、遼子にとって忘れられない時間となっていった。

外は清々しい朝の空気が支配し、すでに太陽は明るく輝いていた。御室の小屋から、神社の裏手の道に出ると、小雪渓を横断して急斜面になる。千蛇ヶ谷の雪渓が遥か下まで伸びていた。行者岳に直接向かう道を登り出した。１５０ｍ位の高低を登り詰める。岩肌の隙間にはハエマツがしがみ付いていて、イワブクロ、チョウカイフスマが咲き乱れている。ここの道が今日の一番きつい登りになることは皆が知っていることであった。黙々と歩みを進めて行者岳に到達した。外輪山の裾野の先には緑あふれる庄内盆地が広がり、日本海の海岸線がクッキリ鮮やかに曲線を引いて伸びている。先には佐渡島も幽かに遠望できた。昨日登り詰めた外輪山の細い山道も七五三掛まで続いていて、千蛇が谷の雪渓は稲倉岳まで伸びていた。小休止を取り、呼吸を整えた。

「ここから稜線とは別の左の道に入りますから」と、望が声を掛けた。その道は、薊坂と言って岩の間に鳥海山固有のチョウカイアザミが赤い花を咲かせていた。道はかなり急峻で膝ががくがくと響いていた。

「急がないでゆっくりと降りよう。その方が楽なのですよ」と、巧は声を掛ける。一歩一歩が標高を下げているのを感じて５００ｍほど下がると、目の前に大きな雪渓が広がっていた。心字雪と言われている大雪原である。雪原の右肩に道を探して歩く。後方には外輪山が丸い山となって見えていた。空には雲がわずかに浮いている。風は微かにそよいでいるだけで、辺りは入梅の隙をつくように晴れた初夏の光に満ちていた。なだらかな坂道になり、自然に歌を歌いたい気持ちになっていた。道はさらに下り道となり、次第に増えてきた笹薮と低いハエマツが見られた。切り取った一部の隙間にはニッコウキスゲの群落が咲いていた。ようやく１５５０ｍの河原宿に近づいてきた。壊れかかった小屋の前には心字雪からの雪解けの清流が流れていた。河原のように見えるなだらかな草原で、振り返ると心字雪の雪渓が緩やかな流れになって外輪山から広がっていた。遥かに鳥海山の山容が厳しく夏の空に描かれていた。

「ここで小休止です」と、望は息も切らさずに言った。

「これから先は八丁坂で一気に５００ｍくらい下がりますから、十分に休息を取ってから出掛けよう」

八丁坂は、酒田の街を見ながら下っていく。展望のよく開けた道であった。道の両側は低い草原で潅木はない。冬の猛烈な日本海からの吹雪で樹林が伸びきれないのだろうか。代わりに高山植物が咲き乱れていた。チョウカイアザミ、チョウカイフスマ、ニッコウキスゲなどが咲き乱れていた。それでも少しずつ低い潅木が増えていた。１２００ｍにある滝近くの小屋手前の分岐点まで到着した。

「湯の台温泉は５００ｍにあるから、残りは７００ｍですよ。皆、調子は大丈夫ですか。歩けるかい、痛い所はないですか」と、望が声を掛けると、皆で小休止をした。

「ここからは道は緩やかだから心配ないよ。宿には電話もしてあるし、宿の主人は酒田生石の小松と言ったら、親父のことを知っていた。安心だよ。1時30分に出ると4時までには宿に着きます」と、望は3人を元気付けながら、次第に潅木が増えていく山道を軽やかな気持ちで急いだ。緩やかな道は尾根の上を曲がりくねって続いていた。尾根の谷底からは心字雪が川となって響いていた。疲れることもなく、４人は黙々と歩みを続けていた。

午後からの穏やかに晴れ上がった空には、雲が切れ切れに浮かんでいた。風もなく次第に夏の暑さが増してきた。５００ｍの高さにある湯の台温泉を目指して歩みを進めていた。湯の台は昔から地元の人達に利用されていた小さな温泉宿で、開けた台地が広がり周囲には牧場が開かれていた。その台地の一角にどこにでもありそうな古びた二階建ての宿が見えた。やや傾いているような作りで、５０

0mの台地にひっそりと建っていた。この頃は、泊まりに来る人もほとんどいない有様であった。1日に2回酒田駅からバスが来ていた。午後3時過ぎに4人は宿の前に到着した。無事に鳥海山登山を終えた安堵感が溢れてきた。4人はお互いに硬い握手をして、肩を抱き合った。この2日間の登山は何にも変えられない友情と恋心を育んだ登山であった。望は、晴れ晴れとした気持ちで宿の帳場に行き挨拶をし、

「米と肉を持参しているので適当なご馳走を作ってください」と、お願いした。2階の部屋に案内されて、窓から近づいた酒田市街を見下ろせた。日本海が広がりすばらしい眺望があった。


入浴を済ませた4人は、ぼんやりと2階の窓辺から酒田の盆地を見下ろしていた。お互いにこの二日間の登山を思い出していた。美紗子は、宿の浴衣を着ていた。白い絣の浴衣は長身の姿態によく似合っていた。とかした髪は後ろにさりげなく束ねられていた。日焼けをしていない顔にはいつもの優しさがあり、柔らかな口元には微笑があった。入浴後の柔らかな香りが漂っていた。望は、改めて美紗子の姿を焼き付けていた。美紗子には初めての経験であった。足には自信があったが、最初の日の登りの坂を越えてしまうと、それほど苦痛はなくなっていた。山の自然の移り変わりを十分に堪能できて、いくつかのスケッチも描いてきた。美紗子は望の申し出に応じて本当にすばらしい経験をしたと思っていた。陽射しが強く日焼けをしていたが、達成した気持ちに満たされていた。

「ここからは望さんの実家は見えないのですね」と、美紗子が語り掛ける。

「そうです。生石はその山蔭になるのです」

望が答えるや、風呂上りの遼子姉が口を添える。

「そうよ。この山の麓と向こうに見えるこんもりとした山、胎蔵山に挟まれたところだからね」と、遼子姉は答えた。遼子姉も入浴後の浴衣を着て、後ろに立っていた。谷の沢からの流れの音が聞こえてきた。

「しかし、静かですね。戦争をしていると思えませんね」と、遼子姉は言う。

「うん、戦争ね。戦争なんかはくそ食らえ！」と、巧はふいに自嘲的な言葉を吐いていた。酒田の沖の日本海には白い雲が立ちはだかり、いつの間にかあたりは少しずつ暗くなり始めていた。雲の上には夕日の輝きが照り映えていた。

「戦争がなかったら…戦争がなかったら、どんなにか良かったか。ぼくたちの運命は国家によって牛耳られているのだから」と、望は言う。

「そうだね。ぼくも戦争は嫌いだよ。戦争がなければ…こんなことは今は言えないけれど、我々庶民の穏やかな人生はすべて狂ってしまう。国家がすべてさ、国家のためにすべてが強いられているのさ。軍事国家になって行き先はどうなるのだろうか。庶民の主義主張は通らないのさ」と、吐き出すように巧が言う。

「国のために、我々は働かなければならないのさ。その命題から逃れられないよ」

望は、日に焼けた黒い顔の瞳にその意志を表していた。窓外の夕焼けは紅色の雲を残して、にわかに暗くなっていった。庄内盆地に夜が迫って来ていた。

「ここも灯火管制だから、外が暗くなれば雨戸を引いて下さいとのこと。部屋を閉め切ってしまうと、蒸し暑いので裏側の戸は開けておいても、大丈夫とのことですよ」

遼子姉が告げる。ふと天井を見ると、ランプがぶら下がっていた。電気は来ていなかった。それでも夕食は宿の人のお陰で豪華に作ってくれていた。この頃ほとんど食べることのできなくなっていたすき焼きの夕食であった。ビールで4人は登山の無事を祝し、お互いの人生に対して乾杯した。ランプに火を灯し4人はお互いの人生のこと、戦争のこと、学業のことなどを話し合った。裏の戸を開けているために、涼しい風が部屋の中を流れて、暑さを感じさせなかった。

その夜、望は自分が大学を中退して海軍飛行隊の予備士官に合格した夢を見ていた。飛行訓練の成績が良く、単独飛行の許可は6ヶ月も経たないうちに取ることができた。飛行座席には美紗子を乗せて富士山の横を飛び続けていた。北に舵を取れば、山形には数時間で行けると思いながら、美紗子に話し掛けていた。美紗子は「なぜ軍隊に入るの。なぜ飛行気乗りになるの。戦争に行ってはいけないよ」と、伝声管を通して問い掛けてきた。望の声は爆音にかき消されていた。飛行機は同じ空中をぐるぐる回っているだけであった。自分の意思に反した飛行機は急速に下降していく。望は立て直そうとするけれど、飛行機はぐんぐんと地上めがけて急降下していく…。蒸し暑い部屋の中で、望は全身に汗を掻いて目を覚ました。隣には巧が気持ち良さそうに静かに眠っていた。辺りを見て、望は今のは夢だと気が付いていた。あまり良い夢ではないと思った。暗闇の中に美紗子の笑い顔を見たような気がした。東京に戻ったら、美紗子に自分の決心を話さなければと思った。

次の朝、湯の台の温泉宿は深い霧に包まれ、湿気を含んだ厚い雲が麓の方から上の方にゆるく流れていた。朝食を済ませた4人は、バスが来るのを待っていた。間もなく下の方から大きな音を立てながら、霧の中から木炭バスが姿を現し、坂をよたよた登ってきた。小型の貧弱な青い色のバスに庄内バスのラベルがかすれていた。バスは4人を乗せて坂を降り出した。後ろを振り返ると、鳥海山の姿はなく白い霧に包まれていた。曲がりくねった坂道を大きく揺らしながら、バスは広葉樹林帯を通過し、庄内盆地の米作地帯に入って速度を上げていった。４人は登山の心地よい疲れで思い思いの感慨に浸っていた。美紗子は、初めての登山を無事に乗越えることができたこと、そして山の美しい景色をスケッチできたことを本当に嬉しく思っていた。それに望の気持ちを一層よく理解できたことも…。望と美紗子の関係がさらに親密なものになったと思っていた。二人の関係も、戦争中の今は耐え忍ばなければならないことなのだろう。教員資格も取るまでに後2年はある。これから先の大学はどうなるのか、不安はたくさんあった。自宅の両親はどうしているのだろうか。元気でいると手紙では言っているが、両親はすでに60歳を過ぎて定年を迎えている。元気にしているのだろうか。母は、結核に感染したら大変なので帰らなくても大丈夫だと言っているけれど、いずれ帰らなければならないと思うと、胸が熱くなってきた。ふいに涙が優しい瞳から流れ落ちてきた。一筋の涙の流れが頬を伝わり落ちた。隣で遼子姉はそれに気付いて、

「あら、美紗子さん。どうかしました」と、不審そうに尋ねた。

「わたし、急に、両親のことを考えていたら涙が出てきてしまって…」と、美紗子は正直に答えた。

それから両親のことを遼子姉に説明した。

「それは、心配なことね」と、遼子姉も言葉を呑んでいた。優しく肩に手を回して遼子は美紗子の気持ちに寄り添った。美紗子はバスに揺られながら、登山帽子で顔を覆っていた。振り返り美紗子を見た巧と望はどうしたのと声を掛けてきた。

「どうもしません。わたし、急に涙が出て来て止まりませんの。山のことを考えていたら」と、登山帽子を改めて被り直して、きりとした顔に寂しさの混じった微笑を見せていた。

バスは、３～４の停留所に止まり所用の客を乗せて酒田駅に到着した。曇り空の駅前は出征兵士の

見送りのためにたくさんの人々が集まっていた。人々を避けるように駅舎内に入り、時刻表の列車の接続を見ていた巧は、どうしても今日の列車で帰ろうと考えていた。折角の誘いを振り切って、巧は帰ることにしていた。

「美紗子さんはどうするの」と、巧は聞いてみた。

「美紗子さんは、2~3日泊まります。ご一緒でなくて、お気の毒ですけれど」と、遼子姉は美紗子の手を取りながら巧に答えた。

「申し訳ありません」と美紗子は巧に頭を下げていた。

「それでは近所にぼくの知っている喫茶店があるから、巧君の出発までそこで時間を潰しましょう」と、先に立ち望は歩き出した。近くには本間家の江戸時代の武家屋敷があり、駅から少し離れた石造りのねずみ色の壁の喫茶店に案内した。望が高校生の頃に出入りしていた店で、顔なじみだったという白髪の年配のマスターが出て来て望に挨拶をしていた。

「いったいどこさ行って来たんだ!」

望に呆れ顔をして話し掛けていた。

「鳥海山ですよ」と、望が答える。

「いまどき山さ行くなんて驚きでないですか」

この店から鳥海山が窓から一望できるので、望は時々来ていたのである。空はどんよりと曇り、鳥海山は望めなかった。

「マスター、コーヒーはあるかい。東京ではもうまったくなくなってお茶や昆布茶しか出ないんだ」と、望は言った。

ていた。

「望のたっての願いならば、聞かないわけにはいかないべさ」と、コーヒーを出すための準備を始めた。

「うちでもコーヒー豆は、そろそろ切れてきて手に入らないんだ。これが最後のコーヒーになるかな」と、マスターはコーヒー豆を粉砕機にジャラジャラ入れた。しばらくすると、コーヒーの香りが部屋全体に漂ってきた。懐かしい匂いが溢れて平時の日々が戻ってきたようであった。やがて、マスターはコーヒーカップに並々とコーヒーを入れて来た。

「お代わりもあるからね。心配しないで」と、いつものように机の上に並べた。久しぶりに味わう深いコーヒーの味に4人は物思いに耽っていた。戦争という異常な状態の日常から抜け出られない苦しみは4人の気持ちをどうしても憂鬱にしてしまうようだ。いつの間にかマスターはレコードを掛けてくれていた。重苦しい運命の扉を開けるように、ベートーベンの第5交響曲が低く響いてきた。望は、何度もこの曲を聴いている。その度に自分の運命は自分で切り開いていかねばならないと思う。一方、巧は、重苦しく乗りかかってきている運命を受け入れなければと思う。4人ともそれぞれの思いに浸るように黙って曲に聞き入っていた。

外の曇り空は、午後からは晴れてきていた。窓から鳥海山の方向を見ていたら、麓の方から少し晴れ上がっているようであった。雨は降らずこのまま天候が回復するように、空には明るさが感じられた。汽車の出る時間が近づき、4人はマスターにお礼を言い店から出た。午後1時15分、酒田始発の列車は、木造製の古びた客車四両が3番ホームに待機していた。巧は、今回の登山は望のお陰で楽しい2日間を過ごせたことに感謝し望と握手を交わした。遼子は、この二日間で「巧さんは自分に好意を持ってくれている」と感じていた。巧は、遼子の穏やかな丸顔のくるりとした瞳に自分に対する真

剣なものを感じ、何かを言わなければと思いながら、

「ありがとうございました」と、手を握った。また、巧は美紗子の優しい色白の頬が日に焼けて赤くなっているのを見て、

「また東京でね」と、小さく告げたが、望に対する羨望の感が沸いてくるのを押さえられなく、

「望!ちゃんと美紗子さんの気持ちを捕まえないと駄目だよ」と、口走り，動き出した列車から身を乗り出して、ホームの3人が小さくなるまで手を振り続けた。


その後、3人は庄内生石に戻った。美紗子は、遼子ともすっかり打ち解けて気軽に話ができるようになっていた。美紗子は小松家に三日間逗留した。穏やかな日々が流れた。二人は美紗子を案内して、庄内の沼沢のある草原を散歩したり、酒田にある江戸時代からの民家を見学した。さらに、ニシンで財を成した、北海の漁業王、青山留吉の豪壮な邸宅を見学した後、海岸に出る。海岸に沿って、昔の羽州浜街道が北に延びて海岸の砂浜に道が消えている。吹浦まで庄内砂丘が続いている。250年前、松尾芭蕉が歩いた道である。芭蕉はこの道を歩いて鳥海山を見ていないようである。「雨朦朧として鳥海の山かくる」と、書き記し吹浦で一泊したと記録にある。丘に登ると、日本海の明るいブルーが光り輝いていた。海岸線から目を転じると、緑の田圃を断ち切るように鳥海山は悠然と庄内盆地を取り囲んで聳えていた。3人は、鳥海山の裾野が日本海に注ぐ吹浦を目指して、暑くなりかけた初夏の砂丘と海岸の砂浜を歩くことにした。照り輝く白い砂丘とブルーの空、青く聳える鳥海山とのコントラストは画材に相応しく、海からの気持ち良い風を項に感じながら美紗子は時々スケッチをしていた。

酒田の最後の日は非常に楽しい時となった。吹浦から6時過ぎの列車で酒田庄内に帰り着いた時は

夕焼けが日本海に広がり、鳥海山は赤く燃えていた。望は美紗子がこんなに長く逗留してくれたことを心から嬉しく感じていた。今回の帰省は、意中の女性を両親に紹介するような目的があり、望は口には出せないでいたが美紗子との結婚をすでに心の中で決めていたのだった。その夜の夕餉は両親の温かい心尽くしであった。散らし寿司を中心とした豪華なものであった。母は、望がこんな美しい嫁を貰うことができたらと心が弾んでいた。美紗子の優しい振る舞い、きちんとした受け答えは両親に好感を与えていた。囲炉裏を囲んで食後のお茶を飲みながら、会話が弾んでいた。父は気になっていたことを話し出した。

「望は本当に志願するつもりなのか」

「うん、ぼくはその方が良いと考えているのです。大学から志願すれば、下士官になれる可能性もあるからね。飛行機の操縦を一人前にできるようになるまでには1年以上は掛かるし、召集令状を貰って歩兵や海軍の一兵卒になるよりは、志願した方がいいのです」

「今の時勢では、それもやむをえないかな。志願をしてもいずれは戦争に行かねばならないのは同じだが」と、不安そうに父は呟いている。母はいらいらしながら、

「こんな良いお嬢さんを残してお前は戦争に行くつもりなのかい」と、美紗子の顔を見た。

「望さんが決心されているのは、わたしは解っています。望さんがこの休みにわたしを誘って鳥海山を登山したのはなぜなのか…望さんは深く決心されてのことだと思います。わたくしにこの山形の美しい自然を教えてくれたのにも、望さんの深い思いを感じています」と節目がちに、美紗子はゆっくりと語り出した。

「ぼくは美紗子さんが好きですから、ぜひぼくの故郷の景色を堪能してもらいたかったのです。ぼく

は文科系ですし、いずれ学徒志願が優先されますから、考えなければと思っているのです。どうかお許しをお願いします」と、望は両親に頭を下げた。しばらくは重苦しい雰囲気が取り巻いていて、雨戸を閉めた室内は暑苦しい空気が漂っていた。姉が雨戸を引いて空気を入れた。そよぐ風が居間の中を流れて行き、夏の夜の団欒はいつまでも続いてくかのようだった。その夜も蛙の騒々しい鳴き声が響いていた。

翌日は夏雲に包まれ、庄内平野は緑の風に溢れていた。日差しは暑く、丸く厚い雲が漂っていた。見送りに来てくれた望と二人の姉恭子と遼子に別れの挨拶をした。

「美紗子さん、また遊びにいらっしゃってね！」と、二人の姉妹は口々に言った。上野行きの列車は、3人に厚い黒煙を浴びせて酒田を出た。すぐに最上川を渡る。鳥海山が後方に段々と小さくなっていった。丁岳山地の麓の生石の村が見えるところで線路は南に向かい、信仰の山、胎蔵山が車窓に見えてきた。美紗子は、庄内の穏やかな農園で過ごした、楽しい数日間をいろいろな思いを込めて振り返っていた。

リュックからスケッチを取り出し、望の両親の横顔を見詰めていた。長い間農業に従事し小作人を取り仕切っている大家の深い額の皺、望に似た瞳と鼻筋、意志の強い唇を見つめた。横に座る母の優しい頬と垂れ下がった横の鬢が苦労を物語っていた。囲炉裏のそばに座った両親の姿は、札幌にいる自分の両親と重なり美紗子はふいに涙がこみ上げてきていた。父が肺結核に感染しているという母からの手紙には心配しないでと、くどく書き込められていたが、札幌には帰るべきだと思っていた。上野に着いてから夏休みはまだ十分にある。

二人の望の姉はよく似ていて大人しそうであった。自分をサポートしてくれた遼子姉には暖かな優しさを感じていた。ページをめくるごとに鳥海山のさまざまな場面とともに、登山中の心臓の鼓動と息遣いが蘇ってきた。御浜の近くの鳥海湖のそばで望が自分の腰を固く抱いてくれたことを思い出して、独りで顔を赤らめていた。あんなに高い山によくも自分は登れたものだと自分の体力の不思議さも思っていた。目を上げると、いつの間にか列車は海岸寄りに走っていた。戦争の影響か人々は寡黙で、静かな車内は比較的空いていた。向かいの空いた座席に足を伸ばして、薄い毛布のシートを取り出し膝に掛けた。美紗子は西に傾き始めている太陽を受けながら、幸福な気持ちに満たされていた。いつの間にか美紗子は、汽車の揺れに委ねてまどろみ始めていた。

前略、望様

昨日、わたしは夜行列車に揺られながら、無事上野に帰り着きました。先日の山形庄内での幾日間、鳥海山登山は本当に楽しく、素晴らしかった。ありがとうございます。ご両親はじめ、お姉様たちのお心遣いをありがたくお受けいたしました。大変なご馳走をしていただき、心から感謝しております。帰りの車内でいただいたお弁当は本当に美味しかった。今時、このような心遣いをしてもらえるのは本当に贅沢だと思います。わたしは大変に嬉しく何物にも変えがたいものと思っています。

東京の空はもう真夏です。夏休みで大学の学生寮はがらんとしていて、わずかしか学生はいません。残りの夏休みは、やはり札幌に帰ろうと考えています。2、3日中に切符を手配するつもりです。学生のいない東京はどこか寂しい感じがします。巧さんには、まだ連絡していません。会えるかどうかわかりませんもの。望さんはわたしが巧さんに会わない方が良いとお思いのことと思います。ですから、わたしは巧さんには会わないつもりです。ただ、巧さんも一緒に庄内に泊まっていけばよろしかったのにと思います。
望さんの志願するお話は判ります。今の日本を考えたならば仕方がないことでしょう。多くの人が赤紙で兵隊に行くのですから。そして、どこの戦地に行くのかわからないのですから、自ら志願して方向を定める方が良いのではないかと思います。そこには自分の意思がありますから。命令があればどこに行くかわかりませんけれど、その後は神様しか知りませんもの。わたしは望さんが戦争に行くことは賛成できませんが、この戦争に勝たなければ、わたしたちの生きる場がなくなるように感じて不安がいっぱいなのです。望さんは懸命な方ですから、自分で決められたことを翻すような方ではないし、全力を尽くすことを心からお祈りしています。
望さん！わたしはあなたが戦争なんかで死ぬなんていやです。どうか望さん、お体に気をつけて…。皆様によろしくお伝えください。かしこ
追伸　9月、東京にお帰りになったら、再びお会いできますように…。
美紗子
昭和17年7月23日

数日後に望は手紙を受け取った。手紙は美紗子の心情を吐露していた。望は美紗子が自分を愛してくれていることを知った。手紙を読んでいると、後ろから遼子姉が声を掛けてきた。

「誰からの手紙なの？」

「美紗子さんからのです」と手紙を差し出した。姉は、手紙を読み望の顔を見た。

「ぼくは美紗子さんと結婚したい」と、望は強く声に出した。

「父さん、母さんにまだ話していないでしょう。わたしが手伝ってあげるから、話をした方がいいと思うよ」

「今夜夕食のときに話をして許しを貰うつもりです。姉さんは賛成でしょう」

「もちろん、わたしは賛成しますよ」

気取らない、明るい美紗子の美しさは文句なく遼子も好きになっていた。午後の庄内の空は青く晴れていた。稲のそよぐ波が静かに押し寄せていた。二人は縁側に腰を下ろし、しばらくの間、薄紫の紫陽花に見とれていた。その日の夕餉の時、望は手紙が美紗子から来たことを両親に知らせた。そして、自分は美紗子が好きで将来結婚したいと告げた。両親、姉達は望の話を喜んで聞いた。両親は美紗子に会った時から望の嫁になればと期待をしていたのだった。姉達も同様であった。望の鳥海山登山とともに将来の嫁として美紗子を連れて来たことは成功だったのであった。協調性があり、都会的で感じの良い美紗子の人柄に両親はすっかり惚れ込んでいたのだった。2〜3日遅れて巧からの礼状も届いていた。


前略、先日の山形庄内のご実家へのご招待を心からお礼申し上げる。楽しい一夜を過ごしてからの鳥海山への登山は、ぼくには少し厳しかった。だけど、美しい自然に触れると登山の苦しみは吹き飛んでしまったよ。天候にも恵まれたし、あのような山登りならば再び行きたくなっているよ。湯の台温泉の夕食のすき焼き、忘れられないね。二人の美人に囲まれた楽しい日々はこれからも心に残るよ。

東京は毎日が暑く、早く大学が始まればと思っている。美紗子さんはもう東京に帰ってきたのだろうか。庄内での楽しい休養を過ごせたのだろうね。同級生の友人の間では、先月のミッドウェイ海戦で日本の敗北が噂されている。日本の今後の行く末に暗雲が漂っているとのもっぱらの噂が流れている。ぼくたちもいずれ戦争に行かなければならないのは必至だと思う。望の決心をぼくは高く評価する。それで君はいつ志願する予定なのかな。重苦しく覆っている戦争の雰囲気を取り払うために、ぼくたちの出来ることは戦う気持ちを持つことなのだろうか。先日の件以来、何か不吉な雲が覆っているようです。今は新聞には何も戦争のことは載っていなくて、不気味な日々です。夏休みが終わり君に会える頃には戦局はまた変化しているだろうね。この休みは親父の手伝いで過ごしている。患者は結構多く来るので、歯科助士として仕事はいろいろあるのでね。

最後に君のご両親とお姉様達によろしくお伝えください。特に遼子姉様にはいろいろとお世話になり、楽しい登山ができたこと感謝していますと伝えてください。

草々

加藤巧

昭和17年7月28日

8月に入り、新聞は、米軍がソロモン諸島のガタルカナル、ツラギ、ガブツ、タナンボ島に上陸を開始し、特にガタルカナルの戦いは峻烈を極めていると報道していた。連合軍の本格的な反攻作戦の始まりであった。それでも日本はフイリッピンを全島支配し、アメリカ軍を追い払ったという意気に燃えていた。オーストリアと米国が手を結ぶのを断ち切るためのガタルカナル侵出であったが、米軍反攻の空母を含む護衛船団を攻撃するために仕掛けた海戦であった。8月8日、三川提督の率いる第

8艦隊の重巡艦鳥海が旗艦として活躍した。連合軍の重巡艦4隻を沈めた。日本は1隻の損失に留まった。海戦としては最大の戦果であった。新聞も大体的に戦勝を報告していた。しかし、米軍は日本が作り上げた飛行場をいとも簡単に占領していて、沈まぬ空母を確保していた。米軍の輸送船団を攻撃しないままに日本の海軍は撤退してしまっていたのだ。米軍の膨大な補給は無事に行われた。これが、日本軍が米軍の反攻を許す切っ掛けになってしまったのだ。戦術的には日本は勝ったが、戦略的には日本は負けていたのだ。新聞にはそんな論調は見られず、日本海軍の練度の高さを誇り国民を鼓舞していた。山形の郷土では「鳥海」の活躍が報道されていた。「鳥海」には大物忌神社の神が守護しているから守られていると…。日本軍は再度の占領のためにガタルカナル上陸戦を開始したが、援護する海軍は夜間戦のみしかできず、昼間は連合軍の飛行機に救援の船団が攻撃され始めていた。米軍の補給を叩くために再度、8月24日には第2次ソロモン海戦が開始された。日米両軍は同じような損害を蒙ったが、補給路は断ち切れず制空権は握られて、制海権も失いかけていた。逆に日本軍の補給はことごとく阻止され海の藻屑と化していた。8月25日の新聞を巧も望も自宅で読んでいた。南方の戦いは、拮抗状態から日本軍の後退の予兆を感じさせていた。

望は、休みを繰り上げて8月25日に帰京した。国電を駒込駅で降りて改札を抜けると、昼過ぎの太陽が真夏を過ぎたのに相変わらず暑く照っていた。背負ったリュックは重く肩に食い込んでいた。街はどこか華やかさが失われ、人々は黙々と動いていた。見慣れた小路に入り下宿に着いた。

「小松さん、早くのお帰りなのですね」と、下宿の女将さんが声を掛けてくれた。

「これは国からのお土産です」と、望は米20kg余りをどさりと女将さんの前に置いた。

「いつも貴重なものを本当にすみませんね」

女将さんは、にこにこして米を受け取ると、

「これは大切なものかしら」と、一通の書類を差し出した。それは千葉県霞ヶ浦の土浦海軍航空隊からの書類であった。秋に航空隊に志願するためには学科試験があり、それに合格しなければならなかった。運動能力、体力には自信があった。英語、数学、物理などが主要科目であった。今年の11月に海軍土浦航空隊の甲種航空飛行士の試験を受ける予定であった。土浦海軍航空隊は1921年（大正10年）に海軍霞ヶ浦飛行場として開かれた。上郷に海軍航空隊が併設された。1929年（昭和4年）にはツエッペリンが訪れ、昭和6年にはリンドバーグ夫妻が訪れていた。1939年（昭和14年）には横須賀から予科練が移転し、西の山口に対して東の土浦の予科練として名実ともに日本の飛行機乗りの憧れの中心になった。1945年の終戦までに24万人の若鷲が飛び立ち、18564名が戦死している。

大学は9月の中旬に開講になるので、それまでの時間を学習に充てることにした。美紗子に電話をしたが、北海道から帰京していなかった。2階の4畳半の小さな下宿部屋は、一月余りの不在でかび臭く蒸し暑かった。窓を開き少し生暖かい風を入れて机の前に座り、両足を机に上げ両手を頭の後ろに組み合わせて天井をしばらく見詰めていた。美紗子、ぼくはどうしても志願して飛行機搭乗員になりたい。国を守るために…。ぼくができることはこれしかないんだ。どうか許してくれ。逃げ回ることなく正々堂々とぼくの力を少しでも日本の戦いに役立てたいのだ…。

# 第三章　北帰行、戦後の始まり

昭和20年8月15日、巧は土浦航空基地内の兵舎の2段ベットの上でいつもの厳しい起床ラッパで起こされた。兵舎は何回かの空襲を受けていたが、大きな損害はなかった。早朝5時晴天の空は太陽がすでに高く上がり、眼前にはいつものように霞ヶ浦の湖面が銀色に輝いていた。北には高くない筑波山がくっきりと見えた。今日の教科訓練のため隊員たちは班ごとに1列12名が2列縦隊に整列していた。5列120名の全員が分隊長の訓示を待っている。すると、確かに普段と同様に分隊長が段上に上った。挙手や休めの号令の後分隊長の顔を見ると、分隊長の声がいつもと違うことに巧は気が付いた。しばらくの間、分隊長は何も話さないで全員を見ていた。

「君たち隊員に告げる。本日正午12時00分に恐れ多くも天皇陛下じきじきの勅語があるので、謹んで聞くように。本日の練習は中止にする」という訓示があった。

隊員たちの間には一時唖然としたざわめきが起こった。これから中止にして何をするのか。この日、巧は霞が浦上空の飛行訓練をする予定になっていた。3月10日の東京大空襲以来、巧は家族との連絡はまったく取れていなかった。一度外出の許可が下りた時、巧は自分の自宅のあったところに行ったが、そこには何もなかった。空襲からすでに2ヶ月も過ぎていた。

3月10日の未明に襲ったB29の無差別絨毯爆撃は、今までの空襲とは明らかに異なっていた。これは、燃えやすい木作りの家屋の攻撃を目的に企てられたものだった。3月10日未明の西の方は見たこともないような広がりと高さで、夜空が赤く焦げていた。何人かの隊員は土浦からもその光景を目撃していた。それは日本の一般民衆を攻撃するための空襲だった。ものすごい量の焼夷弾が投下され、上野、浅草，本所、深川、城東，神田が焼け野原になり、死者8万3800人余り、負傷者4万人、被災者100万8000人を出し、家屋は26万8千個余りが焼失した。

　巧は、茫然と焼け野原になったいつもの街の道を歩いていたが、自分の家がどこにあったのかさえ判断ができなかった。見慣れた十字路には消毒剤の白い粉が道に撒いてあり、遠くの焼け残った家が無残に黒く見えた。近くの隅田川に沿って異様な大きさの国技館がひしゃげた鉄骨を錆付かせていた。空襲直後の数週間は焼け焦げた死体が至る所に折り重なっていたという。隅田川の中にも火炎地獄から逃れた大勢の人が折り重なるように、溺死あるいは窒息して浮いていたという。ようやく自分の家のあった辺りに来た時、巧はこの場所に自分の家がかつてはあったのかと何度も周囲を見渡した。巧の実家は完璧なほどに粉々に砕け灰と化していた。歯科医院の砕けた看板らしきものが落ちている。それが巧の家の存在を示していた。焼けた歯科用椅子が錆付いて、骸骨のように骨組みだけになり倒れていた。よく見ると、小さな薬品瓶や抜歯された歯があちこちに転がっていた。焼け焦げた家屋の木材を起こしてみたが、水道の付近には瀬戸物が散乱していた。巧に思い出せるものは何もなかった。巧は立ち昇る焼け跡の埃の中で茫然と立ち尽くした。涙が止めどもなく流れ落ちる。

「畜生！畜生！」と、巧は声を上げて叫んだ。

　しかし、心の底では日本はどんなに頑張っても米国の圧倒的な物量には勝てないと感じていた。その底なしの無力感に引き込まれながら、これほどまでに一般市民を殺戮する戦争…市民を抹殺するまで終わらない戦争なんてあまりにも非道だと、巧は、慟哭した。ふと望を思い出していた。親友の望から最後の手紙を受け取ったのは3月20日だった。彼も結局は特攻に志願したのだろうか。絶対戦争なんかで死なないと言っていたのに…。彼は一途な所があるから決めたら後戻りしないところがある。美紗子さんみたいな美人の奥さんを残して行くなんて信じられない。俺ならばどうするか。現在の日本では自分の未来を決める選択肢はない。俺も日本のために戦うしかないのか…。

巧は自宅が燃えた灰をハンカチーフに包んで、父母の遺骨として兵舎に持ち帰った。5月になると、敵艦載機が毎日襲来し、防空壕に避難することが多くなっていった。訓練を中断するばかりでなく、日常の訓練も資材の欠乏で思うようには進行していなかった。代わりに歩兵銃を担いで行なう陸戦の演習に終始していた。遅々として進まない飛行訓練、資材の不足は学習予定の変更を余儀なくされていた。飛行機に乗るのは2週に1回くらいであり、このままで飛行機の搭乗員になれるのか不安があった。そんな矢先の今朝の訓示は何を意味しているのか。天皇陛下の直接の声が聞けるとは何が起こったのか。訓練のない午前はいつもより長い時間が過ぎているように感じられる。不気味な静寂が支配していた。何もせずに兵舎でごろごろしているしかなかった。あちこちでは仲間同士がひそひそと話をしている。どこか緊張がなく上官の班長も姿を見せなかった。

やがてどこからともなく日本の敗戦を伝える声が聞こえてきた。これに反対する過激な隊員も多くいたが、天皇陛下じきじきの声ならば従わなければならない。昭和20年8月15日正午ちょうど、食堂に隊員の多くが無言で集合していた。静寂の中に玉音放送が流れてきた。それは初めて聞く天皇陛下の声であった。広い食堂に持ち込まれたラジオから今まで聴いたことのない高く澄んだ、緊張している人間の声だった。話し方はどこかたどたどしい昭和天皇自らの声であった。初めて国民は天皇の声に接したのであった。隊員達は起立不動のままに一点を見据えていた。突然明瞭に響く。

「堪えがたきを堪え、偲びがたきを偲び」

この言葉は誰もが聞き取れていた。さらに、ポツダム宣言を受諾する旨が伝えられ、国民は新しい日本国の建設に献身されたいという要請が述べられた。「終戦の詔勅」の内容は非常に難しい漢語交じりの文章で記述されていた。しかも、ラジオは絶えず雑音が入り、よく聞き取れなかった。そのため、本土決戦の覚悟を要請されたものと勘違いした者達もいた。放送局の解説によると、日本はポツダム宣言を受諾し無条件降伏を受け入れたのだった。長い沈黙の時間が流れていたようだった。茫然としている隊員達の前で、すすり泣く隊長の声が突然叫ぶように響いた。

「本日の放送は真実である。残念であるが、日本は戦いに負けたのだ。これ以上無駄な訓練は中止する。貴様達の若い力を日本の未来に捧げて欲しい。戦争で死ぬ必要はなくなったのだ。追って通達あるまで待機せよ。以上」と、顔を真っ赤にし、悔し涙を流していた隊長の声が聞こえる。それは、巧には底知れない安堵の響きとなって耳に入る。戦争に行かなくてもいいのか…。これから俺は何をするべきかとも思った。隊員達の中には、三々五々の塊になってこれからも戦いに行くと叫ぶものもいた。戦争に行かなくても良くなったことに放心している者もいた。兵舎の外ではいつもの忙しさはなく、暑い夏の空は一日中晴れていた。空には米軍機が編隊で飛来していたが、攻撃する様子はなく高空を静かに飛んでいた。日本軍の仰撃の高射砲の発射音さえ聞こえなく、急に周囲が静寂の無音に包まれているようであった。

8月15日の夕方、兵舎の電燈がいっせいに点いて今までにはない建物の重なりが見えた。灯火管制がなくなったのだった。明るい建物の窓は異様に見えた。土浦飛行場の広い隅の東の方から虫の鳴く声が聞こえてきた。赤く輝いた太陽が西に沈みかけていた。格納庫の前には爆音を止めた二葉の赤とんぼが、ゼロ戦が、彗星が並んでいた。整備員が飛行機を格納していた。戦闘が今まですぐそこまで迫っていたと思えない静けさがあった。暗闇が増すとともに虫の涼しげな鳴き声が一段と大きくなっていた。巧はこんなに虫の声を聞いたことはなかった。鈴虫か、コオロギか、今までは耳には入ってこなかったのだ。もうすぐ秋が来る気配が広い飛行場を覆っていた。

夕食時いつものように隊員達が整列していると、隊長が来て、

「貴様たちは一週間以内に除隊すること。娑婆に出る時は武器一切を置いていくこと。官服は着用しても良い。帰省のために必要な給与は支給する。ここの兵舎設備、食堂も連合軍に接収されることになった。とにかく君たちとの別れは残念だけれど、過ごしてきた2年近くは君たちはわたしの最後の教え子だ。除隊時は一階級進級させる。全員が無駄死をしなかった分、これからの日本の創建に役立ってほしい。どんな苦しみがあっても、ここ土浦航空隊の精神を持っていれば乗り切れるはずだ。武運長久とは言わない。健康に留意し後ろを振り向かずに頑張ってほしい」と、一同に話し掛けていた。

それは、今までの隊長の訓示とは180度異なるものであった。隊長は、今日の動きの全体をすでに以前から把握していたのに違いなかった。巧の階級は曹長であった。准尉の下士官に進級しての除隊となる。そんなことは今、何の役に立つのか。あちこちに隊員達の塊が出来、喧々諤々の議論が交わされていた。これからの日本はどうなるのか。どうやって焦土と化した東京を立て直すのか。おそらく日本のあちこちの都市が東京と同じ惨禍にあっているだろう。血気にはやる他の若者は敗戦を認めず、竹槍を持ってでも最後の一兵になってでも鬼畜米英と戦うと口角泡を飛ばしていた。兵舎の二段ベットの上で巧は、仲間の議論には加わらずにぼんやりと天井を見上げていた。

可哀相な望、お前の死は無駄だったのだろうか。もう少し頑張っていれば、日本は戦いに負けた。

日米の物量の差は戦争前から歴然としていたのに広範囲に広げた戦線を維持できなくなったことは明らかだ。米英軍は日本の伸びきった戦線、南方の最先端から島伝いに着実に日本軍を壊滅に向け追い払い、最後に沖縄を占領した。さらに本土上陸の前哨戦として広島と長崎に新型爆弾を投下し何十万という市民を無差別に殺してしまった。東京の空襲では両親もおそらく生きてはいまい。しかし、巧は、両親の死をどうしても信じられない思いだった。これから東京に帰り、消息を尋ねなければならない。訪ねていく東京の親戚方も同じように戦災にあっているにちがいなかった。そう思うと、訪ねる気力も失くなりそうだった。美紗子さんはどうしているのだろうか。1歳半の子供を抱えて札幌に帰ってから便りが一度あったが、札幌も東京と同じ災禍にあっているのだろうか。敗戦を聞いて安心しているだろうか。ぼく達のわずかな青春の思い出を華やかな笑いで飾ってくれた美紗子の美しい横顔を巧は思い出していた。厳しい飛行訓練の毎日の中で女性のことを考える暇がなかった。あの時両親の勧めで見合いした女性はどうしているだろうか…。後から後からいろいろな思いが湧き上がってきた。

そんな巧も、まず現実に向き合い、大学に戻って歯科医としての最後の研修を受け納得がいくまで勉学しなければと思った。もし大学が戦災に遭っていなければ、除隊後すぐに大学に戻れるだろう。その思いが、巧に少なからず安堵感を与える。部屋では議論が続いて騒々しかったが、静かな夜が支配していた。9時を過ぎても就寝の合図のラッパも鳴り響かなかった。終夜兵舎の電燈は点いたままで、寝ずに話し込んでいる者もいた。

その日から巧は起床ラッパの鳴らない兵舎で目覚めた。どこか空虚感が支配していて、部屋は静寂の中にあった。すでに目覚めている隊員はすることもなく、自分の身辺の整理に動いていた。巧も身辺を整理し細長い円筒の袋に詰め込み、庶務室に行き所定の給与の3ケ月分を貰い、8月25日に除隊することを申告した。同僚たちも帰宅の準備を開始していた。8月25日は重く黒い雲に覆われ、風も強く雨雲が北の筑波山の上を覆っていた。見慣れた霞ケ浦は白く波打っていた。航空隊内は静かであったが、どこか柔らかな空気が流れていた。隊員達の笑い声も久しく聞こえなかったものだった。一人二人と隊を去る者たちがお互いの肩を叩きながら最後に習慣になっている別れの挙手の礼をしていた。肩に担いだ丸く細長いザックを再び担ぎ直して兵舎を出て行った。3月に卒業してこの兵舎を去った先輩はどこの基地に配置されたのか判らないが、彼らも即戦争に投入されたのだろうか。120人がトラックに分乗して土浦駅に向かったのは昨日のように思えた。

巧は兵舎を一人で出た。振り向きもせずに自由への一歩を歩み出した。まず多摩に住んでいる母方の遠い親戚を訪ねようと思っていた。巧は海軍予科練の制服に准尉の階級章を付けた真新しい制服を着ていた。これは最後に支給されたものであった。土浦駅は買出しの人々で混雑していた。切符は優先的に手配してもらってあり、さし当たって以前に美紗子達が住んでいた駒込付近に行き住宅を確認したいと思っていた。駅まで歩くうちに考えは変わった。親戚に迷惑は掛けたくない。住宅を見て無事であれば、その付近で下宿を決めてから大学に行こうと思う。常磐線の土浦駅には煙をなびかせながら汽車が入って来た。列車は汚く、窓は何枚も破れていた。ある列車の車体には機銃銃弾の弾痕の痕跡さえ残っていた。人々は窓から列車内になだれ込み、瞬く間に満員になってしまっていた。巧は海軍の制服を着ていたが、人々は軍人に関心さえ持たず我先に車内に入り込んでいた。わずか数日で人々の心は変わってしまっていた。以前に乗った列車は、混んでいても軍人に人々は礼儀正しく席を優先的に譲ってくれた。あまりの変わりように巧はザックを担いで小さくなっていた。

列車は上野に向かって動き出した。江戸川が近くなり出した時、窓の外は依然として焼け野原のままの光景を無残に繰り広げていた。荒川、隅田川を渡り上野に近くなると、所々ににわか作りのトタン屋根の小屋があちこちに見え、焚き火が立ち上る。確かに人が住んでいた。上野で山手線に乗り換え、駒込に向かった。焼け残った家並みが見える。美紗子の住んでいた下宿は火災を免れ、残っていた。その家を訪ねると、老夫妻が愛想よく巧みを迎えてくれた。以前に何回か美紗子を訪ねた時、巧は顔見知りになっていた。

「こんにちは。ぼくは今日海軍を除隊してきたのですが、行く家がないものだから、昔住んでいた美紗子さんの下宿を思い出して来たのです。もし部屋が空いているならば、下宿させてください。部屋代は一年分先にお支払いいたしますから」と、言うと、

「心配ないですよ。こんなに早く下宿する人が現れるとは思いもしなかったです」という答えが返ってきた。巧は、

「自分の家は浅草なのだけれど、あの空襲で家は壊滅してしまったのです」

「この付近でも、3月10日の空襲の後の4月14日未明には、日暮里、池袋や新宿が空襲でやられたのですよ。あの時もB29が330機も来て焼夷弾をばら撒いたのです。東大やこの辺の下町は運よく残ったというわけですよ。わたし達は逃げずにそこの防空壕が避難場所になったのです」と、気持ちの優しそうな大家が答えてくれた。巧は美紗子がかつて住んでいた部屋に落ち着いて、荷物を置き住まいの確保ができたことに感謝した。さっそく巧は海軍の制服を脱ぎ捨て、壁に掛けた。代わりに、二度と着ることがないと思いながら入隊の時に着て行った古い背広を出し、埃を払ってこれも壁に掛けた。続いてザックの中から同様に古びれた紺色の一本のネクタイとワイシャツを取り出した。これで

明日は大学に行くのだと巧は思った。

　翌日は朝から雨が降り続いていた。駒込から水道橋近くにある東京歯科大学まではそれほど遠くはなかった。巧は服装を整えてから、傘を借りて家を出た。約2．5km余りの道の途中、所々に焼け落ちた家があり、空襲の影響は至る所に見られた。倒れた電柱は道を塞いでおり、半壊の家や完全に取り壊された家が黒い木材の塊となって積まれ、雨にくすんでいた。途中、東大の建物は損害がなく、学生たちが出入りしていた。ようやく神田川の流れを見ながら橋を渡り、水道橋の大学に着いた。巧は、3階建ての白亜の建物に入り、なじみのある教室の扉をノックした。大学入学以来世話になっていた年老いた白髪の町田教授がこもった声で返事をした。巧は教室に足を踏み入れる。一年前と変わりなかったが、何年も過ぎたように感じた。

「おお、加藤君か！予科練に入ってからどうしていたのだい。戦地には行かなかったのかい」

「先生、お久しぶりです。ぼくは昨日、土浦航空隊を除隊したばかりです。3月10日の空襲で家が全焼し、両親は行方不明です…。死んでしまったのかもしれません…。とにかく、今は大学の近くに下宿を決めました。とりあえずはぼくが残した勉強をやり直したくて、ご相談に参りました」

「そうかい。きみの学徒志願で繰り上げて卒業をしたことになっていたか…。来年の3月までの期間を歯科診療の勉強をしてはどうかね」と、にこにこしながら教授は告げた。診療を受けに来る患者は毎日、たくさん詰め掛けていたため診療に携わる人間が少なく人手が必要であった。

「日本は戦争に負けて、わたしはホッとしているのだよ。このまま戦争が続けば、日本は滅亡してしまったかもしれないと思います。原子爆弾が後数発主要都市に落とされていたら、日本は滅亡してしまいますよ。東京都内は焼夷弾で廃墟になってしまっているのだからね。アメリカは皇居を取り巻くように反時計回りに爆撃を繰り返した。大小130回以上の空襲があったのだよ。君は軍隊にいてあまりそのような情報を聞いていないだろう」と、教授は巧の顔を見た。そして、自分の家族は疎開していて無事であったが、家は焼かれてしまったとぽつりと言った。今は大学の中に寝泊りをしているという。

「これからは、これ以上に悪くなることはないと考えるよ。焦らずに行くしかないね」と、教授は悟りきっていた。

「君も焦らずにぼちぼち大学に来て、診療を手伝ってくれたまえ」

教授は、巧を励ますように話した。大学の2階の窓からは国電の走るのがよく見えた。雨の中を規則正しく電車は行き来していた。乗り降りする人々の動きには戦争中の切迫感はなく、どこか落ち着いて平和になった雰囲気が感じられた。相変わらず雨は降り続いていた。巧は、明日から大学の助手にさせてもらうように教授にお願いして教室を出た。

巧は、ザックから葉書を取り出して美紗子に手紙を出そうと考えていた。3年前に望が美紗子と知り合いになり、自分に紹介した時の初々しい聡明な瞳の、清純な美紗子の姿を思い浮かべていた。巧は美紗子を好きになっていたが、口には出さなかった。望に約束したように、巧は母になった美紗子と幼い遥の安否をいつも気に掛けていた。あの最後の手紙を望から受け取って以来、何の音信も得ていなかった。山形の実家と美紗子に便りを出そうと考えていた。下宿の天井を見詰めながら、自分は孤独の中にいるのだと実感していた。親しく語る友がいないことにも初めて気が付いた。8月15日以後のわずかな間に巧の心には劇的な変化が起きていた。数日は虚脱状態であった。兵舎のベッドで聞いた練習機の爆音が耳元に鳴り響いてくるような気がすることもあった。日本の敗戦を受諾した天皇陛下の勅語を思い出していた。自分のすべての生き方が変わってしまった瞬間であった。日本人の精神的な拠りどころであった天皇陛下の声が終戦受諾したことを告げたその時、大きな安堵の空気が巧の心にも広がってきたようであった。しかし、今はすべての困難に耐えなければならない。黙々と毎日の欠乏に耐えることしかないと巧は、腕組みをして天井を睨みつけていた。

前略、美紗子さん、遥さん、お元気ですか。ようやく長く続いた戦いが終わりましたね。東京は3月10日以降毎日のように空襲が続いて、多くの美しい町並みが灰塵になり見渡す限りの焼け野原です。ぼくは、8月25日に土浦航空隊を除隊しました。これ以上戦争のために努力をする必要はなくなったのです。5月の休暇が出た時に浅草の実家のあるところに行きましたが、家は焼失して、両親はどこに行ったのか不明です。ぼくは茫然自失状態です。望君の3月16日付けの便り以来、便りはありません。除隊してから美紗子さんが下宿していた駒込の家を訪ねました。焼失は免れ、下宿のご夫妻も元気でした。ぼくはそこに下宿することに決め、水道橋の大学で再び勉強する許可を貰いました。多分来年の3月まで勉強やら診療に精を出す気持ちでおります。生きていくために何かをしなければなりません。除隊したら、毎日の食べることが気になります。配給はほとんどない状態です。食べることに頭を悩ますことになります。ぼくは、敗戦のショックからまだ抜け出せませんが、生きるために頑張るつもりです。遥さんは1歳半を過ぎ、可愛らしくなったことでしょうね。これからは大変な日々が続くかもしれません。体に気を付けてお過ごしください。

草々

昭和20年8月27日　加藤巧

巧は山形の望の実家にも手紙を書いた。友人の望の消息を知りたかった。おそらく特攻に志願して出撃したのだろうが、生きていることだってありえると巧は思っていた。また数日が過ぎて行った。驚いたことに8月30日の新聞に、日本の無条件降伏後もソ連が日本との戦争を継続していたこと、それがようやく停戦になったこと、そして連合軍の最高司令官、マッカーサーがパイプをくわえて厚木空軍基地に到着したことなどを報じていた。終戦後2週間もすると、街は灯火管制がなくなったために家々の明かりが回復して、夜道も歩きやすくなっていた。巧は、大学の仕事が終わった後、回り道して食べ物屋を何軒も歩き回り、少しの芋や野菜を手に入れて帰り、下宿のかみさんに手渡しするのが日課になっていた。

美紗子から手紙が来ていた。

前略

ご返事遅くなって、申し訳ありません。8月15日の玉音放送は聞きました。日本は負けたのですわ。この戦争に日本は勝てると考えていたのでしょうか。あまりにも惨めな負け方ですね。有能な若い人たちがたくさん死んでしまい、これからの日本を立て直すにはどうしたらよいのでしょう。幸い巧さんは、無事に帰られて本当に嬉しく思います。再び大学で診療されること、嬉しく思います。わたしと遥は元気でいます。遥は、独り立ちできるようになり、言葉も少しずつ出るようになっています。こちら札幌は、ほとんど空襲の被害はありませんでしたけれど、食糧難が激しいです。時々衣料と交換に江別や月寒に買出しに行くのです。庭に野菜畑を作り、少しずつ惣菜に充てています。昨日東京湾で戦艦ミズーリ上で降伏文書調印式がありましたね。これで本当に日本には平和が訪れるのでしょう。望が3月16日の出撃で戦死したことは山形の両親から連絡ありました。悔しいです。戦争では死なないと言っていたくせに…。望の戦死は信じたくありません。南の海の島々のどこかで生きているのではないでしょうか。わたしはそれを信じています。望が生きていることを信じるしかないのです。わたしは、遥が大きくなった時の時代が今より一層平和で暮らしやすくなっているように祈りながら頑張るつもりです。またお便りしますね。ご自愛をお祈りいたします。

草々

小松美紗子

9月3日

巧は美紗子からの手紙を読んで、美紗子の望に対する気持ちが痛いほどに理解できた。美紗子には、一生懸命に生きている今が一番つらい時かもしれない。巧は、美紗子に何か手助けをしてやりたいと考えたが、何もできない無念な思いに包まれていた。楽しかった青春のあの輝き…その思い出は幻のように脳裡をかけ巡っていた。巧は、望と美紗子の関係を暖かく見守ってきた。心の中では巧自身も美紗子に憧れていたのに、今の自分にはすでに青春なんてないも同然ではないだろうか。両親の言うことを聞いてあの時婚約していたら、生き方が変わったかもしれない…。

巧は、駅の高架に登る階段の周囲で5～6人の子供達が汚れた戦闘帽子を被り、破れた国民服を着て物乞いしているのを目撃していた。靴までも破れたひどい格好をしていた。この一週間の間に急に増えていた。疎開先から帰って家がなく、家族もいなくなった子供達であった。街の至る所に戦災孤児が増え出していた。年が違えば自分も同じ境遇になっていたことだろうと想うと、胸が痛くなっていた。国が何とかしてくれなければ、どうにもならないことだ。敗戦の世相の暗さ、希望のなさは巧の胸を締め付けていた。9月に入ってから巧は、上野の近くの高架下の雑貨店から自転車を手に入れ、タイヤのパンクなどは自分で修理して乗り始めていた。そのお陰で毎日几帳面に通勤した。平和がやって来たことは人々の動きを明るく活発にしていた。大学の歯科の診療も忙しくなっていた。昭和20年10月15日の新聞では、日本本土の日本軍のすべてが武装解除されたことを知らされ、日本は完全に米軍の支配下に置かれていた。しかし、食べ物、着る物がない状態の日々が続いていた。米軍による食糧援助が始まった。いつものように巧が闇市で手に入れた少量の米を下宿のおばさんに手渡ししていると、部屋のラジオから聞きなれない明るい歌声が聞こえてきた。

「おばさん、あの歌は何ですか、やけに明るい歌ですよね」

「あれはね、2～3日前から流れている曲でね。「りんごの歌」とか言っていましたよ。並木路子が歌っているのですよ」

赤いりんごに唇よせて、黙って見ている青い空…

目の覚めるような明るさを持った歌が響いて来た。

「これはね最近封切られた「そよ風」という映画の主題曲なのよ。一度見に行きたいと思っているのです。巧さんもたまには映画を見に行くといいのに」

「おばさん、映画はどうです。見に行きませんか」

「そうですね。巧さんと一緒なら行ってもいいですよ」

巧は、戦争が始まってからニュース映画は時々見ていたが、映画はまったく見ていなかった。日曜日、二人は駒場近くの映画館に出向いた。久しぶりに見る映画に巧は吸い込まれていた。他愛のない物語であったが、りんごの歌は心に残っていた。巷でもこの歌は瞬く間に全国に広がっていった。毎日ラジオからそのメロデイが流れてきた。人々はそのメロデイに戦争のない平和の実感を噛み締めていた。秋の収穫時期に入っていた青森、弘前のリンゴ園には人々が押しかけ、りんご一箱5円～10円で買い求められたり、また1枚17円50銭のSpレコードが飛ぶように売れ出し、1枚100円まで高騰したなどと報道されていた。この頃の巧の給料は100円にも満たなく、どうにか生活の目途は立っていたが、物価の上昇が激しく先は真っ暗闇であった。

巧は、両親の安否についても片時も忘れたことはなかった。実家の付近に行って近所の人たちに両親の消息を聞いて回った。しかし、何一つ手掛かりはつかめなかった。そのうち尋ね人の放送が始まった。毎日のように手掛かりを求めていた。巧も放送を依頼してみたが、何の手掛かりもなく月日が過ぎて行った。やはりあのときに両親は家もろともに消滅してしまったのかと思うと、諦め切れなかった。

いつか日は過ぎて、昭和20年の年の暮れが近づいてきていた。依然として人々は食べることに難渋していた。しかし、物が集まる所には集まるものであり、自然とそこに巧も行くようになっていた。相変わらず人々は、汚れた軍服姿で手に入れられるものを争って求めていた。巧も上野駅の近くの高架下にある闇市に行き、餅米、鮭、数の子、昆布、黒豆等を買い求めて下宿に帰った。巧の給料では購入できる限界を超えているものがほとんどであった。蓄えていた500円余りを使い果たしていた。物が急速に値上がりしていた。巧は、暗い気持ちになって帰ってきた。街は正月の灯でいつもよりは明るく照らされていた。空襲のない空にはオリオン星座が輝いて、冬の木枯らしが吹いていた。あれから6ヶ月になる。世相は日々に変化しているように思えたが、相変わらず食べるもの着るものの不足が続いていた。上野の界隈はトタンのバラック作りの家々が増えていた。明るさだけが救いであった。いつも通る家路の明るさと家から聞こえてくるラジオの声は巧を落ち着かせた。正月は明るい電燈の下で過ごすことができるとは思わなかったが、心の隅は何か満ち足りないものを感じていた。この環境を抜け出すにはどうしたらよいのか。巧は迷い続けていた。下宿の夫婦は、年越しを一緒にと誘ってくれていた。大学の診療は、12月25日で休みになる。巧は、闇市に行って買い求めた品物を下宿のおばさんに出し、年越しを共にすることを楽しみにしていると告げた。暮れの夕餉はささやかであったが、下宿の親父さんが知り合いから日本酒を少し手に入れることができた。巧はお互いの健康を祈って乾杯した。料理は豪華なものはなく、わずかにおばさんが揃えた年越しそばに懐かしさを感じていた。

午前0時、ラジオから静かに除夜の鐘が響いてきていた。昭和21年1月1日のラジオから驚くようなニュースが聞こえてきた。天皇陛下が人間宣言をしたことを放送していた。天皇陛下もわれわれ平民と同じ人間であることを宣言された。日本国民は天皇を神格化して崇めてきた。これがいとも簡単に壊されたのだった。天皇陛下万歳と言って死んでいった無数の戦死者に何と言えば良いのか。神でなくなった陛下は、何なのか…。巧には分からなかった。近いうちに日本の新しい憲法が検討され、年内に新憲法の制定が行われるとも放送していた。ここで日本の天皇は国民の象徴になるのだと解説されていた。国民の象徴か。巧は、日本はこれからどうなるのだろうかと思った。昭和21年の新しい年は何事もなく過ぎていった。巧の心の中には戦死した望のことや、美紗子、遥のことが思い出されて、独りぼっちになった自分の今後の身の振り方をぼんやりと考えていた。ふいに下宿のおばさんが声を掛けてきた。

「わたしの親戚に年頃の娘がいて、巧さん、一度お見合いしませんか。あなたがよろしければ、準備しますから。東京市内でなく埼玉の方に住んでいるのですけれど、両親は健在だし、戦災に遭っていないし、年の頃は21歳を過ぎたばかりなんですよ。戦争で嫁にやれないと思っていたんです。幸い終戦で、平和になったので、新しい家庭を作るのには最高の時期だと思いますよ」

「それは、ありがたい話ですけれど、ぼくはまだ嫁を貰うだけの資格はありませんし…」

「いやいや、歯科医師になってからでいいのですよ」と、おばさんは畳み掛けるように、巧に見合いの話をした。巧は、自分が何をするべきか方針は決まっていなかった。歯科医師の試験には合格する必要があったが、さらに何をするのかは未定で、ぼんやりしていた。心の底には遥、美紗子のことが引っかかっていた。下宿の親爺さんは、酒に少し酔いながらも、心配顔になって言った。

「巧さん。これからの日本は、いったいどうなるのだろうね。アメリカさんにこれほどまでに叩かれてしまって…。何もなくなってしまってどうやって立ち上がれるのだろうね…。わたしはあちこち見て歩いているけれど、いまだに焼け野原が広がっているままだよ。人は、たくさん出て歩き回っているけれどもね、着る物はないし、特に食べる物はまったく手に入らないのだから、どうやって日本は立ち上がれるのかね」

巧は、親父さんの言うことももっとものように思えた。

「大学には少し人が戻ってきて、まともではないけれど、体制が整い出しています。同じように日本の大事な物を作る工場などが働き出してくれれば、少しは良くなっていくと思いますよ。辛抱が大切なのですよね。「戦時中の勝つまでは」の合言葉に似ていますけれど」と、巧は答えていた。
「それにしても静かな年越しですね。近所の人たちは疎開からまだ帰っていない所がありますし、昼間は子供達の騒ぐ声が聞こえないのは寂しいですよ」と、おばさんは言う。ささやかな年越しの夕餉は、ラジオから流れてくる懐かしい日本の童謡に包まれて午前2時頃にお開きになった。

新しい年が始まり、巧はいつものように自転車に乗り通勤していた。大学の待合室には人々が大勢待機していたがいつもと違う雰囲気を感じていた。頭をたれ、背中を丸め、暗い顔をして座っている。今朝の新聞では3月からは金融措置令により預金封鎖が行われ普通預金通帳の引き出しは世帯主には300円、世帯一人につき100円しか認められないことになってしまった。あまりにも突然の資産凍結であった。物価は物凄い勢いで上昇し続けていたから、当然の処置であった。GHQの命令で貨幣価値の切り下げを実行に移したのだ。戦争債権は紙くずになり預金も紙切れになってしまっていた。巧も少しは預金をしていたが、300円のみしか手にできなかった。確かに、これにより物価の上昇は抑えられたが、闇市はますます繁盛していた。

ないないづくしの毎日に堪えていかねばならなかった。4月になり、巧は歯科医師の試験に合格し正式に免許を取得した。ふと大学を辞めて、美紗子のいる北海道に行ってみたくなっていた。それはふいに訪れた衝動のようなものであった。北海道に対する憧れのようなものでもあった。美紗子にも会えるかもしれないと思うと、その衝動は日増しに大きくなっていった。下宿のおばさんの奨める見合いも断ることができるし、6月の新緑の頃には放浪の旅に出るつもりであった。巧は、癒されぬ心の重みを旅することで何か解き放たれるのではないかと期待していた。

前略

美紗子さん、遥さん、お元気ですか。ようやく春の訪れを感じるようになりました。東京は焼け野原になった界隈にバラック小屋が立ち並び、人々が活発に生活をしているようです。相変わらず食べ物には困窮していますが、不思議なことに闇市に行くと、何でも手に入るのです。着る物もそれ相当のお金を出せば、いくらでも手に入れられるようです。わたしの下宿暮らしは、早くも8ヶ月になります。戦争に駆り立てられた情熱は、どこに行ってしまったのでしょう。毎日同じ仕事をして、ただ行き帰りの暮らしです。4月始めに歯科医師の試験には合格して歯科医師の免許を取りました。いずれは北海道に行くつもりですが、始めに南の鹿児島に向い、望が出撃した基地に行くつもりです。ぼくの心の中に鬱積しているものを取り払わなければなりません。こちらの仕事を辞めて、放浪の旅にでるつもりです。いつ頃になるか判りませんが、札幌に着いた時、できれば美紗子さんにお会いしたく思います。お会いできる日を楽しみにしております。いずれまたお便りします。

草々

加藤巧

昭和21年4月20日

巧は、美紗子に手紙を出した。5月になり、下宿の支払いを済ませた際に巧は九州と北海道に行くと突然に申し出て、おばさんを驚かした。

「どうしてまた、そんな決心をなされたのですか？　わたしが奨めていたお見合いのお話はどうなるのですか」と、おばさんは慌てたように訊いた。事実5月になったら親戚に連絡して見合いの話を奨めようとしていた。巧には心残りもあったが、すべてを打ち払い、原点に戻ってみたいと思っていた。

「ぼくは旅に出ようと思っているのです。東京以外のどこか住みたい所を見つけた時にはご連絡しますから、よろしくお願いします」と、巧はすまなそうに頭を下げた。おばさんの気持ちをそぐことに恐縮を感じていた。

5月9日の夕食は、夫妻の心ばかりで巧の送別会となった。

「巧さんがお見合いをしないで遠くに出掛けるなんて信じられないのですけれど、巧さんは親友の小松さんのことを今でも心配されているのでしょう？　巧さんはあの美紗子さんを好きなのではありませんか。戦争中はよく訪ねてこられたのですものね」

「美紗子さんを、ぼくは結婚する前からよく知っていました。ぼくも彼女は好きでした。ぼくは口下手ですから、自分の意志をなかなか出せなくて、望に先を越されたのですよ。いや、これは冗談ですが…」

巧は美紗子の姿を思い出していた。おばさんは、巧の気持ちがよく理解できなくて戸惑っていた。

「すみません、ぼくは独り身で当分いたいのです。少し日本のあちこちを歩きたいのです。始めに九州の鹿児島に行き、それから北海道に行くつもりです」

巧の心には望が飛び立った鹿屋基地にどうしても行って、あの時の彼の気持ちを理解し、弔いの言葉を掛けたかった。生き延びた自分の生き方を考えたかった。

「もしかしたら歯科医院を埼玉の街で開業もできるのよ。こんなにいい見合い話はないのだけれどね」と、おばさんはため息混じりに独り言になっていた。

「ぼくは、両親を失くして天涯孤独になってしまいました。少し人生を考え直したいのです。そのために時間が必要なんです。ですから、ぼくに時間を与えてください」

「巧さんの気持ちを分かってあげなくちゃ駄目だよ、母さん」と、今までほとんど口を利いていないおじさんが、酒を飲み干して言った。

「巧さんは、せっかくお国のためと頑張って空軍の訓練を積んできたのに、目の前でその目的が切れて、生きようとする意欲が空回りしているんだよ…」

「そうですかね。惜しい若者が独りでいるなんて、身に悪いのではないかい」と、巧を睨むおばさんは、諦められないようであった。巧のささやかな送別会は明るい電燈の下でいつまでも続いていた。

ラジオからあの明るいりんごの歌がまた聞こえてきた。


昭和21年6月14日、朝から南国の空は晴れて夏の風が清々しく吹き、暖かい潮風を肌に感じながら終着駅鹿屋に降り立った。旅の疲れを感じていたが、気持ちを取り直し、リュックを肩に掛けて鹿屋駅から、昨年までは多くの軍人たちが行き来し賑わいのあった商店街の道を歩いて鹿屋航空基地に着いた。今は、商店街もすっかり寂れて、人通りもあまりない。入り口から木立に囲まれた細い道が、司令部のあったコンクリート2階建ての建物に続いている。巧は、誰もいないその道を歩いて行った。いつの間にかリュックから小さなスケッチ画帳を取り出していた。終戦から10ヶ月余りの基地はまったく何もなく、広大な滑走路が東西に走っていた。コンクリートの周辺には草が背高く生い茂っていた。滑走路の周辺には壊れた掩体壕、防空壕と三角兵舎が散在してあり、夏草が覆い隠すように茂っている。かつて多くの人が歩いたはずの道を覆い尽くしていた。まさしく「兵どもが夢の跡」となり、荒れ果てていた。北方には１００ｍ余りの大隈山の山塊が見え、その上には夏雲が何事もなかったように静かに浮かんでいた。

昨年の今頃は特攻攻撃に若鷲たちが血を削って奮闘していた。この中に望もいたのだ。森閑とした静寂の中に、その時の飛行機が地上を走る音と爆音の響きを巧は感じて、西の空に目を遣ると北西には桜島の白煙を見ることができた。日本が戦いに勝つことを念じて、先輩たちはここから出撃した。あと半年日本が持ち堪えたら、自分も米軍機と戦うためにここから飛び立ったのだろうか。しかし、あの頃はすでに正統な戦いができなくなり、日本は特攻などという、いわば人間と機材の消耗戦に突入していた。日本は始めから米軍に負ける戦をしていたのか。空襲で破壊された建物や機銃掃射の弾痕のある白い建物が別の方に散乱していた。爆撃で天井に穴の開いた格納庫には無残に壊れた日の丸印の九七式艦載機の残骸が積まれていた。滑走路の西の端を背の高い夏草を分けて進むと、海岸が見えてきた。

海中に打ち込まれた杭が折れ曲がってあり、日本が誇る双発飛行艇はどこにも見えなかった。かつて１５００海里を往復可能な渡洋爆撃機は、日本の誇る大型の飛行機であったが、昭和20年３月になってから沖縄周辺に集まってきた連合軍の空母を攻撃するために特攻攻撃に使用され、ほとんどが壊滅したと聞いていた。この中に望もいたのだろうか。昭和20年３月15日前後は明らかに沖縄上陸を企図していた米機動部隊は、空母19隻を主力とした膨大な兵力を集結していたのであった。日本軍の反抗を防ぐために、前哨戦として九州各地の基地の攻撃が展開されていた。鹿屋も例外でなかった。空襲のため飛行場は、甚大な損害を蒙っていたが、間隙を縫って反攻のための夜間攻撃を仕掛けていたのだった。帰還する飛行機はほとんどなかったという。これはあまりにも悲惨な話である。この時まだ巧は知らなかったが、後日特攻の本当の姿が知られるようになると、国を守るための無心な祖国愛の情熱にただ頭が下がるのみであった。祖国の将来を案じながら、彼らは死んで行ったのだ。

　蒼空は澄み切っていた。鹿児島市の辺りから櫻島が聳える錦紅湾、対岸の知覧辺りは夏の熱気に白く霞んでいる。対岸にも鹿屋と同じ特攻の知覧陸軍飛行基地があった。鹿屋と共同で米軍に立ち向かっていったが、同じ運命をたどった。開聞岳が微かに見えていた。午後の陽射しを受けて銀色に輝いている太平洋の水平線を見詰めながら、巧は静かに望に話し掛けていた。

「望達の努力にもかかわらず、日本は戦いに敗れた。戦争は勝者と敗者しかいない。敗者の日本の主な都市に行っても、徹底的に米軍に叩かれたために荒廃している。その中で人々は、立ち直ろうとして、必死に働いているよ。おれは生き残ったけれど、これから何をして生きていけば良いのか迷っている。日本を立て直さなければと思うのだが、おれには何もできない。歯科の仕事しかできないんだよ。望！おれは何をして生きて行けばいいのか教えてくれ」と、巧は心の中で叫んだ。

「望の残した美紗子さんと遥さんを、おれはみてやる義務があると思う。約束したからな。これから北海道に向かって、旅をしていくつもりだよ。以前に話をしていた北海道の東の果てまで行くつもりだよ…。途中で二人に会うつもりだよ、望」

「望達が祖国日本のこれからの再建のための捨石になってくれたのだから、おれも何かをしなければならない。日本は今米軍の占領下にあり、明治以来の軍国主義は崩壊した。日本を戦争に導いた東條英樹以下の戦争犯罪人は、東京裁判で裁かれようとしている。新しい民主主義と言われる制度を基に日本は立ち直ろうとしているよ。きっと日本は立ち直ることができると思うよ。おれは歯科しかできないが、多くの人の歯を治すことが人々を助けることになると思う」と、望に話し掛けて、巧は少し心の迷いが溶けていくのを感じていた。離れがたく巧は、砂浜にしばらく立ち続けていた。やがて深い合掌をして友の冥福を祈り終えて、涙を拭きながら踵を返し、草原を通り抜けて、菜の花畑に出た。花はなく小さい実をつけていた。南国に相応しい背の高い椰子樹の並木道に出た。街は閑散として賑わいはなく、暑い日差しの中の軒先には黒い影が射していた。床机に座っていた一人の年老いた老婆が巧を遠くから見詰めている。頬に深いしわが縦に走り、額には横に数本の皺があった。頭には手拭をほっかぶっている。一本の杖を両手で握り、支えにしていた。

「どちらに行かれたのですか。少し休んでいきなさい」と、老婆は優しく話し掛けてきた。

「東京からです。ぼくの親友が鹿屋から戦地に行ったので」

「ほう、そうですか。特攻ですか。一年前はこの街も殺気立っていましたよ。毎日のように特攻の隊員さんが3人5人といなくなるのですからね。あなたと同じような若い人たちが帰還しなかったのですよ。皆さんは全部戦死したのです。全員で908名と聞いていますよ」

老婆は多くの兵隊たちと会話を交わしていた。

「908名ですか」

「向かいの知覧基地では、1039名と聞いています。先のある若者がわずか半年の間に…」と、急に老婆は涙ぐんだ。ようやく晴れた大空の彼方を凝視していた。

「わたしの親戚の子も特攻で死んでしまったのです」と、静かに言う。

「ぼくも、航空部隊を志願して霞ヶ浦で戦争終結まで飛行訓練を受けていました。ぼくの親友がここ鹿屋基地から昨年の3月16日に飛び立ったものですから、彼のいた鹿屋基地を弔いのために訪れたのです」

「それは良い供養になりますね。日本は負けて、若い人たちの献身的な戦いが無駄にならなければ良いのですけれどね」

「何百万という人たちがこの戦争で死にました。こんな残酷な無益な戦争はもうたくさんです。世界平和がこれからの日本の願望ですよ。ぼくは友人にそのことを誓ってきたのです」と、巧は力を込めて話した。

「甥の死も無駄にならないというのですね」

「そうです。甥ごさんの死も無駄ではないです。新生日本の礎になっているのですから」と、巧は確信を持って話した。

「ちょっと、待ってくれませんか。お番茶を用意してきます」と、その老婆は家の中に入り、お盆に乗せて冷やした番茶を運んできた。巧は、基地の人の人情に触れた思いで勧められるままお茶をご馳走になった。お婆さんに巧は思わず聞いた。

「小松望という飛行搭乗員の名前を聞いたことはありませんか。背は175cm位。一丈近くある背の高い男です。眼がくりっとして顔は面長で、どちらかと言うと、貴公子的な感じです。写真があればいいのですが」

「残念だけれど、思い出せないなあ。何か特別のことがあったのなら覚えていることがあるかもしれません。残念ですけど…」

「望のことを覚えていてくれたら、話を聞きたかったのですが、残念ですね。ぼくはこれからあちこちの町を訪ねようと思っています。どこに行っても食べるものが不足しているから、そんなにたくさんは歩けないかもしれませんが…」と、巧は深い息を吐いた。巧は、お茶のご馳走に感謝してリュックを担ぎ、二度と会うことのない老婆に別れを告げた。

鹿屋を出た列車は、一路宮崎に向けてゆっくりと走っている。揺られながら、巧は淡い緑色の日向灘を右に見てぼんやりと考えていた。これからどちらに向かおうか。焼け野原の都会は見飽きてしまった。日本のすべての都市が焼かれ、破壊されて見るも無残になっている。昨日見てきた広島の悲惨な有様は、脳裡に焼きついていた。トタン張りの小屋で過ごしている人たちの姿は、哀れで悲しかった。今夜は阿蘇山の温泉宿を探して泊まることにしていた。大分駅で乗り換えて、夕方阿蘇に着いた。駅で聞いてみると、近くの内牧温泉が泊めてくれるとのことで、４ｋｍ余りを歩いていくことにした。周囲は、１００ｍ以上の阿蘇の雄大な外輪山が取り巻いている。豊肥本線を挟んで南北に田圃が広がっていた。南の阿蘇山の火山連峰からは白煙が上がっていた。豊かな田舎の景色は、昔と変わりなく戦災の影も見えなかった。古い2階建の温泉宿が見えてきた。帳場に声を掛けると、女将が顔を出してきた。しばらく巧の様子を観察していたが、気持ち良く、

「よくおいでなさいました。どうぞお入りください。泊り客は地元の人達が占めていますが、わざわざ東京から見えたのですね」と、巧に問い掛けた。

「ええ、そうです。戦友が出撃した鹿屋に行ってきたのです」

「特攻の鹿屋ですね。昨年までは鹿屋、知覧からも随分兵隊さんたちが泊まりに着てくれました。終戦と同時にお客はまったく来なくなりましたが…」と、女将は巧を見詰めて言う。

「戦争が終わって世の中が平和になれば、お客はまた来てくれるのではありませんか」

「そのようになれば良いのですけれどね。それからお米は要りませんよ。お客さん達はお米を持参されるようですけれど、この付近はお米がたくさん取れるので、心配は要りません」

「それは大変ありがたいです」

巧は案内された部屋に入り、腰を下ろした。阿蘇山が夕暮の西日に輝いて、白煙を高く上げ夕日で赤く染まり始めていた。麓の辺りからは暗闇が支配し始め、電燈が灯され、点在する農家の夕餉の煙が立ち上っていた。静かな、穏やかな夏の夜が訪れようとしていた。温泉の湯船につかりながら、暮れてゆく阿蘇山の姿を飽くことなく眺めて、巧は初めて自然から安らぎが与えられる想いを感じた。平和の素晴らしさも噛み締めていたが、あまりの代償の大きさに遣りきれない怒りも感じていた。温泉から出て窓辺に夕暮の風が肌に気持ち良く吹き付けてきていた。暮れゆく阿蘇山を見ながら、望、美紗子、遼子と行った鳥海山の登山を思い出し、随分昔のことのように思えた。運ばれてきた夕食には白米のご飯が出た。味噌汁とささやかなおかずであったが、充分に満足した。長いことこのような食事を取っていないために何とも言えない満足感に満たされていた。巧は、表日本の荒廃した街を訪ね歩くより戦災に遭わなかった裏日本の街を歩きながら北上していく決心をしていた。途中、酒田にも寄ることを考えていた。それから再び美紗子に手紙を書いた。望が最後にいた基地、鹿屋を訪ねて、望に話し掛けてきたと伝えた。さらに今日は夕暮の阿蘇を見てぼんやりしていること、おそらく8月には北海道にたどり着けることなどを知らせておいた。いつ北海道に入るかは巧自身にも判らなかった。除隊以来、孤独に悩まされて寝つきの悪い巧は久しぶりによく眠れた。

それからしばらく経った夏空の穏やかな日、巧は北海道の函館に到着した。8月15日、ちょうど終戦の日であった。一年前は自分がこんなところにいるとは考えられなかった。列車が青森に着いた時、乗客が我先にホームを駆けて乗船していたのを目にして、巧は驚いた。初めて乗った連絡船は満員であった。魚くさい汗のにおいが充満する3等船室の畳の部屋のしきりに腰を下ろした。津軽海峡は晴れていたが、風が強く船は揺れた。舷側の丸窓には波しぶきが打ち寄せて来た。巧は、初めての連絡船で船酔いを経験していた。飛行機の揺れとは違うと思った。冷や汗を掻きながら横になっているると、津軽海峡の真ん中を過ぎて、船の揺れは比較的穏やかになったが、望は船酔いで頭が重かった。嘔気をようやく我慢しながら、人々が忙しく動き出すのを不思議に思って、行商人と思われる船客の一人に聞いた。

「どうしてこんなに早くデッキに上がって行くのですか。到着するのにまだ2時間もあるのに？」

と、巧は腕時計を見詰めて聞いた。

「それは汽車の席を確保するためなんですよ。お客さんはどちらに行かれるのですか」

「えーと、ぼくは札幌まで行く予定なのですが」

行商のおばさんの疲れた顔が目に入る。

「おばさんは、席を取らなくて良いのですか？」

「わたしは、ここ函館で降りますからね。弘前から米などを運んでいるのですよ」

「函館に、ですか。お米を売るのですか。それでおばさんは急がないのですね」

「函館に下りて、ゆっくりなさると良いですよ。函館始発の鈍行に乗れば、席は取れますからね」

「函館は戦災を少し受けたけれど、いい街ですよ。石川啄木の記念碑もありますから」

「そうですか。どこか泊まる所があれば、寄って行ってもいいのですが」

「それならば、湯の川温泉が良いですよ」と、おばさんは自信を持って言った。

巧は急ぐこともないので、函館に寄る考えになっていた。やがて連絡船は静かに岸壁に停泊した。多くの乗客は、先を争ってホームを駆け出して停車している列車に乗り込むのを巧は不思議そうに見ていた。この間巧は、鈍行列車で日本海側のあちこちの街に降り立ち、実際に見て歩きながら北上したのであったが、いつもリュックの中からスケッチブックを取り出しては、下手なスケッチをする習慣がついていた。巧は、ホームから見る函館山と連絡船を視野に入れた絵をホームの柱に寄りかかりながら、スケッチしていた。どういうわけか酒田に寄らなかったことを後悔していたが、自分が生き残って親友の家を訪問する気持ちにはなれなかった。列車の窓から懐かしい酒田の町、緑の稲作の広がる庄内平野と鳥海山の雄大な山容を眺め、いく度も望の実家を訪ねようかと思ったが、下車を思い留まっていた。遼子という女性を思い出したからなのか…。あの時ほのかに自分に好意を持ってくれたことに巧は気付いてはいた。このような状況下では、女性に対する気持ちはあまり強く持てなかった。むしろ自分が生きていく手掛かりを掴みたいと思っていた。

スケッチを終えた巧は、函館駅前から湯の川温泉行きの市内電車に乗った。荒れた町の中央を過ぎて、ようやく電車は湯の川入り口の終点に着いた。2～3軒の宿を聞いてみたが、どこも宿泊はしていないと断られ、いずれもお客に出すものがないという理由であった。温泉街の中をあてもなく歩いていると、賑やかな声を出し遊んでいる子供たちに出くわした。子供達の言葉には特有な函館弁が混じっている。

「坊や!ちょっと聞きたいのだけれど、この付近に泊めてくれるところはないかな」

「おじさんは、どこから来たのさ」と、一人のガキ大将と見える子供が、目をぐるりとむきながら、巧の姿を上から下まで品定めをするように見詰めていた。巧は確かにみすぼらしく、疲れているように見えた。木綿の黒いズボンもよれよれだし、ワイシャツは汚れていた。皺のある登山帽を無造作に被り、肩には汚くなったリュックを担いで、一見すると浮浪者に近い格好をしていた。革靴もかなり擦り切れていた。眉は濃く、髭もかなり伸びていた。望は、自分の姿にはかなり無頓着に過ごしてきた。

「おじさん!そんな格好をしていると、どこも泊めてくれないよ」と、生意気にもガキ大将が笑いながら言葉を投げる。

「そんなにみすぼらしい格好をしているかい。泊まるためのお金はあるのだけれどね」と、巧は言った。

「どこか泊まる所があれば、どんな所でも良いから教えてくれないかな」

鼻水を垂らした小さな子供が、生き生きとした表情で巧を見た。

「うん、家に来てみて、聞いてみて」と、巧の手に絡み付いてきた。ちびは、自分の親がやっている小さな旅館に巧を案内した。それは表通りから中に入ったところにある古びれた小さな旅館であった。地元の人達が利用するのだろうか。何人かの客人がいた。巧は、帳場で名前と年齢、職業を記入した。

「ここは温泉に入れるのかい」

「もちろんですよ。温泉は年中熱いお湯が出ていますからね。いつ入ってもよろしいですよ。お米がなければ、宿賃は少し高めになります。まだ米が容易に手に入らないものですから」

「宿賃はいくらですか」と、巧は少し不安げに聞いてみた。

「一晩2食付で130円です」と、告げられた。
巧は2ヶ月余りをあちこちの街や風景を見て歩いて、都会では得られがたい日本の美しい田舎に心が癒されていた。戦災に遭わない風景を見ながら、人情に触れてきた。ようやく北海道にたどり着いて自分の旅も終わりにしなければと考えていた。ここで一休みして美紗子に手紙を書くつもりであった。その夜は熱い湯の川の温泉に入ってから、美紗子に手紙を書いた。

前略、美紗子さん、遥さん、お元気ですか。今日は、日本の敗戦日です。昨年の今頃、ぼくは土浦飛行隊にいて終戦の詔書を聞いていました。一時茫然としましたが、日本は負けるべくして負けたのです。今日は昨年と同じ暑い夏の一日でした。ぼくは今日津軽海峡を渡り、午後に函館に着きました。函館の空は青く、風は澄んでいますね。数日函館の街を見学してから札幌に向かう予定でいます。札幌には一泊して、さらに道東の方面に向かう予定です。多分8月20日には札幌に着きます。お二人にはぜひお会いしたいです。遥さんは大きくなられたでしょうね。可愛らしい女の子に育っているのでしょうね。ぼくは日本のあちこちを歩き回りましたが、日本にはまだまだ美しい古い街が健在で、人々も明るく働いています。望君が愛していた日本は戦争に敗れましたが、祖国は健在です。ちゃんと存在しています。ぼくはその姿を見て、望君が祖国を愛した気持ちを理解できるし、彼の死は無駄にならないと感じています。大きな都会は灰塵から立ち上がるのにはまだまだ日数が掛かるでしょうが、敗戦の屈辱から立ち直って新しい美しい日本を作っていくエネルギーが溢れているように思います。北海道の清々しい風を肌に感じて、ぼくも北海道に住んでみたいと考えております。北海道は広大でしょうけれど、どこに住むかは考えておりません。お目に掛かれる日を望みながら…

草々
加藤巧

昭和21年8月15日

巧は手紙を書いているうちに、自分は美紗子に恋しているのではないかと考え始めていた。確かに自分は美紗子に魅かれてはいたが、そんなことは口にも出さなかった。望、美紗子と鳥海山の登山に行った時、自分にも美紗子を好きになれる機会はないわけではなかったのに。自分の引っ込み思案がいつも自分の思い通りにならない結果になってしまうのだった。美紗子は、どうしているだろうか。遥の生まれた昭和18年12月から入隊までの半年だけ時々訪ねていたけれど、すでに2年近くたってしまった。自分にとって激動の2年間であった。窓を開けていると、涼しい風が吹いてきた。北海道は8月中旬も過ぎると、風は秋の雰囲気を漂わせていた。明日は電車に乗り、市内を歩いて石川啄木の記念碑を見てみようと考えていた。

8月18日、巧は午前7時発の釧路行き鈍行列車に乗り、発車を待っていた。駅には全体に生臭い魚の匂いが漂ってきていた。汽車からのばい煙が絡み独特の匂いが港町函館にはある。函館の駅前は朝から行商人の市が開かれ、混雑していた。海産物は思いのほか安く手に入るのだった。米も溢れていた。巧は美紗子へのお土産を買った。スルメ、昆布、米を手に入れて、旅で汚れたリュックに押し込んでいた。大門の店で食べた天ぷらそばとどんぶり飯は感激するぐらいに安く、巧の疲れた体に鋭気を与えてくれた。列車は瞬く間に混んで来て、満員のまま走り出していた。車窓から見る函館の景色は、本州のそれとはあまり変化がないように思えていたが、長いトンネルを抜け、大沼に差し掛かると景色は一変した。本州に見られる松はない。北海道に特有の落葉樹が緑を濃くして群生し、笹が車線に沿って広がり、駒ケ岳の崩れたコニーデの山塊が大沼にすばらしい景観を与えていた。早朝の空気は心地よく巧の顔を撫でていき、空はあくまでも青く北国に来ていることを感じさせていた。向い側には中年の男性が座っている。カーキ色のよれよれの古い軍服を着ていた。戦地から引き上げてきたような服装である、函館から無口で疲れている様子をしていた。ふいにその男が巧に声を掛けてきた。先ほどから何かを話したくて、その機会を待っていたようだった。

「兄さんはどちらに行かれるんですか。見たところ兄さんも軍隊に行っていたのですか。わたしは昨年の暮れに支那から引き上げてきたのですよ。」

男はやつれてはいるが、精悍な様子の振る舞いでタバコをポケットから取り出し、巧に勧めた。巧は断り、手を振りながら、

「すみません。ぼくはタバコを吸わないので…。これから友人を訪ねに札幌まで行くつもりです」

「兄さんはお若いようだが、軍隊に行かれたのかな。日本の軍隊は支那で無駄な戦いをしたものです。われわれ下士官は、上官の命じるままに働かされたのですけれど」

「どちらの戦地だったのですか」

「南京に近い所です。幸い戦地で銃弾に当たらず生きながらえましたが、戦友の大半は戦死してしまいました。国民軍と中国共産軍の二つを相手に戦わなければならなかったのです。何のための戦争だったのでしょうね」と、男は煙草を深く吸い込む。さらに、

「われわれは国民軍に降伏したのですが、比較的穏やかに武装解除されました。捕虜収容所に集められ、昨年の12月に日本に帰還できたのです」

「ぼくは土浦航空隊にいて、戦闘機の搭乗員として訓練がちょうど終了する直前に終戦になりました」

「日本には、飛行機が終戦になる直前にはほとんどなくなっていたのでしょうね。戦争の始め頃は、日本の飛行機が戦場を支配していたのですが、昭和20年になると、日本の飛行機はまったく飛ばなくなりましたからね」

「その理由は日本の全戦力を沖縄戦に当てたためでしょうね。挙句の果ては、無謀にも帰還を考えない特攻作戦でした。ぼくの親友も特攻になり、沖縄の空で戦死したのです」と、巧はその元軍人を見ていた。

「特攻は新聞でも随分に持てはやされて、かなりの攻撃成果があったと聞いていましたが、実際多大な無駄があったようですね」と、元軍人は呟いた。

「そうです。あれは無駄な日本の攻撃であったと思います。幾多の若い有能な人間をむざむざ死に追いやったのです」と、巧は言った。また暗い気持ちが胸の中に湧き上がるのを感じた。

列車は大沼に沿い駒ケ岳の裾野を疾走していた。人々は景色に目を遣る暇がないように、疲れたまま無口のまま揺られていたが、暗い気持ちを払ってくれるような明るい景色が広がっていた。巧は、すばらしい北海道の景色に魅せられていた。

「この日本の立て直しは…君達みたいな若い人たちがやらなくては駄目ですよ。わたしは、これから郷里に帰って学校の先生を一から遣り直しをします」と、元軍人の男は煙草の煙をゆっくりと鼻孔から噴出していた。朝の風は、気持ち良く窓から吹き込んでいた。やがて汽車は、大沼の高原を滑るように降りて森駅に着いた。森からは広い内浦湾に沿って、幾度も蛇行しながら進んでゆく。北東には奇妙な形をした有珠山が見えた。

巧は、昭和19年6月に噴火をした新山があることを思い出していた。急にその山の姿を見たい気持ちになった。地図を調べると、長万部で乗換えをしなければならないようであった。巧は、8月20日には一日余裕があるので、その山の姿を見てみたいと思った。戦争が終わって、張りつめた緊張がほどけたせいか、二人の雑談はとりとめなく続いていたが、巧は途中室蘭行きに乗り換えることにした。

室蘭行きの列車は、長万部を出てトンネルの多い所を走っていた。トンネルとトンネルの間から、つかの間に明かりが見えて、内浦の海が広がり、微かに駒ケ岳が水平線に浮かんでいる。眼下の内浦湾の波が、岩石が横たわる岸辺を洗っていた。列車は、再びいくつかの小さなトンネルを通過して虻田駅に着いた。巧はその中年の元軍人にお礼を言ってから、リュックを担いで打ち解けた車中を後にした。虻田は小さな駅であるが、ここからは洞爺湖までのバスが出ている。駅前の広場に出ると、木炭バスが乗客を待っていた。鳥海山の登山の帰りに乗った懐かしい思い出が蘇った。後ろに積んである木炭を燃焼させる装置は、勢い良く燃えて白い煙を上げていた。バスは地元の人々を乗せていて、巧のような人間をじろじろと見詰めていた。女性の車掌から洞爺湖温泉の終着までの切符を購入した。バスは古臭い平屋の街を少し走り、右手に海岸を見て左折したすぐ右手には亜麻工場があり、もくもくと煙を出していた。室蘭線の線路を渡ると、有珠山が赤茶けた奇妙な溶岩の頂上を見せている。緑の樹木に包まれたその麓を乗越える道は、次第に上がりに差し掛かる。後ろには内浦湾の海が広がり、駒ケ岳が左手後方に紫色に煙る優美な姿を鮮やかに現していた。水平線は霞んでいたが、よく晴れた海はあくまでも青く、静かな水面であった。こうした景色に巧は、何ものにも代えがたい自然の癒しの効果を心に感じていた。単に美しいと思っていた。バスは坂を上り詰める頃になると、スピードが急に落ち人が歩くよりも遅くなる。エンジンの唸りだけが強くなっていく。いつも乗りなれ

た地元の農家の男性が、

「バスのケツを押すか」と、運転手に大声を掛けた。

　とたんに今まで静かにしていた乗客は、どっと笑い声を上げて賑やかになった。バスは、今にも止まりそうで止まらずにヨタヨタと坂を上り詰め、坂を下り出した。眼前には眼も覚めるような美しい湖が展開されて、巧は来て良かったと思った。緑に囲まれた湖面は濃い紺清で、濃い緑の中島が中心にあり、自然の造詣の不思議さを見せていた。遠く離れた北には羊蹄山が見えていた。バスは何事もなかったように坂を滑るように下がり、湖水に面したバス営業所前で停車した。

　バスを降りた巧は、すぐに湖面に向かって歩き出した。湖畔に着くと、洞爺湖は有珠山の北側に出来たカルデラ湖であることがすぐ分かった。有珠山の北側の麓には明治43年に爆発した四十三山があり、湖面に張り出したその麓から温泉町が湖畔に沿って点在していた。中島を挟んで左側には羊蹄山の山容が富士山を小さく据えたように見える。湖水の周辺は、せいぜい５０～１００ｍ位の外輪山に囲まれている。一隻の船もいなかった。ここからは昭和新山は見えない。宿を探しそこで聞いてみることにした。湖畔に沿って行くと、万世閣ホテルが格式のある風情で湖畔に立っていた。巧はそれをやり過ごして、先にある小さな富士屋旅館に入って行った。帳場では、

「客を取りますが、米がないと高くなります」と、言うので、巧は米を取り出して一泊をお願いした。古い旅館の一階は湖面に張り出している。そこに食堂があり2、3階に客室がある。温泉は円形の気持ちの良いタイル張りの浴室であった。夕食前の静かな温泉に浸りながら、湖水の北に聳える羊蹄山をぼんやりと眺めていた。いつの間にか本州とは異なる北海道の景色に魅せられていた。巧は、この広い北海道のどこかに住みたいと考え出していた。夕暮れが美しく、白い雲はオレンジ色から紅色に

変化し、湖面は黒く静かな暗闇の中に沈んでいく。無性に美紗子と遥に会いたい気持ちが湧き上がってきた。翌日は宿の人に、温泉から壮瞥に行くバスに乗れば、昭和新山に行けると言われ、早いバスで出発した。

バスは、木炭バスで平坦な湖畔の道に砂塵を上げて走り、西湖畔の停車所に到着した。昭和新山の奇怪な釣鐘型の山が頂きから白煙を上げているのが遠望できた。周辺の農家は、何事もないかのように新しい農地を切り開いて作物を作っていた。ちょうど2年前の6月に噴火をした火山であった。400m余りに成長した「おがり山」であると、地元の人達が話していた。元は平らな農地が隆起し、そこから火山爆発が起きたのだった。そばを走る胆振線を持ち上げていた。さらに噴火から噴出した火山灰は、周辺に降り注ぎ酸性化した土壌を中和して、肥料で酸性化していた土地に潤いをもたらし、農作物が良く生育するようになったという。不思議な生き物を見るように、巧は見入っていた。人間なんて小さ過ぎる。しかし、その人間が平然と再び畑を耕して生きている。巧は、不思議な感慨にふけっていた。豊かに生育しているトウキビ畑、芋畑、スイカやかぼちゃ畑が目の前に広がっていた。バスは湖畔を西に向かい湖面と別れて、湖水の水が滝になって流れ落ちるのを見ながら壮瞥駅に降り立った。昭和新山は南の方にどっしりと盛り上がり、畑の上に聳えて白煙を上げていた。胆振線は、函館本線の倶知安から伊達紋別に引かれた鉄路である。木材や硫黄、黄鉄鉱石の搬出のために、壮瞥駅から胆振線の客貨車混合の列車に乗り、長流川に沿い南下すると、すぐに車窓から昭和新山の全貌が手に取るように見えてきた。列車に乗りかかるように見え、夜は、白煙を上げている小さな火口から赤い火が立ち上るという。列車は、長流川と新山の間に出来た細いあい路を通り抜けて、伊達町に向かって行った。列車の左右には緑に溢れた田圃が広がり、穂が垂れていた。豊かな街の様子であった。

　内浦湾の一漁村の伊達町は昔、伊達国重公の亘理藩の一隊が明治維新に入植し、開拓した街で、この田舎の中心地として栄えていた。駅内の待合室に入り、昨日乗ったと同じ室蘭行き列車を待っていると、たくさんの高校生が通学のために集まってきた。すると、何やら学生達の間で騒ぎが起こっていた。

「おれは予科練帰りだ。貴様らは、なぜおれの言うことを聞かないのだ！約束した金を持ってこないのはなぜだ」と、大きな声が上がっていた。何気なく巧は、声の方を見ると、頭の学生帽を油で光らせてあみだに被っている、赤ら顔に髭が生えている。破れた学生服を着て足駄履き姿だった。筋肉質の腕で胸倉を掴んで、怯えている一人の高校生を脅していた。少年は半分泣きながら、

「そんなことを言っても、ぼくは用意できないから勘弁してくれ」と、叫んでいた。周囲には女子学生や男子学生達が遠巻きにして、心配そうに見ていた。巧が何気なくその予科練帰りの狼ぜき者の顔を見て、ニヤリと笑ったところ、

「おれにガンつける気か」と、今度は巧に向かって来た。

「君は予科練帰りだそうだが。どこの予科練に所属していたのだ。ぼくは土浦飛行隊第18期乙種飛行搭乗員の加藤と言う者だ」

　巧が静かに言うと、相手は一瞬息を呑み、巧を上から下まで見て何も言わずに外に逃げ出していた。青くなっていた高校生は、ホッとため息を吐いて、巧にお礼を言うや、席に黙って座り込んだ。先の予科練帰りは偽者だった。巧は一目見て見破っていた。少なくとも軍人の教練を受けた者は、そんならず者の振る舞いなどできるものではない。銃剣術、柔道も多少はできたので、恐ろしいもの

はなかったとはいえ、大きな騒動にならず、巧も安堵していた。やがて室蘭行きの列車が到着し、巧は車中の人になった。内浦の波打ち際を列車は進み、向こう岸には駒ケ岳の姿が印象深く霞んでいた。東室蘭で岩見沢行きに乗り換える頃には北国の早い夕暮れが迫っていた。

8月19日の北国の夜は、早くも肌寒い風が吹いていた。はるばる北海道までやって来た感慨が湧き上がってくる。札幌行きのローカール線は最終列車であった。札幌には午後10時頃に着いた。北の都会、札幌はさすがにたくさんの明かりが輝いていて、人々で混雑していた。札幌駅前通りは、電車が南に北に行き交っていた。駅の方を振り返ると、堂々とした2階立てで左右対称の駅舎が、夜目にも鮮やかな黄色い壁を浮き立たせていた。中央入り口からは絶えず人が出入りしている。駅の左手には、5階立てで石造りの五番館がねずみ色にくすんでいた。空襲に見舞われなかった街は、昔ながらの面影を保ち続けていて、都会らしい活気のある雰囲気を醸し出していた。

# 第四章　弟子屈の灯火

昭和21年8月20日の朝は気持ちよく明けていた。巧は、喫茶店エルムで美紗子と待ち合わせをしていた。美紗子の実家は桑園方面にある。電車で来ると10分ぐらいで来られるという。やがて背の高い色白な女性が扉を押して入って来た。小さな女の子連れで、しっかりとその子の手を握っていた。秀でたおでこを隠すようにおさげにして黒髪を肩に垂らしていた。ピンク色のブラウスに長いスカートを履いていたが、姿は美しかった。少しやつれているような翳りが瞳にあった。

美紗子は、にっこりと笑いながら、

「本当にお久しぶりですこと。お元気ですか。お会いできて、嬉しくて…。何から話をして良いのやら分かりませんわ」

「美紗子さん、お元気そうですね。遥さんも一緒に来たのですね」と、巧は感嘆して話し掛ける。

「おじさんに挨拶をしなさい。遥」と、美紗子は遥に挨拶をさせた。

「大きくなったね、遥さん」

巧は、遥の頭を撫でた。何から話していいのだろうかと思いながら、巧は終戦と同時に除隊し、歯学部で歯科の勉強していたことや、今年の4月には望が飛び立った鹿屋基地を訪ねて弔ったことを話し始めた。美紗子が下を向いて涙ぐみながら、その話を聞いていた。美紗子の胸中には表現できない悲しみが渦巻いていた。遥は美紗子の膝に乗り、黙って巧の語るのを聞いている。愛らしくおとなしい。２歳半になっていた。母親に似た面立ちに長い睫毛が望の面影を思わせていた。

「毎日が食べることで大変なの。それに母も具合いが悪いのです。実は昨年の12月に父が亡くなったのです。充分な栄養を与えられず、薬は何も効かなくて、見る間に衰弱してしまいました。風邪を引いたと思っていたら、急に亡くなったのです」

「お母さんはどうされているのですか」

「母も結核に感染したようなのです。それで遥に感染したら困るので、なるべく離れて生活しているのです」と、生活の苦しみがにじみ出ている。

「望の実家に行くわけには行かないですしね」

「望の実家からはお米や海産物を送ってくれますが、わたしは時々買出しに行くんですよ。着物との物々交換にね。知り合いの農家があるものですから」

「美紗子さんは大変苦労しているのですね。望との約束をぼくは実行できなくて、ご免なさい。どこかで歯科の開業をすることができればいいのですけれど」

「それより巧さんのご両親は、先の東京空襲で亡くなられて実家も灰になったと聞いていますが、大変だったのですね」

「土浦にいた時に一度焼け野原になった実家に行ってみたのですが、何もありませんでした。今年になっても焼け野原のままです。あの焼け野原を見ていたら、ぼくは何にも考えられなくなり、東京を逃げ出したくなりました。望が最後に飛び立った鹿屋基地に行きたくなって…」

「鹿屋はどういう所なのですか」

「九州の桜島に近く、志布志湾の辺りに海軍航空基地が置かれていたのですね。素晴らしく景色のいい所ですが、一年経って無残にも廃墟になっていました。日本の南の端から北海道まで所々街を見てきました。ぼくは、どこかに安住の地を見付けなければと、考えるようになってきたのです。札幌の街は、きれいでどこかしゃれているのですね。今朝は時計台の鐘の音が響いていました」

「近くには北大の植物園があり、昔ながらの札幌の楡やポプラに囲まれた原始林を見ることができますよ」

「そうですか。ぼくは、これから北海道を少し歩いてみたいと思います。多分住む所が決まれば、ご連絡します」

「巧さんは、北海道に住むつもりですか」

「多分そうなると思います。北海道のすばらしい景色にすっかり参っているのです。これから道東方面まで行くつもりです」

「ここ札幌も大変良い所ですよ。水は冷たく空気はきれいで、四季の移り変わりがはっきりしています」と、美紗子は奨めてくれたが、巧の心の中では美しい美紗子のそばにいたいという誘惑の声があった。それを声には出せない苦しさがあった。巧は、自分は美紗子を好きになっていることをいまはっきりと意識していた。このまま札幌にいて仕事を見つけようかとも考えたが、自分にはまだ心に残っているものがあるように感じていた。

「これから道東に発つのですか。余裕があれば、札幌を少し見学されたら良いのに」

「そうですね。それより、美紗子さんの苦しい状況はぼくも理解できます。早く歯科を開業して何かお手伝いをして上げられたら…」と、巧は美紗子の手を握った。

巧は、リュックからお土産を出し机の上に広げた。函館の闇市で買ったものだった。その横に描き込んだスケッチ帳が出てきた。何気なく取り上げた美紗子は、巧が描いてきた戦災の町並みや、崩れた橋の姿を見た。さらに鹿屋基地の絵があった。北には桜島があり、低い山並みの麓に広大な滑走路が見える。壊れた飛行機は見えず、草が高く生い茂った草原が広がっていた。

「巧さんが絵を描きなさるなんて知らなかった。良く描けていますこと」

「ぼくは写真機を持っていないので、スケッチしようと始めたのですよ。美紗子さんみたく本格的ではないのですけれど」

「絵を描くことはいいことですよ。多くの言葉の代わりになりますもの」

「この鹿屋基地の一枚、差し上げますか。望の想い出に取って置いてください」

　美紗子は疲れているのではないかと、巧は思っていた。気丈夫にも明るく振舞っているようだけれど、父を亡くして生活を維持していくことがいかに難しいことか。時々美紗子の顔に表れる翳りが気になっていた。

「美紗子さん、困ることがあったら、何でも言ってください」

「巧さん、いろいろ心配を掛けます。今は、遥をまともに育てることでいっぱいです。それが、望さんの願いでもあるのですから」

その表情には、親としての必死の気持ちが表れていた。

「ぼくも早く住む場所を決めて、歯科を開業するつもりです。それまでの少しの間、待っていてください」

巧は、美紗子をますます愛おしくなってきていた。しかし、ここで自分の愛を告白することはできないと思って言葉を濁していた。

「午後の汽車で釧路に行きます。ぼくはどうしても日本の最果てまで旅をしてみたいのです。それから自分の住むべき場所を決めます。年内に決まると思います。それまでぼくの放浪を認めてください。ぼくは北海道の東にある湖、摩周湖を一度見たいのです。あなたが昔、望さんに話していた美しいコバルト・ブルーの湖が見たい…」

「昔、鳥海山に行った時、わたしは望さんの前で摩周湖の話をしましたね。非常に神秘的な湖と聞いています。わたしも機会があれば、行ってみたいですわ」

「ぼくも放浪の最後に摩周湖を見たいのです。なぜか心が惹かれるのです」

「巧さんもご両親を亡くされて、心に重い悲しみを背負っているのですもの。わたくしはそのやりきれない気持ちを癒して上げられませんが、摩周湖の神秘の湖の色を見たら心が癒されます。その後に巧さんが納得して北海道のどこかに住む場所を見付けることができるように心からお祈りしていますす」と、言うと、美紗子は遥を抱きしめ、

「お世話になった巧おじさんですよ」と、遥に話し掛けていた。遥は、優しい眼差しで巧を見詰めていた。

　別れ際に、巧は、

「必ずまたお手紙を差し上げますよ。元気を出して頑張ってください！」と、美紗子の白い手を握り絞めた。微かに汗ばんだ掌にはかすかな温もりがあった。五番館の向かいの小さな喫茶店を三人は揃って出た。夏の昼下がりは明るく、風も気持ち良く吹いてきて砂塵を巻き上げていた。札幌は春になると、土が乾きだし、馬が垂れ流した糞があちこちにたまり砂塵とともに舞い上がるのだった。季節が違うけれど、風が吹けば砂塵は舞い上がるのだった。駅前で二人は別れた。美紗子のやつれている

ような印象が巧には気掛かりだった。

「体に気を付けてください」と、言ったものの、家では病人を抱えてどのようにして生きていくのか。毎日の食料の確保が大変な時期であった。巧は、二人が乗った電車が桑園方向に去っていくのをしばらくの間不安げに見ていた。心残りを胸に抱きながら、13時15分発釧路行きの列車に乗った。


昭和21年8月25日に札幌から釧路に到着し、それから根室、中標津などを歩いて弟子屈の街にたどり着いた。どんより曇った日で、北国の風は寒さを感じさせていた。中標津から汽車に乗り、釧路川に沿って北上してきた。汽車の走りは遅く、北の外れの寒村を時々見ながら、狭い山間に包まれた弟子屈に着いたのだった。弟子屈駅の駅員に摩周湖に行く方法を尋ねた。摩周湖に行くには歩いていくしかないことが分かった。歩いてどのくらいなのだろうか。朝8時30分から歩いて、夕方までは戻ることができるだろうか。幸い弟子屈は温泉宿もあるようだし、宿泊は可能であった。三角屋根の洒落た駅を出ると広場があり、小型の一台のバスが停車していた。行き先を見ると、美幌峠系由北見行きと読み取れた。車掌に聞くと、屈斜路湖のそばを通過して行くという。先に屈斜路湖を見てから摩周湖に行くことにして、とにかくバスに乗り込んだ。車中は、地元の人達がそれぞれ買出しに街に出た帰りのようで、賑やかに話が行き交っていた。巧の風体はすでにどこか放浪者のようで、地元の人でないことがすぐ知られてしまうようだ。

「どちらから来なすった？ どこさいくのですか」と、眉の濃いアイヌの風貌をした老人が尋ねた。

「東京からですが、美幌峠を見たいと思いまして。日本でも景色のいいところと聞きまして、訪ねてみたくなったのです」

「若いのは馬力があって良いですね。日本もようやく戦争が終わり、平和になったのに、わたしのコタンの部落の若者はまだ二人も帰って来ないよ。和人の戦争に引っ張られて、3人も戦死したんだ。昔からアイヌは平和を希望していたんだがな」と、老人は寂しそうに微笑んでいた。巧は、一瞬言葉に窮しながら、

「ぼくも戦争に参加するために、飛行隊にいて訓練を受けていたのです。幸い戦地には行かなかったけれど」と、答えた。

「飛行機乗りだったのですか。ゼロ戦に乗ったのですか？ゼロ戦は戦争末期には日本にはほとんどなかったのでは？お互い戦争することはごめんこうむりたいですな。ようやくこの付近にも平和が来て、軍人たちの姿が消えて静かな街になりました。わたしは屈斜路湖のコタンに何年も住んでいる。暇があれば、お寄りなさい」と、アイヌの老人がいろいろ語り掛けてくれた。バスは弟子屈の街を抜けて、砂塵を上げて走り出していた。左右から低い谷あいが迫り、釧路川の源流を遡るようにバスは進んだ。低く垂れていた雲は次第に明るくなり、周囲の原生林の緑が深く目に焼き付いた。坂を上がりきると、眼前に湖が開けてきた。

「あれが屈斜路湖です」と、老人が指を差す。

「北海道はアイヌの地名のところが多いのですね」

「それは当たり前ですよ。アイヌは北海道の先住民でしたからね。至る所、アイヌの名前が残っているのです。和人が適当に変えてしまいましたけれど、向こうの開けた所がコタンです。アイヌの人たちが部落を作っているのです。20軒余りの集落ですよ。わたしはそこの村長です。わたしはここで降

りますよ。どうか時間があったら、訪ねてください」

気難しげな老人の顔に笑みが見えた。やがてバスはコタン停留所に停車した。巧は軽く会釈をして見送った。4~5人の乗客が同時に降りて行った。初めて見る屈斜路湖の姿に巧は見せられていた。藻琴山を背景に湖は銀色に波打っていた。行く手には和琴半島が湖水に延びてアクセントを付け、自然の造形美をなしていた。バスは、ゆっくりと湖水に沿い走り続けていた。

バスは喘ぎながら牛の歩みのようにのろのろと進み、ようやく490mの峠に到着した。車掌に帰りのバスの時間を尋ねて、巧は一人、峠の停留所に降り立った。幸い曇り空は晴れて、冷たい風が肌に心地よかった。誰もいない高原の眼前に広がる広大なパノラマに圧倒され、巧は北海道の自然の雄大な美しさに見とれていた。足元から熊笹の草原が湖に向かって広がり、緑に包まれた中島が見える。湖面は左右に円形に広がり、対岸の先には摩周岳が霞み、斜里岳が画枠の区切りを付けている。空にはゆっくりと層雲が流れていた。このような自然の中に生きていくことができれば、自分自身の再生の可能性があるかもしれないと、巧は考えていた。巧は、草叢に腰を下ろして大きく天を仰いだ。除隊になってからこのような開放感に浸ったのは、何日ぶりだろうか。心の中から生きていく喜びが湧き上がるのを感じていた。

「望!俺は、やはり北海道に腰を下ろして生活していくつもりだ。そして美紗子さん、遥さんを何か支えられれば、と思っているよ。このような美しい自然の中で生きていくことが俺の願いなのだ。弟子屈というところは俺の願いに相応しいところだよ」と、改めて巧は心の中で叫んでいた。肩から下ろしたリュックから、描き込んだスケッチ帳を取り出して、巧は飽くことなく辺りの景色を描き込んでいた。疲れてくると、巧は草叢の中に大の字になり、しばらくの間高原の空気を吸い込みながら眼った。緩やかな眠りに夢を見ていた。

空は青く、水平線上には入道雲が立ち上がり、その先端が紺碧の空を横切って流れている。一羽の水鳥が急に近寄って巧の方に急降下して来た。羽を振り乱し、前方の海上に浮かぶ無数の艦船に向かって、その鳥は無数の羽の矢を打ち込んでいる。繰り返し飛び上がり急降下していた。しかし、船はびくともせず雲の中に消えていった。ぎらぎらした灼熱の太陽が海面を照らしていた。一羽の水鳥がきりもみになって水中に没していった。

画面は暗黒の空に変わり、B-29の轟音が空に広がって、雨が降るように爆弾のあられが街を包み、瞬く間に街を焼き尽くし始めた。人々は無言で逃げ惑い、火に焼き尽くされ、灰塵と化していく。音は何もなく、燃え狂う火柱が無数に立ち上り、辺りを真昼の明るさにした。焼夷弾の炸裂する音が聞こえるのみで、いつ止むか知れなかった。限りなく建物は崩れ、人々は火に焼かれていく。まさに地獄の火を見ていた。

巧は、脂汗を掻きながら薄目を開けると、そこには青い空が広がって、音のない空間の中に自分がいるのに気が付いた。帰りのバスが高原の峠に来るまでの数時間、自分を失ったように茫然としていた。

釧路川に沿って立っている弟子屈の古い小さな美留和と名のある温泉宿に宿泊した、この付近には何軒か温泉宿があった。道を挟んで向かい側に長生閣という建物があり、それは、昭和19年に日本医療団に買収されて療養所になっていた。長生閣は釧路川が蛇行する円形に切り取られた中州の敷地内にあり、明治19年に本山氏が温泉旅館を開いたという。２階建ての格調のある大きな旅館風の建物であった。結核の患者が療養していると聞いた。

翌日。その日は秋のように澄み切っていた。巧は、爽やかな気分で身支度をした。と言っても、薄汚れたワイシャツに着古したズボンはどうみても浮浪者の一歩手前の有様であった。何度も洗った登山帽を被り直して宿を出た。宿の人に聞いたら、摩周湖までの道のりは８ｋｍあり、戦争前までは観光バスが行き来していたが、現在は中止しているとのことだった。往復16ｋｍの道程を歩くことになった。宿を出ると、道は線路を越えて真っすぐ北東方向に摩周湖の外輪山の麓まで伸びている。緩やかな登りで、白い未舗装の砂礫の道であった。左右には芋畑、トウキビ畑が展開されていた。畑の中を2時間も歩くと、麓に到着した。そこからは曲がりくねった登り道になり、少しずつ高さを増していた。深い谷あいに入ったように、周囲は高い原生林に囲まれている。車道には草が生い茂って、長いこと車両が通過していないことを示していた。２００ｍほどの外輪山を曲がりくねる道に従って上り詰めると、視界が開けてきた。そして、巧の前には摩周湖が現れてきた。それは、恐ろしいほどに美しいコバルト・ブルーの水面を持った円形の湖であった。しかも、東南には摩周岳が湖にアクセントを付け、峨峨とした峰を見せている、カルデラ壁は、水面から２００～４００ｍの高さで水面を取り囲んでいる。壁は45度前後の急斜面をなしている。容易には人は近づくことができない。湖の中央にはカムイシュ島が尖端を見せていた。巧は、水面は不思議な青色をしていると思って見ていた。空の青さとも異なる濃い緑が勝ったような蒼さを見せていた。地球上でこの蒼さ以上の青さがあるのだろうか。人の心を惹き付ける青さがあるように思った。巧は、大きなため息とともに地にひれ伏したい気持ちになっていた。自分が求めてきた自然の美しさはいまや自分の目の前にある。この美しさを見詰めていると、自然と心が洗われ癒されてくる。自分のこれからの生き方を定めることができるに違いないと直感した。巧は満足していた。しばらくの間、展望台の錆付いた長椅子に腰を下ろして、圧倒されるような景色に酔いしれていた。眼を南に転じると、西別山の裾野から遠く釧路辺りまでの根釧原野が青く霞み、昼の日差しの中に白く燃えていた。振り返ると、昨日行った美幌峠、藻琴山が見え、やや北西の方向にはアトサヌプリからの白い煙を認めた。1時間余りそこに身動きせずに座っていた。自分はここ弟子屈に住むのだと確信しながら展望台を後にした。

街に帰る途中、巧にある一つの考えが浮かんだ。巧は、開業するのに最も有力な手段としてこの町の村長を訪ねようと思った。自分の学業証明書、歯科医国家合格証明書、土浦飛行隊にいた時の写真、除隊時の少尉の任官証などを用意して、庁舎を訪ねることにした。村長は佐藤惣吾と言って、40代後半位で、農業に長いこと従事しているためか、日に焼けた褐色の顔に精悍な意志の力がみなぎっているような人であった。涼しげな瞳はやや灰色で、巧を上から下まで一瞥した。

「さあ、どうぞお掛けなさい」

巧は、庁舎内の村長室に案内されていた。村長室には大きな摩周湖の絵が飾られていた。濃いブルーの水面は限りなく深い。空には絹雲が浮いている。

「若い方、お名前は何と言いましたかな」

「加藤巧と言います」

「さて、何のご用があって来られたのですか」

「実は、ぼくは終戦で航空隊を除隊になり、特攻で戦死した友人がいたものですから、特効の基地を訪ねて弔い、その後日本中をさ迷い歩いたのですが、ここ弟子屈にやって来ました。ここの環境がいいものですから、ここに住みたいと考えてお伺いしたのです」

「ほほう、そうですか。あなたも特攻に行かれるところだったのですね。わたしは幸い戦争には行きませんでしたが、日本は今敗戦から立ち直ろうとしていますけれど、村には若い人が戦争に行き、かなり戦死しています。今、他県からの移住の話を国に打診して、開拓の推進を図ろうとしているのです。あなたのように若い方が一人でも多く弟子屈に住んでくれたら申し分なしですよ。それにあなたは歯科の資格をお持ちのようですね」

「はい、今年の国家試験に合格しています。それで歯科の開業をこの街で行えればと思いまして…。それを考えるには村長さんを訪ねることが一番と思いまして」

「それだけの身分を保証するものがあれば、わたしが保証人になってあげてもかまわないと思います。ところで、ご両親はどこにおられるのですか」

「ぼくの父は、東京の浅草の近くで開業していたのですが、昭和20年3月10日の東京大空襲で両親ともども全滅したのです。ぼくがまだ土浦航空隊に在職していた時でした」

「それは、大変な災難でしたね。何と申し上げていいのか分かりません。あの空襲について戦後初めて耳にしたのは最近のことなのです。昭和20年3月頃の新聞には、大空襲の記事はほとんど載っていなかったのです。特別攻撃隊の活躍も戦果のみが大々的に報道されていましたが…」

村長は、本当に気の毒そうに顔をしかめた。一瞬、沈黙が支配した。

「この村には医者はいませんし、歯科もありません。開業されると村民にはすばらしいことです。現在の村民は約９４００人余りですが、間もなく町に昇格します」
願ってもない話が村長の口から聞かれた。村長は、さらに、
「開業するとしたら街の適当な場所がなくちゃいけないですね。２～３箇所心当たりがあるので、考えてみましょう」と、優しく言った。

希望を持って巧は、２階建ての古い庁舎を辞し、宿に戻った。川岸に立つ旅館の窓からは、釧路川のさらさらした流れの音が耳に心地良く聞こえた。やっと落ち着く所に落ち着けると考えて、巧は息を吐き、背伸びをしてから大の字になり、しばらく天井を見詰めていた。頭の片隅には美紗子と遥の姿が浮かんできていた。開業の場所が決まったら、手紙を書くことにしようと思っていた。

吉報は、翌日早々に届いた。村長から直々の電話があり、弟子屈駅前にある二階建ての洋館の一階が空いているということであった。自分自身で確認したところ、それは元美容室であったのが廃業したのだという。

巧は、早速出掛けた。弟子屈駅に向かって右手の角に、白いペンキが剥がれた古い洋館が立っていた。役場の若い人が独りで巧を待ち構えていた。巧が手を上げると、若い人は衛生管理関係の課長の佐藤であると名乗り、すぐに建物の鍵を開けて、巧を中に案内した。部屋全体からはカビ臭い匂いが立ち上がって来た。部屋には３台の黒の機械椅子が置かれてあり、化粧台の鏡は一面カビで煤けていた。歯科の診療用に改装するのは簡単であると思われた。

２階の窓からは弟子屈の駅舎全体が見渡せ、駅の玄関には列車を待つ人々の群れがよく見えた。駅舎の反対側は高い土手になっていて、摩周の外輪山は見えなかった。炊事場にはポンプが付いていて、水を汲み上げるようになっている。これで歯科診療室に必要な水の用意ができることを確認した。

「部屋の改造は街の大工にお願いして、医療器械野関係の方は役場の方で連絡してあげますから、その方に頼むといいと思います。必要なものはきっと上手い具合に揃っていきますよ」と、若い役場の職員は、巧に積極的に教えてくれた。もう一方の窓からは、晩翠橋を渡って駅前の広場に来る人たちの姿が見えた。

その夜から巧はこの場所に移り住んだ。懐は一日一日と寂しくなりつつあった。幸い家賃は安く、退職金とこのために蓄えていたわずかな費用や東京の両親の土地を売ったお金で半年余りの生活は何とかなるように思っていた。翌日、釧路から器械関係の人が尋ねてきた。当面は、歯科用椅子は2台で始めることにしたが、最近北洋銀行が弟子屈に支店を開設したので、一度融資の件を相談してみたら良いと、親切なアドバイスを貰った。

いつの間にか9月になり、慌しい10日間余りが過ぎていった。大工が来て、小さな待合室、診療室、歯科技工室を上手く造作をして診療室らしくなった。表には加藤巧歯科診療所の看板を出した。すべての準備が終わったのは、9月30日を過ぎていた。町長はじめ関係者を招待して開院式を10月18日に行い、巧は本当に弟子屈の住民になった。開院式の村長の演説は、気持ちが込められているものであった。

「弟子屈にこのような若い歯科医師が定住し、仕事を始められるとは、夢にも思っていませんでした。情熱に溢れる加藤先生は、もと特別攻撃隊の最後の卒業生で幸い戦争は行かなかったのですが、ご両親が東京大空襲の犠牲に遭われております。先生は考える所があり、この弟子屈の町に来られここに住む考えでわたしの所に相談に参りました。先生の気概に触れて、わたしは町としても全面的に応援をしていきたいと考えております。先生にはこれからは町民のための歯科衛生全般にわたってご協力をいただかなければなりません」と、佐藤村長は熱弁をふるった。村議や近所の人々が開業の祝いに駆けつけてくれて、その夜は祝宴の酒が振舞われて賑わった。地元の人たちの暖かい気持ちが巧には本当に嬉しかった。その日から巧は、一日も欠かさず歯科診療に携わり、村民に深い信頼を得るようになっていった。その夜、巧はようやく美紗子に手紙を書くことができた。

前略

お会いしてから1ヶ月余りたちましたが、ぼくはようやく放浪の旅の終止符を打つ街を見付けました。自分の住める街を見付けることができました。それは弟子屈です。二つの湖に囲まれ、釧路川が街の中を流れ、温泉も街には湧き出ています。空気は爽やかですし、周囲は原生林の樹林に囲まれた静かな田舎町です。弟子屈駅の前に歯科診療所を開設しました。今日開院式を村の村長始め近所の人達、応援していただいた人達が集まり、ささやかに行いました。人口は９４００人余りの農村ですが、歯科を必要としている人達はかなりいるようです。村長が言っていましたが、来年はこの町に国立の結核のための弟子屈療養所が開設されるそうです。それだけこの街は空気が澄んでいるのです。一度この弟子屈にぜひ遊びに来てもらいたいと考えております。ぼくは、ここで少しは経済的なものを確実にしていきたいと考えています。美紗子さんと遥さんを応援できる準備がようやくできました。ぼくは、摩周湖、屈斜路湖を見に行きました。摩周湖にはバスもなく、往復18キロの道を歩きましたが、本当に息を呑むようなコバルト・ブルーの湖面は、人を惹き付ける魅力に溢れていました。摩周岳と湖の組み合わせは、すばらしい景色を創っています。あなたが鳥海山の登山の時に一言漏らした摩周湖の魅力を心から確認できました。そして、この湖の懐の里に根を下ろす決心をしたのです。診療所は繁盛するかどうかは分かりませんが、繁盛することを祈ってください。美紗子さん、体に気を付けて。遥さんの微笑みによろしく。

草々
加藤巧

昭和21年10月10日

その夜は、巧は長い放浪の日々に描いてきた画帳をめくりながら、自分の生活の目処が一応付いたことを実感していた。東京の下宿のおばさんにも手紙を出し、残してきた書籍などを送ってもらえるよう、長い礼状の中でお願いした。明日からは新しい気持ちで生活が始まるのだと思うと、胸が熱くなっていた。

終戦から一年、8月20日に美紗子は巧と再会し、不思議な安堵感を感じていた。巧と別れると、その足ですぐ桑園の実家に戻った。夏もそろそろ終わりを告げるようなそよ風が吹いていた。しかし、美紗子の頭の中は毎日の生活をどのように切り盛りするべきか、食べ物はどうするのか、そんなことでいっぱいだった。米は、切れてしまえば、いつも調達に苦労する状態であった。昨年の秋、父が亡くなったのも栄養を十分に摂らせることができなかったためであった。末期の肺結核であったが、戦争の末期は悲惨なものである。病院に入院させることもできず、充分手当てをしてあげられないことが、心残りであった。父はわずかな恩給と家を母に残してくれたものの、この時代のあらゆる生活費は日ごとに高くなる状態であった。不足気味の米は戦争前、10ｋｇが3円から毎月のように値上がりして、20年の秋には36円もする状態であった。（生活をしていけるのかしら）と不安がよぎる。手を引いてヨチヨチ歩く遥の手を思わず強く握る美紗子だった。来週は、自宅に残っている母の着物や父の残した背広を持って農家にまた買出しに行かねばならないことを思うと、気持ちが重くなるのであった。農家は、いつも気安く野菜や芋、トウキビなどを分けてくれなかった。それは多分に、野菜の収穫の時期にもよるのに違いなかったが、何も手に入らず帰るのは美紗子には酷く苦痛であった。一家の命が自分に掛かっていることを思えば、深い空腹地獄に落とされたように感じた。それでも2～3軒の農家を歩いて、その時期の野菜や穀類を手に入れた。今年の生産の目鼻がついてきたら、農家は古いものを嫌々少しの量を恩着せがましく、売ってくれた。美紗子は、農家のことはよく分からなかったが、大地主になればなるほどそれほど困っているわけでもないので、意地悪な感じがした。

新聞を見ると、日本の農家の大改革が近々行われることを報じていた。大地主の農地を小作人に分け与え、大地主がいなくなると報じていた。昨日も広島の農作地帯にリュックを担いで5ｋｇほどの米を手に入れたが、値段は昨年よりも高くなっていた。5ｋｇで20円も取られたのだった。たんぱく質の補給は魚しかなかったが、銭函にいる知り合いの漁師から時々手に入れることができた。このたんぱく質の供給は美紗子の救いだった。美紗子は、巧に少し疲れているのではないかと言われた。できるだけ今の自分の置かれている状況を知られたくはなかったのだが、確かに生活に疲れ出しているると思った。化粧も何もしていない。望と別れてからまだ2年も経っていないのに、昔の学生時代のような若さは消えていた。彼が戦死したなんて考えられない。きっと帰ってくるはずだ…。戦争が終わって1年が過ぎた。現実にはいつの間にか望は特攻の中に組み入れられたのかもしれない。そして、戦死したのだろうか。考えたくはなかったが、頭の中では同じことが繰り返されていた。現実に望は帰ってこない。遥を無事に育てる義務があると考えると、美紗子にはまた力が湧いてくるのだった。

それにしても、もう少し一日の食べ物の内容が良くならないかと真剣に考える毎日であった。新聞によると、秋にはララ物資などでアメリカが食べ物の救援をしてくれるらしかった。それまで頑張らなくてはならない。遥を抱き上げて家に入った。

「今日会った人はお父さんの親友ですよ。遥も覚えていてね」と、遥に話し掛けた。この頃、遥は片言が話せるようになっていた。大人しく肯いていた。可愛い子になってきたと美紗子は思う。望と自分に似て睫毛の長い眼のくるりとした色白な子供であった。

「お帰り、巧さんとやらに会うことができたのかい」と、母の声が寝室から響いてきた。

「ええ、2年ぶりで会いました。望さんの親友で、航空隊では、巧さんの後輩になるのですけれどね。幸い戦争に引きずり出されなくて、終戦を迎えたのです。除隊してから歯科医の免許を今年修得し、5月から全国を放浪したのですって。そして、望が戦地に向かった鹿屋基地に行ってきたそうです。望の弔いをしてきたと話をしていました」と、美紗子は答えた。

「そこから、たくさんの特攻が飛び立ったのですね。望さんもその中にいたのですか」と、母はため息を吐いた。美紗子が結婚すると言ってきた時、まさか飛行機乗りと一緒になるとは考えられなかった。飛行機乗りは一番危険な仕事であることを母は知っていた。しかし、日本の終戦間際の追い詰められた状況では止むを得なかったかもしれないと、思い直していた。多くの若者がいなくなってしまっている。美紗子はどのようにしてこれから生きていこうとしているのだろうか。母は不安になっていた。

「今晩の夕食はご馳走ですよ。巧さんからたくさんのお土産をいただいたので、ご馳走を作りますわよ」と、美紗子が優しく言った。台所の窓からは夕昏が手稲山頂に広がって来たのを見ることができた。オレンジ色から紅色に変化していく。美紗子はこの窓から見る夕昏の変化を楽しむのが好きだった。毎日が違う色合いを見せている雲…そんな空の変化に時の移りを感じていた。夕食の支度をしながら、来年は仕事に出なければならないと考えていた。望の残してくれた戦死者への一時金はわずかなものでしかなく、年金は親子３人が食べていくには不足だった。桑園小学校の代用教員をしなければと思っていた。

親子三人で食べる夕食は静かで、侘しいものであった。母は最近めっぽう痩せてきていた。白髪も増えている。結核は一向に良くなる様子はなかった。医者は開放性ではないから自宅にいても大丈夫だと言っていたが、幼い遥に感染させたら大変なのに…。これも心配の一つであった。できるだけ遥をお祖母ちゃんから放すようにしているけれど、遥はそんなことはお構いなしで、いつもお祖母ちゃんのそばにまとわりついている。

「遥はお父さんがいなくて寂びしいけれど、そんなことに負けていては駄目よ。さあて、遥の好きなおかずは何？」と、いつものように遥に話し掛けている。お祖母ちゃんの優しい笑顔は遥に似ていた。遥は片言で答える。

「遥はね、何でも食べるからね。何でも好き！」と、行儀よく，活発な様子を見せていた。夕餉の中味は芋を刻んだ芋ご飯と巧から貰った昆布と身欠き鰊で作った昆布巻、裏庭の畑で採れたほうれん草の味噌汁、そしてようやく手に入れた玉子にニラを入れた玉子焼きであった。久しぶりのご馳走だっ

た。母は、遥を見ながら心配そうに、

「この頃、お米は大丈夫なのかい。配給は十分にないようだけれど、できれば望さんの実家の方に頼んでみたらと思うのだけれど」と、母が言った。美紗子は、何度か実家に手紙を書いて米を送ってもらっていたが、今年になってお米は思うように送ってこなくなった。まだ収穫の前と言うこともあったが、山形の小松家の方にも、とんでもない変化が起こっていた。アメリカの占領政策の一つとして農地改革が実行されることで小作人は良くなるが、大きい地主の小松家の収穫は十分の一になるらしいと知らせて寄こした。運が悪いことに祖父は脳卒中で先月亡くなっていた。一方、姉の恭子は今年の秋に婿を迎えることになっていた。これは、長男の嫁でもある美紗子の立場がなくなったのも同然であることを示唆していた。そのために美紗子は山形に行く気持ちはなかった。ましてや母の病状も気になることであった。遥が男の子であれば、話は別であったのかもしれなかった。


このように三人の静かな夕食は繰り返されていた。夕食後には決まって美紗子は遥のために古い着物を解きほぐし、遥の新しい着物に造り直していた。

「今夜も、ミシンを使うのかい。美紗子さん」

「お母さん。この古着で女の子のズボンを作れるかしら」

「うん。それならばズボンに最適ですよ」と、母と美紗子の他愛ない話がいつものように続く。

「お母さん、来年から、わたし、働きに出たいのだけれど。遥は3歳になるし、あの子ならば、多少手を放しておいても大丈夫だと思うの。友人から小学校の代用教員にならないかと言われているのですが」

「どこの学校なの」

「それはね、家から近い所…桑園小学校よ。わたしの卒業した学校ですもの」

「美紗子がいいと決めたならば、わたしは特に反対することはないですよ」と、母は答えた。美紗子は来年の4月からの就職に期待を持っていた。将来に向けて、自分の意志で生活をしていかねばならないことを感じていた。これから先のことは、皆目美紗子には判らなかった。復学は可能であったが、日本女子大に復学しても卒業まで一年は必要であった。子持ちの復学は、今は不可能であった。とにかく自分の得意とする教科を持つことで、美術関係の勉強を主に教えることにして就職が決まっていた。安らかに寝息を立てて眠っている遥の横顔を見ていると、どうしても、美紗子は巧との短かった青春のひと時の思い出が蘇るのだった。遥の横顔は確かに望に似ている。濃い眉、長い睫毛、広い額は望のものだった。自分は望の真面目な積極性が好きだった。日本の将来を憂い、自分のできることは何かと思い悩んでいる望が好きだった。望は後ろに下がることは嫌いだった。その性格ゆえに飛行機を愛し、結果として飛行機乗りになってしまった。国のために死んだことは間違いない。日本は戦争に負けてしまうと、急に掌を返すように一億総懺悔を唱えだし、過去の日本のすべてが誤りだったと言い出している人たちで溢れていた。望たちの国を愛する純粋な気持ちは、いったいどうなるのか…。望たちが愛した国を否定するのだろうか。これからの日本はどのような国になるのだろうか。美紗子は、遥の横顔を見ながらそんなことを考えていた。望さん、遥を必ずすばらしい女性に育てなければ…。美紗子は、そう心に誓っていた。

夜のラジオの音楽番組からは相変わらずりんごの歌が流れていたが、そのうち聞きなれない子供のすばらしい歌声が聞こえてきた。美紗子は、聞くともなく耳を傾けていると、それは美空ひばりという女の子の「悲しき口笛」だった。暗い感じのする歌であったが、唄っている女の子の声は今まで聞いたことのないものだった。次に流れてきたのは児童たちの歌う『みかんの花咲く丘』で、本当に明るい、爽やかな歌が聞こえてきた。思わず美紗子は、音量を少し上げて聞き入っていた。戦争中はまったく歌などを聴きもしなかったのに、流れてくる新しい曲想に引き込まれていた。平和になり、時代が急速に変化していくような感じを持った。日曜日にはＮＨＫののど自慢素人音楽会が始まっていて、母はそれを聞くのが楽しみであった。そんな母の病気は、一向に良くなっているように思われなかった。少しずつ体力が消耗していくようであった。８月の末になっても、まだ巧からの手紙は来なかった。美紗子は巧に会ってからは、どうしても巧のことが気になっていた。巧は望の友人であり、今まで義理堅く自分達のことを気に掛けてくれているが、どこに腰を落ち着けるつもりなのだろうか…。いつの間にか美紗子は、巧からの便りを待ち望んでいる自分に気が付いて苦笑していた。毎日の苦しい生活は、男手があればと思うことも何度もあった。特に買出しに行くのが美紗子には苦痛であった。混雑する汽車に揺られて目的地についても、何も手に入らない時もあった。こんな時、自分の目の前がふいに暗くなり、何のために生きているのか解らなくなってしまう。しかし、遥の顔を思い浮かべ、生きなくてはと思う。美紗子は、歯を食いしばってがんばろうとするが、涙が自然に流れてくるのを押さえられなかった。

ある日、人から聞いていた手稲の農家を訪ねてみた。秋の収穫の時期が近づいているためか、トウキビ、カボチャ、ウリなどをリュック一杯買うことができた。悲観していた気持ちが吹き飛ぶ。肩に食い込む重さも少しも気にならなかった。先ほどの農家のおかみさんは美紗子の姿をじっと見ていて、

「色が白くて、別嬪さんだね。独り身ですか」と、問い掛けた。

「ええ、あの、独り身なんですよ」

美紗子は、言葉に窮しながら答えたが、これは、まんざら嘘でもなかった。

「昨年軍隊から帰ったうちの息子の嫁にどうかと思ってさ」と、おかみさんは笑いながら、明け透けに言った。

「はあ、わたしが、ですか」

「歳は幾つなの。23か24歳くらいだと思うけれど」

「はい、そのくらいですが」

美紗子は、できるだけこんな話から逃げ出したかった。首筋に汗が出てきた。美紗子はできるだけこの話に乗らないようにしていた。おかみさんはそれきり何も言わずに、月末には野菜やカボチャ、馬鈴薯があるからもう一度来なさいと言ってくれた。美紗子は改めて心から感謝をして、その農家を離れたのだった。秋の夕暮れは早く、日が落ちて、夕日が手稲の山に残っていた。少し肌寒く、あの白い冬がまた少しずつ近づいて来ているのが感じられた。美紗子は、遠くに北大農場のポプラ並木を望みながら、桑園の自宅に向かって道を急いだ。

10月になっても、巧からの手紙は来なかった。美紗子は時々巧のことを思ってはいたが、自分にはどうすることもできないことを知っていた。望の友人であり、唯一の男の友達である巧に、同じ境遇を生きていることへの共感を美紗子は持っていると思っていた。だから、巧とまた話をしてみたいと思う心の疼きを持ちながら、一日一日が過ぎていった。手稲の山や円山の緑もいつか赤く色付いて、秋の気配が濃くなり、街路に立つナナカマドの樹には赤い実が目立ち始めていた。10月も中旬が過ぎて、ようやく待ち望んでいた巧から手紙が来た。美紗子はホッとした様子で母に報告した。

「巧さんからよ。道東の弟子屈にいるらしいの。それから歯科の病院を開いたと書いてありますと、美紗子は巧の手紙を母に差し出していた。

「巧さんは北海道に腰を下ろして、本当に住み始めたのですね。誰も家族がいないし、これからが大変でしょうね」と、母は呟いた。美紗子は、巧の手紙を読み、心に引っかかっていたモヤモヤしたものが晴れたのであった。巧さんも覚悟を決めて生活を始めたのだ…。弟子屈はどんな所なのだろうか…。札幌に生まれて道東の弟子屈、摩周湖などのある道東には一度も旅行をしたことはなかったが、生前に父から聞いた摩周湖はすばらしい湖であること、地上に置かれた大きな紺碧の宝石のような湖であることを美紗子は聞いていた。巧は、その近くにある町に住んでいる。美紗子は機会があれば、一度は訪れてみたいと考えていた。

この頃の新聞には、農地改革で80％以上の農地が小作人に解放されたと報道されていた。山形の小松家は代々、大地主の庄屋だったため、この改革で農地を小作人に譲り渡すことになり、大きな収入を失っていた。美紗子は、本家に米の無心をすることはこれで終わりなのだと理解していた。10月の晩秋は足早に過ぎてゆき、ある朝かなりの寒さを感じていたら、手稲山に初雪が降りていた。11月からララ物資の配給により砂糖、粉ミルクなどが手に入るようになっていた。それでも、主食の米は遅配がいつものようにあり、新聞によると、3ヶ月も札幌は遅れていると報道されていた。親子3人がぎりぎり生きていくだけの食料を確保することは大変であった。米以外の代用食品で過ごさなければならなかった。いつまでこんな苦しい状態が続くのだろうか。美紗子は歯軋りしながら、生活に耐えていた。遥にはできるだけ豊富に食事を与えなければと考え、副食物をあれこれ考えて麦粉とでんぷんにビートのすりつぶし、にんじんを混ぜて玉子で整え、ニシンからとった魚油で焼き上げてケーキにしてみた。遥は何でも食べるし、手のかからない子供であった。特製のケーキに遥が満足の微笑を返してくれるのに、美紗子は母として満ち足りた幸福感を覚えていた。

「美味しい」と、遥は母を見上げ、

「お祖母ちゃんにも上げましょう」と、元気良く母の手伝いをするのであった。来月は遥の3歳の誕生日を迎える。言葉も最近は随分と理解するようになり、話し言葉も増えてきた。おでこが広いのは望に似ている。長い睫毛とくるりとした眼は母に似ている。色白なのはやはり美紗子似だ。物分りがいいのは誰に似ているのだろうか、遥はまったく手のかからない子供であった。11月に入り、札幌に初雪が降った。煙突からは石炭を燃やす煙が出て、風のない日は低く垂れ込めた茶色の靄を作り、家々を包んでいる。白い息を吐きながら、美紗子は庭先に配達された石炭を一人で物置小屋の石炭貯蔵庫に運び入れていた。最近、母に気になる症状が出ていた。毎日38度余りの熱があり、軽い咳を繰り返している。気丈夫な母は何でもないと言っているが、夏ごろに比べると食欲がなく、体が痩せてきていた。結核には有効な薬はなく、母も病院に行きたがらないため心配であった。病院に行く、行かないで母と口論するのは、美紗子には憂鬱なことであったが、明日は必ず母を桑園病院に連れて行かねばと考えながら石炭運びをしていた。2トン余りの石炭は年内はこれで充分であったが、1月にはまた石炭を購入する必要があった。母には充分な栄養のあるものを与えなければと、美紗子は思案していたが、この環境ではどうすることもできなかった。配給は戦争中より少しは良好になり、定期的に米の他にも手に入り出していたが、バターや肉類はまったく入手できなかった。美紗子が春先に手に入れた身欠き鰊は、唯一の動物性の蛋白質であった。母には少しでも美味い物を食べさせなければと考えていた。昆布とニシンで昆布巻きや甘露煮を作り、母の食欲を刺激してみたが、納得するほどは食べてくれなかった。

先日ようやく母を病院に連れて行くと、医師から不安な一言を言われた。母の病状は、抜き差しならないものであった。左の肺尖部から中葉にかけて大きな空洞形成が認められると言われた。X線フイルムには明らかに病状が進行している形跡があった。喀痰には結核菌は認められていない。父はガフキー5号で、かなりの結核菌があったのだが…。毎日の咳や痰の排出に充分気を付けなければならないと言われた。遥に対する感染を防がなければならないが、美紗子はなす術を知らなかった。幼い遥は何かあるとお祖母ちゃんの枕元に行き、何かと話し掛けている。来月は、遥の誕生日である。遥は、日常の会話はほとんどできるようになっていた。

「遥ちゃんは、大きくなったら何になりたいの」と、お婆さんは訊ねる。

「遥は、お父さんのような飛行機乗りになりたいの」と、遥は心にもないことを言っている。美紗子がお父さんのことを遥に話をする時には、「飛行機のことを話していたのに違いなかった。遥の頭の中には飛行機の概念があるようには見えなかったが、お父さんのことは飛行機と関係があるのだと思っていたのだろう。そして、お父さんは遠い遥かな空に旅立って行ったことを、そして、もう帰ってこないことを遥は少しずつ気付いてきていた。三人の寂しい夕食は、いつものように始まり、ラジオからの音が周囲を和ませていた。11月の中旬を過ぎた札幌は寒気が厳しく、初雪がとめどもなく降りしきっていた。居間の窓に打ちつけるように、吹き寄せる雪が後から後から暗い虚空から舞い降りてきていた。

「お母さん、今夜は相当に積もるようですよ。先程のラジオのニュースでも言っていたよ」

「初雪というのに、もはや根雪なんだね」と、母は小さい声で呟いた。

「お母さん、雪はたくさん降るの？　遥はあの雪で人形さんを作りたいな。それからケーキを作りたいの」と、遥ははっきりした口調で言った。

「遥！明日になれば、何でも作ってあげるわよ。遥の好きなものはなんでもね」と、美紗子は笑いながら答えた。外は風が出て来て、吹雪に変わっていた。

「間もなく遥の誕生日が来るね。誕生祝に何をしようかな。おいしいケーキを作りましょうね」と、美紗子は請合っていた。母は元気がなく、早く休みたがっていた。冬の雪降る夜は独特の静けさがあり、その夜のラジオ番組「二十の扉」の回答者の声が賑やかに響いていた。

平和の重苦しさが三人を包んでいた。生きていくことがこんなに辛く大変であることを毎日実感して、堪えていかなければならなかった。翌日は雪がすべてを包み、銀世界の輝きに満ちていた。空は晴れ、各戸から立ち上る煙突の煙も風に流されて、ひんやりとした冷気が清々しく感じられた。初雪の朝はすばらしい。これから半年の冬の暮らしが始まるのをいつものように感じて、美紗子は石炭を石炭箱に運び入れていた。明日、12月1日は遥の3歳の誕生日だ。あれから3年が過ぎようとしている。

午前の郵便配達人が小包を届けてくれた。差出人は巧だった。手紙には近況が添えられていた。歯科の仕事は順調に進んでいて、一日30人余りを診療していること、毎日新患が増えていること、村の人達の知り合いがたくさんできたこと、結構村の人達が心配して食べ物を分けてくれること、釧路が近いので列車で買出しに行くこと、それも魚は豊富で今年はシャケ、筋子が豊漁であることなどが書かれていた。さらに、すぐそばを流れる釧路川にもシャケが遡上しているのが見られ、鮭がこんな近くで生き生きしているのを見るのは初めてで感激しているという。また、弟子屈はすでに辺り一面雪に包まれているが、初めて雪の中で生活する大変さも、少しづつ慣れてきていることを知らせていた。

12月1日は遥さんの誕生日ですね。3歳になりましたか。お母さんと一人前に話をすることができるようになっているのでしょうね。将来が楽しみですね。誕生日祝いに何してあげれば良いのか分からず、わずかですが、金子を同封しました。遥さんの洋服にしてあげてください。見ると、封書の中に百円があった。アイヌが彫った小さなフクロウの彫刻の置物、そのほかに塩シャケ、筋子、いわしの干物、もち米、小豆、砂糖などが梱包されていた。美紗子は思わず涙が出てきた。小さな3人家族に、こんな苦しい時に巧さんはすばらしい贈り物をしてくれた。遥にも何か新しい着物を買うことができれば…。遥を連れて三越か、丸井に行って見てみようと思った。

「巧さんからたくさんの贈り物をいただきましたよ、お母さん」と、感激して母に話し掛けた。

「美紗子は送ってきたものを母に見せながら、金のことはなぜか伏せておいた。物はいいとしてもお金を受け取ることはできないと思った。

「美紗子は巧さんと結婚すれば、良かったのにね」と、母はぐちっぽい調子で何気なく言っていた。

「お母さん、そんな話はなしですよ」と、美紗子は受け流したが、少し気分が高揚しているのが分かった。

「明日はあなたの誕生日よ。お母さんのへそくりで、遥にきれいな着物を買いましょうね。三越か、丸井に行って…。巧おじさんから遥にいろいろな贈り物を送ってきました」と、遥に説明して、巧をおじさんと呼ぶ以外にはない。お父さんの友人と言っても遥はまだ深くは理解しないだろう。誕生日の日、美紗子は遥を連れて三越に行った。クリスマスの飾りがきらびやかに飾られて、戦争で何もなくなっていた以前と異なり、デパートは結構華やかになっていた。高価な衣類や化粧品が並び食料品も豊富に出回り出していた。人々は結構多く出入りしていた。3階の女性の衣料品を専門的に展示しているところには、幼児のための着物も展示されていた。遥には金鎖の付いた赤い洋服を買った。地下の食品部を回ると、値段は高いものの、かなりの菓子類が出回っていた。遥には誕生日のケーキを買い入れた。嬉しいことに暮れにはララ物資の救援で、幼児には砂糖、粉ミルク、小麦粉など特別の配給がされるという。これで遥に美味しいケーキを作ってあげられる。美紗子は、気持ちが明るくなっていた。雪が降る前に行ったあの農家から玉子をもう一度買うつもりでいた。その日の遥の誕生会はささやかであったが、満ち足りたものであった。

「遥ちゃん、3歳、おめでとう」

お祖母さんからの祝福の言葉は、遥の記憶の中に刻まれていた。

「遥には、暖かそうな赤いコートを買いました。外に行く時も心配なくなりましたよ」と、美紗子は母らしい気持ちを込めて遥を見た。

「お祖母ちゃん、お母さん、ありがとう」と、遥は子供らしいあどけなさを浮かべて答えていた。

美紗子は巧にお礼の手紙を書いて送った。今年も暮れようとしていたが、美紗子のすることは遥を育てること、母をどうにかして元気にすること…それが自分の置かれている状況であることを深く認識していた。遥は物分りの良い子供に育ちつつあったし、可愛いらしい美少女の容貌を持ち始めていた。美紗子は、自分の知っていることをいろいろと話をして、遥の情操教育をしなくてはいけないと考えていた。

不安なことは一向に良くならない母の病状であった。クリスマスが近づいた23日に風邪をこじらせて再び寝込んでいた。そして、暮れになり突然に母は喀血した。大量に血液が咳と一緒に混じり出て、呼吸困難を生じていた。近所の老齢の内科医に往診をしてもらったが、内科としては手の下しようがないと言われた。美紗子は、胸に温湿布をして母を励ましていたが、母の貧血は高度になり、上の空の声を喘ぎながら出していた。次の日も喀血を大量にして、母は見る間に衰弱していった。おそらく、風邪による激しい咳き込みの衝撃で大きくなった空洞の周囲の血管が切れたのに違いなかった。3日目には喀血はなく、少量の食事を摂ることができたが、診察に来てくれた内科医は頭を振るばかりであった。肺炎にならないようにサルファ剤や止血剤の注射をしてくれたが、母の状態は少しも良くならなかった。3日目から発熱もあり、呼吸が辛そうに見えた。美紗子はできるだけの看護を一生懸命にしていた。父も同じように最後には呼吸が困難になったのを見ていた。医者は診察に来ても血圧を測り、肺の音を聴いて帰るだけだった。安静にしてできるだけ栄養のあるものを取りなさいと言い、薬は咳止めとサルファ剤のみであった。日ごとに母が消耗していくのを手をこまねいて見ているしかなかった。

外は今日も雪が降り続き、何もかも白く包んでいく。年が暮れて、新年が来たのも知らぬ間に過ぎていた。母の熱は依然として三十八度台から下がらず、次第に消耗していた。食事も取らなくなり、静かに喘いでいた。

「お母さん，しっかりしてください。お母さんが死んだら、わたしはどうして生きていけばいいの？」

と、美紗子は心の中で叫び、母にはただ

「しっかりしてください。お願いだから、この重湯を少し飲んでくださいね。玉子も入っていて栄養があるのですから」と、話し掛けながら、スプーンですくい口元に運んでいた。母は薄く目を開けて、美紗子を見た。

「美紗子さん、あなたは巧さんのところに行った方が良いのではないかい。わたしは今、あなたが遥の手を引いて嫁入りの白いドレス姿で草原をどこまでも歩いて行くのを見ていました」と、母は小さな声でゆっくりと話をした。

「わたしとお父さんが並んであなた方を見送っていましたよ」

「それで、わたしはどこへ行ったのですか」と、怪訝そうに美紗子は尋ねた。

「そうね、二人はいつまでもいつまでも草原の道を歩いていたの」と、母は痩せた口元に静かな笑いを見せた。美紗子は、母がこれから先の心配をしてくれているのだと思った。

「わたしは、遥をきちんと育てますから、安心してください。遥は物分かりの良い子ですから、育てるのに苦労しません」と、母の痩せた手をそっと握っていた。

それから数日は母は小さく喘いでいたが、それも静かになり音もなく死が遣って来た。美紗子と遥は、母の亡骸に抱きつきながら溢れてくる涙を流し続けていた。遥は、可愛がってくれたお祖母ちゃんの死を小さな心に受け止めようとしていた。3歳を過ぎたばかりの遥の胸の内には、忽然と来る死の訪れを理解できなかったかもしれないが、お父さんのこともあり、死を直感的に理解していたのかもしれない。やがて遥は母の肩に手を置いて、

「お母さん、泣くのを止めて、お祖母さんを静かにしてあげましょう」と、涙を流しながら言った。幼い優しさを表しながら、遥は人間の別れの残酷さを本能的に感じていたのだろうか。それから隣近所の人達が訪れて、いろいろと葬儀の準備をしてくれた。お祖母さんは、市の火葬場に運ばれ、間もなく遺骨になり帰宅した。1月の正月も終わらない5日だった。寒い雪の降る日だった。お祖母さんの葬儀はささやかに終了した。母と二人きりになった遥は母にはほとんど口を利かなかった。悲しみ

を込めて母にまとわりついていた。

「遥、とうとう二人だけになったね。お母さんは絶対負けないで頑張るからね。遥ちゃんもくよくよしないで頑張ることよ」と、美紗子は優しく遥の頭を撫でた。悲しみが癒える間もなく、美紗子はこれから生きていく方策を考えなければならない。望の軍人恩給はわずかなものだし、母の保険はないも同然である。父の恩給は、母が亡くなれば受け取ることができなくなるのだ。わずかな蓄えはこの先、減っていくだけだ。美紗子は生活のためのお金のことを考えると、全身に冷や汗が流れてくるのを感じていた。自分が働きに行くためには、もう少し時間がかかる。4月にならないと勤めにはいけない。父と母を続けて亡くした美紗子は、結核の恐ろしさを充分承知していたが、結核は一度感染してしまうと、安静を保ち充分な栄養を摂りながら療養生活を送ることしかない。両親は療養所に入ることなく、自宅での闘病生活だったが、結局、肺結核に負けてしまった。

日本の敗戦の混乱は、依然として重くのしかかっていた。食糧難は続いている。お金のない一般庶民は食料をどのようにして調達していたのだろう。美紗子は、この2年余りの間に、溌剌とした若さがなくなってしまった。頬がこけて大きな瞳だけが黒く憂いを込めていた。長く伸ばした黒髪はつやがなく、10歳も歳を取ってしまったようだった。鏡を見ながら、美紗子はやつれている自分の影を見ていた。札幌の冬は厳しく、寒い日が続いていた。初七日が終わり、四十九日が過ぎても、二人はひっそりと冬篭りをしたエゾリスように生きていた。2月に入り、美紗子は体の不調を感じていた。全体に微熱があり、夜中には時々寝汗を掻いていた。何となく体全体が重苦しく、何ごとをするにも億劫であった。食欲がなく、体重が少し落ちていることに気が付いていた。母が死んでから、体調が変で、軽い咳が続いていた。2月末に思い切って近所の医院を訪ねてみたが、風邪を引いているだけだと言われて、少し安心をしていた。3月になり、ようやく暖かい日が訪れ、冷たい白い雪はほとんど降らなくなった。積もった雪は黒く溶け始めていた。4月からの就職のために改めて健康診断を北大病院で受けることになった。胸部写真を初めて撮った。外来担当の第一内科の医師は、写真を見て驚いたように美紗子に告げた。

「いつから具合が悪いのですか。この写真を見てください。両側の肺上部に侵潤性の結核が生じています。できれば、入院して療養をしなくてはなりません」と、その医師は当たり前のように言い放った。美紗子は何か予測していたように、目の前が暗くなり、何も考えられなくなっていた。

「喀痰の検査もしなくてはなりません」と、続いて告げられた。美紗子は、この先何をして良いのか分からなかった。医師の言葉を遠くから聞いていた。最近体調が悪いことも、熱が続いていることなども、何も話をしたくはなかった。母が亡くなり、その悲しみにつけ込まれるように結核に罹ってしまうなんて…。美紗子は、自分の運命を信じたくなかった。これでは小学校の先生にはなれない。これからはどうすれば良いのだろうか…。茫然と診察室の前の暗い廊下に出て、長い間座り続けていた。しばらくして、美紗子は気を取り戻し、重い足取りで大学病院を出た。外は午後の明るい日差しのなか、春の訪れが近づいていた。電車通りはほとんどの雪が解けている。美紗子は自分の気持ちが塞ぎ込むのを払い除けるように電車に乗り、札幌駅前に出た。遥のために五番館の食品売り場を見て歩いた。昨年の秋に来た時よりも多くの品物が取り揃えられ、賑やかに人々が行き交っていた。値段が高いものの、チーズやバターも店頭にあり、それを買い求めた。ついで4階にある子供用品売り場を覗いて見た。いまのところ健康に育っている遥のために春の洋服を買い求めたいと考えて、売り場を歩いた。歩きながらふいに巧のことを思い出していた。年の初めに年賀状が来ていたが、元気そうで、弟子屈の街の雰囲気にも慣れ町民にも歯科医としての信用を得始めていると書いてあった。今はどうしているかしらと考えていた。そのころは母があんな状態で手紙などを書く余裕などはまったくなかった…。そのために、そのままになっていた。母が死んだことも知らせてはいなかった。美紗子は巧に返事を書かないでいることが気になり出していた。美紗子は何かにすがりたい気持ちになっていた。デパートの人ごみの中から逃れるように外に出て円山行きの電車に乗り、遥の待っている自宅に帰った。

「お母さん、お帰りなさい」と、玄関に勢い良く出てきた遥を美紗子はしっかりと抱きしめて、

「お留守番、大丈夫だった？ 何もなかったのね」

「はい、何にも」

「そう良かった。寂しかったでしょう」

美紗子は、遥の顔を改めて見た。３歳を過ぎた遥は、どこか落ち着いた大人びた雰囲気を持っていた。

「今日のお土産ね、遥の春の洋服を買おうと思い見てきたのだけれども、いい品物がなくてね、この次にするわ」と、美紗子は元気に言った。

「お母さんはこの４月から学校の先生の仕事に就けないと思います。遥とこれからもずーっと一緒よ。お祖母ちゃんの病気を貰ってしまったのよ」と、呟いた。遥は詳しいことは理解できなかったが、不安げな様子で母の顔を見詰めていた。いつものように二人だけの夕餉が終わり、遥にはグリム童話を読んだ。遥が眠ると、美紗子は久しぶりに巧に手紙を書いた。

前略

しばらくご無沙汰いたしております。お元気で仕事に励んでおられる様子、何よりと思います。わたしの方は、年末から年の初めにかけて母の病気が悪化し、1月10日に亡くなりました

そのためもあり、わたしは少し虚脱状態でおりました。わたしは今年の4月から近くの桑園小学校に就職を予定しておりましたが、大学病院で今日、健康診察を受けてまいりましたところ、わたしも母から病気を受け継いでいました。このために就職は難しいと思います。少し体調が優れません。これから遥と二人の生活をどのようにしていけばいいか、皆目見当もつきません。戦後の食料状態はまだ改善されてはいませんが、二人が食べていくことはどうにかできそうです。ただ、充分な栄養を取ることはなかなかできそうもありません。デパートには高価なものが溢れておりますけれど、手にすることは簡単にはいきませんもの。一度弟子屈に行ってみたいと思うものの、弟子屈はあまりにも遠いところですし、今のところは不可能です。遥は3歳を過ぎて、ますます女の子らしくなってきています。わたしは、このごろ童話を読んで聞かせています。字も少し教えています。意外と物分りがいいのですよ。札幌の3月は雪解けが進んでいます。もうすぐ春が来ますが、わたしは何をして良いのか分からない状態です。

こんなことにへこたれたくはありませんが、高校時代の友人は皆さん必死に生きておられ、最近はお話をする相手もなく、遥との無為の生活が続いております。自分のことばかりを書いてしまいました。巧さんは初めての北国の生活はいかがでしたか。大変に厳しかったのではないかと思いますが、もうすぐ春が訪れてまいります。だんだんと生活環境が落ち着いてくるのを感じておりますが、わたし自身はこれからどのように生きていけばよいのか分からない状態です。望のご友人である巧さんに勝手なことを書かせてもらいました。どうぞお許しくださいませ。

草々
小松美紗子

昭和22年3月12日

加藤巧様

雪の深く積もった弟子屈の街は、ようやく3月の声を聞くと、降る雪の回数は少なくなり、明るい日が続いて急速に雪が解けていった。満翠橋から見る釧路川の水かさも増して、エメラルド色の流れが激しくなっていた。歯科の仕事は順調に過ぎていった。患者は毎日40人にもなっていた。村内の虫歯の患者のほとんどを診ることになりつつあった。歯科助手、歯科技工士を各一人雇用しての仕事は、多忙を極めていた。巧の歯科の技術は村民の人達に受け入れられて、周辺の村からも人々が来た。弟子屈はこの4月から村から町に変わり、日本では10万人が罹患していた結核の撲滅のために昭和19年に設立された日本医療団が、無医村をなくすために弟子屈の温泉旅館を買収し、日本医療団奨健寮が設置されていたのが、国立弟子屈療養所（帯広の分院）に生まれ変わる。療養設備も新しくなり、弟子屈の療養所とすることに決まった。巧が初めて弟子屈に来た時、宿泊した宿の前にあるあの療養所であった。それにしても、巧が気にかかっていたのは、美紗子の母親が結核であることであった。美紗子の父も終戦の年の年末に他界していた。適切な所で療養をすれば、悪くならずにすんだかも知れないのにと思っていた。先日美紗子からの手紙を受け取り、巧は結核の恐ろしさに改めて衝撃を受けていた。美紗子の母も結核でなくなったことを知った。さらに、美紗子までも結核に冒されていると知らされた。巧は、自分がここ弟子屈に来たのも何か分からないけれど、美紗子のために来たような気がした。そのように神が導いていたのかもしれないと思った。しばらく行っていない長生閣に行って、様子を見ようと考えた。

日曜日の午前中に釧路川の上流にある長生閣に行ってみた。診療所から10分位である川沿いの細い道を真っすぐに北に上がり、左手に釧路川を見ながら雪解けの道を歩くと、弟子屈橋からの道に出る。その道を横切り、飲食店が立ち並ぶ軒を突き抜ければ、長生閣である。去年の夏に見たその建物の内部の一部は、今年の4月から国立の療養所にするために改装中だった。背部には高い土手があり、その上には昔からの原生林が生い茂り、その下を釧路川が孤を描いて流れている。2階建の建物の玄関は、三角形のきらびやかな造りになっている。明治時代の華やかさを残している。2階はすべて客室になっていた。改めて見渡すと、玄関前にはオンコの大木が立ち、シコロの大木が生い茂っていた。玄関を入ると、広いロビーからは裏に川の流れが見渡せた。櫟の樹に囲まれた裏庭は、静かな庭園造りになっていた。雪に覆われていたが、夏の季節には休憩の場としても相応しい所だった。出入りの大工に聞いてみると、約50名の病室、診察室に作り変えている所だという。医者も3〜4人来るらしい。昨年村長が話していたことは本当なのだ。巧は、積極的な結核療養所ができることに心が躍る気持ちになっていた。美紗子は、結核になり自分の生きていく目標を失いかけている。この療養所はきっと助けになるだろう。巧はすぐに手紙を書いた。

案の定、美紗子は就職が不可能になったと小学校からの手紙で知らされた。暗い気持ちで、ぼんやりとこれからどのように生活を維持するべきか思案していた。望の一番上の姉が札幌に住んでいることを聞いていたが、終戦時の厳しい世の移り変わりの中で訪ねていくこともなくそのままになっていた。義理の姉の一家も家族が多いのであろうし、北大の先生をしているというまったく知らない義兄、義理の姉を訪ねる気持ちにはならなかった。望が生きていれば、会える機会もあったかもしれないが、それも不可能なことであった。遥のためにはどうしても生きていかねばならないのだ。このまま病気に負けるわけにはいかない。療養をじなければならないだろう。遥は、どうしたら良いのか。山形の望の実家、小松家に預けるのも一つの選択であった。何年このために必要になるのだろうか。2~3年は必要であろうかと考え始めると、底なしに暗い気持ちになっていくのであった。自分は注射が嫌いで、ツベリクリン検査を逃れていたことを思い出していた。あの時あの検査を受けていれば、結核の感染の有無をいち早く判断できたかもしれない。遥はツベリクリン検査を受けさせて陽性だから、一年に一回は胸部写真検査を受けさせなくてはと考えていた。3月中旬も過ぎると、雪は急速に解けて黒い道路が顔を出し、道は雪解けと泥が溢れていた。足音がして玄関の郵便受けに郵便物が投げ込まれる音が聞こえる。遥が勢い良く玄関に飛び出して行った。

「お母さん、手紙よ。誰から来たのでしょうか?」と、遥はにこにこしながら、母に手紙を手渡した。手紙は巧からのものだった。先日出した手紙にすぐに反応して書いてくれたものだった。美紗子は何かしら安心感を抱きながら、手紙の宛先を見た。差出人のところには弟子屈加藤歯科診療所と巧の力強い筆蹟で書かれていた。

拝啓

先日のあなた様からの手紙を見てわたしは驚いております。お母様が亡くなられて、さぞ気を落とされているのではないかと心配しております。さらにあなた様が肺結核に罹患されていると聞いて、わたしは心から心配しております。遥さんは元気でしょうか？　お二人だけの生活はこれからますます大変になるのではないかと思案しております。おそらく小学校の先生として就職できないのではと思います。美紗子さん、弟子屈は今年4月に町になります。そして、国立結核療養所が開設されます。あなた様から手紙をいただいた時、わたしはすぐに施設を見に行きました。50名収容の元温泉旅館を改造した施設ですが、釧路川に沿って立つ2階建ての病院らしくない施設です。できれば、手遅れにならないうちにこの施設に入られて療養をされてはいかがでしょうか。その間、遥さんはわたしのところでお預かりしても良いのではないかと考えております。わたしが開いている診療所は、弟子屈の駅前にある2階建ての洋館で、お二人が生活される空間は充分にあります。弟子屈は、空気が澄んでいて結核の治療には最適の場所として選ばれたのです。辺りは森林が深く、空気が甘く感じるところです。美紗子さん、おそらくこれからは治療を中心にした生活が大事です。遥さんのためにもあなたの病気は治さなければならないのです。そのうちに結核に効く薬も、新たに開発される可能性もありますから、ぜひ考えて早めに返事をください。わたしはいつでもあなたの味方です。頑張ってください。もしこちらに来られる決心がついたならば、大学で撮られた胸部写真と先生の病状紹介の手紙を貰ってきた方が良いのではないかと思います……

巧らしい積極性と心遣いが溢れていた。美紗子が円卓に座り手紙を読むのを、遥は黙って円卓に小さな手で頬づえを突いて美紗子の顔を覗き込んでいた。

「お母さん、何て書いてあるの。教えて」と、つぶらな瞳を向ける。

「巧おじさんからですよ。お母さんにぜひ、遥と一緒に弟子屈の街に遊びに来てくださいと言っているのよ。どのようにしようかな。遥は行きたいですか」

美紗子は、思わず咳き込みそうになった。顔を赤くしてようやくの思いで咳を抑えたが、肺の中に何か分からないもやもやとした痰が今にも溢れてきそうだった。

美紗子は、巧の好意溢れる手紙を読み、今の自分に課せられたすべての不安を取り除けるのではないかとささやかな希望を見出していた。そのためには自分の身の回りのものを整理しなければならない。自宅も売り払っていかねばならない。今から準備しても、5月頃になるのではないかと思った。美紗子には迷いはなかった。自分の選択すべき方向は他にないし、自分の命もこの療養にかかっている。巧の温かい提案を受け入れることに決めていた。翌日から美紗子は、自宅の整理にかかり始めた。近所の不動産会社の社長にお願いして、この住宅と土地を売却することに決めた。父母の想い出の住宅であったが、この家には結核に満ちている。しかも、美紗子が大学時代に建てられたこの家は馴染みが薄かった。とはいえ、3年余りを過ごしてきた家だった。庭が広いのが美紗子には助けになってはいた。何もない終戦の時は、菜園として美紗子達にわずかな食料を供給してくれていた。今年も畑にして作物を作ろうかと考えていたのだった。自宅の居間から見える手稲山は残雪を残しながら、西の空にまた新しい春が来たことを教えていた。札幌の街には、風が吹き馬糞風が黄色く舞い上がっていた。そんな街への郷愁は至る所にあった。普段は気にしていないのに、ここを去るとなると、改めて美紗子は思い返すのであった。電車で通った藤学園や植物園の原始林の美しさを思い浮かべると、胸が痛かった。北大構内を流れる琴似川には、つい最近まで鮭が遡上していた。子供の頃、美紗子は線路を越えて北大構内に遊びに行ったものだった。桑園から西の琴似は家々もまばらで、一面に田圃や畑が広がり、ぽつんと建つ農家のそばにはポプラの樹が風除けに立ち、葉が風に白く青く翻っている。牧歌的な景色を美紗子は好んだ。手稲山の四季が季節の移り変わりを刻んでいる。自宅の整理を始めた美紗子は、５月には札幌を離れる決心をしていた。

# 第五章　新天地の家族

それから間もなく、巧は美紗子の手紙を受け取った。季節は4月になり、周辺の雪はすっかりと消えていた。釧路川は雪解けで水かさが増し、どこまでも豊かに流れていく。川べりの樹林は、若葉の緑が目に入る頃になっていた。美紗子は、自分の将来を弟子屈の療養所に委ねてみたいと書いてきていた。その際には遥が生活する場所をよろしくお願いしたい旨、記されていた。巧は、二人が弟子屈に来てくれることは心から嬉しかった。早速療養所に行って入所するための必要書類を貰って来た。

程なく、美紗子から手紙が届く。

「5月15日、22時15分の釧路行きで発ちます。弟子屈には16日の10時10分に着きますので、何卒よろしくお願いいたします」と、あった。巧は、しばらくその手紙を見ていた。密かに憧れていた人が来る。可愛い遥さんを連れてこの弟子屈に来る。早速2階の部屋を掃除し、親子の生活の場となる2部屋を整頓した。出窓には花を飾ってみた。出窓から目を遣ると、駅の入り口には可憐な紅色の花の鉢が置かれていた。時々入ってくる阿寒バスは、埃を巻き上げながら停車すると、乗客がゾロゾロと降りてきた。すると、間もなく上り線か下り線のどちらかに汽車が黒煙を吐いて、停車場に入って来るのだった。降車した客を乗せたバスが美幌方面に走り去ると、駅前は急に静かになった。しかし、巧の診療所は患者で溢れていた。

5月16日、10時10分着、網走行きの列車はいつもと変わりなく到着した。10人ほどの乗客に混じって美紗子と遥が降りて来た。昨夜からの夜行列車で疲れているのだろうか。ゆっくりと巧の待っている降車口に来た。美紗子は、花草模様のワンピースに濃いグリーンのベルトを締め、楚々とした爽やかな印象を与えていたが、顔は白くやつれていた。黒い瞳が寂しさを湛えているようであった。遥は、髪を肩の下まで長く伸ばして、母と同じ色合いのワンピースを着ていた。遥は、母に似ているようだと思った。

「お久しぶりです。この度はよろしくお願いいたします」と、美紗子は深々と頭を下げた。しばらく二人は黙って見詰め合っていた。

「よく来ましたね。お待ちしていましたよ。それから遥さんもお元気で、大きくなりましたね」

巧は、遥の頭を優しく撫でた。

「美紗子さん、お体が少し痩せておりますね。大丈夫ですか。ここに来たからにはもう安心ですよ。ほら、あそこがぼくの診療所と住宅ですよ。駅のすぐそばです」

美紗子は、巧が指差す2階建ての洋館の方を見た。

「荷物はぼくが持ちましょう」

二つの旅行鞄は意外に重く、美紗子の決心を物語っていた。巧は、二人を診療所の2階の居間に案内した。

「ここが、二人が生活する場所です」

　駅に向かって小さな台所もあり、トイレは階段の上がり口に位置していた。その横には風呂場もある。裏玄関は駅に向かって開いていた。遥は、興味あり気に初めて来た巧おじさんの住宅に驚きながら、母の手をしっかりと握っていた。居間で休んでいる二人に、巧が声を掛ける。

「奥の寝室の押入れに、二人分の真新しい布団を用意してあります。充分に睡眠を取っていなければ、少しお休みになったらいいのでは」

「お昼はお手伝いさんが用意してくれますから。お昼まで診療をしています。それからお話をしましょう」

巧は言うや、すぐに診察室に入って行った。診療を待っていた村人は、遠目に駅から出てきた二人の姿を見て、早速巧に言い立てた。

「加藤先生は独身と思ったら、あんな美人の奥さんがいたんですか。そして、可愛い女の子まで。先生も隅に置けないですね」と、待合室ではその噂で賑やかになっていた。この噂が街の中に広まるのに、弟子屈では2~3日あれば充分であった。巧は、患者には余計なことを話さず、無口のまま診療に気持ちを集中していた。午前の診療が2時頃ようやく終了して、用意してくれていた昼食を三人で摂った。それは、白米のご飯に、いくら、いわしの焼き魚、季節の味噌汁、玉子であったが、美紗子はこんな食事はしばらく食べたことはなかった。巧の説明によれば、この6ヶ月余りの間に歯科の収入は一定してきて、やや高いが米などは手に入りやすいのだと説明した。釧路、網走が近いので、どちらからも魚は手入しやすいのだという。久しぶりに食べる米の美味しさは格別なものであった。遥も元気で食欲があった。そして、美紗子の入所の件が話し合われた。美紗子は紹介書と写真を持参していた。これがあれば、早く入所できると思われた。

「明日にでも診察に行きましょう。ここから歩いて10分もかからないところにありますから」と、巧は美紗子に話をした。遥は母が病気であり、診察に行かなければならないことを理解していた。

「遥は、巧おじさんのところで大人しく留守番をしています」と、遥がけなげに美紗子に告げた。母が決心をして札幌の自宅を整理し思い切ってここまで来たことを、遥は幼いために完全に理解はしていなかったが、病気を治すためには時間がかかることを、巧おじさんのところに来なければならないことを理解していた。

「巧さん、こんなに美味しいご飯を食べたのは久しぶりです。本当にありがとうございます。一つ頼みがあるのですが…」

美紗子は、瞳を上げて巧を見た。

「何ですか」

「あの、わたし、摩周湖を見たいのです。生きているうちに摩周湖を見たいの。お願いできる？」

「もちろんできますけれど、歩いて行くとなると、16kmほど歩くことになるので、車を用意しましょう。そうすると、三人で行けますよ」と、巧は思い当たるように返事をした。食事が終わっても、望の思い出、鳥海山の思い出、巧の土浦での話、鹿屋のこと、両親が東京空襲で亡くなったことなど、話は尽きなかった。昼休みが終わり、午後の診療時間が来た。夕食はお手伝いさんが再び用意してくれるので、三人で食べることにした。巧は、仕事の合間に心当たりのところに電話をしてみた。3〜4日後にはジープの都合がつけられることが判った。美紗子の入院がどうなるかを確かめて、摩周湖の見学に行くかどうかを決めることにした。翌日、

「遥さん、おとなしく留守番していてね。お母さんは病院に行ってきますから」と、美紗子は告げる。遥は留守番をすることに慣れているので、安心していた。遥の落ち着いた大人ぶりに巧は驚いた。幼いながら母に何か重大な変化が起きていることを知っているのだろうか。

「遥、おとなしくしているから、早く帰ってきてね。お母さん」と、けなげに呟いていた。

「お母さんは、病院で診察を受けてすぐに帰りますからね。遥さんはお留守番ができますよね。良い子ですから」と、巧は遥の頭を撫でた。

「それでは」と、美紗子は呟いて外に出た。

巧は、療養所に美紗子を案内した。5月の新緑の木々が眩しく広がり始めていた。新鮮な空気が心地よく吹いていた。釧路川に沿って歩きながら、巧は美紗子に落ち着いた静かな温泉町であることを話しながら歩いていた。透明な川は勢い良く流れていた。摩周湖は釧網線を越えて、真っすぐに東の方向にあることを教えた。釧路川の川べりからは摩周湖の外輪山は見えないが、釧網線の踏切を渡って少し東に行くと、摩周岳と外輪山が見えると話した。町はこの釧路川を挟んで両側に開けていて、釧路川のところが一番低い。そのために盆地の中に降りたような感じがする。白い雲が浮かび穏やかな5月の朝であった。やがて高い土手の樹林に覆われていて、釧路川が左に蛇行する中州に建つ大きな旅館風の建物が美紗子に見えてきた。

「あれが療養所ですよ。2階が全部病室だそうです」と、巧が告げた。美紗子は、巧とともに歩きながら、感謝の気持ちを胸に秘めていた。これほどまでに友情を大切にして、自分達親子の面倒を見てくれている男らしい巧の横顔を見て、昔元気な頃鳥海山をともに歩いたことを思い出していた。あの頃は巧より望に心を引かれていた。運命は望に死を与え、巧に家族を失わせた。自分は病に冒されている。遥がいることが唯一の救いであった。療養所の玄関に入った。左の壁には大きな額が掛けられてあり、「清流荘」と墨鮮やかな筆文字が目に飛び込んだ。受付を終えて、釧路川に面した待合室の椅子に腰を下ろし、しばらく待っていた。芝生の緑が鮮やかで、川の対岸は白土色の火山灰の高い土手になっていて、その下を川が流れていた。土手の上には原生林が視界を遮っていて、建物を上からは見えなくしていた。

　診察室に呼ばれた美紗子は、持参した手紙と胸部写真を提出した。診察をしてくれたのは、30代後半の青年医師であり、手紙を見て自分も北大の第一内科から派遣されてきているのだと話した。胸部を丹念に診察して、胸部のX写真を撮り、持参した写真と見比べながら、一緒にご主人にも説明しましょうと巧を診察室に呼び入れた。写真は、両側肺尖部に鶏卵大の浸潤性の白い病巣、肺門リンパ腺の腫脹が認められていた。

「この病巣は進行性で、間もなく空洞形成が起こり排菌もするようになりますよ。念のために喀痰の検査もしますが、入院はできるだけ早くして安静を保ち、療養をしてください。すぐに入院の手続きをします。ここには1人部屋はありませんので、排菌のない4人部屋になりますが、排菌が確認されれば、部屋を替えることがあります。よろしいですか」と、内科の医師は厳しく決定的に告げた。巧と美紗子はそれを聞いて、やはりかなり結核が進展していることを理解して言葉もなかった。

「あの、どのくらい入院をする必要があるのでしょうか」

「病巣の進展の状態にもよりますが、進展が止まり、排菌をしていないことを前提に考えると、1～2年は必要でしょうね。1944年にアメリカでストレプトマイシンという結核によく効く薬が発見されたのですが、日本にはまだ入ってきていません。今のところ安静が最善、栄養療養が最善です。ここ弟子屈は、空気がきれいで澄んでいる所なので、結核の療養には最適ですよ」と、医師は励ますように述べた。

　美紗子は両親から肺結核を貰ってしまった。遥にだけはこの病気をうつしたくないと考えていた。療養所を出た二人は、道を戻りながらお互いに何も話さなかった。やがてポツリと美紗子は話し出した。

「巧さん、この度は本当にご迷惑を掛けますが、入院をしたら遥をよろしく頼みます。時々、遥とは会うことはできると思いますけれど，感染が恐ろしいので、できるだけ離れていた方がいいのでしょうね」

美紗子は、母親らしい不安な気持ちを隠さなかった。

「幸い排菌をしていないので、少し安心ですが、遥さんはぼくが面倒を見てあげますから、安心してください」と、巧は安心させるように答えた。

「何から何まで、すべて巧さんのお世話になり、わたしは安心をしています。先ほどの医師が話していた薬が手に入るようになると良いのですけれどね」

「そうですね、ストレプトマイシンですね」と、巧は仕事柄よく記憶していた。しかし、この薬が日本で使われるようになるまでまだ数年が必要であった。

「とにかく、できるだけ栄養のあるものを摂り、安静にしていることが大事ですからね」と、巧は呟いた。

　釧路川の川べりの柳の緑が濃く垂れて、太陽の光がキラキラ反射した水は勢い良く流れ下っていた。爽やかな5月の風が気持ち良かった。ゆっくりと歩きながら、巧は美紗子の横顔を見た。やつれてはいるけれど、優しい色白な雰囲気はいつもと変わりなく、自分が密かに憧れた姿を美紗子は保ち続けていた。もし美紗子と結婚したくても、この時に言い出すことは控えなければと考えた。

「美紗子さん、一つお願いがあるのです。あなたが元気になった時にお話をしたいと思います」

巧は、思わず本音を言い出しそうであった。

「何ですの、巧さんの話は」と、美紗子は怪訝そうに眉を上げた。

「いや、他でもありません。ぼくはあなたが再婚されないのかと思いまして」と、慌てて答えた。

「あら、わたしが再婚を？　トンデモありませんわ。こんな状態で子持ちのわたしが再婚なんかできないでしょう」と、美紗子は寂しそうに巧を見た。巧は真剣な眼差しで美紗子を見た。お互いに眼を見詰めていたが、巧が口を開いた。

「ぼくは、美紗子さんに初めてお会いした時から好きだったのです。あなたは望と結婚されましたが、ぼくの心はいつもあなたを慕ってきたのです。ひと時もあなたを忘れたことはありませんでした。望は、ぼくの友人としてすばらしいやつでした。二人が結婚された時は本当に羨ましく思っていました。遥さんが生まれて、ぼくは心からすばらしい家庭ができたことと喜んでいました。戦争がそれを壊してしまったのですね。あなたの病気も戦争のためですね。何とかして治さなければと、ぼくは考えているのです、美紗子さん」と、巧は語り出した。

「この状態では巧さんの気持ちを受け入れることは出来ません…。お願いですから、病気が治るまで時間をいただきたいのです」と、美紗子は答えていた。これ以上、巧は話を続けることはできないと思いながら、

「美紗子さん、病気を治すことが大切ですね。ぼくもできるだけのことをいたしますから、安心してください」

　目の前に巧の診療所が見えてきた。折から上りの汽車が駅に入って来た。すると、家から遥が走り出てきた。

「お母さん！」

遥が美紗子の腰にまつわりついてきた。

「遥、おとなしくしていたの」と、美紗子は遥の手を取り、

「巧おじさんにも挨拶してね」と、優しく声を掛けた。

「遥さんは、お利口にしていたのですね」と、巧は遥の頭を優しく撫でた。そして、思い出したように、

「そうだ、明日は日曜日で診療もないし、10時にはジープが来てくれるので、摩周湖まで行きましょう。遥さんも一緒にね。さて、ぼくは診療に入りますので」と、言って立ち去った。

美紗子は深く頭を下げた。階段を上がり部屋に落ち着くと、美紗子は疲れが急に出てきた。遥は母がそばにいると、おとなしく絵本を出してきて眺めていた。先ほど巧に言われたことが頭の中を駆け巡っていた。巧さんはわたしを以前から好いていてくれたのだ。母は一度も巧さんに会ってはいないけれど、母は巧さんがわたしを好いてくれていることを見抜いていた。暗に再婚を奨めてくれていた。死んだ者はもう帰って来ないことを母は知っていた。もしわたしが健康だったら、再婚の返事をしていただろうか。子持ちの再婚は容易なことではない。昔からの絆を巧は大切にしてくれている。しかし、今は再婚の時期ではないような気がした。望のことを思うと、そんなことを考えることは美紗子には堪えられなかった。部屋には巧が用意してくれた米や副食物が充分にあり、札幌にいた時に苦労した食べ物は心配がなかった。何となくけだるい体を動かして、昼食と夕食の準備に取り掛かった。

真昼に近い陽射しは、明るく部屋を照らしていた。確かに弟子屈の空気は爽やかで、甘い香りがしていた。周辺は緑の原生林に囲まれている盆地のような所で、静かな田舎町であった。札幌もちょうど夏祭りが始まる頃は、手稲の山にわずかな残雪を残して気持ちの良い日々が続く。煤けてくすんだ

街並は、古い家屋が連なっているが、それに劣らずすばらしい自然に取り囲まれている。街の中を二本の川が流れている。短い流れのトウベツ川と屈斜路湖を源流とする釧路川の二本の川の合流点に沿って街は象られていた。美紗子は実際に来てみて、この静かな田舎町が好きになっていた。自分の病気を治してくれる自然の力があるように思っていた。ここに呼んでくれた巧に心から感謝をしていた。密かに、元気になったら、再婚をすることも可能になるだろうと考えてみるのだった。

翌日、10時にはジープがすでに家の前に来て巧と運転手が話をしていた。

「先生の奥さんが摩周湖に行きたいと。戦争前は観光バスが行っていたのですがね、まだ観光バスは復活してないのでね。いずれ人が行くようになればいいのですが。戦争が終わってまだ3年、人々は観光どころの話ではないものね」

「先生が戦後の摩周湖観光の初めての人ですよ。幸い今日は天気も良いですし、摩周湖は全部見渡せるよ。そろそろ出掛けますから、奥さんを呼んで来てください」と、若い役場の職員は巧に言っていた。職員は、美紗子をてっきり巧の奥さんであると思い込んでいた。

三人を乗せたジープは、すぐに釧網線を乗越え真っすぐに摩周湖に至る直線道路に入って来た。でこぼこの車道を、後ろに砂塵を高く舞い上げてジープは疾走していた。

「昨年、ぼくはこの道を往復歩いたのですよ。どうしても摩周湖に行きたくてね」と、巧は呟いていた。あの時の暑い夏の日を思い出していた。登るに連れて、巧はこの弟子屈の地に住むのだということを実感として感じていた。

「この外輪山を上り詰めると、すぐに摩周湖が見えます」

車はダケカンバやエゾ松、様々な原生林が道の周囲に生い茂り、行く手を遮るように車道の上にも草が生い茂っていた。幾度か曲がりながら高度を上げていくと、間もなく第一展望台に到着した。

ほとんど風はなく、空には所々白雲が浮いていて、摩周湖はあの濃い紺碧の色を静かに湛え、摩周岳は外輪山の上にすばらしいアクセントをつけて聳えている。摩周湖の遥か後ろには知床に繋がる山々と斜里岳があった。車から降りた美紗子は、遥の手を引きながら思わず吸い込まれそうになって無言のまま前に出た。片方の手には小さなスケッチ帳を持っていた。古い展望台のコンクリートの上に上がり、眼前に広がる神秘の景色を見た。亡くなった父が言っていたが、摩周湖は一度それに魅せられると、他の湖沼の景色には何の感激も湧いてこないというのは本当のことなのだ…。

「本当に美しい景色ですね、巧さん。湖面の色合いは何と表現したら良いのかしら。簡単には写し取れませんね。遥、綺麗でしょう。よく見ておいてね」と、遥を抱き上げた。

「そうです。この湖は外から川が流れ込んでいないのです。透明度が40mほどあると聞いています。空の色を映しているのでしょうか。太陽の光のブルーのみを反映しているのでしょうね」

「湖の中のあの小さな島は何と言うの」

「カムイシュと言います。高さは210m，あの摩周岳がカムイヌプリと言います。高さは858mですよ。意外に高く見えます」と、役場の運転手が話をした。

「カムイシュにはアイヌの老婆の悲しい物語があるのですよ」

「北海道は昔アイヌが先住民として住んでいたので、至る所にアイヌの話がありますものね」と、水面にしばらく見入っていた。巧は、先ほどから無言で摩周湖の景色に酔いしれているようだった。遠景の斜里岳と知床の羅臼岳に続く山並みは、穏やかな霞の中に沈んでいた。振り返り弟子屈の街を見下ろすと、駅の辺りは丘陵に囲まれよく見えないが、起伏する丘陵の中に町があった。さらに南には、霞んでいるが、広々とした根釧原野の広がりがあった。この大自然の中にいつまでも佇んでいたい感じになり、美紗子は病気も忘れ、いつの間にか癒されてくるのを感じていた。美紗子はここに来てよかったと思いながら、スケッチをしていた。

「さあ、これから川湯を通って屈斜路湖に行かなくちゃ。充分に楽しめましたか」と、運転手が催促する。心残りをするようであったが、意を決して車に乗り込んだ。

「遥さん、綺麗だったでしょ。遥さんは景色の良し悪しを理解するかな」と、巧が言った。幼い遥の心にどのように写ったのだろうか。誰も知りえないことであった。この後、遥は毎年のように摩周湖を訪れることになり、自然の不思議な力が遥の心を満たしていくのだった。先ほどから母に寄り添っていた遥が口を開いた。

「おじさん、遥は綺麗な景色は判ります」と、遥は母親の手を握りながら返事をした。

「そうね、遥さんは利発な子ですから」と、巧は感心していた。

「そろそろ次の目的地に向かいますか」

運転手が促すように言った。

眼下にはアトサヌプリ（硫黄山）が白茶け、所々に黄色のまだらがあり、白い煙を上げている。その向こうに藻琴山が青く霞んでいた。藻琴山の下に屈斜路湖が開けている。

「巧さん、わたし、この摩周を見ていると、この摩周湖とあの屈斜路湖が形成された昔の時代を考えてしまいます。この付近は全体が大きなカルデラの一部ではないかと思います。弟子屈はカルデラの底にある街ではないかと思いますよ」と、美紗子はこの自然の織りなす造形に心が奪われていた。確かに大きなカルデラであった屈斜路湖の半分は、アトサヌプリを始めとする三つ程の火山性の山で埋められてしまったように思えた。また摩周湖のカルデラは、その横に独立して形成されたのかもしれない。二つの湖の水面の高さが屈斜路湖は121m、摩周湖は355mあり、形成された時期にはかなりの差があるのだろうか。屈斜路湖には流れ出る川がある。もし川がなかったら、摩周湖の水の高さになり、弟子屈の町は湖の底になっているのではないか。美紗子は、とんでもない空想を巡らせていた。

「そうかもしれない。そんなことは考えたことはなかったな。美紗子さんの自然を見る目は鋭いね。地質学者みたいですよ。これから山を降りて、川湯を通り抜けて屈斜路湖に向かいましょう」

「わたし、摩周湖が自然の摂理でこのように造形され、人間の気持ちを癒すようなっている不思議さを感じます。来て良かったです。巧さん、ありがとうございます」と、美紗子は少し上気して巧に話し掛けた。

「美紗子さんにこんなに喜んでいただけて、ぼくも嬉しいですよ。病気に少しでも良い効果があればと思います」と、巧は美紗子の方を振り向きながら言った。

再びジープに四人は乗り込み、次の第三展望台に向かった。第三展望台は、摩周湖を少し異なる視点で見ることができた。真正面にカムイヌプリ摩周岳が高山のような岩肌を見せる。かつて、火山の噴煙があの火口壁に沿って立ち上っていたのだろう。ねずみ色の火口壁、覆いかぶさるように密生する緑の樹木に覆われた外輪山が、濃紺青の水面にその姿を投影している。3人は十二分に摩周湖を堪能した。

第三展望台から川湯に向かう下りの道はかなり荒れていた。曲がりくねった砂利道で、車は大きく跳ね上がった。下るに従い密生するダケカンバやエゾ松、赤松などの原生林が道に覆いかぶさる。深い原生林に囲まれた坂道をゆるゆると車は進んだ。やがて樹林から抜け出て、釧網線を越え右に曲がると、国道であった。再び丈の高い原生林の林が少しあり、これを過ぎると、左手にはアトサヌプリ硫黄山が盛んに白煙を上げている。道は直線的に川湯温泉の森林の中に消えている。周囲はちょうど白い花をつけたエゾイソツツジが一面に咲き乱れていた。

「運転手さん、この一面に咲いている花は何て言うのかな」と、巧が声を掛けた。

「うーん、よくは知らないけれど、白ツツジでなくてイソツツジと聞いたのですけど。名残の雪を思わせて、この時分にはこの花が一勢に咲き出すんですよ」

「名残の雪を思わせてかい、面白いね。なぜエゾシロツツジと言わないのかな」と、巧は群生する白いツツジの花を見渡した。美紗子も頷きながら、硫黄山まで広がるツツジの景観に見とれていたが、すかさず美紗子はスケッチを書き上げていた。

「ちよっと、硫黄山にも寄りましょうか」と、言いながら運転手が左にハンドルを回した。白い砂地の道を進み、目の前に湯気を吹き上げている噴気孔の近くに車を止めた。いくつもある噴気孔の周辺は、黄色く硫黄の結晶が見えた。地底のマグマに熱せられた水が勢い良く水蒸気になり、噴出している。幾条もの噴気孔から轟々と音を立てている。四人は、声もなく見とれていた。隣の帽子山は緑の原生林に囲まれているのに、硫黄山のほうに火口が残ったのだろうか。車から降りながら、

「巧さん、これはすごいですね。何万年も前から続いているのでしょうね。遥、見てごらん。土の中からお湯が湧き出ているのですよ」と、美紗子が思わず口にした。遥は、驚いたように母の顔を見る。美紗子は、遥の手を引きながら指を差していた。

「ぼくも、今日初めて見るのですよ。美佐子さんの言う通りでしょうね。何万年も前には両方の山が

噴火していたのでしょうね。景観も面白いですね。絵になりますね」と、巧は周辺を見渡す。低いけれど、似たような山が右手に見えた。

「あの山は低いけれど、やはり活火山だったのでしょうね、運転手さん」と、巧は指を差した。

「あの山は、地元ではニタトルシュケ山と言っていますが、どんな意味が分かりません」と、答えた。

川湯温泉の街は、この3つの山に挟まれた小さな盆地に開かれていた。5月末の柔らかな風が吹いて来て、4人を包んでいた。他には誰一人いない広大な自然の中で、美紗子は自分がなぜここにいるのか、不思議な気持ちになっていた。自分が結核という病気でなければ、どんなに気持ちは晴々しているだろうか。ふと過る不安が脳裏を通り過ぎて行った。今日の日のような晴々とした気持ちでこの自然を見ることができたなら、どんなに良かったものか。美紗子は巧の心からの援助に感謝し、巧の気持ちを受け入れても良いのではないかと思った。自分の病気が治ったならば、そのことを考えなければならないだろうと思っていた。それまで少し時間が必要になる。それまで巧さんに待っていてもらわなければならない。美紗子は、望のことを決して忘れてはいなかった。戦時中の短い青春であったが、何ごとにも変えられない想い出があった。どんなことがあっても、自分は遥を育てなければならない。遥は、健康に育っているけれども、自分の病気を移すわけにはいかない。巧さんに多大な迷惑をこれからも掛け続けていくことに甘えなければならない自分に、悲しみを感じていた。ふいに巧が声を掛けた。硫黄山の見学を切り上げて、4人は車に乗り込み、川湯温泉に向かった。

「美紗子さん、どうされました」と、巧が美紗子を覗き込むように言った。すでに車は温泉町の中心を過ぎて、深い原生林に囲まれた砂利道を揺られながら進んでいた。巧は、美紗子の顔にどこか沈んでいるような不安の影が過るのを感じていた。後部座席で遥は小さな口を開いて、疲れたのか美紗子の横でうつらうつら居眠りを始めていた。深い森の中に進んでいると思ったら、車は間もなく前方が開け、藻琴山が見えてきた。車は左に緩く曲がりながら、林の中を進んでいた。仁伏を過ぎる頃、運転手は、

「屈斜路湖の湖岸に営林署の保養所があって、そこは綺麗な温泉が黒と白の玉砂利の中から湧き出ている、静かな温泉宿です」と、話してくれた。車道は湖岸に沿うように走り、急に湖岸が開けて晴れ渡った空に対岸の藻琴山が見え、屈斜路湖が眼前に開けてきた。運転手は、ここが砂湯だと言いながら、車を湖岸に向けて止めた。

「屈斜路湖の砂湯は湖岸に温泉が湧いていて、自分で砂を掘り小さな窪みを作ると自然に温泉のお風呂が出来ます」と、説明した。

「非常に広い湖面ですね。あれが藻琴山ですか。こちらが中島ですね」と、巧は美紗子に説明するように指を差していた。湖面は静かに広がり、小さな波が砂を濡らしていた。湖面の北西の方には、緑の濃い半円形の中島が浮いていた。かつてあの中島も噴火していたらしい。

「詳しく知りませんが、この湖は今から12～3万年前に藻琴山や、今は外輪山になっている、あの周辺にあるサマッケヌプリ、コトニヌプリ、サマッカヌプリなどの山々が大規模な火砕流の噴火を繰り返し、屈斜路湖カルデラが形成されたらしいですよ。そのころは日本中の全部が火山活動の最盛期にあり、阿蘇山からの火山灰や、近くは支笏湖周辺の火山から火山灰が飛んできている証拠があるそうです」と、運転手は、遠慮がちに説明した。さらに、

「ここからは見えにくいのですが、あちら側の和琴半島の先端にオヤコツ溶岩ドームがあり、水蒸気

を噴出しています。そこから温泉が湧いているのです。昔はこの湖にはたくさんの魚がいたのですが、昭和13年の6月頃だったかな、屈斜路湖湖底噴火が起こり、ほとんどの魚は死滅して、今でも魚はいないのですよ。多分噴火の硫化水素の影響で水が酸性化してしまい、魚は住めなくなったのでしょうね。

わたしは弟子屈生まれですが、それはすごい連続した地震があって、数日後に屈斜路湖の爆発があったと聞きました。あの和琴半島の先の湖底に爆裂火口があるそうです。あそこが一番深くて、約117mも深いそうです。屈斜路湖は平均40mですが、ちなみにさっき見た摩周湖は、この屈斜路湖カルデラの東側壁のすぐ外側に、一万数千年前に始まった噴火活動により形成された成層火山が7000年前に爆発的噴火で山頂部が破壊されて形成されたカルデラ湖と言われています。その後から生じた噴火が摩周岳とカムイシュ島を形成したのだそうです」と、次第に少し得意げになり話を続けた。

二人は黙ってその話を聞きながら、その昔の激しい火山活動がいまの魅力のある自然を形成した不思議さを思っていた。初めは遠慮していた地元の役場の運転手だったが、いつの間にか二人の間に立ち、案内役をしていた。

穏やかな湖畔の空気に触れながら、美紗子は自分がここにいる不思議さを再び感じていた。空には白い千切れ雲が流れ、清々し青空はすべてを清めてくれるようにこの自然の上に広がっている。自然の癒しが美紗子を包んでいた。自分の病気も、このまま自然に消えてくれるように思えてくるのであった。

「相変わらず美紗子さんのスケッチは上手ですね。わたしはそのように描けません。暇ができたら、ぼくも絵を描きたいと思っています」と、巧は言うと、

「しばらくスケッチをしていませんでしたけれど、ここに来て絵を描きたくなりました」と、美紗子は微笑みながら巧を振り返った。手元のスケッチ帳には湖畔の風景が白のキャンバスに鮮やかに描かれていた。

「ぼくも暇を作って絵の勉強をするつもりです」

巧はすでに自分なりにスケッチを始めていたのだったが、いずれは話す機会があることだろうと考え、今日は美紗子に話す勇気がなかった。

3人が車に戻ると、遥は座席に横になり、小さな口を開けて安らかに熟睡していた。車は静かに動き出していた。朝からの湖水巡りで少し疲れたのかもしれない。

「今日はこのくらいにして、弟子屈に戻りますか」

運転手は車のスピードを上げた。道の周囲は高い樹林に囲まれていて、湖面は見えなかったが、道は湖岸を南の方に緩やかに蛇行していた。やがて左側に茅葺の寂れたような集落が点在しているのが見えてきた。

「あれが、コタンの集落です。アイヌの人達が住んでいるのですよ。北海道はここと白老ですね」

辺りに貧しげな集落が散在していた。巧の気持ちを惹きつけるものがそこにはあった。アイヌは和人と同化してしまい、固有の文化が失われてしまっている。倭人に虐げられた歴史がそこにはあるはずだと巧は考えていた。貴重なアイヌ文化はどこに行ってしまったのか。巧はアイヌ民族の生活を見てみたいと思っていた。

「そういえば、昨年ここのコタンの村長という方にぼくはお会いしたな。その後どうしているのかな」

と、思わず巧は声を出していた。弟子屈に来て、時々アイヌの人と話をすることはあったが、巧の心の隅には失われていった民族の悲しみを知りたいと考えていた。敗戦という大きな打撃から巧はまだ逃れていないようであった。両親を戦争で亡くし、友人を失ったことは巧の心の奥底に大きな打撃として残っていた。

「コタンに寄りますか」と、運転手が巧に声を掛けた。

「今日は時間がないし、美紗子さんも疲れたでしょうから、それは止しましょう」と、巧は答えていたが、多くのコタンの若者が戦死したと言っていた村長にもう一度会いたいと思っていた。車は、ゆっくりとコタンの前を通り過ぎた。少し行くと屈斜路湖から流れ出る釧路川の河口に架かる小さなコンクリート橋を渡った。

川は、周囲の深い樹林に囲まれたなか、次第に幅が出て大きくなってゆく。周囲はまったく河川の改修はされていなかった。おそらく弟子屈の街には開村以来一度も洪水がなく、河川敷の人工的な修復を必要としなかったのだろう。道は美幌へ行く国道に出くわし、左に回って一路弟子屈までの直線の砂利道を進んだ。周囲のゆったりした低い山は、深い広葉樹の緑に包まれていた。裾野に広がる農地には作物が緑鮮やかに発育している。朝方行った摩周湖の外輪山は、左前方に見えてわずかに摩周岳の頂上が見えていた。弟子屈の街は低い盆地の中にあった。

翌日、美紗子は巧に付き添われて、弟子屈療養所に入院した。美紗子の心残りは、遥のことであったが、

「遥はおとなしくお留守番をしていますから、お母さんの病気、早く良くなってね」と、その朝、遥は美紗子にけなげにも言っていた。

「お母さんの病気は長くかかるかもしれないけれど、巧さんとお手伝いのおばさんが遥の面倒を見てくれるから、安心してね。お母さんはすぐ近くにいるし、いつでも面会できるからね。遥の好きなお人形と絵本を机の上に置いておきます。寂しくなったらお人形に話をしてもいいし、電話をお母さんにしてもいいですよ。お母さんからも電話をしますからね。お食事は全部おばさんが用意をしてくれますからね。下着や着物もおばさんがちゃんと心配してくれますから、遥は何も心配することはないのですよ」

美紗子は遥に話をすればするほど、気掛かりなことが生まれてきそうであった。4歳半を過ぎて、遥は何ごともよく理解してくれていた。小学校まではあと2年あるが、文字も少しずつ覚えてきていた。

「お母さんはすぐそこの病院ですから、いつでも会いに来てもいいですよ」と、心残りのまま美紗子は遥に告げていた。

「遥は大丈夫です。お母さん、病気を早く治してくださいね」と、遥は美紗子を安心させるように言ったが、遥の心には不安が溢れていた。美紗子が巧とともに釧路川に沿って遠去かっていく姿を二階の窓からいつまでも見送っていた。とめどなく遥は涙を流していた。

その日から巧は、階下の寝室で休んでいたが、寝る前には必ず遥のもとに来て、いろいろとお話をしてくれるようになった。遥のお父さんのことや遥のお母さんのことを懐かしく話してくれた。遥を寝かしつけてから自分の寝室に戻っていった。日中は遥が退屈しないように、診療室の椅子に腰掛けさせて絵本を見て遊ばせてくれた。そのうち退屈してくると、駅に遊びに行くようになった。汽車が駅に勢い良く入って来る時間を覚えた遥は、その時間になると、すぐ前の改札口まで駆けて行き、進入して来る機関車の姿を楽しげに見るようになり、いつの間にか今日の機関車はＣ51とかＣ58，Ｃ57

が来たとか、客車が4台とか5台などと、巧に話をするようになっていた。遥は駅に来る機関車に酷く興味を持ち出していた。近所には同じ年頃の子供がいないためか、いつも一人で駅に駆けて行き、改札口の柵に昇って汽車を丹念に眺めているのが好きであった。駅員はそのうち、遥は加藤先生の子供で睫毛の長い色白の美人の女の子だと噂をするようになっていた。奥さんは療養所にいることなども、瞬く間に噂になり流れていった。巧は、その噂をあえて否定をしようとは思わなかった。噂は自然に消えていくものだから、気にならなかった。巧の診療所は、いつも患者で忙しかった。巧は、仕事の合間を見ては、遥が心配のないところで遊んでいるかどうか確認していた。特に川のそばに行くことを恐れていた。川は流れが速いし、子供が転落したらひとたまりもないのだ。遥はそのことは充分に理解していて、川の方には決して足を向けなかった。遥は、汽車はどこか遠くの見知らぬ国へ連れて行ってくれる現実の乗り物で、自分もいつかはこの汽車に乗り出掛ける夢を小さな心に描いていた。美紗子からは週に2～3回の電話があり、ようやく遥も心の寂しさを紛らわせることができるようになってきていた。一度は母の入院している病院に行ってみたいと考えていた。美紗子が入院して三ヶ月も過ぎた8月のある日、

「おじさん、お母さんのいるところに行ってみたい」と、遥は巧に真剣な瞳で話し掛けていた。巧は、遥の真剣そうな顔を見て肯きながら、

「お母さんに会えるかどうか聞いてきてからね。それから返事をしますよ」と、請合った。それから数日が過ぎた。

「遥さん、今度の日曜日にお母さんに会いに行きましょうね。きっとお母さんは遥さんを待ちわびていますよ」と、巧が言うと、遥は小躍りした。

次の日曜日、すでに夏の暑い日差しが照りつけていた。駅前の診療所の前にバスが砂埃を立てて入って来る。しばらく人々は口を覆わなければならなかった。巧と遥は、砂埃を避けるように急ぎ足で家を出た。遥は、5月末に弟子屈に来て以来、街の中を歩くのは初めてであった。釧路川に沿った細い道を巧は遥の手を引いて、ゆっくりと歩いた。遥は母に会える喜びで飛び跳ねるように歩いている。

「お母さんは，元気かな。時々電話をしてくれているけど、お顔を見ていないの」と、遥はうきうきした声で話し掛けた。

「お母さんは元気ですよ。病院で静かにしているだけですから」と、巧は答えた。

「なぜ静かにしなければならないの。静かにしているだけなら、お家にいてもできるのに」

「お母さんの病気は、薬も飲まなければならないし、お家にいるといろいろ仕事をして体を動かすでしょう。それが体によくないのです」

「そうなの、お母さんは家にいても良いのにね」と、遥は少し口を尖らせたが、すぐに美しい顔が微笑んだ。自宅にいても同じことができるのにと思っていたのだろう。

やがて病院の玄関が見えてきた。病院の2階の部屋から見ていた美紗子は、急ぎ足で玄関口まで迎えに下りて来ていた。

「やあ、美紗子さん、遥さんを連れてきましたよ」

巧は美紗子に挨拶をした。遥は巧から離れて、美紗子の腕の中に、母の胸の中に飛び込んでいった。

美紗子は遥を固く抱きしめていた。

「お母さん、遥はおとなしく留守番をしていたよ。早く病気を治してね」と、泣きじゃくりながら、母の胸にしがみ付いていていた。玄関から中に入ると、元の旅館の時のままに広い待合室があり、広い窓を通して釧路川が流れているのが見えた。対岸の高い土手の上には広葉樹の林が覆っている。裏庭の芝生の緑に建物の影が黒く伸びていた。二人は、それぞれ椅子に腰を下ろした。遥は母の横に立っていた。

「遥さんは、この通り元気にお留守番をしていますよ。美紗子さん、安心してください。遥さんは、この頃は毎日駅に汽車を見に出るのですよ。汽車の種類をいつの間にか覚えて、わたしに教えてくれるのです。昼間の診療時間にはいつもわたしと一緒にいるのですよ。絵本も診療室でおとなしく読んでいますしね、新しい絵本を買わなくちゃ」と、巧は遥の毎日の生活を説明した。

「そうなのですか。わたしのいる2階の201号室は南に面していて、窓から弟子屈の駅に汽車が出入りするのがよく見えるの。遥も汽車を見に行くのですか。汽車はどこか遠くへ行くための唯一の手段ですものね。汽車を見ていると、3人で鳥海山に行った時のことを思い出すのですよ。あの旅行は楽しかったですね」

「遥、お母さんも遥が見ている汽車をこの2階から見ているのよ。遥と同じに、楽しいですよね。遥はどんな機関車が好きなの」

「遥は大きなD51が好きです。いつも黒い煙をたくさん吐いて来るの」

「あの大きな機関車でしょう? 遥は男の子らしいところがあるのね」

「遥は女の子です、お母さん」

遥は元気になって返事をしていた。2人のやり取りを目にした巧は微笑みながら、

「美紗子さん、少しお太りになって血色が良くなったようですね」と、美紗子をまともに見た。確かに美紗子は入院してから規則的な食事と安静で体調は回復しているようであった。あのやつれた顔の

表情は、いつの間にか失せていた。長い睫毛の瞳と色白の肌は、元気を取り戻しているようであった。女学生のように三つ編みにした髪を長く伸ばしていた。和服姿の美紗子は、少し顔を赤らめて巧の方を見た。

「巧さんにはいろいろとご迷惑を掛けてばかりいて、わたしは何もできなくてご免なさい」

「そんなこと、何も心配しなくても、あなたは病気を治すことが大事なのですから」

「この療養所は満室ですか」

「いえ、まだ部屋が空いているようですわ。わたしは排菌をしていないので、隔離病棟ではないのですよ。少しは自由があるみたい。それに旅館を改造しただけあって、至る所に旅館の面影が残っていて、看護婦さんがいなければ病院にいる気はしないのですよ」と、美紗子は微笑んでいた。

遥は、母のそばにいることで安心したのだろう。椅子に腰掛けて静かに二人の話を聞いていた。高い待合室の天井から瀟洒な白いシャンデリアが吊り下がり、左の壁には冬の摩周湖の大きな絵が掛けられている。さらに右手には、これも同じ大きさの額に収められて噴煙を上げているアトサヌプリとマクワンチサップの絵が飾られていた。時折、白衣の看護婦が行き交う。その姿は、病院にいる現実を否が応でも意識させていた。

「巧さんの紹介で弟子屈に来て、大変良かったと思います。先月摩周湖と屈斜路湖を見せていただいて、本当にこの地は恵まれているようですね。自然が綺麗で空気が良くて、きっと知らないうちに病気は治っていくと思います」

美紗子は、遥を連れてこの美しい弟子屈の野山を散策できたら、どんなにかすばらしいことかと思う。札幌にいた時のように食べることであれこれ心配しないで、スケッチブックを手に自然を描くことができたら、どんなに嬉しいことか。

「遥さんは、昼間には退屈しないようにぼくの仕事場にいてもらっています。これからもしばらくそのようにしたいと思います。人に迷惑かかることではないのでね。遥さんも寂しくないと思いますよ」

「本当にすみません。これからもよろしくお願いいたします」と、美紗子は安心して返事をした。太陽は明るく輝いて、夏の清々しい空気が開いた窓から流れてきた。重苦しい戦争の時とあまりにも異なる静けさと解放された雰囲気に、二人はいつまでも見詰めあっているようだった。遥もおとなしく座り、母のそばにいることが何にも替えがたい安心感となっていた。

「今度、ぼくもスケッチと油絵をやりたいと考えているのです」と、ふいに決心したように巧は告げた。日曜日、暇な時は美紗子の見舞いに来るだろうし、遥を連れてあちこちスケッチに行くのも良さそうだった。

「あら、巧さん。それはすばらしいことです。わたしも時々絵を描きたいと思っています。絵が描けたら、ぜひ見せてください」と、美紗子は巧を見詰めていた。巧はいつまでも美紗子のそばにいて、話をしていたかったが、面会の時間が終わりになってきている。

「そろそろ、家に帰りましょうか。遥さん、お母さんはベットで休まなければなりませんから」と、巧は、遥の頭を撫でた。

「これからも月に何回もお見舞いに来ると約束しますよ、遥さん」と、巧は告げた。素直に立ち上がり、遥は母に抱きついて、頬を寄せた。

「お母さん、また来ますから、早く元気になってね」と、遥はしっかりとした口調で言った。

「遥、巧おじさんの言うことを聞いて、しっかり留守番をしてね。電話があるので、いつでも掛けてね」と、美紗子は遥の肩を抱えながら言った。玄関口まで美紗子は見送りに出て来た。療養所の外は真夏の明るい陽射しに照らされていて、あまりにも静かであった。遠くの方から午後の上りの汽車の汽笛が響いてきて、やがて軽快な車輪の音が静かな街を揺るがすように駅の方に消えていった。手をつないで、二人は無言で釧路川に沿って歩いていた。ふいに巧が話し出した。

「遥さん！お母さんは元気だったね。これからはますます元気になって、遥さんのところへ早く帰りますよ」

「うん。おじさん、ありがとうございます」

遥は、心が晴れるように巧の顔を見上げた。遥は、母に会った安心感に満ちていた。巧は、今日の面会は成功したと思い、心から安堵していた。巧は、美紗子を健康にしてあげなければならないと考えていた。空気の良い所で十分な安静と栄養を摂ることが結核を克服する最大の手段であった。現在は、結核を治す薬剤はまったくないのだから、全身の安静といろいろなストレスを取ってやることが最大の手段である。気休めに、美紗子が好きな絵を描くこともいいことである。自分の美紗子に対する憧れは、日ごとに強くなり心の奥深く秘められていたが、それを表に出すことはなく、巧は我慢していた。二人は、弟子屈橋を渡って町の中心に出て来た。古びれた商店が並んでいたが、八百屋を覗いて何も目立つものは販売されていなかった。地元の野菜が珍しく豊富に並んでいた。キャベツ、大根、カボチャ、トウキビ、キュウリなどがあり、戦後こんなに野菜があるのは珍しかった。店先には見覚えのある髭の濃い人がいた。昨年会ったアイヌコタンの村長だった。眉の濃い彫りの深い容貌は、その人であるとすぐに分かった。

「以前に会いましたね。今日は野菜を買いに来たのですか」と、巧は遥の手を握りながら話し掛けた。

二人を初めて見るように不思議そうにしていたが、老人は笑いながら、

「やあ、去年バスの中であった方ですな。駅前で歯科の診療所を開いていると聞いているよ。うちの者達も先生の所に行っているはずだよ」と、言った。

「4～5人の人が治療に来ていますよ」と、巧は答えた。

「手をつないでいるお嬢さんは、あんたの子供さんかい？　独身と聞いていたのだがな。可愛いお嬢さんでないかい」

巧は慌てて、

「この子は、ぼくの友人の子供なのです。そこの療養所に友人のお見舞いに行って来た帰りです」

「その友人のお嬢さんを連れて、散歩ですか。弟子屈はこの通り静かな街ですし、何にもないところだけど、周囲の自然は綺麗だから、のんびり生活するのにはいいところだよ。ねえ、おかみさん、そうですね」と、老人が八百屋のおかみさんに話し掛けた。

「弟子屈は川あり、森ありで、周囲の野山は広いし、摩周湖と屈斜路湖は自慢できるものだよ」と、手を擦りながら中年のおかみさんが言った。

「後はだんだんと物が手に入りやすくなってくれれば、一番ですけれどね。可愛いお嬢さんにトマトを上げるね」

おかみさんから赤いトマトを差し出され、遥は少しはにかみながら
「おばさん、ありがとうございます」と、しっかりと返事をする。

「礼儀正しい子供ですこと。綺麗なお嬢さんですね。先生のお子さんですか」と、おかみさんは巧に

言うと、

「いえ、ぼくの友人の子なのです」と、返事をした。遥はどうしても目立つ子であった。巧はトウキビ、キュウリを買い求めて、二人に別れを告げた。アイヌコタンの村長は、再び機会があったら訪ねて来るように巧に話をしていた。

「巧おじさんは、あの髭のおじさんを知っているの」と、遥は怪訝そうに聞いた。

「うん、おじさんが昨年弟子屈に来た時、初めて話をしたアイヌの人なのだよ」と、答えた。

「アイヌの人ってどんな人」

「北海道に昔から住んでいた人なのですよ。日本人と少し違うかな」

遥は、不思議そうに巧を見た。夏の風は爽やかに吹いて、からりとした道東の空気を感じながら、巧と遥は、再び手をつないでゆっくりと自宅へ向かった。

# 第六章　永遠のエピローグ

遥は、義父、巧が書いた自伝『はるかな摩周』を読んで、自分の知らない父母のことをいろいろと知った。

父のことは記憶になかったが、遥が6歳の誕生日の頃までの母の面影は、いつも思い出すことができた。

戦時中、3人はどのように生きていたのかを理解した。戦後の混乱の中で病気を抱えていた母、美紗子は、遥と生きていくために巧を頼って弟子屈に来たことも理解した。遥の記憶は、5歳を過ぎてからはすべて昨日のように甦って来る。何度か巧に連れられて母に会いに行ったこと、暑い夏が過ぎて、周囲の野山が紅葉に彩られ青い空が何日も続いたように思っていたら、ふいに冬が訪れた。雪が深く降り積もった日には、いつものように駅前の自宅の窓から外を見ていると、黒い大きなラッセル車を先頭にC57が駅に入って来た。遥がまだ見たことのない除雪車と機関車の組み合わせで、黒い煙と蒸気を盛んに吐き出していた。構内にしばらく停車してから、汽笛を響かせて動き出した。遥は生き生きとした汽車の姿に見とれていた。自分はあの汽車に乗って別の天地に行ってみたい気持ちを心の底に秘めていたのだろうと思っていた。

弟子屈の冬は、札幌と同様に寒さは厳しく、雪が深く積もった。凍り付いた釧路川のそばには、温泉宿が雪に埋もれるように建っていた。辺りには温泉の湯気が白く立ち込め、わずかな温もりを感じさせていた。昭和22年12月1日は、遥の満4歳の誕生日であった。その日、母は自宅に一時的に帰り、義父、巧と楽しい誕生会を開いてくれた。巧は、釧路の菓子店でクリスマスケーキを買ってきた。ケーキには4本のローソクを立て、遥はそれを吹き消した。二人からの誕生日のプレゼントは、赤頭巾にウサギの毛の付いた赤い冬のオーバーコートだった。女の子らしさを引き立てるコートだった。それに子供用の長靴が添えられていた。遥が外で遊ぶのに心配がないようにと用意されたものだった。遥は、楽しい誕生会の夜の一日を今でも鮮やかに思い出すことができた。

その日以来、遥に母と一緒に過ごした記憶はない。遥は、たいてい独りで考え、独りで判断しながら、巧の目の届く所で生活していたが、その頃の記憶は、あたかも降り積もった雪の温かみの中に自分の小さな世界が作られていたかのような感じである。雪が溶けて春が来ると、遥は少し成長したようだ。遥の記憶はこの頃から明瞭になってくる。義父の巧は、暇がある時は美紗子の面会に行っている。遥も巧と一緒に見舞いに行っていた。母が入院してから母に会うことが一番の嬉しいことであった。巧は時々釧路に出掛けて、母の栄養になる食料を買い求めて来た。釧路は港町である。漁業が盛んで、蟹やマスやタラを取る春先の漁のための漁船基地であり、いろいろな物資が闇市から手に入れやすかった。巧の仕事は順調になってきていた。歯科技工士と看護助手も診療に加わっていた。春が訪れて、周りは再び若葉の淡い緑に包まれていた。巧は、美紗子の病気は一年近く入院しても芳しくなく、病状が進行していることを医師から告げられていた。巧は、遥にお母さんはもう少し入院する必要があると告げていた。遥は、昼間巧の仕事場でおとなしく椅子に腰掛けて絵本を見ていることが多かった。なぜお母さんの病気は良くならないのだろうか。病気を治す薬はないのだろうか。遥は、早くお母さんに帰ってきてもらいたくて堪らなかった。胸が締め付けられる思いで、いつの間にか静かに涙を流していることもあった。巧は、同じ年頃の子供達が集まる所を探して、遥を仲間に入れてもらうようにした。晩翠橋を渡って行くと、四つ角に小さな広場があり、同じ年頃の女の子が集まり遊んでいた。遥は、始めはおとなしく内気なようであったが、次第に4～5人の仲間の中に入り、持ち前の明るさで仲良く遊べるようになった。幾日かすると、遥の自宅の2階は女の子のたまり場になり、賑やかな集会所になっていった。遥は、絵本をたくさん持っていたし、母が作ってくれた人形などもあり、女の子の遊び場には安心できる場所になった。どたどたする子供達の足音の響きを階下で聞きながら診療するのは、巧にとって安心でもあった。

昭和23年8月のある日、お手伝いのおばさんが作ってくれた夕食の最中、街のサイレンがけたたましく鳴り渡った。街に何か異変が起こったのか、何気なく窓から巧が外を見ると、暮れかかった北の空が赤く染まっていた。街の消防車がサイレンを鳴らしながら、走り去っていった。どこかが火事になったらしい。階下の診療室の電話がけたたましく鳴り響いていた。巧は急いで階下に下りて電話に出てみると、川湯温泉が火事になっているとの知らせだった。2階に戻った巧は、遥に川湯温泉が火事で焼けていることを教えた。駅が見える北側の窓から、アトサヌプリの方向の夜空が赤く焼けているのが見えた。丸い火焔は、中心が赤く周辺がオレンジ色に輝いて、日が暮れた夜空にひと時の幻のように反映していた。遥は、巧の横に立ち巧の手を固く握りながら震えていた。火は3時間余り燃え続けていた。遥は火事で気持ちが動揺したのか、自分が寝入るまでそばにいてほしいと珍しく巧に頼んだ。巧は、遥が布団に入り優しい笑顔を見せて静かに寝入るまで遥のそばにいた。翌日、川湯温泉は町の中心の23軒の家が焼けてしまい、一人が亡くなったと知らされた。診療室は、火事の話で持ちきりで、賑わっていた。巧は、その時初めてここ弟子屈にも大火があったことを聞いた。昭和16年に町の中心部の大半が焼け、30軒余りの家が消失したという。晩翠橋を渡った町の中心の家々が比較的新しい感じがするのは、そのためだった。

秋になり、空がどこまでも青く広がり、摩周の外輪山は疲れた緑に紅葉の色彩が混じり出していた。摩周湖から北東の斜里岳の方には、忘れていたような白い雲がたなびいていた。美紗子の入院している201号室の窓からも、季節の変化が感じ取れていた。同室の年輩の人たちも、この一年余り変化はなく習慣的に食事を取り、午後は少し世間話で過ごし、その後は安静にしていることに疲れたような毎日で、時には体のやり場に困惑することさえあった。

日曜日いつものように、巧と遥は連れ立って面会に来た。窓から見ていると、遥はこのごろ背が伸びて、少し大人になっている。しっかりとした足取りで歩いて来る。美紗子は、面会室に降りて待っていた。

最近、院内は道内のあちこちからの入院患者で満室の状態であり、それなりに慌しい。毎日、看護婦は午前中、注射の処置や患者の世話で忙しそうに働いていた。もともと弟子屈には診療所がないため、地元の患者で階下の内科診療室は人々で混雑していた。先日混雑の合間を縫って、巧は美紗子の病状を尋ねていた。北大から派遣された若い医師からは、美紗子の病状は一向に改善していないと告げられていた。あと一年くらい養生して病状が安定していれば、最近は外科的に病巣を安定化させることができる方法もあると言う。しかし、両肺野に行う必要があり、方針を決めかねているという。巧の心に不安が過っていた。美紗子には話していないことだった。巧は、釧路から買ってきたチーズ、バターとお菓子類をお土産に面会室に現われた。

「お久しぶり、元気ですか。お土産を持ってきましたよ」

巧は、机の上に風呂敷包みを下ろした。いつも素っ気ない感じを与える巧の顔には、一瞬不安の影が差した。

「お母さん、元気ですか」と、遥は母の腰に抱きついた。

「わたしは特に変わったことはありませんが、病気はあまり変化がないと聞いています。一年を少し過ぎたのですけれど、悪くはなっていないそうです」と、安堵の気持ちを示した。美紗子の顔は透き通るように白く、黒く伸びた髪は無造作に束ねられていた。

「元気になっていただかないと…。たくさん栄養を付けてください」と、巧が答えた。

「今日は気持ちのよい日ですね、この一年はどこにも行っていないので、どこかに出掛けたいです。あの摩周湖にもう一度行ってみたいですわ」

面会室の開いた窓から、穏やかな晩秋の風が気持ち良く吹き込んできた。誘われるように、3人は療養所の裏の川岸に沿って広がる芝生に出て腰を下ろす。暖かい温もりに包み込まれるようだった。何回もこのように面会していると、お互いに話をすることがないようにそれぞれの思いの中に沈み込んでいる。遥は一人嬉しそうに母の肩にまとわりついている。

「弟子屈にハイヤー会社が出来たので、車はいつでも用意できますから、来週にでも行って見ましょうか。秋の摩周湖もいいものでしょう」と、巧は答える。

巧は、心の中に秘めてきたことをふいに口に出した。それは何度も言葉にできずに呑み込んだことだった。

「美紗子さん、あなたの病気が治ったら、ぼくと結婚してくれませんか」と、巧は美紗子の瞳を見詰めた。急に美紗子の項に赤みが差してきた。予期しないことではなかったが、巧がまともに結婚の話を持ち出すことに心の動揺があった。巧は、望との友情を忠実に守って今まで美紗子と遥の面倒を見てくれていた。今までしてくれていることは、友情以上のことだということも美紗子は充分に承知していた。巧を決して嫌いではなかった。誠実で真面目な巧に美紗子は少しずつ愛情を持ち始めていた。

「そのお話は受け入れても良いと思っています。来年身体が健康になったら、結婚をしても良いと思っています。それまでもう少し時間をください」と、美紗子はまともに巧の顔を見た。角張った顔をゆがめながら、巧は緊張を緩め、涙を流していた。

「美紗子さん、ありがとうございます。早く元気になってほしい。それまで待ちますから」

「お母さん、おじさんは遥のことをいろいろお世話してくれて、お父さんみたいです」と、遥は母の両手を自分の肩に回して、巧の方に瞳を向けた。柔らかな陽射が遥の優しい微笑みに光っている。

「遥さん、ありがとう！ お母さんにわたしのお嫁さんになってもらったら、ぼくも安心して仕事ができます。美紗子さん、本当にありがとうございます」と、巧は胸が熱くなり、大きく息を吸い込んだ。美紗子は、眉の濃い、角張った巧の顔を見ながら、巧を信頼して弟子屈に遥と二人思い切ってやって来て本当によかったと思った。美紗子は、巧に愛されていることを以前から知っていたが、それを口に出すことが恐ろしかったのかもしれない。望への裏切りになるのではないか…。内心悩んでいた。今の美紗子は現実を認め迷いから抜け出るように、巧の結婚の申し込みを受け入れた。これを誰が許さないことがあろうか。

　晩秋の深い青空の下で、釧路川はきらきら輝きながら流れている。土手の上のダケカンバの広葉樹は赤茶けた葉を落とし、枝を空に突き出している。静かな午後だった。

「美紗子さん、これから摩周湖に行ってみましょう。こんな良い天気はまたとないと思いますから。

ぼくはハイヤーを手配します。外出の用意をしてきてください」と、巧は突然言い出した。しばらくすると、玄関前に古臭いダットサンの乗用車が来た。

ハイヤーは、３人を乗せて紅葉で彩られた道を走り、エンジンの音を響かせて摩周の外輪山を上り詰めた。第一展望台で降りると、眼前のダケカンバの紅葉とハエマツの緑が笹薮の帯の中に目立ち、色彩豊かな外輪山に取り囲まれた摩周湖の水面が深い紺碧な藍色を見せていた。摩周岳とのコントラストは、絶妙な色調の変化を示していた。夏の緑の多い時とは一味も二味も異なる色彩だった。空は晴れ渡り、遠くの斜里岳はくっきりとした遠景を作っていた。遥かな知床の連山も霞んでいた。

（美しい。本当に…）

美紗子は、声もなく遥の手を握り締めた。爽やかな風が根釧原野の方から吹いてきた。摩周は不思議な湖だ。この深みのある色合いと四季に応じて変化する周囲の自然は、一度その魅力に取り付かれると抜け出せない。巧も、摩周があるから弟子屈に定住する気になった。この摩周湖の清涼な空気を吸って、美紗子が回復してくれたならと願わずにいられなかった。遥も摩周湖の美しい自然を幼い記憶の中に留めていた。母とともに幼い時のこの幸福な瞬間を感じていた。遠く南の空を見ていた遥は、ふいに奇妙なことを口ずさんでいた。

「お父さんはあのお空のどこかにいるの？お父さんの声が聞こえるの」と、振り返った。美紗子は驚いて遥を見た。幼い遥の心には父の声が聞こえるのだろうか。暖かい南の風が展望台の周囲の樹林を吹き渡っているだけだった。

振り返って弟子屈の街の方を見ると、その先には雄阿寒岳の姿が青く霞んでいる。周辺の山々は、夏の緑から茶褐色に変わって全体にぼうっとした空気の中で、やがて来る冬の白い衣を待っている。

美紗子は、この自然の様々な色調を描くことができたらと思う。遥の言ったことが気になっていたが、遥は何を見ていたのだろう。広漠した根釧原野の先に…。

「巧さん、この秋の景色をキャンバスに描いてみたいです。元気になったら、きっと…」と、美紗子は独り言のように語り掛けていた。街の中を横切る釧網線に遅い午後の網走行きの列車が、黒煙に白い蒸気を混ぜながら赤茶けた森林の中を抜けて北に走り去るのが見えた。その先には、アトサヌプリの禿げた岩肌から白い煙が微かに上がっている。あたかも大きな箱庭の景色を思わせるような広がりの中に弟子屈の人々の営みがあった。

紺色のかすりの和服を着ている美紗子のそばに寄り添いながら、巧は美紗子の肩を抱き寄せていた。これだけで二人には自然と暖かい愛情が流れていた。時折吹いてくる透明な暖かい晩秋のそよ風が3人を包んでいた。鮮やかなナナカマドの赤いつぶらな実が青い空に震えていた。間もなく厳しい冬が来るのだろう。

「美紗子さん、この弟子屈の自然の中にいると、きっと病気は治りますよ。治ると自信を持っていなくてはなりません」

「そうですね。自信を持つことは大事ですものね。遥は巧さんのお陰で心配なく育っていますし、もう少しご迷惑を掛けますけれど、よろしくお願いします」と、美紗子は遥の頭を撫でながら微笑んでいた。

「巧さん、摩周湖の四季の様子、特に春と冬を知りたいですね。それぞれに美しさがあると思いますけれど、真冬の摩周湖も見てみたいですね」と、美紗子は巧に話し掛ける。

「美紗子さんは、やはり絵描きの才能があるのですね。大抵の人は、摩周湖を一度見ると、それで満足してしまうのですよ。四季の変化を想像するなんて、すばらしいと思いますよ。真冬の摩周湖はどのような姿をしているのか想像もつきませんね。おそらく車では来られないのではないかと思いますよ。道が雪で塞ってしまうのですから。だけど、いい方法があります。馬橇でなら可能かもしれませんん」と、巧は真剣に考えている。冬になれば、また方法があるかもしれないと思った。久し振りに外出した美紗子は巧の温かい心遣いに感謝しながら、またいつか訪れたいと考えていた。

それから数日が経ち、空は灰色に曇って寒さが一段と強くなっていた。周辺の原野を取り巻いている樹林は寒々としている。温泉街に吐き出る蒸気の白煙が川筋に重く垂れ始めていて、もうすぐ冬が訪れようとしていた。巧の診療所は、朝から患者が多く詰め掛けて賑わいを見せていた。遥は、診察室にこの頃は時々しか来なくなり、2階の自分の机に座り本を読むことが多くなっていた。時折、近所の友達が訪ねて来ることもあり、楽しいお喋りの時間を過ごしていた。窓の外は一段と寒さが増していうようで、空から白い雪の小片がひらひら落ちてくる。窓から見ていた遥達女の子は落ちてくる雪片を眺めながら、「雪やこんこん、あられやこんこん…」の歌の合唱を始めていた。広場にバスが乗客を降ろしてしばらくすると、黒煙を風にたなびかせて上りの釧路行き列車が入って来た。10数人の知り合いの乗客が改札口から出て来るのを見ながら、皆で「あれは何街のどこの人、あの人はどこそこの町の人」と、人の当てっこをして遊んでいた。雪は、ひと時降り続いた後に広場に車の轍を残すほどに降り積もって止んだ。とうとう冬がやって来た。

診察室では患者が2階の賑やかな女の子達の声を聞いて、先生の所はいつから幼稚園になったのですかと巧に聞いていた。巧は、笑いながら生返事をしていたが、子供達の声や足音を聞いて安心するのだった。来月は遥の5歳の誕生日が来る。あの子供達も呼んで誕生会を開くつもりであった。巧は、患者が多くても昼の食事は遥と必ず摂るように努力していた。今日もお手伝いが用意してくれた昼食を遥とともにしながら、遥の話を聞くのが楽しみであった。遥は今日初めて雪が降ったことを報告した。お母さんも初雪が降るのを見ていただろうかと心配している。

「お母さんに電話をしてみたら、きっと喜ぶよ」

「うん、食事が終わったらそうする」

「遥、来月は誕生日ですよ。今日遊んでいたお友達を誕生会に呼びましょう。誕生会は、お友達を呼んでお祝いをするものなのだよ」

「本当？　嬉しいな。佳代ちゃんでしょ、八重ちゃんでしょ、和子ちゃんでしょ、それから和歌ちゃん。全部で４人です」

「いつの間にかそんなに友達が出来たのだね」と、巧は驚いたように聞いていた。

「それでは12月１日に誕生会をするから、皆に夕方５時に集まるように教えても良いです。お母さん達におじさんから話しておくよ」と、付け加えた。近所の子供が遥の所に来てくれることは、遥の世界がそれだけ広く開けることになり、巧も安心していられるのである。

昭和23年12月１日の夕方、外は真っ暗になっていた。５歳の遥の誕生日は、賑やかに開かれた。その日すでに雪は駅前の広場を埋め尽くすように降っていて、駅舎の軒下には太いツララが下がっていた。午後から美紗子も外出宿泊の許可を貰って帰っていた。机の上にはローソクが灯され、賑やかな子供達のお喋りが続いている。夕食の献立には美紗子の手作りになる心づくしの散らし寿司を用意した。食後は、巧が釧路から買って来た菓子を貰い、子供達は賑やかな歓声を一段と高くした。子供達は今まで口にしないお菓子を貰い、喜びを身体に表していた。遥の今までにない楽しい誕生会の時間は、瞬く間に過ぎていった。最後に巧が遥に用意した誕生日のプレゼントを贈った。絵本と人形であった。子供達にもそれぞれに人形のプレゼントを用意してあり、皆、誕生会の素晴らしさを味わっていた。子供達の会話の中で誰ともなく、遥に言った。普段子供達が気にしていることだった。

「遥ちゃんのお父さんはどうしたの。だって、遥ちゃんは先生をおじさんと呼んでいるでしょう。遥ちゃんのお父さんはどこにいるの」と、不審そうに子供達は美紗子を見上げて言った。

「遥のお父さんはね」と、すかさず返事をしたのは遥であった。

「そこの机の上にいつもいるの」と、遥は指差した。

「遥のお父さんは、南の空に生きているのよ。家にはいませんけどね。わたしはね、時々、お父さんとお話しているのです」と、真面目に答えている。美紗子と巧は、不思議そうに顔を見詰め合った。

「お父さんは、飛行機に乗り、今も飛んでいるのよ。綺麗でどこまでも広い空を飛び続けるのですって。遥には『元気で大きくなってね』と、言って下さっている」と、遥は遠くを見詰めるように返事をした。それは、今まで聞いたことのない唐突な話だった。

「佳代ちゃんのお父さんも、まだ戦争から帰って来てないの。遥ちゃんのようにお父さんとお話できないの」と、佳代ちゃんは言った。平和になり、平穏な日々が過ぎているけれど、依然として戦地から帰らない人達がいる。

「遥はお父さんに何て返事するの。お母さんに教えて下さい」と、優しく美紗子が聞いた。

「遥はお父さんに、『巧おじさんのお陰で、お母さんも一生懸命病気を治しています。おじさんは大変良くしてくれています。わたしは一人でも寂しくありません。お父さんは心配しないで』と、いつも言っています」

遥かはいつの頃ころからか、心の交流を亡くなった父としているようだ。不思議な現象を体験しているのだろうかと美紗子は思った。

「お父さんは言っています。３人で仲良く暮らしていくのはいいことですよ」と、遥は、放心したように呟いた。

小さな額に入れられた一枚の写真がいつも遥の机の上にあった。遥の目には映っていた。練習機の前に立ち、飛行服を着て笑いながら腕組みをしている父の姿が…。巧と美紗子はそれぞれの思いで顔を見合わせた。子供の思い過ごしなのだろうか。美紗子は、望のことを思い出していた。短く過ぎた青春を真剣に生きた望の生き様は何だったのか。結果的に日本は戦争に負けてしまい、敗戦の日々の中で国民は苦労しながら生きている。なぜ望は特攻に参加したのだろう。なぜ死んだのか。敗戦の苦しみの中でわたし達も苦しみながら生きている。望にも生きていてほしかった。戦争責任を問う東京の極東軍事裁判は、先月11日に終了し東條首相以下25人が絞首刑を始めとする有罪宣告を受けていた。これから日本人はどうなるのだろうか。裁判が始まる戦後の間もない頃、宮廷の東久邇宮様が一億総懺悔しなければならないと言っていたが、国民に戦争の責任はあったのだろうか。美紗子は、ふとそんなことを思い出していた。巧は満足げに椅子に腰掛け、子供達を遠目に美紗子と遥を見ながら呟くように話した。

「たくさんの苦しいこと、悲しいことを体験してきたけれど、明日に希望を抱きながら生きていかねばならないと思います」

巧は、さらに付け加えた。

「遥さんの誕生会を開けるのも嬉しいことですから。明日の希望のあるお祝いですから」と、巧は美

紗子に言った。遥は横で母の手を握りながら、

「遥のお父さんは、死んでなんかいないもの。お父さんとはいつもお話をするから、遥は寂しくないもの」と、遥かは冷静に写真を見詰めていた。子供達は、遥の話に驚いたり、悲しんだりしている。遥と佳代ちゃんを除いて、他の子の父親は健在のようだった。外は再び軽やかな雪が降り出していた。しんしんとしばれて来る寒い夜だった。間もなく網走行きの最終列車が来て、駅前の広場の電燈は消え、街は雪の深みの中にひっそりと入っていった。子供達に付き添って、巧が階段を降りてきた。

「さようなら、おやすみなさい」の声が玄関に響き渡っていた。賑やかな団欒の後の静寂が支配してくる。遥は、久し振りに母親の温かみのある懐に抱かれて、誕生会の楽しい集まりを思いながら安らかに眠りに入った。遥は可愛いらしく、また望に雰囲気が似ているところがあった。女の子らしくなり、独りで自分の立場をわきまえる子にも育っている。仲間も増えて、遥の周りは子供達の歓声で賑わっていた。遥には他の子供と異なる不思議な感性がある。昨年、弟子屈に来てから少しづつ芽生えたようだ。うわ言のように遥は話し出した。

「お母さんが巧おじさんと結婚しても、お父さんは怒りません。遥も巧おじさんが遥のお父さんになっても良いです。お父さんが言っていました。そのようになることが自然だと言っていました」

遥は美紗子に話した。内心驚きながら、美紗子は遥が自然に口にする言葉を聴いて安心していた。すると、突然遥は恐ろしいことを口にした。

「お母さん、死んでしまったら駄目よ。お母さんが死ぬなんて駄目よ。お母さん、死ぬのは駄目だよ」と、母の胸に顔を付けて涙を流していた。

美紗子は、何も言わずに遥を固く抱きしめて、

「お母さんは大丈夫よ。お母さんは大丈夫よ。そんなことにはなりませんからね」と、遥の頬に優しく自分の頬を摺り寄せた。母とともにいる静かな夜は、二人の語らいで過ぎていった。雪が静かに降り積もる夜は、あらゆる外からの雑音を吸い取り、暖かな温もりの中にいることはささやかな幸福感を与える。いつの間にか穏やかな眠りが遥の上に降りて来ていた。

翌日、美紗子は降り積もった雪を掻き分けて、独り療養所に戻って行った。弟子屈の街は深い雪に覆われていた。静寂のなか、人の歩く姿も見えず、釧路川の流れがさらさら聞こえてくる。岸辺から延びた薄い氷の板に水が当たり、音を立てている。美紗子は、札幌の街は人が多く、どこか騒がしさを感じるのにと思いながら、静かな岸辺をゆっくりと歩いた。くすんだ療養所の建物が見えてきた。あれから一年半余り過ぎたのに、後どのくらい入院をしていたらこの病気は自分から去っていくのだろうか。先日の医師の話では、まだ完全に病巣は治まっていないと言っていた。幸い自分の喀痰からは結核菌は培養されていないし、排菌もしてはいないけれども、両肺野の病巣の広がりが気になると言っていた。巧との結婚は、まだ不可能だろう。病気が完全に治癒しなければ、先に災いを残すことになる。美紗子は、幾度も心の中で望に許しを乞い、望が望んだような道を自然に進んでいるような気がしていた。

療養所の2階の自分の病室の窓に同室の中年の女性、斉藤さんの顔が見え、手を振ってくれている。美紗子を再び歓迎しているようだった。美紗子は、玄関に入りコートを脱ぎながら、改めて病気との戦いに気持を引き締めていた。病室に持ち込んだラジオから聞きなれない美しいメロデイが流れていた。少し暗い感じがするけれど、弟子屈の湯の町に相応しい感じがする。近江俊郎の唄う『湯の町エレジー』だった。続いて、藤山一郎の『フランチェスカの鐘』が響いてきた。

「久し振りに聞く綺麗な歌ね。斉藤さんはこの歌は覚えますか」と、美紗子は声を掛けながら、病室に入って行った。他の二人も笑いながら口ずさんでいる。

「今、歌詞を書いているところ」と、振り返りながら斉藤さんはノートに歌詞を懸命に記載していた。

「美紗子さん、良いニュースがありますよ。昨日愛子さんが診察を受けたら、肺尖の病巣は固まってきているんだって。多分1～2ケ月中に退院できそうだって」

斎藤さんが愛子の方を見ながら美紗子に告げた。部屋の他の二人のうちの19歳の女性、愛子は、釧路の女学校を卒業すると同時に発病を認められて、一年前に入院してきた。肺尖に小さな病巣を持っていた。愛子は、嬉しそうに美紗子に微笑んだ。

「それは良かったね。このわたしはまだまだのようですわ。あと半年くらいのうちに治したいのだけれど」と、美紗子は大きなため息を吐いた。

「遥ちゃんは元気でしたか。もう5歳の誕生日を過ぎたのですか。大きくなって、かわいらしくなってきたでしょう」と、斉藤さんは美紗子を見た。

「ええ、大きくなりましたわ」

遥のこの頃の成長は安心できるほどになっていた。遥が時々語り出す望との会話のことは、不思議であったが、それ以外に特に変わったことは認められず、子供の感受性の高まりなのだろうかと思った。ラジオからは続け様に歌謡曲が流れていて、3人は聞き入っている。美紗子は自分のベットに静かに横になった。

戦争の記憶は次第に遠くなっている。ラジオから聞こえる世間の様子は急速に変わっているようだった。東京の焼け野原の街は、新しく建築が始まっている。素人喉自慢大会が放送されて、皆は好んで聞き入るようになっていたし、国民の食糧状況はわずかであるが改善してきていると報道していた。先月からお米の配給が初めて一日2合7勺の配給が決められた。療養生活に食べ物が少し潤うのかも知れない。安静にして日光に当たり、食べるだけの毎日のけだるさは救いようがない。一日一日が生還への道が開けているのであれば、希望も持てるのだが、今の美紗子には明らかな希望はなかった。唯一つあるとすれば、巧との結婚の約束だった。巧は望との友情に従い、遥とわたしを心から援助してくれている。自分独りで遥を育てていく手段はまったく何もなくなっていた。この時、絶望の意味を美紗子は本当に味わっていた。母が亡くなった時、巧からの愛情ある手紙が届かなかったならば、遥と心中さえ考えていた。

美紗子は、重い考えを振り払うように窓の外に目を遣った。摩周の外輪山は、すっかり雪に覆われていて、深い眠りに入っている。静寂の世界は摩周の空にある。美紗子の意識が一飛びしたかのように摩周の展望台に立ち、雪に覆われた摩周湖を見詰めている。湖面は静寂の白に覆われ、カムイ小島が黒く突き出ている。摩周岳のねずみ色の火山壁は、雪も積もらずに吹き荒れる吹雪の雲に霞んでいる。時々黄色の陽射しが激しく疾走する雲の間からきらめき、雪原を輝かせている。想像を超えた美しさがある。美紗子は、冬の摩周湖の景色を想像することができた。冬の摩周の実物を見たいと思っていたが、登山道路が雪でふさがれて、行くことはできないだろう。今年は雪の量が多く、道は3m以上降り積もっているはずだ。街は、灰色の重い雪雲の下に沈んでいた。巧は、馬橇で行くといっていたけれど、多分難しいだろうと美紗子は考えていた。

このころ院内である噂が流れていた。結核に効くすごい薬が発明されたらしいという。しかし、まだその薬品はまだ使用されておらず、限られた人のみが利用できるらしい。注射をすると一ヶ月くらいで結核は治ってしまうと言われていた。斉藤さんは、そのような噂をどこからか仕入れてくるようだ。ぼんやりと考えにふけっている美紗子に質問してきた。

「美紗子さん、あなたの彼氏は歯科の先生と聞いているけど、歯科の先生ならば結核を治す新しい薬の情報を知っているのではないかい」

美紗子は、その薬の件をどこかで耳にしたことがあった。東京の方では、闇の値段では注射一本で千円もすると聞いていた。教員の初任給が4千円くらいの時だった。週に一本で2〜3ケ月使わなければならないことを聞いていた。

「その話は聞いたことはありますよ。最近日本にもアメリカから輸入されて、闇で売られているらしいの。でも、とんでもなく高いらしいのよ」と、美紗子は答えた。

「へーえ、そんなに高いの。それなら、わたしの旦那の給料なんかじゃ持たないわ。いつになったら、その薬が使えるようになるのでしょうね。薬は何て言ったかな。ストシンと言いましたか」と、斎藤さんが聞き返す。

「いいえ、ストレプトマイシンです。アメリカのワクスマンと言う人がカビの菌から見付けたそうです。日本ではいつになったら使用できるのでしょうね」と、美紗子は巧から聞いていたストレプトマイシンの話をした。この薬は結核の万能薬らしい噂が流れていたが、日本で使われるようになるのはまだ先の話であった。昭和25年7月に明治製菓が初めて生産を開始するまで、結核を薬で制圧するにはまだ時間が必要であった。

「早く使われるようになると良いのにね。そしたらこんなに長く入院なんかしていなくても良くなるわ、きっと。それまで頑張らなくては、美紗子さん」

斉藤さんは美紗子より少し長く入院していた。それまで黙っていた入り口横のベットにいた美紗子より3～4歳年上の渡辺敏子さんが、

「夫に頼んで、闇で売られているその薬を手に入れてもらおうかしら。どこに行けば手に入るのだろうか」と、咳き込みながら起き上がって聞く。敏子の夫は、海産物の商売をしていて、時々東京に行く機会があるのだった。結核という悪名高い肺病が、薬剤で治療できるようになるまで、この時点ではまだ5～6年先の話であった。亡国病と言われている結核は、悲惨な結末を告げて終わる。何としても克服しなければならないと罹患者の誰もが考えている。しかし、今の美紗子たちにはそんな薬がアメリカから輸入されるなど考えられなかった。

病室は、いつものようにお喋りがいつとはなく途絶えて、静寂になっていた。おそらくそれぞれの思いを込めて、忍び寄る結核の不安と闘っていた。冬の午後の色褪せたような黄色の陽射しが窓から差し込んでいる。2階から見下ろすと、厚い雪を乗せた家々の煙突から青白い煙が北風に勢い良く吹き流されていた。舞い上がる粉雪が道行く人の上に降りかかってくる。暖かい病室の中は淀んだように静かに時が流れていた。

それから間もなく、昭和23年の年の暮れが来た。遥と過ごすのを楽しみに美紗子は、年末年始に4日間の外泊をした。今夜は夜空が星で輝いていた。暗くなった道を歩いて、診療所まで向かうその途上、街は賑やかな面を見せていた。いつの間にか療養所のすぐそばに、人の心を癒すための飲み屋が出来ていた。この弟子屈という小さな寂れた温泉町にも、人々の温もりが戻ってきている。敗戦から3年が過ぎて、戦争の記憶が遠ざかったようにラジオから流れる音楽は、賑やかに人々の心を捉えていた。藤山一郎の『フランチェスカの鐘』、『憧れのハワイ航路』…。中でも『湯の町エレジー』が全

国的にヒットしていた。賑わいの中に人の心に沁み入る歌が流れていた。歩きながら美紗子は、コートの襟を立て、過ぎて行った青春を一瞬の間思い出していた。少し歩くと、釧路川の川縁に出た。自分がいまこんな雪深い田舎の町にいて、遥を育てながら、病とも闘わなければならない。そして、巧との結婚を考えなければならない。ふと空を見上げると、南西の夜空にはオリオン星座が燦然と輝いていた。吸い込まれそうな夜の星座だった。無数に輝く星達の一つに望もなっているのだろうか。自分達のすべてを見ているよう思えた。弟子屈駅前の雪の積もった角にある薄く白い壁の診療所は、まだ診療が行われていて、2階には明かりが点いていた。遥は、薪ストーブのそばで母の帰りを待っていた。薄暗い電燈が一つ侘しげに照らしている。お手伝いのおばさんが夕食の準備を終えていた。

「遥！帰りましたよ」と、声を掛けながら美紗子が2階に上がる。

「お母さん、お帰りなさい」と、遥は喜びながら立ち上がった。

「今晩は、お母さんが帰るから、巧おじさんが夕食を一緒にするって。おじさんは明日、餅をついてくれるそうです。お正月のお祝いもしなければと言っていました」と、遥は勇んで母に報告をした。

遥は独りでいるときは机の上にはいつものように絵本を広げて読んでいる。父、望の写真が置いてあった。美紗子は望の写真に挨拶をして、夕食の用意がしてあるテーブルの前に座った。やがて診療を終えた巧が2階に上がって来た。

「美紗子さん、体の方はいかがですか。お顔を見ると、元気そうですが」

巧は、無精髭をあごに伸ばしていた。

「今年のお正月は餅をついて、遥さんを喜ばして上げますよ。餅米を手に入れたのでね。明日は餅つきをしましょう。5〜6升の餅米があるかな」と、巧は二人に話した。

明日は12月30日。敗戦から3度目の年の暮れが近づいていた。少しずつであったが、食料状況は改善していた。三食、米飯を食べることができるようになっていた。3年前の暗い雰囲気はなくなっている。米は依然として配給されていたが、今晩の夕食は米飯に、味噌汁、豚肉と野菜の炒め物、筋子と漬物があった。華やかではないが、温もりのある食卓であった。

「明日は、いくつお餅をつくの。お餅をつくのは絵本で見たよ」と、遥が言う。

「4つくらいかな。遥さんは本物はまだ見たことがなかったんだ。つきたての餅は本当に美味しいですよ」と、巧は言った。さらに、

「遥さんには面白い経験になるね。明日は蒸すのにセイロも用意されているし、臼も借りて来ます」と、巧は説明する。巧は、常に遥のことを考えながら行動しているようであった。美紗子は、巧の心配りに深く感謝していた。

「わたしの身体の調子は、悪くはないです。少し体重が増えたようです。どこも悪い感じはしていないの。ただ病巣が小さくはならないのね。痰の検査も菌は出ていないと聞いています。もしかしたら、来年の春には退院できるかもしれない」と、美紗子は巧に言った。美紗子の病巣は、確かに固まってはいなかったが、外見は普通に見えた。前髪を両側に分けて、色白で健康そうな顔色をしている。長く伸びた黒髪は、肩よりも下に伸びていた。以前にあった焦燥しきった表情は見られず、美しくおっとりした若さを見せていた。3人で食事をしていると、普通の家庭のように何の変哲もない、落ち着いた幸せが漂っていた。遥は久し振りに会った母の顔を先ほどからじいっと見詰めていた。遥は、いつもと変わらない母の姿を見ていたが、どこかに寂しさが漂っているのに気が付いていた。もしかしたら母の命が近いうちに途切れてしまうのではないだろうか。そんな不安が遥の小さな胸に広

がり始めていた。先日、誕生会の終わった数日後に部屋で一人、絵本を見ていた時、遥は父、望の写真にいつの間にか語っていた。遥は、いつの間にか望の写真の中に埋没していた。遥は父と話をしていた。

「お母さんは元気かな」

「お母さんの病気は悪くはないようです」

「お母さんは退院できるのかな」

「お母さんはまだ病気は治っていません。治ったら、退院しておじさんと結婚する予定です」

「そうか。それは悪いことではない。でも、それは不可能になるかもしれないよ、遥」

「どうしてですか」

「それは、そのように決まっているんだよ、遥」

「お父さん、それはどうして決まっているのですか」

「それは、お父さんにもわからないのです。ただそのようになっているのだよ」

悲しげに父は、遥に告げた。遥は、しばらく茫然と父の写真を見詰めていた。

「多分お母さんは、お父さんに会いに来ますよ。このことは誰にも告げてはいけませんよ、遥」と、言って父の声は消えていた。遥は、机の上の父の写真を再び凝視した。腕を組み、優しく笑っている望の姿があった。机にもたれて、遥はしばらくの間眠りに落ちていた。眼が覚めてから、遥は父との会話を鮮明に思い返していた。これからどのようなことが起こるのだろうか。遥には分らなかった。お母さんは元気でいる。もう少しで病気も治ると言っている。だから、それまであと少しだけ我慢をしなければと遥は思っていた。

「お母さん…」と、ふいに遥は声を上げた。先日のことが口に出掛かっていたが、母の笑い顔を見ると、飲み込んでしまった。

「お母さん、遥はね、絵本が全部読めるようになっています。巧おじさんからいただいたイソップ物語は、全部読めるようになったわ」

「そうなの、すばらしいね。今度は字も書けるようにしなくてはなりませんね。来年を過ぎると、一年生になるのですから」と、美紗子が肯きながら遥を見た。

「遥さんは、独りで字も読めて、書けるようにもなっているんですよ」と、巧が横から告げた。遥は、漢字を少し読めるようになっていた。遥は、独りで生活をしているためか、女の子から自立性に富んだ少女へと変身をしていた。整えられた前髪と後ろに伸ばした黒髪は、美紗子に似ているが、顔立ちは望に似ていた。大きな憂いのある瞳と形のよい鼻が顔を引き締めていた。巧は、陰で遥の身だしなみを心配して、時々洋服を手に入れて来ていた。お正月のお年玉に遥に合う洋服を釧路に出掛けて買ってきていた。

翌日の大晦日の日は、いつもより暖かな感じで、静かでどんよりと曇っていた。ささやかな年の暮れであった。3人で餅つきをした。巧は、杵を持ち、美紗子が蒸し上がった餅米に合いの手を入れた。美紗子の白く透き通るような腕が伸びて、つき上がった餅を拾い上げ机の上に餅を伸ばした。すばやく餅をちぎり、餡を入れて丸めた餅を遥は初めて口にした。母が目の前で作ってくれた餅は、初めて食するものだった。柔らかく弾力に富んだ甘い餅の感触は、遥が初めて経験するものだった。思わず遥は、

「美味しいわ。巧おじさん、ありがとうございます。お父さんにも上げなくては。お母さんも食べて

みて」と、遥ははしゃぐように言った。美紗子も嬉しそうに餅を丸めて、2個の餅を皿に載せ望の写真の前に置いた。

「遥さん、今夜は年取りでご馳走があるから、あんまり食べ過ぎないように」と、巧は額の汗をぬぐいながら笑った。

「こんなにたくさんのもち米を巧さんは手に入れてきたのね。何年振りでしょう。お餅を食べられるなんて」と、美紗子は巧に話し掛けた。

「今年は街の農家の方とも知り合いになり、親戚の方から手に入れたのをいただいたのです。弟子屈周辺には田圃が出来ないからね。稗やキビの穀類はできるけれど。地物の野菜類はこのごろ頼んでおけば、手に入れることができるようになったのです」

「巧さんもだんだんと街の人たちと知り合いになれて、歯科の患者も多くなり、生活に安心感が持てるようになりましたのね。敗戦から3年目になり、ようやく生活が落ち着いてきていることもあるけれど、巧さんの努力のお陰ね、わたしも嬉しい」と、美紗子は微笑んで言った。

「わたしは、できるだけ美紗子さんが元気になることを毎日祈っていますよ。美味しいものと栄養のあるものを摂って体力をつけなければと、いつも考えているのです。今夜の年取りはご馳走ですよ」と、巧は自信あり気に言った。

昨日、釧路の闇市でいろいろと仕入れてきたのだった。豚肉、塩鮭、昆布巻き、きんとん、黒豆、羊羹、年越しそば、砂糖、バターなどの品物を取り揃えていた。年越しを豊かな気持ちで過ごすのに充分な品々であった。診療による収入はわずかではあるけれども、気持ちを豊かにしていた。巧は、二人のためにお金を使うことには何のためらいもなかった。さらに釧路の文房具店から油絵絵具と筆なども買った。なぜ購入する気になったのか。巧は、偶然に絵の具を展示してあるその文房具店の前を通りかかったのだった。店内には5～6枚の風景画が飾られていた。しばらく覗き込んでから、巧は思い切って店内に入り油絵を描くための小道具一式を買い求めた。それから時々行く洋服屋に寄り、二人のための品物を購入した。年の暮れになって、古びれたねずみ色の釧路の家並みには乾いて冷たい冬の海風が絶え間なく吹き、路上を行き交う人々の襟をそばだてている。路は凍りつき、軒先には石炭の燃え殻が積み上げられていた。商店街は、戦後3年余り過ぎて賑やかさを取り戻していた。太平洋炭鉱の採炭が活発になり、関連する仕事で人が増えていた。北洋への出漁の漁船が賑やかな旗をひらめかせて、釧路川の河口の港に停泊していた。

巧は、釧路駅から釧路港の見える幣舞橋までぶらぶら歩いて往復する習慣になっていた。巧は、ねずみ色の海がどんよりと曇った冬の空に溶け込んでいるのを見ながら、遥か南の東京を思い出していた。あれから3年が過ぎてしまった。巧は、北の地に根を下ろした実感を噛み締めていた。駅前通りの商店街を戻りながら、買い入れた品物をリュックに入れ、再び帰りの網走行きの汽車に乗り込んだ。寒い午後の列車はスチームがよく利いて温かった。巧は、すでに何回もこの列車で往復していた。疲れたような古い客車の荷台にリュックを押し上げて座席についた。

今回自分のために油絵の道具一式を買い入れるとは思ってもみなかったが、不思議なことに心は何か弾むような気がしていた。列車は、ゆっくりと根室本線から別れ、見慣れた釧路湿原の端を北上していった。遠くの低い丘陵に囲まれ、雪に覆われた広大な釧路湿原は白一色の世界であった。蛇行して流れる釧路川の水がねずみ色、時には青く雪原を横切る様は、冬の唯一つのアクセントであった。時々丹頂鶴が2～3羽空を舞い、水辺に舞い降りるのを見ることができた。巧は、車窓からこの自然の景色に魅せられていた。摩周湖の神秘的な美しさも四季に応じて好ましかったが、根釧原野の自然も魅力であった。春が来て雪が融け、原野が緑の色に変化する時は、生命のすべての躍動を感じる。冷たい雪の下で生命が静かに眠っている。今は休息の時間である。舞い立つ風に吹き上げられた雪が竜巻になり、雪原の上を滑っていく。ぼんやりと進行方向の景色の移り変わりを眺めていた。

規則的に揺れ動く列車内で、巧は美紗子のことを考えていた。病状がいい方向に進んでくれれば、来年の春までに退院することができる。そうしたら、結婚を正式に申し込むつもりだ。気持ちは穏やかに和らいでいた。二人のために暮れは、良いい年取りになると思うと、巧は一人で満足げに辺りを見渡していた。やがて列車は雪の根釧原野を後にして、釧路川に沿い北上している。間もなく弟子屈に着くだろう。

新しい年が来た。雪深い弟子屈の街は静寂の中にあり、新年の清々しさに溢れていた。3人は和やかに朝の食卓を囲んでいた。美紗子が作った雑煮を食べていると、朝のラジオから流れてきた新春の音楽の美しさが心を捉えていた。モーツアルトのピアノ協奏曲であった。巧はふいに、

「綺麗な曲ですね。久し振りに気持ちが洗われるようになります。遥さんはピアノは好き?」と、巧が唐突に聞いた。

「これ、大好き」と、遥は流れてくる音楽に箸を止めた。

「あら、遥は音楽が好きなんて、お母さんは知らなかったわ」

「時々ラジオからの音楽を聴いているの、遥さんは」と、巧が訊ねた。

「うん。聴いていて、楽しいもの」

「そうですか。遥さんはこんな風に弾いてみたいですか」と、巧は心当たりがありそうに聞いた。

「ピアノね…」と、巧は何かを考えるように腕組みをしていた。

「巧さん、無理をなさらないでください。今までのことで精一杯ご迷惑を掛けているのですから」と、美紗子は慌てて口を添えた。

「いや、ある人の所に弾かなくなったピアノがあるのです。遥さんの年頃からピアノを弾くのが一番いいと思いますよ」と、巧は答えた。

「遥さんのためにピアノを考えてもいいと思います。近いうちに何とかしますよ。遥さんも何か熱中するものがあればいい年頃ですからね」と、巧は美紗子を見詰めて言った。

「わたしも暮れに釧路に行った時に、油絵の一式を買ってきてしまったのです。お金に余裕が少しありましたから」と、巧は頭を掻きながら言った。

「それはすばらしいわ。わたしも油絵をやりたかったのだけど、何せ戦争中なものだから機会を逃がしてしまったの。巧さんは何を描くつもりですか」

「弟子屈の自然を描きたいのです。これが新年の夢かな」

「遥さんの夢は何ですか」

「遥の夢は…」

遥は、上を見上げながら恥ずかしそうに、

「本が読めること、字をたくさん覚えたいのです。ピアノも弾けたらいいな」と、無邪気に返事をした。

「わたしの夢は、早く病気を治すことですね」と、美紗子は笑いながら答えた。ラジオからの音楽は美しいショパンのピアノ曲に変わっていた。おそらくそれは、ショパンの夜想曲であった。３人の夢の話は楽しく続いていた。

それから間もなく、美紗子は再び療養所に戻って行った。診療所は、街の患者がたくさん来ていた。最近は、隣の清里からも峠を越えて患者が来ていた。駅の近くに診療所があるのは、患者にとって好都合なのだ。いつの間にか巧は歯科医師として弟子屈にはなくてはならない存在になっていた。先日役場の方から連絡があり、川湯にある診療所に週2回ほど出張診療をしてもらえないかと打診された。川湯にある診療所に内科系の医師がいて、歯科の診療をぜひしてもらいたいと言っているという。巧は、役場の係の斉藤氏からもいろいろ世話になっていることもあり、新年から川湯に行くと返事をした。送り迎えは、役場の車でしてくれる。川湯の診療所は、野口医師が診療所を開設したのだったが、歯科患者が多いので、診察室も用意してあった。役場を通して依頼してきたためだった。この後、巧は生涯を通じて川湯の診療所に火曜日と木曜日の午前中に通うことになった。もちろん遥も、小学校に入る前は一緒に行くことになった。

2月に入っても、街は雪の中に埋まっていた。その日は、朝から吹雪いていた。診療所は珍しく閑散として、患者も4～5人だった。午前中は終了していた。ふいに不吉な感じの電話のベルが鳴り響いて、巧は受話器を取り上げた。美紗子からの電話であった。その声は、深く沈んでいた。何かが起こったような声だった。

「巧さん、わたしこの3～4日寒気がして、頭痛がして止まらないの。医師に聞いてみても、何でもないと言ってくれたのですけど」と、美紗子は静かに言った。

「それで熱があるのですか」

「夕方、38度くらいの熱が続いているのです。それに頭痛があるの。なぜか食欲がないの」と、今まで聴いたことないような声で美紗子は呟いた。

「とにかく、手が空いたらすぐに行ってみますから。遥さんも一緒に」と、巧は電話を切った。午後から吹雪はさらに強く吹き荒れ、あちらこちらに吹き溜まりを作っていた。巧は、遥と昼食を摂りながら、

「先ほど、お母さんから電話があり、どうも風邪をこじらせているようだ」と、話をした。遥は、いつものように巧の話を黙って聞いていたが、ふと遥の心に浮かんでいることを話し出した。

「おじさん、遥は昨夜夢を見たのです。お母さんが遠くの空の彼方にお父さんを探しに出掛けて行ったのです」

遥は、ふいに泣き顔になっていた。

「お母さんは、どうなさったのですか」と、巧は不安に駆られて聞いた。

「お母さんは、帰ってこないのですもの…」と、遥は再び両方の目から大粒の涙を流してむせ返った。

「遥さん、それは夢でしょう。何にも心配は要らないですよ。お母さんはちゃんと元気でいるのですから。風邪を引いただけですから」

巧は、安心させるように遥の肩を優しく抱いた。しかし、遥はこの時、何かを予感していたのだ。お母さんは父に会いに遠く旅立つ準備をしているのだと…。

「食事が終わり次第、療養所に行くからね。さあ、元気を出して。遥さんが泣いていると、お母さんが心配しますよ」と、巧は遥を励ました。巧は、遥の言葉は信じられなかったが、心の中に強い不安を残した。

外は相変わらず吹雪いていた。雪は2月に入り身の丈以上になっていた。家々は雪の中に埋まっている。釧路川は真ん中に僅かに流れが見えて、両岸からは氷の板が延びて雪に覆われていた。何もかもしばれあがって身動きができない季節であった。

巧は、遥を連れて療養所に向かった。雪にまみれながら、いつも歩き慣れた道を急いで病室に着いた。美紗子は、布団に休んで背中を丸くしていた。風邪を引いたのだろうか、発熱があった。

「巧さん、すみません。わざわざ来ていただいて…。遥も一緒に来てくれたのね」と、弱々しく言う。

「お母さん、大丈夫ですか。お母さんが元気になるように、わたし、一生懸命神様に頼んでいるの」

と、遥は母のそばに駆け寄った。

「美紗子さん、どんな症状があるのですか」と、心配そうに巧が尋ねた。

「2~3日前から風邪気味かしら。熱が急に出始めたの。それが夕方になり、高い熱が出て、吐き気もあって、食欲がなくなってきたの。今日も何も食べる気にならないで、お水だけをいただいたのですけど、少し吐いてしまったわ。さらに頭痛がしていて、なかなか治まらないのよ」

巧に説明している美紗子の顔は、やつれて見えた。たった2~3日で覇気がなくなっていた。美しい横顔には艶がなく、眼の下には薄く黒い翳りが見えていた。

「担当の先生は、何と言っているのですか。ただ風邪と言っているのですか。わたしが後から先生に伺ってみますか」

巧は、内心いつもの美紗子の姿でないように感じていた。

「遥、お母さんは大丈夫ですから、心配しないでね」と、美紗子は痩せた白い手を差し出して、遥の黒髪を優しく何度も愛撫をしていた。遥は母の様子を見て、何かを感じたのだろうか。遥は母の顔をじっと見詰めていた。

「お母さんがいなくなったら、遥は独りぼっちになる。巧おじさんがいるけれど、遥は寂しい。お母さん！」と、遥は叫んでいた。遥の小さな心に何か分からない予感があったのだろうか。いつになく遥は、母の手にすがりついて離れようとはしなかった。遥は、母が父、望のもとに旅立つのではないかと恐れていた。先日見た夢が遥の心を支配していた。それは恐ろしい夢ではなかったが、母が遥から離れて永遠に帰ってこないことの方が恐ろしかった。幼い遥は、母の病気が治ることを願って、自分なりに頑張ってきたつもりだった。遥が自分自身を認識した時から自分がどんな環境に置かれているのかなど、子供心に受け入れる努力をしてきたつもりだった。それが、母が死んだら、何もかもが無に帰してしまう。母は、死んだ父のことを考えていると遥は思った。昨年母、美紗子は、巧との結婚を承諾した。巧の誠意と愛情を感じてきたとはいえ、本当は亡くなった父、望に対する深い愛情を断ち切れないでいるのだろうか。遥には、難しいことは分からなかった。ただ、母が父を求めて大空を探している夢が心を離れなかった。

「そんなことはないよ。遥さん、お母さんは大丈夫ですよ。すぐに元気になるから」と、巧は元気をつけるように力強く言った。内心巧は美紗子の姿を見て、いつもの美紗子ではないことに気が付いていた。わずか数日のうちに随分とやつれていると感じていた。

窓の外は吹雪が激しく吹き、粉雪を巻き上げて窓にさらさらと打ちつけてきていた。病室は誰も声を出さず静まり、周囲から押さえられるような沈黙が支配していた。遥の啜り泣きがかすかに聞こえていた。遥は母が容易でない状態にいることを子供の本能として感じ取っていた。お父さんのもとへ行くためにお母さんは死ぬ…。遥は母の死を直感的に感じ取っていた。

美紗子は苦しかった。頭部が昨日から痛み出し、遠のいたかと思うと再び激しく痛みが押し寄せてくる。熱も出ていた。考えようとしても、考えがまとまらないようで朦朧としている。巧の数々の温情には心から感謝している。遥がここまで大きくなり、すくすくと育っていることに感謝していた。ただ今は、巧との約束を果たせそうにないことが美紗子の心を悩ませていた。

「巧さん、ご免なさい。いろいろご迷惑掛けて…。これからも遥をよろしくお願いします」と、美紗子は力なく呟いた。

「美紗子さん、元気を出して。病気は治りますよ。治ると思わなくては」と、励まして、手を自然に握り締めていた。これまでの巧の苦労は報われないのだろうかと思いながら、巧は美紗子の顔を見詰めていた。美紗子は苦しそうにまぶたを閉じていた。

その日の夕方、二人は美紗子に別れの言葉を呟き、去りがたい思いで巧と遥は美紗子のベットを離れた。帰り際に巧は、担当の医師に美紗子の様子を聞いてから帰宅した。担当の医師は、少し頭を傾げながら肺結核の肺の病状は進行していないと言った。しかし、風邪を引いた可能性があるものの、心配なことが一つ考えられると付け加えた。それは結核性髄膜炎のことだった。症状は、頭痛、嘔吐、発熱、頸部硬直、視力障害などだ。症状が進めば幻覚、幻視、全身痙攣、異常な興奮状態に続いて意識の混濁が生じる。確定診断をするために、明日腰椎穿刺をして髄液の検査をしてみると言っていた。この病気に対する特効薬は現在のところ皆無であった。あのストレプトマイシンがあれば、あるいは病気の進展を食い止めることができる可能性もあるという。帰宅するとすぐに、巧は東京の友人、大学の恩師に電話を掛けた。電話は随分と遠距離のために明瞭な会話を交わすことができなかったが、大至急ストレプトマイシンが必要なことは伝えられた。しかし、これは闇市か特殊な経路でしか入手できないし、相当に高価であることが判った。入手できるとしても、2～3週間ぐらいかかるらしい。日本では結核の特効薬としてあちらこちらで使われ出していたためもあり、入手するには一段と困難が予想された。巧は、大きくため息を吐いていた。金銭的には何とかなるとしても、時間がない。巧は、ストレプトマイシンがどのくらいの日数があれば、手に入るのか再度電話をすることにした。すっかりやつれて、眉間に皺を寄せた巧は、しばらく茫然として電話の前にいた。遥が2階から声を掛けてきた。重い足取りで2階に上がると、遥は巧にすがりついて、大きな瞳から涙を流していた。巧の電話のやり取りを聞いていたのだろう。早急に何もできないもどかしさを遥も感じていたらしい。お母さんの病状を心配していたためか、遥も生気を失っていた。

「担当の医者は症状が風邪かどうかは分らないけれど、検査をしてみるからと言っていた」

重い口を巧は開いた。さらに、

「検査が何でもなかったら、お母さんは単に風邪と思っていいと思うよ」と、巧は重い空気を振り払うように呟いた。すると、遥が口を開いた。

「巧おじさん、お母さんは天国に行ってしまうのかもしれない。わたし、昨年の誕生会の後に、夢の中でお父さんに会ったの。お父さんは『近いうちに、お母さんがお父さんのもとに来るのですよ』と、教えてくれたの。お父さんの声を夢の中で聞いたの。本当にそのようになるのでしょうか？　おじさん、そんなことにならないようにしてください」と、遥は悲しげに沈んだ声で訴えた。遥は何か恐ろしいことが起こるのではないか、そんな予感に怯えていた。

「お母さんのために新しい薬を手に入れようと思い、あちこちに電話をしてみたのだが、何せ急な話なので難しいらしい」と、巧は深い絶望を表さないように声を抑えて話した。

この夜、お手伝いさんがいつものように作ってくれた夕餉の食卓を囲んでいたが、二人は箸も持たず食事もせずにお互いに美紗子の病状を心配していた。電燈もつけずに見える外は、吹き募っていた吹雪がいつの間にか止んでいた。

家々の屋根の白い雪の山が山稜のようにくっきりと見え、時々粉吹雪が舞い上がっていた。夜空には2階の窓から鮮やかに星がきらめくのが見えた。寒い凍りつく夜に運命の星が3人の上に舞い降りてきていた。思い出したように巧は部屋の電燈を点けた。薪ストーブの火も衰えて、周囲の空気を一段と寒々とさせていた。巧は、薪を入れながら、

「遥さん、さあ、元気を出して食事をしようね」

遥は肯きながら、巧の顔を見た。頼ることのできる人は巧のみだった。

「明日は午前中におかあさんのお見舞いに行って、元気をつけてあげようね」

暗く悲しい雰囲気を払い除けるように、巧がラジオのスイッチを入れた。ニュースが流れていた。秋田の能代で大火があり、2千戸以上の家が全焼したと報道していた。巧の脳裡に戦災で焼け野原になった自宅の様子を思い出させていた。先月の26日には京都の法隆寺で日本の国宝が炎上して焼失したばかりなのに、いやな事は続くものなのだ。

翌日、巧と遥は療養所に深い雪を掻き分けて行った。担当の医師に会って、病状を聞いた。医師は、深刻そうに話してくれた。昨日美紗子の腰椎穿刺をして脊髄液を検査したと言った。その内容は、二人には恐ろしいものだった。医師は、脊髄圧の上昇が300mm水圧にあり、正常は180mmくらいだと言っていた。脊髄液も濁っている。液の中には好中球が相当数いて結核反応が陽性を

示していた。明らかに結核性髄膜炎の症状を呈している。今朝も発熱、頭痛があり、嘔吐を繰り返した。さらに、意識が少しぼんやりしていると言った。それで患者のために個室に移したと教えてくれた。個室は、2階の201号室より奥に入った看護婦詰所のすぐ隣で、釧路川の見える側にあった。雪に埋もれた川の中央が細くねずみ色の流れに見えた。雪で覆われた高い土手の斜面は、土色の火山灰の肌を見せていた。白いカーテンを引いた暗い部屋には一台のベットが窓を背にして置かれてあり、そこに美紗子は静かに横たわっていた。扉のかすかな音を抑えながら、二人が静かに部屋に入ると、美紗子が気が付いたらしかった。

「来てくれたのね。巧さんと遥、ありがとう。こんなになっちゃって、ごめんなさいね」

美紗子は、げっそり憔悴しきっていた。青白い顔に数本の黒髪が横に走っている。身動きするのも億劫な感じがあった。

「お母さん、髪が乱れているわ」と、遥は手で髪を整えてあげていた。巧は、声を出すのが恐ろしくただ見詰めるだけだった。すると、美紗子が布団の端から白い右手を差し出し、巧の手を固く握り締めた。それは、熱にうなされ痩せた白い手であった。若く華やいだ艶のある手ではなく、枯葉のように乾いていた。巧は両手で美紗子の手を握り、

「元気を出して。病気などに負けてなんかいたら駄目です」と、言うのが精一杯になっていた。溢れるように美紗子との思い出、望との想い出が脳裡を横切っていった。

「巧さん、お願いがあるの。遥のことなのだけれど、聞いて欲しいの。お願いを聞いてくれるでしょうか」と、ゆっくりと言葉を一言、一言区切るように美紗子が話し出した。

「巧さん、お願いするね。遥を養女にしてほしいの。わたしが死んだら、遥は望の実家には戻したく

ないの。山形の実家に迷惑を掛けたくないの。だから、遥を貰ってほしいの。巧さんの子供にしてください。その方が遥は幸福に過ごせると思うの。遥、今のこと聞いたかい。遥は巧さんの子供になるのですよ。お母さんはもしかしたら、もしかしたら駄目かもしれない。ずっと頭が痛いし、気が狂いそうなの。時々、お父さんのことが思い出されるの。わたしはどうなるのだろう。もしわたしが死んだら、遥は巧さんの子供になってくださいね」と、美紗子は考えていたことをゆっくりと二人に話をした。さらに、独り言のように呟いていた。

「巧さん、いろいろお世話になりながら、巧さんと結婚できなくなってしまうのは、本当にすまない気持ちで一杯なの。わたしは、巧さんを心から愛しています。巧さんが長い間わたし達を献身的に助けてくれたことは忘れません」

美紗子の両眼から涙が溢れて、静かに枕を濡らしていた。巧は、重い口を開いて美紗子に話し掛けていた。

「美紗子さん、遥さんのこと、約束しますよ。しかし、死ぬなんて考えないでください。あなたはまだまだ生きていかねばならない人なのだから。もしものことがあれば、ぼくは遥さんを守ります。心配しないでいいのだよ。ぼくたち3人が会ったあの頃は、戦争末期の非常時だったけれども、美紗子さんに会えて望もぼくも心が豊かになり、青春が美しく楽しかった。戦争がぼく達の家族や家、かけがえないものを奪ったけれども、人を愛する気持ちは奪わなかった。ぼくが美紗子さんを愛し続けたことは間違いないし、今もあなたを愛し続けている。あなたが元気になったら、一緒に自然の景色を描きに行きたいと思い、ぼくは油彩の道具一式を買ったばかりなのに。あなたは何もぼくに教えてくれないの。弟子屈の自然の美しさ…屈斜路湖、摩周湖を含めた山の森林がぼくの気持ちを癒してくれていたし、美紗子さんの身体にもいい影響を与えていると思っていたのに。遥さんも元気に成長し、来年は小学校に入れるのに、あなたが病気に負けてしまうなんてぼくには考えられない」

巧は手を一層固く握り返していた。

　美紗子は苦しそうに目を閉じたまま、無理に笑顔を作ろうとして口を開いた。

「巧さん、これがわたしの運命かもしれない。わたしは死んでも、あなたに遥を残していける。遥は利発な子だから、あなたにはあまり迷惑を掛けないと思いますけれど、一人前の女性になるまで成長を見届けてください。どうかお願いします」

「遥さんのことは心配しないでください。将来、遥さんは綺麗なお嬢さんになりますよ。わたしは遥さんの教育のためにピアノを買おうと考えているのですよ。遥さんにピアノで美しい音楽を弾いてもらえたらと思っているのです」

巧は、遥の誕生日のお祝いに密かにピアノを買おうと決心していた。新品でなくても、中古のピアノならば釧路で見つかりそうである。

「そう、それは大変なことね、ピアノは高価ですし、遥に音楽を習わせたいと思いますが、無理をなさらないでくださいね。多分その音楽を聞くことはできないけれど…」

美紗子は嬉しそうに囁いていた。

　不安の中にとりとめもない会話が続いていた。日差しは明るく、病室を照らし出していた。釧路川を挟んだ向かいの土手から照り返す陽射しが暖かく部屋を照らし、春の温もりを感じさせていた。巧は、午後からの診療のために、静かに立ち上がり、

「また来ます」と、言って帰って行った。ベットの横の椅子に腰を下ろしていた遥は、母の肩から背

中をゆっくりと擦っていた。

「もう、いいよ。遥、あなたも疲れたでしょう。お母さんは少し落ち着いているから」と、言って遥をまじまじと見詰めて言った。

「遥は、お父さんの顔を覚えていないでしょうけれど、あなたはお父さん似でもあるの。お母さんよりお父さんに似ているかもしれないね。几帳面で我慢強い所もね」

「お母さん、わたしね、夢の中でお父さんに会ったの。お父さんは、お母さんのことを心配していた…。夢の中はお日様がきらきらして、暖かかったよ」

遥は、その時感じた不思議な懐かしさと幸福感を思い出していたが、母がお父さんのもとに行くことは話せなかった。

「それは本当に？　お母さんは夢の中でも遥がお父さんに会えたことは嬉しい。親子ですもの、お互いの顔を知らなければ駄目ですものね」

「お母さん、わたし、いろいろご本を読めるようになっているのよ。日本昔話とかね。早く学校に行きたいな」

「そうね、あなたは遅生まれだから来年からね」

「学校に行ったら、音楽も教えてくれるの。おじさんがピアノを買ってくれると言っていたけれど、ピアノが弾けたら嬉しいな」と、遥は眼を輝かせて、ピアノを弾くまねをした。

「巧おじさんにあまりご迷惑を掛けたくないのですけれどね」と、美紗子は呟いていた。

ドアの開く音がして、看護婦が検温に来た。看護婦は、初めて遥に会った。遥は、看護婦に挨拶をして、

「お母さんが大変お世話になっています」と、丁寧に頭を下げた。30歳を過ぎた看護婦は、遥を見て驚いたように、

「美紗子さんのお子さんですか。随分としっかりとした可愛いお子さんですこと。学校はまだ行かないのですか」と、聞く。それから、普段通りに、

「美紗子さん、今日は体温は37．2度ですね。少し気分がいいようですか」と、事務的に言った。

「学校は来年からなの。お母さんは治りますか。わたし一生懸命に看病しますから、看護婦さん、治るようにしてください」

「そうですね。病気は一生懸命に看護すると、神様がちゃんと治るようにしてくれますからね。だから治りますよ、安心してね」


看護婦は、遥の頬を手で挟んで、瞳を見ながら頭を数回撫でて出て行った。

二人だけの病室は、いつの間にか静かな美紗子の寝息だけが聞こえていた。遥はそばの腰掛に座り、母親の姿をじっと見詰めていた。しかし、美紗子の病状は少しずつ、その病気の終着点に向かって動き出していた。午後から昼食を少し摂った後に急に嘔気があり、間もなく嘔吐を繰り返した。美紗子は、再び襲ってきた激しい頭痛に支配されていた。熱も上がってきていた。担当の医師が診察に来た。大学から派遣された若い医師だったが、丁寧に全身を診て頸部の硬直があるのを見付けていた。美紗子は、視力が霞んでよく見えにくいと訴えていた。これらの症状は結核菌が髄膜に炎症を起こし、神経にも炎症が波及したことによるものであり、また脊髄液圧の上昇により頭痛と嘔吐を引き起こしていたのだ。精神的にしっかりしていた美紗子も、この日を境にして不安定な状況に陥っていった。

「目が見えない」と、急に言い出し、

「わたしは摩周のブルーの水の上を飛んでいる。それから望さんのいるあの空に行きたい」

「望は、なぜ戻ってこないの。どうして？　巧は帰ってきたのに」

「遥は大きくなって、わたしを助けてくれなくては…。遥はどこにいるの」

「わたしは、巧さんと結婚することにしたのを望は怒っているかしら。望さん、わたしを許してね」

遥は、母の額の体温で熱くなった湿布を、冷たい水の水に浸して絞り、何回も小さな手で汗に濡れた顔から首筋をぬぐっていた。

「お母さん、そんなにお喋りしたら駄目ですよ。お母さんは何を言っているの。遥には分らないのですもの」と、遥は母に向かって言った。しかし、時として独語は繰り返されていた。

　夕方、巧が来た時、美紗子は朦朧としていた。

「巧さんですか。すみません。ご迷惑を掛けて…。わたしはもう駄目かもしれません。遥をどうかよろしくね…」と、途切れ途切れに巧の耳に囁いた。

「そんな元気のないことを言ってはいけません。遥さんはここにいますからね」と、巧は励ました。

「お母さん！遥よ。お母さん、遥よ」

遥は、涙ながらに母の手を握り締めていた。

「可愛い遥ちゃん、巧おじさんのことをよく聞いてくださいね。お母さんは、もう駄目かもしれない。あなたが良い人になるように空から見ていますよ…」と、美紗子は静かな声で遥に告げていた。

遥は、聞きながら涙が再び流れ落ちていた。巧は、声も出せずに美紗子の顔を見詰めていた。巧は、美紗子のそばに近寄り、美紗子の顔に自分の顔を近づけていた。

「美紗子さん、元気を出して。それから、ありがとう。あなたがいたお陰で、わたしはあの戦後の絶望から立ち直れたのですよ。あなたの病気を治したくて、何とか努力したのに…。わたしは家族を失った。そして望を失った。すべてを失った中であなたが生きがいだった…。結婚を約束してくれたあなたを本当に愛している…。美紗子さん、本当に愛しているよ」と、巧は美紗子の耳に囁いて、それから唇にそっと口付けをした。美紗子の死とともに巧の短い青春は終わろうとしていた。やりきれない絶望の気持ちが支配していた。絶望からは何も生まれてこない。巧は、歯を食いしばり不幸な現実を受け入れていた。そうだ。自分には遥が残されているのだから、そのために生きていかねばならないと思っていた。

「は、る、か…ね。巧、さん…ありが…とう」

美紗子はしぼりだすように言うと、ごくりとつばを飲み込んで、しばらく何も言わずに静かな呼吸をしていた。意識が朦朧となってきていた。その後に小さな痙攣が起こった。激しく息を吸い込んだ後、呼吸が停止したように静かになった。看護婦が注射を持って部屋に飛び込み、続いて医師が来た。痙攣はすぐに治まったが、美紗子は目を開けず、呼んでも返事をしなかった。医師は巧に重篤な状態に陥っているので、覚悟するようにと告げた。しかし、美紗子は注射のお陰で静かな呼吸を取り戻したが、意識はまったくなく身動き一つしないで横たわっていた。遥は、そばの椅子に座ったままベットの横に顔を伏せて泣いていた。巧は、腕組みをして、無念そうに天井を仰いでいた。部屋には夜の帳が下りて、次第に暗くなっていた。医師は、酸素吸入の用意をして美紗子の口に酸素マスクを当てた。酸素の泡立つ音が心細く、微かな音が生きている証のように続いていた。何ごともなかったように、美紗子は静かに眠り続けていた。しかし、結核性髄膜炎の病状は一秒の休みなしに確実に終末に向って進んでいる。このような状況に追い込まれては、現在の医学的な治療の手立てはなかった。特に脳の炎症により脳浮腫が始まり、脳ヘルニヤによる脳幹の機能停止、最後は突然の呼吸停止が起きるであろう。静かな浅い呼吸をしながら、美紗子は眠り続けた。一日、二日、三日と同じ状態が続いた。わずかな点滴をしてもらいながら、最後の生命の火を燃やし続けていた。巧と遥は4日間、ほとんど寝ずに看病をしていた。遥はけなげにも母の身体の清拭や汗の汚れを取る手伝いを厭わずにしていた。3月に入って、暖かい陽射しが白い雪を照らし始めていた。この2~3日で雪解けが進んでいるようだ。5日目の朝、遥は病室の窓を開けた。土手の上に紺清の空が広がり、桃色の朝靄が澄んだ空に浮かぶ雲に滲んでいた。冷たい清涼な空気が開いた窓から入って来た。その時、遥は母が何か口を動かすのに気が付いた。母が何かを言っている。

「遥…ありがとう。お母さんは、いつもあなたを見守っているからね」と、言っているように聞こえた。

「お母さん、死んじゃ駄目!お母さん!」と、遥は思わず声を立てた。

「どうしたの、遥さん」と、巧は起き上がり美紗子を見た。美紗子は無言だった。遥は頭を振りながら泣き出していた。それから間もなく、美紗子は呼吸を止めた。程なく激しく動いていた心臓の鼓動も停止した。静かな死が美紗子に訪れた。美紗子は望のもとに旅立った。

「お母さんは、亡くなったのだよ…遥さん…お母さんは、望のもとへ行ったのだろうね。美紗子、どうして…」と、巧は密かに嗚咽し、美紗子の青白く美しい横顔を見ながら涙を流し続けていた。

「お母さん、お母さん、行かないで、お母さん、行かないで」と、遥は母の胸にすがり付いて泣き伏していた。遥の見た夢は、正夢なのか。幼い遥の心は張り裂けんばかりにあの時の夢におののいていた。なぜお母さんは死ななければならないのか。なぜなの？誰も自然の厳粛な過程を食い止めることはできなかった。

その日は昭和24年3月10日、快晴に晴れ上がった。美紗子は、26歳の若さでこの世を去った。遥に対する心残り、巧に対する心残りは無限にあったのだろう。緩やかに吹く風は、弟子屈の街に春の雪解けの匂いを充満させていた。柔らかに降り積もった雪は、急速に融けていった。釧路川の水幅は広くなり、青い水は勢い良く音を立てて流れ出していた。川岸の雑木林の枝には春の芽生えがあった。遠く摩周の外輪山が空にくっきりとしていた。もうすぐ春が来る予感に溢れていた。巧のつつましい愛情は、無残にも打ち切られてしまった。悲しい葬儀は、近所の人たちが集まり、密やかに行われた。巧の診療所のある駅前広場は、雪が綺麗に除雪されて黒い土が見えていた。春がそこまで来ていたのに…。

巧は、3日間臨時に診療を休止した。仕事が手につかなく虚脱した空気が支配していた。一週間は喪に服すべきだったが、患者が多くそれを許さなかった。何も考えたくなかった。無意識の中で治療をしていた。患者は、巧に奥さんが亡くなったことへのお悔やみを伝えてくれたが、気持ちは休まらなかった。何もかも空虚であった。学生時代に密かに抱いた美紗子への憧れは、満たされぬままに終わった。遥は、2階の部屋で母の写真を望の写真とともに並べてぼんやり見ていた。泣き疲れて涙も枯れていた。巧は、遥の後ろから静かに座りながら遥の頭を優しく撫ぜて胸に抱いた。

「遥、元気を出さなくちゃ。お母さんは遥が立派な大人になることを願っていたよ。独りで寂しいけれど、おじさんが遥のお父さん代わりになってあげますから」と、巧は遥に言った。

「おじさんをお父さんと呼んでいいの」

遥は、泣き疲れて腫れぼったい眼をしながら微笑んだ。

「もちろんさ、遥のお父さん代わりになりますからね。これからずっと」と、巧は美紗子との約束を思い出していた。これからは自分が親代わりになり、遥の面倒を見ていかなくてはならないと思うと、溢れてくる責任感を感じていた。遥に対する父親としての責任感を持つことが、美紗子に対し満たされなかった愛情を叶えていくことにもなり、今のやりきれない状態から自分が立ち直る切っ掛けになると思った。少し前かがみになる姿勢を背伸びするように立て直し、巧は、いかつい顔をほころばせた。

「遥、今晩はお手伝いさんに頼んでお汁粉を作ろうか…。先日の配給で砂糖がたくさん手に入ったのでね」と、巧は言った。戦後、砂糖はまったく手に入れることはできない時が続いていた。甘い食べ物などはほとんどなかった。その日の夕食はお汁粉を二人で食べた。遥は、初めて食べるお汁粉であった。母を亡くした悲しい想い出は、消えてはいなかった。この1週間は夢のように過ぎていった。幼い遥は、ただ悲しみの中にいた。すでに涙は枯れて、食欲もなく、巧が声を掛けてくれて現実に引き戻された。巧の声は優しく響いていた。

「遥、遥、さあ、もう少し食べなさい。甘いお汁粉は初めてでしょう。元気が出るからね」と、奨めた。遥は奨められるままにゆっくりと食べ始めた。遥の心は母への悲しみが溢れていたが、優しいお汁粉の甘さが心を解きほぐしてくれた。

「お母さんもこのお汁粉を食べたのかしら。お汁粉をお母さんにもあげようね、お父さん」と、遥は巧に声を掛けた。巧を見詰める遥の顔には悲しそうな笑顔があった。巧は、驚いて遥をまじまじと見て嬉しそうに言った。

「おじさんをお父さんと呼んでくれたんだね。お母さんと約束したように遥を養女として、わたしの子供として遥を育てていきます。よろしく。遥は分っているね」と、巧は責任の重大さを感じて涙が込み上げてきた。密かに涙をぬぐいながら、遥の行く末を考え、遥には約束したようにピアノを探そうと思った。

遥は母が父のもとに行ってしまったことを深く心に刻み込んでいた。いつか見た夢が本当だったことを遥は決して忘れることはないだろう。本当は悲しい夢ではなかったのかもしれない。母と父の再会が果たされたことは、遥には嬉しいことであった。巧おじさんは、遥に優しくしてくれるし、現実の父として遥は受け入れていけるに違いないが、遥は一人の女性として育っていかねばならなかった。それはあまりにも大きな変化であった。

いつの間にか春の温もりが一段と広がり出していた。あれほどまでに積もっていた雪は、見る間に融けて乾いた土が見えていた。釧路川の水流は荒々しくなり、川辺の木々は小さな木の芽が緑に変化していた。街はまだ、石炭や薪の焚く匂いが風に吹き上げられ、冬の名残の香りに包まれていた。行き交う人々の姿は、昨日と変わらずに見えた。摩周の外輪山は、黄色く灰色の雲に包まれて、時々は茶褐色のまだらな壁を見せていた。定刻には、黒煙を吐き出しながらC57型の蒸気機関車が軽快な響きで歌うように網走方面に走り去っていった。街には静寂が戻り、いつもと変わらない生活が続いている。巧と遥と美紗子の生活は、この小さな街の中で人知れず続いていたが、美紗子の死により二人の新たな生活が始まろうとしていた。

# 下巻目次

# 第Ⅳ部　果てしない最終楽章

# はるか摩周㊤

2015年7月4日 初版発行
著　者　後藤壯一郎

編集人　稲田陽子
編集協力/発行所 ㈱Ec　リエイティブ
063-0034　札幌市　条10丁目10-10
TEL&FAX 011-
URL http://ww　jp



ISBN 9　5-17-2